Axel S. Meyer, 1968 in Braunschweig geboren, studierte Germanistik und Geschichte. Heute lebt er in Rostock, wo er als Redakteur der «Ostsee-Zeitung» tätig ist. Im Rowohlt Verlag hat er bereits mehrere historische Romane veröffentlicht, darunter die erfolgreiche Reihe um den Wikinger Hakon und zuletzt den Hanse-Roman «Das Handelshaus» sowie den Roman «Der Sonne so nah» über die Luftfahrt-Pioniere Otto Lilienthal und Graf Zeppelin.

«Höchst abwechslungsreich und lebendig.» *Wilhelmshavener Zeitung*

«Axel S. Meyers Roman zeichnet die spannende Lebensreise des exzentrischen Pflanzennarren nach – präzise, lehrreich, unterhaltsam und mit feiner Ironie. Großartig!» *Landidee*

«Meisterlich schmückt Axel S. Meyer blasse historische Figuren (…) zu lebensprallen, oft skurrilen Charakteren aus.» *Braunschweiger Zeitung*

AXEL S. MEYER

DER MANN, DER DIE WELT ORDNETE

Roman

ROWOHLT TASCHENBUCH VERLAG

Veröffentlicht im Rowohlt Taschenbuch Verlag, Hamburg, April 2023

Redaktion Katharina Rottenbacher
Verse auf S. 96 u. S. 234 aus Martin Opitz:
«Über den Abschied einer edelen Jungfrauen»
Verse auf S. 188 aus Julius Wolff: «Wegewart»
Verse auf S. 287 aus Heinrich Heine: «Du bist wie eine Blume»
Verse auf S. 288 aus Johann Wolfgang von Goethe:
«Liebhaber in allen Gestalten»
Verse auf S. 331/337 aus Albrecht von Haller: «Die Alpen»
Covergestaltung Cordula Schmidt Design, Hamburg
Coverabbildung The Picture Art Collection, Historic Images/Alamy
Satz aus der Berthold Baskerville
bei CPI books GmbH, Leck
Druck und Bindung GGP Media GmbH, Pößneck
ISBN 978-3-499-00334-9

Die Rowohlt Verlage haben sich zu einer nachhaltigen Buchproduktion verpflichtet. Gemeinsam mit unseren Partnern und Lieferanten setzen wir uns für eine klimaneutrale Buchproduktion ein, die den Erwerb von Klimazertifikaten zur Kompensation des CO_2-Ausstoßes einschließt.
www.klimaneutralerverlag.de

MIX
Papier | Fördert gute Waldnutzung
FSC® C014496

Im Gedenken an Elfriede Zimmermann,
die ihre Blumen liebte.

Wenn ein Baum seine größte Höhe erreicht hat,
dann muss er fallen;
was auch immer seine höchste Vollendung erreicht,
stürzt von da ab sogleich seinem Ende zu.

Carl von Linné

Prolog

UPPSALA, 23. MAI 1753

Wenige Stunden bevor das Monster mein Lebenswerk zerstören wird, erwache ich mit Kopfschmerzen. Ich liege in meinem Arbeitszimmer auf dem Bett, in dem ich schlafe, wenn ich bis tief in die Nacht arbeite, und das kommt häufig vor. Viel zu häufig. Vor dem Fenster graut der Morgen. Vermutlich habe ich nicht mehr als zwei Stunden geschlafen.

Mir fällt ein, dass heute mein Geburtstag ist. Vor sechsundvierzig Jahren erblickte ich in Råshult am Möckelnsee das Licht der Welt. Warum man diesen Tag feiert, habe ich nie verstanden. Was hat man denn dafür getan? Das waren doch andere, vor allem die Mutter; der Vater trinkt Schnaps und steht dumm daneben, wenn er noch stehen kann.

Während ich still im Bett liege, warte ich darauf, dass das hämmernde Pochen in meinem Schädel nachlässt. In der sich erwärmenden Morgenluft höre ich, wie unter dem Dach die Holzbalken knacken. Ich höre die Geräusche trampelnder Füße unten im Haus. Die Kinder quengeln. Sara schimpft mit ihnen, schon am frühen Morgen schimpft sie, ihre Stimme klingt schrill, sehr schrill.

Nach einer Weile stehe ich auf und ziehe den Vorhang am Fenster zur Seite. Dünnes Sonnenlicht fällt auf meinen

Schreibtisch, auf dem die Stapel mit den Papierbögen liegen, zusammen mit den Manuskripten und meinem neuen Werk, das ich vor wenigen Tagen veröffentlicht habe. Es ist mein Meisterwerk, und es wird – bei aller Bescheidenheit – meine bisherigen Arbeiten in den Schatten stellen und nicht weniger als den Beginn einer neuen Epoche für die Naturwissenschaften markieren. Viele hassen mich dafür. Sie nennen mich einen Aufschneider, einen Unruhestifter, einen Förderer der Hurerei. Über Letzteres müsste ich am lautesten lachen, wenn es nicht so traurig und närrisch wäre. Die Männer, die mich bekämpfen und verachten, klammern sich ans Althergebrachte wie Ertrinkende im weiten Meer an die Außenplanken eines überfüllten Rettungsboots; doch sie finden keinen Platz in dem Boot und ersaufen.

Über der Schüssel schöpfe ich mir kaltes Wasser ins Gesicht. Dann ziehe ich meine Lappentracht an, die ich mir einst für meine große Reise gekauft habe: den Mantel aus Rentierleder, den runden Hut, die Lederstiefel, den Gürtel mit Taschen und den Geräten. In diesem Aufzug schleiche ich die Treppe hinunter und werfe im Erdgeschoss einen Blick in die Küche. Am Tisch sitzen meine fünf Kinder, zwischen zwei und zwölf Jahre sind sie alt. Sie bemerken mich nicht. Auch Sara nicht. Sie ist ganz grau im Gesicht und klatscht den Kindern Haferbrei in die Schüsseln. Und ich ahne, dass ihre Laune noch schlechter wird, wenn sie nachher feststellt, dass ich wieder meinen Geburtstag schwänze, weil ich nur an mein blödes Unkraut denke, wie sie es nennt. Manchmal tut sie mir wirklich leid, denn ich kann nur wenig Zeit für Sara opfern, für die Kinder auch, ja natürlich, auch für die Kinder.

Aber muss nicht jeder mit Leib und Seele dem Weg folgen, der ihm vorbestimmt ist?

An diesem Morgen führt mich mein Weg durch die Hintertür aus unserem Wohnhaus. Ich schließe die Tür und atme. Atme die frische Luft. Rieche den Duft der taufeuchten Erde und der Blumen, die am frühen Morgen ihre Blüten öffnen, als hätten sie damit auf mich gewartet. Ich atme und atme und beginne, ich zu sein, beginne zu leben, und ich spüre, wie die Kopfschmerzen allmählich nachlassen.

Wie ein Dieb ducke ich mich unter dem Küchenfenster vorbei, was mir ziemlich albern erscheint, aber ich sehe keine andere Möglichkeit, unbemerkt zu verschwinden.

Dann laufe ich über den geharkten Kiesweg durch den Botanischen Garten. Beim Tor werde ich langsamer und richte mich zur vollen Größe auf, die leider nicht viel hergibt, körperlich zumindest nicht. Vor dem Tor erwarten mich ein paar Dutzend Leute. Sie sehen mich kommen, rufen meinen Namen, und als ich bei ihnen bin, befühlen sie meinen Rentiermantel und loben meine Lappentracht. Immer mehr Leute stoßen aus der Stadt dazu. Studenten, Professoren, Bürger, auch Adlige sind darunter. An die zweihundert Menschen haben sich schließlich um mich herum versammelt.

Die Kopfschmerzen sind jetzt nur noch ein schwaches Echo, das verhallt wie das Geräusch eines Steins, der ins Tal hinunterrollt. Als ich das Kommando zum Aufbruch gebe, ist mein Kopf kristallklar. Ich schreite vorweg, und die Teilnehmer der Exkursion folgen mir. Jemand stößt in ein Waldhorn. Über uns flattern die blaugelben Fahnen. Eine Pauke wird geschlagen, und der Takt zwingt unsere Schritte in einen militärischen Marsch.

«Vivat», rufen die Leute. «Vivat Linnaeus – er lebe hoch!»

Ich kann nicht sagen, dass mir der Trubel um meine Person unangenehm wäre. Meine Brust weitet sich, mein Kinn hebt sich, und so ziehen wir unseres Weges und lassen die Stadt Uppsala hinter uns. Mauern, Dächer und der Kirchturm verschwinden hinter den Hügeln. Auf den Äckern sprießt Getreide, an Buchen, Eichen und Birken entfaltet sich Blattgrün. Das Gras auf den Wiesen ist saftig und durchsetzt von den farbigen Tupfern frischer Blüten. Lerchen trillern, Spatzen tschilpen. In den Bächen laichen Fische. In der Luft tanzen Mücken zu Tausenden, flattern Fuchsfalter, summen Bienen; Mistkäfer rollen Pferdedung. Es ist Mai, und Gottes Kraft lässt die Natur explodieren. Auch ich bin ein Maikind.

An einem Waldstück, in dem die Bäume dicht und dunkel stehen, lasse ich Halt machen. Ich ahne nicht, dass mir das Monster schon sehr nah gekommen ist. Man verteilt Botanisiertrommeln, längliche Büchsen mit Schulterriemen für die gesammelten Pflanzen. Damit schicke ich die Leute zum Botanisieren fort und bin gleich darauf mit mir allein.

Ich muss daran denken, wie die Kinder vielleicht genau in diesem Moment in mein Arbeitszimmer schleichen. Wie sie feststellen, dass ich nicht im Bett liege. Wie die Kleinsten zu weinen beginnen. Trotz ihrer Geheimhaltung ist mir nicht entgangen, welche Mühe sie sich mit ihrem Geschenk gemacht haben, die Spuren der Verwüstung im Garten waren nicht zu übersehen.

Und wie wird Sara reagieren? Oh, ich kann mir ihr Gesicht gut vorstellen. Es ist geballt wie eine Faust, die zum Schlag ausholt. Das ist ihr Gesichtsausdruck, der mich häufig verfolgt, seit ich damals nach Schweden heimkehrte.

Die ersten Pflanzensammler kommen aus dem Wald zurückgelaufen. Sie zeigen mir ihre Fundstücke, fragen, wie dieses und jenes heißt. Ich nenne Pflanzennamen, doziere über Wuchsformen von Pflanzenstielen, erzähle von Blättern, Blüten und Wurzelgeflecht.

«Die Lichtnelke *Lychnis*», erkläre ich anhand eines Pflanzenfunds, «liegt wie tot am Boden, bis die Blüte naht und sich entfaltet wie eine junge Frau. Sie hebt sich, richtet sich auf, zeigt sich, und der Wind bestreicht die Blüten, und der Blütenstaub wird in die Höhe geblasen. Einst sah ich eine *Lychnis* im dreckigen Staub der Bergwerksstadt Falun blühen. Und verblühen. Wenn ihre Blüten vergehen und abfallen, legt die *Lychnis* sich wieder nieder, sie vertrocknet und wird gram und grau, so wie eine Frau nach der Blüte ihrer Jahre.»

Die Leute lachen, sogar die Frauen. Ein Student reicht mir ein Ästchen mit lanzettförmigen Blättern. Das sei der Echte Seidelbast, den ich mit dem lateinischen Namen *Daphne mezereum* beschrieben habe, erkläre ich. Vor langer Zeit sei die Bergnymphe Daphne von ihrem Vater, dem Flussgott Peneios, in einen Lorbeerbaum verwandelt worden, damit Daphnes liebestoller Verehrer Apoll, der Sohn des Zeus, sie nicht finden konnte. Und weil die Laubblätter des Seidelbasts denen des Lorbeers ähneln, hätte ich der Pflanze Daphnes Namen gegeben.

Als ich an dem Zweig eine vertrocknete Beere entdecke, rufe ich überrascht: «Seht nur! Hier hängt zufällig noch eine Beere aus dem Vorjahr. Aber Vorsicht: Daphnes Früchte sind sehr giftig. Sie brennen schrecklich im Hals. Mit Wasser allein ist ein solches Feuer nicht zu löschen.»

Ich rupfe die Beere ab, verstecke sie in meiner Faust,

ohne dass es jemand sieht, und tue so, als würde ich mir die Beere in den Mund stecken. Und dann – um dem Schauspiel das nötige Drama zu verleihen – reiße ich die Augen auf. Ich ächze, würge und stöhne, als erleide ich qualvollste Schmerzen. «Das einzig wirksame Gegenmittel ist Branntwein», keuche ich. «Hat denn niemand einen Schluck Branntwein dabei?»

Ein Mann reicht mir eine Trinkflasche. Ich nehme einen Schluck, und einen zweiten, und, man weiß ja nie, noch einen dritten. Dann, auf wundersame Weise genesen, zeige ich die Beere vor. «Wie schnell man doch zu einem guten Tropfen kommt.»

Die Leute lachen und klatschen Applaus, auch der Mann, dessen Branntwein ich mir erschwindelt habe.

Nach dieser Vorstellung will ich die Exkursion gerade für beendet erklären, als wie aus dem Nichts ein Mann vor mir auftaucht. Er scheint sehr alt zu sein und ist wie ich nicht besonders groß. Er sieht krank aus, blass, und sein Gesicht ist verdorrt wie eine getrocknete Pflaume. Kopf und Schultern hält er leicht vorgebeugt wie unter einer niederdrückenden Last. Er trägt keine Perücke, das graue Haar steht ihm ungekämmt vom Kopf ab. Unter halb geschlossenen Lidern stiert er mich an, trotzdem kann ich seine Augen sehen, scharfe, durchdringende Augen, die leuchten wie die blauen Blüten des Vergissmeinnichts. Mir ist, als spieße er mich mit seinem Blick auf, als sehe er tief in mich hinein, mit seinem wilden, feindseligen Blick.

Ich habe diesen Mann nie zuvor gesehen, weder in Uppsala noch anderswo. Glaube ich. Oder täusche ich mich? Aus einem unerfindlichen Grund drängt sich mir das Gefühl auf, ihn doch zu kennen. Aber woher nur?

Er greift unter seinen Mantel und holt eine Botanisiertrommel hervor, die er mir hinhält, ohne ein Wort zu sagen. Ein unangenehmes Kribbeln durchfährt mich. Ich weiß nicht warum, aber ich will diese Büchse nicht von ihm haben. Die anderen Leute stehen im Kreis um uns herum und warten ab, was geschieht. Nach kurzem Zögern überwinde ich mich und nehme ihm die Trommel ab, öffne sie und greife hinein, vorsichtig und behutsam, als könne darin etwas sein, das nur darauf wartet, in meine Finger zu beißen. Als ich den Fremden erneut anblicke, sehe ich, wie er den Mund zu einem hämischen Grinsen verzieht. In der Trommel ist etwas, das sich wie eine Pflanze anfühlt. Ich ziehe es heraus und halte ein vertrocknetes, krautiges Gewächs mit eigenartig geformten, schwefelgelben Blüten in der Hand.

Ich erkenne die Pflanze sofort und zucke zurück, als hätte ich mir daran die Finger verbrannt. Die Pflanze fällt zu Boden, und als ich wieder aufschaue, sehe ich, wie der Fremde in der Menschenmenge abtaucht, nur sein Kopf mit dem wirren Haar ist noch zu erkennen, dann ist der Mann verschwunden.

Ein Student hebt die Pflanze auf, betrachtet sie und sagt: «Sie gleicht in Wuchs und Blattform dem Leinkraut *Linaria.* Solche Blüten habe ich aber noch nie gesehen.»

Ich beginne zu schwitzen und wische mir mit der Hand über die feuchte Stirn. Die Kopfschmerzen sind zurück, schlimmer als am Morgen. «Stecke er das Ding in die Botanisiertrommel», herrsche ich den Studenten an. Meine scharfe Stimme verunsichert ihn, sodass er umgehend gehorcht, und ich drücke den Deckel fest zu.

«Diese Pflanze gibt es nicht», flüstere ich mit heiserer

Stimme. «Sie hat nie existiert, und sie wird nie existieren. So etwas Ungeheuerliches hat Gott in seinem Schöpfungsplan nicht vorgesehen. Diese Pflanze ist – ein Monster!»

Und damit beginne ich zu fallen und stürze meinem Ende entgegen.

1.

Zwanzig Männer im Bett mit einer Frau

SANKT PETERSBURG, 1736

Der verhängnisvolle Brief aus Holland erreichte den deutschen Botaniker Johann Georg Siegesbeck in Sankt Petersburg zu einem ungünstigen Zeitpunkt. Er war spät dran, und im Gewächshaus des Botanischen Gartens auf der Apothekerinsel warteten die Studenten auf seine Vorlesung. Dennoch erlag Siegesbeck der Neugier. Er öffnete den Umschlag. Darin steckten ein kurzes Anschreiben und eine dünne gebundene Schrift.

Obwohl die Zeit ihn drängte, las er das Anschreiben: Ein ihm unbekannter schwedischer Naturforscher, der mit den Initialen C.L. unterzeichnete, bat um die Zusendung von Samen des seltenen Nordischen Drachenkopfs *Dracocephalum ruyschiana* aus Sibirien. Als kleines Dankeschön im Voraus erlaube er sich, seine bescheidene Schrift dem lieben und höchstgeschätzten J.G. Siegesbeck zu überreichen.

Siegesbeck fühlte sich geschmeichelt. Er schubste die Katze, die auf seinem Schoß schlief, hinunter und blätterte durch die Seiten der Schrift, die viele Tabellen enthielt, bis er an einer Stelle hängen blieb. Er stutzte, las genauer, und kaum hatte er das, was dort geschrieben stand, zu Ende gelesen, vergaß er die Studenten. Er vergaß die Vorlesung. Er vergaß alles um sich herum.

Er las die Abhandlung ein zweites und drittes Mal. Dann hob er den Blick, seine Hände zitterten, er starrte wie erschlagen ins Nirgendwo.

Der Impuls, etwas kaputt zu machen, war übermächtig. Siegesbeck stürzte aus seiner Kammer im Verwaltungsgebäude und lief die Treppe hinunter. Beinahe stolperte er über die Katze, als sie ihm zwischen die Beine sprang. Er fing sich und rannte über den Hof zum Gewächshaus, in dem die Studenten auf ihn warteten. Beim Brennholzhaufen riss er die Axt aus dem Hackklotz und knallte ein Holzstück auf den Klotz. Er packte die Axt mit beiden Händen und hob sie hoch über den Kopf.

Schweiß tropfte von seiner Stirn. In der Maserung der Rinde des Holzstücks erkannte er die verzerrten Strukturen eines Gesichts – ein ihn, Siegesbeck, auslachendes schwedisches Naturforschergesicht.

Der Student Uchitsya sah durch die Glasscheiben des Gewächshauses den deutschen Professor am Hackklotz stehen. Seit einer halben Stunde warteten Uchitsya und seine Kommilitonen auf den Botaniker und eine seiner quälend langweiligen Vorlesungen.

Uchitsya trat auf den Hof und rief dem kleinwüchsigen Mann mit dem grauen Haar und der Axt in den Händen zu, jetzt sei vielleicht nicht der richtige Moment zum Holzhacken. Ob er nicht endlich mit der Vorlesung beginnen wolle?

Siegesbeck hörte nichts. Er sah nur das Gesicht auf dem

Holzstück. Seine Arme bebten vor Wut. Dann holte er aus und hackte auf den Schweden ein, dass die Späne nur so herumwirbelten.

Student Uchitsya zog den Kopf ein, und als der Professor im Takt der Axthiebe zu brüllen anfing, bekam es Uchitsya mit der Angst. Er floh ins Gewächshaus. Alle Studenten waren aufgesprungen und drückten ihre Nasen an den Scheiben platt.

«Was ist in den Deutschen gefahren?», fragte der Student Sopli.

Ein wenig merkwürdig war ihnen der Deutsche gleich vorgekommen, als er im Sommer zunächst im Sankt Petersburger Seehospital in den Dienst trat und dann zum Verwalter des Botanischen Gartens ernannt wurde. Dass er offensichtlich vollkommen irrsinnig war, überraschte sie aber doch. Oder waren alle Deutschen so jähzornig?

«Was schreit der überhaupt in seiner komischen Sprache», fragte Sopli.

Uchitsya war der deutschen Sprache durchaus mächtig. Das glaubte er zumindest. Als er die herausgeschrienen Worte ins Russische übersetzte, war er sich dessen aber nicht mehr so sicher und ließ die anderen Studenten am Ergebnis seiner Translation teilhaben: «Zwanzig! Männer! Im Bett! Mit einer Frau!»

Die anderen blickten ihn irritiert an. Zwanzig Männer im Bett mit einer Frau? Das ergab doch keinen Sinn. Wo blieb denn da der Spaß? Und was hatte ein solches Aufkommen im Bett mit Holzhacken zu tun?

Darauf wusste Uchitsya keine Antwort. Nein, einen Sinn ergab das nicht. Und schon gar keinen Sinn ergab das aus dem Mund eines rasenden teutonischen Botanikers, der bislang vor allem dadurch aufgefallen war, dass er gängige wissenschaftliche Theorien anzweifelte.

Draußen hackte und brüllte der Deutsche: «Zwanzig! Männer! Im Bett! Mit einer Frau!»

Drinnen im Gewächshaus dachte Uchitsya, dass die deutsche Sprache wohl doch nichts für ihn sei. Er beschloss, sich künftig dem Studium logischerer Fremdsprachen zu widmen. Dem Finnischen vielleicht. Oder gleich dem Chinesischen?

Auf dem Hof keuchte Siegesbeck vor Anstrengung in den Spänen seines Gemetzels. Er warf die Axt weg und rief in Richtung der plattgedrückten Nasen hinter den Glasscheiben, die Vorlesung werde auf den Nachmittag verschoben. Und dass sich bloß niemand erlaube, sie zu schwänzen.

Er hielt die Atemluft einige Sekunden in der Lunge zurück, bevor er zischend ausatmete und zurück in seine Kammer im Verwaltungsgebäude stapfte. Die Schrift lag auf dem Tisch, wo er sie hatte fallen lassen wie eine heiße Tartuffel.

Siegesbeck sank vor dem Tisch auf die Knie.

Er presste die Handballen gegen seine Schläfen, zwischen denen es schwankte und polterte wie im Bug eines Schiffs auf sturmwogender See. Wie ein Gewitter waren die Worte des Schweden über ihn gekommen und hatten in Siegesbeck ein Unwetter entfesselt. Er musste die Kontrolle über seine Gedanken zurückerlangen.

Da schwang sich also ein Möchtegernwissenschaftler auf, der Welt die Botanik nicht nur neu zu erklären, sondern ihr ein System aufzudrängen, mit dem alle althergebrachten und bewährten Methoden über den Haufen geworfen werden sollten. Es war ein verabscheuungswürdiges Sexualsystem, mit dem der Schwede alle Pflanzen klassifizieren wollte – und zwar anhand ihrer Fortpflanzungsorgane.

Siegesbeck schauderte. Der schwedische Scharlatan erdreistete sich, menschliche Genitalien mit pflanzlichen Organen zu vergleichen! Und dafür fand er sogar noch Gehör! Offensichtlich war man ihm in Holland auf den Leim gegangen und hatte die von sexuellen Abartigkeiten bestimmten Theorien tatsächlich gedruckt. Zugleich verweigerte man ihm, dem braven und gottesfürchtigen Johann Georg Siegesbeck, in Sankt Petersburg den Druck seiner wissenschaftlichen Schriften, etwa über diesen Blender Kopernikus.

Siegesbeck war felsenfest davon überzeugt, dass die Voraussetzungen für jede Wissenschaft Tugendhaftigkeit, Wahrhaftigkeit und Gottesfurcht sein mussten. Was der Schwede aber abgeliefert hatte, war Gotteslästerung; es war ein einzig und allein auf fragwürdigen Ruhm bedachtes Getöse.

Er schüttelte sich angewidert. Wie Pech klebten die unzüchtigen Worte des Schweden an ihm, und Siegesbeck wusste, dass er dieses Pech nicht mehr loswerden würde, wenn er nicht zur Tat schritt, um dem schändlichen Tun dieses Hochstaplers Einhalt zu gebieten.

Mit gefalteten Händen hob er den Blick zur Zimmerdecke und begann zu beten, um Gottes Zorn für die Ungläubigen zu erflehen. Von solchen Gebeten hatte er Dutzende auswendig gelernt, nachdem seine Frau damals ums Leben gekommen war und er selbst in seiner Trauer beinahe den Lebensmut verloren hatte. Doch es war Gott gewesen, der ihn vor dem Untergang bewahrt hatte, und der ihm den Weg zurück ins Leben gezeigt hatte nach dem schmerzhaften Verlust des einzigen Menschen, den er geliebt hatte. Dafür war er dem Herrn zu ewigem Dank verpflichtet und würde alles in seiner Macht Stehende tun, um Gottes Namen rein zu halten. Und die Schrift des Schweden war Blasphemie. Sie war der Schmutz, mit dem ein Sünder Gottes Namen besudelte.

Siegesbeck überwand Ekel und Abscheu und senkte den Blick auf das Deckblatt der Schrift.

Systema Naturae stand darauf. Und der Name des Verfassers.

Das System der Natur. Von Carolus Linnaeus.

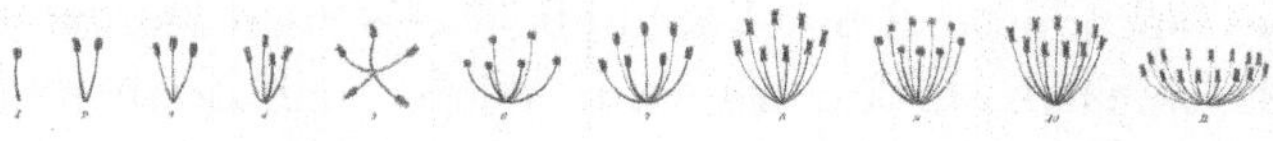

2.

Der Blumist

RÅSHULT UND STENBROHULT, 1707–1714

Carl Linnaeus wurde in der Nacht des 23. Mai 1707 geboren. Während er sich in einer Hütte im Dörfchen Råshult aufmachte, den Bauch seiner Mutter zu verlassen, irrte sein Vater Nils Linnaeus draußen durch den Garten.

Nils war ein gottesfürchtiger, in Glaubens- und Erziehungsfragen strenger Mann, der aber durchaus in der Lage war, innige Gefühle zu entwickeln. Seine Frau hatte er beispielsweise fast so lieb wie seinen Garten. Obwohl in der stockdunklen Nacht nicht viel von der Natur zu sehen war, begann es doch in diesen Frühlingstagen überall zu sprießen, zu blühen und zu duften. Auch die Knollen aus der Neuen Welt steckten schon ihre grünen Triebe aus der Erde.

In dieser Nacht, in den Stunden nervenstrapazierenden Wartens, riss Nils Äste von Büschen, trampelte durch Beete und stapfte über Trollblumen, Nelken und Primeln. Er trat gegen den Stamm der alten Linde und verstauchte sich den Fuß. Da kündigte ein Schrei seiner Frau Christina die Geburt an.

Er wollte zu ihr eilen, als etwas Merkwürdiges seine Aufmerksamkeit fesselte. Durchs kahle Lindengeäst schien vom Nachthimmel ein gleißend helles Licht auf ihn herab. Nils Linnaeus stockte der Atem. War das ein Zeichen? Ja! Und was für ein Zeichen! Das Licht war ein Fingerzeig Gottes, der ihn, seinen Diener Nils Linnaeus, auf die Bestimmung des neugeborenen Sohnes hinwies.

Wenn es denn hoffentlich ein Sohn war.

Nils humpelte in die Hütte, wo er das Bündel inspizierte, das sich in den Armen der Hebamme rekelte. Ja – es war ein Sohn!

«Der Kleine muss Priester werden», rief Nils. «Ein Priester, wie ich einer bin. Ich werde ihn unterrichten.»

Seine Frau Christina war erschöpft von den Anstrengungen der Entbindung. Sie blickte ihren Mann an und erwiderte: «Aber noch nicht heute.»

Nils hörte ihr nicht zu. «Soeben ist mir die Lichtgestalt der Jungfrau Maria erschienen – genau in dem Moment, als der Junge zur Welt kam. Ich habe die Jungfrau gesehen und sie summen gehört. Ganz deutlich. So klang das.» Er breitete die Arme aus und ließ die vibrierenden Stimmbänder kehlige Laute produzieren.

Christina dachte: Das Zeug, das er aus den Tartuffelknollen brennt, bekommt ihm nicht. «Natürlich wird er Priester, was sonst», sagte sie. «Aber mit dem Unterricht wirst du eine Weile warten müssen. Ich muss mich ausruhen, der Kleine auch. Für den ist so eine Geburt auch nicht alltäglich.»

Nils Linnaeus betrachtete den Säugling. «Ein prächtiger Bursche ist das», murmelte er. «Ganz der Vater. Einen Namen habe ich auch für ihn: Er soll Carl heißen. Carl! Wie König Carl!»

König Carl XII. trug in jenen Jahren die blaugelbe Fahne und den Stolz der schwedischen Nation durch Europa. Die Dänen hatte er besiegt, Zar Peters russische Armee bei Narwa geschlagen, Russen und Sachsen bei Düna überrannt und vertrieben, in Polen Krakau und Warschau erobert und den Sachsen bei Klissow in den Hintern getreten. Einem sächsischen Kurfürsten hatte er in Altranstädt einen Friedensvertrag aufs Auge gedrückt, und einen livländischen Aristokraten, der diesen ganzen Krieg angezettelt hatte, hatte Carl in vollendeter Hinrichtungskunst erst rädern, dann in vier Teile reißen lassen.

«Ja, so ein Rex ist unser König», sinnierte Nils Linnaeus, «und auch aus der linnaeischen Hütte im småländischen Forst wird dereinst ein großer Carl heraustreten.»

Christina nickte müde und verschenkte alle von ihr während der Schwangerschaft gehäkelten und genähten Mädchenkleidchen an die Hebamme.

Ach, ein Töchterchen wäre fein gewesen, dachte Christina und schlief ein.

Bald nach Carls Geburt starb Christinas Vater, der Pfarrer Samuel Broderson. Er hatte im Nachbarort Stenbrohult am See Möckeln den Gottesdienst gehalten. Nach Brodersons Tod war die Pfarrstelle vakant und mit Schwiegersohn Nils Linnaeus schnell ein Nachfolger gefunden.

Die Familie siedelte von Råshult nach Stenbrohult über und bezog das Pfarrhaus, zu dem ein größerer Garten gehörte. Dorthin nahm Nils Linnaeus seine in Råshult gepflanzten Sträucher, Büsche, Blumen und Obst- und Gemüsepflanzen mit. Was man hatte, das hatte man, vor allem die Tartuffeln. Christina konnte den Knollen nichts abgewinnen. Sie war überzeugt, dass ihr Mann diese Knollen gar nicht zum Essen anbaute, sondern ausschließlich, um daraus dieses Getränk zu brennen.

Die Familie richtete sich in Stenbrohult ein. Christina nähte neue Mädchenkleider. Vielleicht hatte sie mehr Glück bei einem zweiten Kind. Mädchen waren schließlich nützlicher als Knaben. Sie halfen im Haushalt, beim Putzen, Kochen und Wäschewaschen, auch waren sie zahmer und weniger versoffen. Von ihrem Ehemann forderte Christina, dass er sein Bestes gab und sie mit einem Mädchen schwängerte.

Und Nils gab sich auch wirklich Mühe bei der Erfüllung seiner ehelichen Pflichten. Nebenher predigte er in der Kirche, arbeitete in der Landwirtschaft, pflegte seinen Garten. Vor allem konzentrierte er sich darauf, den Erstgeborenen auf seine Bestimmung vorzubereiten. Ein Knabe, dem durch göttliche Vorsehung das Priesteramt in die Wiege gelegt worden war, konnte nicht früh genug mit dem Lernen anfangen.

Carlchen übte sich gerade erst im aufrechten Gang, als der Vater mit dem Unterricht loslegte. Er trichterte seinem Sohn die theologischen Grundkenntnisse anhand großer und kleiner Propheten ein. Bei jeder Gelegenheit, etwa nachdem Nils Linnaeus abgekämpft vom Liebesspiel mit Christina aus dem ehelichen Bettlager kroch, rief er Carl zu sich und betete ihm die Namen vor – von Stammvater Abraham bis Zacharias, dem Sohn Berechjas und Enkel Iddos.

Carl musste nachsprechen: A-bra-ham … Za-cha-ri-as … Be-rech-jas. Häufig vernuschelte er dabei eine Silbe, weil seine Sprachfähigkeit noch nicht ausgereift war. Der Vater vermutete hinter der undeutlichen Aussprache jedoch ein mangelndes theologisches Interesse, wenn nicht gar kindlichen Trotz.

«Es bereitet mir keine Freude, dich zu züchtigen, mein Sohn», sagte Nils. «Vielmehr bereitet es mir selbst große Schmerzen. Aber was sein muss, muss sein.» Dann prügelte er mit der Weidenrute jede gottesfürchtige Silbe auf den Po des Bübchens. «Was kann so schwer sein an Manaën und Maleachi?»

«Ma-nä-ä-ä und Malatschie», wimmerte Carl.

Und die Rute klatschte: Ma-na-ën und Ma-le-a-chi.

Carlchen heulte Rotz und Wasser. Doch der Vater ließ sich nicht erweichen. Oft endete der Unterricht erst, wenn Christina ihn in die Schlafkammer befahl. Dann legte Nils die Rute weg, wischte sich übers erhitzte Gesicht und trollte sich. Gleich darauf stieß Mutter spitze Schreie aus, und da wusste Carl, dass er ein wenig Ruhe vor den Propheten hatte. Obwohl Carl keine Ahnung hatte, was es mit den Schreien auf sich hatte, wurde das weibliche Luststöhnen seine Erlösung. Aber die Pausen waren meist von kurzer Dauer. Daher reifte Carls Entschluss, eine Strategie gegen den Prophetenunterricht zu entwickeln. Tatsächlich half ihm ein glücklicher Zufall, der Weidenrute vorübergehend zu entkommen.

Als Vater eines Tages aus der Schlafkammer wankte – das Haar verwuschelt, das Hemd hing ihm aus der Hose –, floh Carl in den Garten. Erst nach langer Suche spürte der Vater ihn auf. Carl kauerte zwischen verwachsenen Sträuchern am Boden. Schnell zeigte er auf ein Gewächs und sagte: «Lein.» Dann zeigte er auf einen Baum und sagte: «Baum.» Und auf die Rute in Vaters Hand: «Weide.»

Nils Linnaeus ließ die Rute sinken und verkündete,

wenn Carlchen sich diese Namen auf Latein merke, verlege man den Unterricht vorerst von den Propheten aufs Pflanzliche. Der Wechsel des Lehrplans kam gerade rechtzeitig, denn mit einem Mal rief die Mutter ihren Ehemann nicht mehr in die Schlafkammer. Ihr Bauch wurde dick und rund – und das bedeutete, dass der Vater wieder mehr Zeit zum Unterrichten hatte.

Bald darauf schrie ein neues Wesen in der Schlafkammer. Es war aus Mutters Bauch gekommen und zu ihrer hellen Freude ein Mädchen, dem sie den Namen Anna-Maria gab.

Inzwischen hatte Carl immer mehr Gefallen an der Pflanzenwelt gefunden. Munter plapperte er die Namen von allerhand Gewächsen nach. Es fiel ihm bemerkenswert leicht, Dinge zu benennen, die er sehen und anfassen konnte, wie die Eibe tax-us, den Hornstrauch cor-nus oder die Kastanie cas-ta-ne-a.

So vergingen die Jahre in Stenbrohult, und bald betete Carl die Namen der Pflanzen aus dem Pfarrgarten schneller herunter als das Vaterunser.

Währenddessen kam seinem Namensvetter, dem schwedischen König, im Ausland das Kriegsglück abhanden. Carl XII. musste eine Niederlage nach der anderen einstecken. Bei Lesnaja verlor er eine Schlacht gegen russische Truppen. In der Ukraine wurde er verwundet und musste tatenlos mit ansehen, wie seine Mannen bei Poltawa von den Russen niedergemetzelt wurden. Als der König ins Osmanische Reich floh und der Niedergang des schwedischen Heeres nicht mehr aufzuhalten schien, überlegte Nils Linnaeus im fernen Stenbrohult ernsthaft, seinem Sohn einen anderen Namen zu geben.

Er tat es nicht. Stattdessen freute er sich über die botanischen Fortschritte des Jungen. Im Garten des Pfarrhofs teilte Nils ihm ein eigenes Beet zu, das Carlchen nach Belieben bepflanzen durfte. «Ein richtiger Blumist ist er, mein Filius», lobte der Vater.

Carl schwoll vor Stolz die schmale Brust. Er nahm den Vater beim Wort und unternahm Streifzüge in die Umgebung, wo er mit Händen und Schaufel alles aus dem Erdreich buddelte, was sich wegtragen ließ. Kleine Bäume, Büsche, Kräuter, Sträucher, Moose und Flechten schleppte er auf den Pfarrhof und pflanzte die Gewächse in sein Beet. Bald wucherten darin Unmengen unspezifischer Unkräuter. Sie breiteten sich aus und schoben ihre Ausläufer zwischen Vaters Primeln, Tulpen und Rosen und rankten an Gebüschen und Stauden empor. Die Unkräuter griffen auch auf das Herzstück des Pfarrgartens über: ein rundes, vom Vater liebevoll gepflegtes Hochbeet, auf dem die darauf arrangierten Sträucher, Blumen und Kräuter einen Tisch mit verschiedenen Speisen und Gästen darstellten.

Carl staunte über das Streben der Natur, sich der von Vaterhand geschaffenen Ordnung zu widersetzen. Mit großer Freude brachten die Gewächse alles durcheinander, was der Vater mit Winkelmaß und Lot in Reih und Glied fügte.

Nils Linnaeus teilte die Begeisterung seines Sohnes für das wuchernde Unkraut nicht. Nach langer Zeit kramte er die Weidenrute wieder hervor, und auf Carls Hosenboden setzte es Hiebe, bis die Rute zerbrach.

Carl schniefte und schluckte Tränen herunter. Zu seiner Verteidigung argumentierte er, Gott habe doch alle Pflanzen lieb, auch die, die wuchsen, wie sie wollten.

«Aber nicht so ’n verdammtes Unkraut», schimpfte der Vater und schnitzte eine neue Rute.

Eines Tages erzählte der Vater Carl die Geschichte von einer Göttin. Sie saßen auf der Holzbank in dem vom Unkraut befreiten Garten. Es blühte und duftete, es summte und brummte. In den Sonnenstrahlen tanzten Insekten.

Nils Linnaeus trank von seinem Getränk, das er irgendwo im Wald in einer geheimen Hütte aus Tartuffelknollen herstellte. Mit den Knollen aus der Neuen Welt hatte es Ende des vergangenen Jahrhunderts auch in Schweden erste zaghafte Versuche eines wirtschaftlichen Anbaus gegeben, die aber bald wieder eingestellt worden waren. Daher nahm Nils Linnaeus für sich in Anspruch, die Bedeutung dieser Knollen frühzeitig und als einer der Ersten erkannt zu haben – zum Essen, aber vor allem, um daraus sein berauschendes Getränk zu brennen. Niemand außer ihm durfte es kosten. Er nannte den Trank seine *Medizin*, sie helfe ihm gegen Hunger und Kälte, auch heile sie Verdauungsprobleme und Trübsinn.

Bisweilen heilte sie ihn tatsächlich, zumindest vorübergehend. Wenn er die Medizin trank – in letzter Zeit trank er reichlich davon –, wurde er heiter, sogar richtig lustig, bald darauf aber grau im Gesicht und seine Stimme undeutlich. Manchmal schlief er im Sitzen ein und fiel vom Stuhl.

Als der Vater an diesem Tag von der Göttin erzählte, war sein Blick noch klar, seine Stimme aber schon belegt. Etwas zu laut rief er: «Die Göttin ist das schönste Wesen auf Gottes Erden. Ihrem Ehemann ist sie immer treu gewesen, obwohl der Idiot in der Weltgeschichte herumreiste. Alle Freier hat die Göttin abgewiesen. Sie behauptete einfach, sie müsse ein Leichentuch weben.» Nils überlegte und fuhr fort: «Irgendwann und aus irgendeinem Grund, der mir entfallen ist, verschwand die Göttin dann unter der Erde. Seither webt sie da unten in den Wintermonaten alle Pflanzen, die im Frühling aus dem Erdreich sprießen.»

Der letzte Teil der Erzählung war kaum zu verstehen, der Becher fast leer, und der Vater schloss die Augen.

Carl stieß ihn an. «Wie ist denn ihr Name?»

Der Vater fuhr hoch. «Hm, was? Der Name? Welcher Name?»

«Der Name der Göttin.»

«Göttin?» Der Vater rülpste und blickte irgendwohin, dann sagte er: «Ich rufe dich, Nemesis, göttlich waltende Königin! Allsehende, du überschaust der vielstämmigen Sterblichen Leben. Dein ist der Menschen Gericht. Ja, du Nemesis, du Göttin des gerechten Zorns. Amen.»

Der Vater schien in sich hineinzuhorchen, als spüre er den Worten seiner rätselhaften Dichtkunst nach. «Das könnte man mal in 'ne Predigt einbauen», murmelte er, bevor ihm das Kinn auf die Brust sank und er zu schnarchen begann.

Carl hatte nicht mal die Hälfte der Geschichte begriffen. Ein Detail aber setzte sich in seinem Gedächtnis fest: Diese Göttin, diese rächende, treue Weberin der Pflanzenpracht, musste das herrlichste Geschöpf der Welt sein, und Carl musste sie finden. Sie finden – und sie besitzen, die Nemesis; ganz allein seine Göttin musste sie sein.

Und tatsächlich sollte es gar nicht mehr so lange dauern, bis er ihr begegnete.

3.
Die Vorlesung

SANKT PETERSBURG, 1736

Am Nachmittag verdunkelte sich der Himmel über Sankt Petersburg. Schwere Wolken jagten von Sturmböen getrieben die Ostsee hinauf, zogen durch den Finnischen Meerbusen in die Mündungen des Newaflusses. Der Sturm knickte Äste, entwurzelte Bäume, rüttelte an Dachschindeln und Fensterläden der jungen Stadt, die der inzwischen verstorbene Zar Peter der Große erst vor wenigen Jahren von Tausenden Zwangsarbeitern in den Sumpf an den Gestaden der Newa hatte bauen lassen.

Siegesbeck saß in seiner Kammer im Haus der Akademie auf der Apothekerinsel. Er hatte gebetet und den Inhalt seiner Vorlesung überarbeitet. Eigentlich wollte er über die Tartuffel dozieren. Stattdessen würde er den rotznäsigen Studenten nun eine botanische und moralische Lektion in Sachen Unzucht erteilen.

Er warf der Katze ein Stück Hartkäse hin. Sie schnupperte daran und rümpfte die Nase. Siegesbeck fuhr sie an, er habe für sie nichts anderes zu fressen, sie solle Mäuse fangen. Dann entschuldigte er sich, weil er an seine Frau denken musste, die völlig vernarrt gewesen war in dieses dumme Tier. Und er dachte an jenen Tag, an dem die Katze versucht hatte, auf der Linde vor ihrem Haus eine Amsel zu fangen. Der Vogel machte sich einen Spaß daraus, die Katze dicht herankommen zu lassen, bevor er auf den nächsten Ast flog, immer einen Ast höher, immer weiter hinauf, bis die Katze merkte, dass der Vogel sie narrte, und hoch oben in der Linde vor Schreck erstarrte. Siegesbecks Frau wollte die Katze herunterholen und kletterte ihr hinterher. Als Siegesbeck heimkam, hingen seine Frau und die Katze in einer Höhe von dreißig Fuß fest. Und dann brach unter ihnen der Ast entzwei. Die Katze landete mit den Pfoten auf dem Dach des Hauses, Siegesbecks Frau mit dem Kopf voran auf dem gepflasterten Hof. Als er bald darauf die Stelle in Sankt Petersburg annahm, brachte er es nicht übers Herz, die Katze zurückzulassen. Nicht, weil er sie besonders mochte, aber sie war das Einzige, was ihm aus seinem früheren Leben geblieben war.

Er steckte mit spitzen Fingern die Schrift des Schweden in eine Mappe und ging hinaus. Auf dem Hof brausten ihm Wind und Regen ins Gesicht. Er trat ins Gewächshaus und blieb stehen. Auf den Stühlen zwischen Blumen, Büschen und Bäumen saßen nur sechs Studenten.

Wo waren die anderen? Das Fehlen der jungen Männer war unverzeihlich. Ausgerechnet jetzt, da Siegesbeck ihnen einen richtungsweisenden Vortrag halten wollte, wagten es die russischen Studenten, den Vortrag zu schwänzen? Hatten die Feiglinge etwa Angst vor ein bisschen Gewitter?

Eine Böe knallte hinter ihm die Tür zu. Im Gewächshaus klirrten die Scheiben.

Siegesbeck nahm Haltung an. Von einem Strauch zupfte er eine Handvoll roter Beeren ab, mit denen er sich ans

Dozentenpult stellte. Die Mappe legte er aufs Pult und hämmerte mit der Faust drauf. «Ruhe, verdammt noch mal!», rief er auf Russisch.

Die Studenten blickten sich ratlos an. Niemand hatte ein Wort gesagt. Das wagte bei dem Deutschen eh niemand, schon gar nicht nach der ruppigen Vorstellung mit der Axt heute Morgen. Man musste ja befürchten, dass der Deutsche einem eins überzog, wenn man ihn nur schief anguckte.

Siegesbeck hielt die roten Beeren hoch. «Kennt jemand den Namen dieser Pflanze? Die Herrschaften sollen gut nachdenken. Es werden Bewertungen verteilt.»

Keiner der hoffnungslosen Fälle meldete sich. Nur ein Student, der Streber Uchitsya, saß direkt vor dem Pult, die anderen fünf lümmelten hinten in der letzten Stuhlreihe herum. Sopli, der Schlimmste von allen, riss den Mund auf und gähnte so selbstgefällig wie ein Löwe, nachdem er seinen Anteil an der Antilope verspeist hatte, die andere für ihn hatten erlegen müssen.

«Die Beeren gehören zur *Grossularia multiplici acino, sive non spinosa hortensis rubra, sive Ribes Officinarium*», gab Siegesbeck die Antwort selbst.

«Wie bitte?», fragte Uchitsya.

«Der Schweizer Botaniker Johann Bauhin, Sohn des Arztes Johann Bauhin und Bruder des Botanikers Casper Bauhin, hat die Pflanze einst beschrieben und ihr diesen Namen gegeben. Der Name ist eindeutig. Er muss für alle Ewigkeit Bestand haben. Übersetzt bedeutet er: die Grossularia mit den vielen Einzeltrauben, auch genannt dornenlose Rote aus dem Garten oder auch Ribes für den medizinischen Gebrauch.»

«Aha, ja – schön, ein langer Name, aber schön … Ribes und so weiter», sagte Uchitsya.

«Ribes und so weiter», äffte Siegesbeck ihn nach. Unwissenheit und Desinteresse der Burschen gingen ihm auf die Nerven. Student Uchitsya war noch der Einzige, der eine gewisse botanische Neigung vermuten ließ. Die anderen studierten Botanik ja nur, weil es eine Voraussetzung fürs Medizinstudium war.

Siegesbeck forderte die Studenten auf, den botanischen Namen mit ihm zusammen im Chor aufzusagen. Uchitsya tat es. Die anderen klappten in der letzten Reihe nur die Münder auf und zu. Und Sopli besaß nicht einmal den Anstand, so zu tun, als würde er den Anweisungen seines Dozenten Folge leisten.

Eine Böe krachte gegen das Gewächshaus. Scheiben schepperten. Unterm Dach knirschte das Gebälk.

Siegesbeck nahm die Schrift aus der Mappe und hielt sie hoch. «Wie fundiert und klar im Ausdruck die bauhinschen Klassifikationen sind, haben Sie also gerade erfahren, meine Herren. Doch nun versucht ein Schwede – ich vermeide mit Absicht die Bezeichnung Wissenschaftler –, unter anderem die Nomenklatur, die botanische Namensgebung, zu reformieren. Was kommt dabei heraus? Das unwissenschaftlichste, widerlichste Geschmiere, das je aus der Feder eines Schreiberlings geflossen ist.»

Student Uchitsya nickte, die anderen schauten hierhin und dorthin. Sopli bohrte in der Nase.

Siegesbeck biss die Zähne zusammen, bis es knackte. Als Windgeheul und Regengetrommel eine Pause einlegten, dehnte er die Brust. «Ich muss Sie warnen, meine Herren. Das Machwerk ist ein von wollüstiger Hurerei getränktes

Pamphlet. Ich bezweifle zwar, dass Sie moralisch und sittlich gefestigt sind, um gegen solche Obszönitäten gefeit zu sein, aber im Dienste der Wissenschaft muss ich Sie damit behelligen.»

Alle Studenten machten plötzlich große Augen. Sopli nahm sogar den Finger aus der Nase.

«Der Schwede – Gott verdamme ein Volk, das eine solche Kreatur hervorbringt! – vergleicht die Vermehrung der Pflanzen mit dem Beischlaf zwischen Mann und Frau. Staubblätter wären die Hoden, Blumenstaub der männliche Samen. Und in den Blüten soll es zugehen wie bei einer Hochzeit, wenn in einem Bett eine große Anzahl an Männern eine einzige Frau begattet.»

Siegesbeck bekreuzigte sich. Uchitsya machte es ihm schnell nach. Den anderen standen die Münder weit offen. Entsetzt sahen sie jedoch nicht aus. Im Gegenteil.

«Diese Unsittlichkeit darf man nicht weiter oder gar zu Ende denken», warnte Siegesbeck.

Da rumpelte es im Gewächshausdach. Regenwasser tropfte auf die Studenten herab. Sie merkten nichts davon, sondern hingen gebannt an Siegesbecks Lippen, wie Kinder einem Märchenonkel lauschten.

Gottes Zorn, dachte Siegesbeck und sagte: «Wenn also acht, neun, zehn, zwölf oder zwanzig oder noch mehr Männer in demselben Bett mit einer Frau gefunden werden, wenn Dirnen von verheirateten Männern begattet werden …» Er verstummte. Immer mehr Wasser pladderte herunter. Wind zischte durchs Gewächshaus. Der Wind musste ein Loch hineingeschlagen haben.

«Ja, was ist denn dann?», rief Sopli erregt. «Wie geht es dann weiter? Das will ich jetzt aber genau wissen.»

Diese überraschend entfachte Leidenschaft irritierte Siegesbeck. «Glaubt jemand von Ihnen etwa, dass Gott eine so verabscheuungswürdige Unzucht im Pflanzenreich eingerichtet hätte? Wie könnte ich der akademischen Jugend ein so unkeusches System darlegen, ohne Anstoß zu erregen und auf den Widerstand eines jeden Gelehrten und Studenten zu treffen?»

«Ach, egal», rief Sopli. «Ich will mehr davon hören. Wird in der Schrift der Vorgang des zwanzigfachen männlichen Begattens einer Frau ein bisschen detaillierter beschrieben? Diese Ausführungen sind sehr aufschlussreich …»

«Aufschlussreich?», entgegnete Siegesbeck. «Diese ketzerischen Gedanken findet der junge Herr aufschlussreich? Wenn Blüten und Pollen, wenn Staubblätter und Stempel, wenn das alles nichts anderes sein soll als die Genitalien von Huren und ihrer Freier?»

«Das ist doch mal 'ne nachvollziehbare Botanik», sagte Sopli. «Was für eine Vorstellung. Im Blütenstand herrscht ein Treiben wie im Hurenhaus.»

Die Studenten trampelten mit den Füßen und riefen: «Interessant ist das! Interessant!»

«Wie heißt der Schwede eigentlich?», fragte Uchitsya.

«Carl», knurrte Siegesbeck. «Carl Linnaeus heißt er.»

«Es lebe Linnaeus», riefen die Studenten. «Vivat Linnaeus! Es lebe Schweden! Es lebe die Botanik! Die Wissenschaft und Hurerei …»

Dann brach das Dach ein. Eine Lawine aus Glas, Holz und Steinen ergoss sich in das Gewächshaus. Wind brauste herein. Als der Staub sich legte, klaffte ein großes Loch im Dach, und das Wasser pladderte auf einen Schutthaufen, um den die Studenten verschreckt herumstanden. Aus dem Schutt schauten eine Hand und ein verdrehter Fuß heraus. Die Kommilitonen gruben Sopli frei, der aussah wie ein zerfleddertes Huhn.

Siegesbeck blickte zum zerstörten Dach hinauf und dachte: Gott hat mir ein Zeichen gesandt. Er faltete die Hände und sprach einen Psalm: «Herr, du bist gerecht, und gerecht sind deine Urteile.»

4.

Die Göttin

STENBROHULT, 1715

Bevor Carl die Göttin Nemesis erschien, brach in Stenbrohult das Grauen in Gestalt eines hageren Burschen über sein Leben herein. Der Bursche hieß Johann Telander und stammte aus dem Nachbarort Diö. Carls Eltern stellten ihn als Hauslehrer ein. Er war ein sogenannter Informator, der ihrem Sohn die Grundkenntnisse in Latein, Sittenlehre und Geografie beibringen sollte, denn sie folgten unbeirrt ihrem Plan, der Erstgeborene müsse Pfarrer werden.

«Die Botanisiererei ist ja schön und gut, nun wird es aber allmählich Zeit für den Ernst des Lebens», verkündete Nils Linnaeus mit gewichtiger Miene.

Johann Telander war ein unförmiger junger Mann mit langem Gesicht, riesigen Ohren und spitzer Nase. Als Lehrer taugte er überhaupt nichts. Er war vor allem ein talentierter Sadist.

Im Pfarrhaus bezog er die Gästekammer und machte sich an sein grausames Werk. Er empfand eine unverhohlene Freude, seinen körperlich unterlegenen Schüler die Lateinvokabeln rauf- und runterkonjugieren zu lassen, bis Carl sich irgendwo zwischen cruciare, cruciat und cruciabor verhaspelte. Und wenn es kam, wie es kommen musste, ließ Telander den Lederriemen auf Carls nackten Hintern klatschen, dass es zwiebelte.

Der Unterricht war eine Qual. Carls Gebete an den lieben Gott verhallten ebenso ungehört wie seine flehentlichen Appelle an die Eltern, ihn aus den Klauen seines Peinigers zu befreien. «Er schlägt viel zu hart mit dem Riemen zu», klagte Carl.

«Hab dich nicht so», erwiderte der Vater.

Die Mutter war damit beschäftigt, das Töchterchen zu herzen, und sagte beiläufig: «So schlimm kann es gar nicht sein. Wir wissen doch, welch lebhaft-blumige Fantasie du hast, Carl. Und ein paar Prügel haben noch niemandem geschadet. Du musst nur eifrig lernen und Pfarrer werden wie dein Vater und dein Großvater. Nun fort mit dir! Deine Niedergeschlagenheit bedrückt ja unser kleines Mädchen.»

Des elterlichen Urvertrauens beraubt, zog Carl ab und leistete den Schwur, sich Telander selbst vom Hals zu schaffen. Wie, das wusste er noch nicht, aber irgendetwas musste geschehen, sonst brachte ihn Telander noch um mit den Vokabeln und Riemenschlägen.

In den unterrichtsfreien Stunden floh Carl in die Einsamkeit des Waldes. Immer tiefer hinein führte ihn sein Weg – fort vom Pfarrhof, fort von den unverständigen Eltern, fort von Telander. Zwischen Bäumen und Büschen, zwischen Blaubeergestrüpp und Kiefergeäst wurden seine Gedanken leichter, sein Kopf klarer. Eines Tages werde ich ferne Gegenden bereisen, dachte er. Ich werde Pflanzen, Tiere und Gesteine sammeln und erforschen. Sollen sich die Eltern daheim vor Sorgen ruhig die Augen ausheulen.

Auch an jenem schicksalsweisenden Sommertag war

sein Kopf mit trübsinnigen Gedanken gefüllt. Er stromerte durch den Forst und lenkte sich mit Kräutersammeln ab. Unweit des Möckelnsees traf er auf eine Ente. Das Tier war hübsch anzusehen. Es hatte einen rotbraunen Kopf und eine rahmgelbe Blässe an der Stirn. Ihr Gefieder war blassgrau, der Bauch cremefarben. Die Ente blickte ihn an, stieß pfeifende *wiu-wiu-wiu*-Rufe aus und watschelte weiter. Carl stieg ihr durchs Unterholz nach, bis er an den Waldrand kam, wo hinter dichten Büschen die Böschung zum Ufer des Möckeln steil abfiel, der hier eine ihm unbekannte Ausbuchtung bildete. Die Ente glitt ins braune Wasser und paddelte durch die Seerosen davon.

Carl bog in dem Gebüsch ein paar Zweige auseinander, um bessere Sicht zu haben, als er unten am Ufer eine Frau auf einem Stein sitzen sah, die ihm ihre linke Seite zukehrte und mit den Füßen im Wasser plätscherte, und diese Frau war – nackt.

Carl stockte der Atem. Die Frau war tatsächlich so vollkommen nackt, wie er nie zuvor eine gesehen hatte, nicht einmal seine Mutter. Das strohblonde Haar fiel der Frau lang und offen über Schultern und Rücken. Ihr Körper war schlank und hell wie eine Birke, und ihre Brüste schienen weich wie Mooskissen zu sein.

Wie alt sie wohl war? Auf jeden Fall ziemlich alt, überlegte Carl. Vielleicht nicht so alt wie Mutter, aber doch bestimmt fast zwanzig Jahre alt, und sie war so unglaublich nackt und schön, dass Carls Mund trocken wurde wie eine Handvoll Sand in einer biblischen Wüste aus dem Prophetenunterricht.

Sie beugte sich über einen kleinen Strauch, zupfte eine rosafarbene Blüte ab und hob die Blüte an ihre Nase. Der

Anblick, wie sie mit geschlossenen Augen den Duft einatmete, ging Carl durch Mark und Bein. Er liebte diese Blumen mit ihren zarten, hängenden Blüten, die so süß nach Vanille dufteten, dass es einem die Sinne vernebelte.

Auf dem Möckeln machte die Ente *krr krkrkrr* und pfiff ihre *wiu*-Rufe.

«Ne-me-sis», flüsterte Carl und dachte: Das muss sie sein – die Göttin, die die Pflanzen webt und die Welt erblühen lässt. Sie war aus dem Schoß der Erde emporgestiegen, um sich ihm, Carl, zu zeigen. Wenn er doch nur einen Blick auf ihr Gesicht werfen könnte! Er beugte sich vor, schob sich weiter in das Gebüsch über dem Abhang. Da trat er mit einem Fuß gegen eine Wurzel, die aus dem Boden ragte wie die Hand eines Untoten aus einem Grab. Er stolperte, verlor den Halt und stürzte ins Bodenlose, kullerte die Böschung hinunter, überschlug sich dabei mehrfach, rollte und rutschte gefährlich nah an scharfkantigen Steinen vorbei, bis er schließlich im Wasser landete.

Als er auftauchte, war die Göttin aufgesprungen, und er blickte in ihr blasses Gesicht. Schnell bedeckte sie ihren Körper mit einem Tuch. Ihre weit aufgerissenen Augen strahlten hell wie Sterne, und ihr Mund formte ein großes O.

Carl kroch aus dem Wasser und floh in die entgegengesetzte Richtung am Seeufer entlang.

Er rannte und rannte und war dabei von einer seltsamen Heiterkeit erfüllt, von einer aufbrausenden Hochstimmung, wie sein Vater sie vielleicht nach dem Genuss einiger Becher Medizin fühlte, kurz bevor er vom Stuhl kippte. An einer Stelle, an der die Böschung nicht so steil war, kletterte er hinauf und tauchte in den Wald ein. Bald hatte er die Orientierung verloren. Die Kleider klebten ihm nass am Körper, aber daran konnte er nicht denken, ebenso wenig an die Prügel, die ihm drohten, wenn er zu spät und tropfend wie ein Bündel Seegras nach Hause kommen sollte.

Nach längerer Suche stieß er auf einen Pfad, von dem er annahm, dass er zum Pfarrhaus führte. Erleichtert erkannte er das eine oder andere bemooste Felsgestein wieder. Und da – diese schiefe Kiefer, die hatte er doch auch schon mal gesehen. Er folgte dem Pfad eine Weile, als zwischen den Bäumen ein Schatten auftauchte.

Carl versteckte sich hinter dem Stamm einer umgekippten Buche und sah den Schatten näherkommen. Die Haut prickelte ihm vor Aufregung. Suchte etwa die Göttin nach ihm? Warum war er nur so ängstlich gewesen und fortgelaufen? Noch einmal durfte er sie nicht erschrecken.

Als der Schatten an dem Versteck vorbeilief, sah Carl, dass es nicht die Göttin war, sondern Telander, der es sehr eilig zu haben schien. Was hatte denn der Hauslehrer hier verloren? Als Waldspaziergänger und Naturfreund war er bislang nicht in Erscheinung getreten.

Carl zögerte und dachte an Vaters Weidenrute. Trotzdem siegte seine Neugier, und er folgte Telander. Bald darauf sah Carl ihn den Weg verlassen und im Unterholz verschwinden. Er schlich hinterher und stieß hinter dicht stehenden Tannen auf eine aus Brettern gezimmerte Hütte. Sein Herz pochte heftig. Er lugte durch die Tür. In der Hütte standen Gerätschaften herum: Eimer, Schalen, Fässer, Kessel, Kisten. Auf dem Boden lagen Tartuffeln. Ein scharfer Geruch stieg Carl in die Nase. Vaters Medizin!

Aus einer Ecke hörte er Geräusche und sah im Halbdunkel Telander aus einem Fass etwas in einen Becher zapfen. Dann nahm er einen Schluck davon und ließ ein anhaltendes *Ahhh!* hören. Hier also, versteckt im dunklen Tann, brannte Vater seine Medizin, und Telander, der Dieb, stahl sie.

Er füllte nach, setzte sich auf einen Schemel und streckte zufrieden die Beine aus, trank, rülpste, trank weiter, füllte wieder nach und trank, bis er mit dem Rücken gegen die Bretterwand sank. Mit einem Lächeln auf den Lippen schloss er die Augen und schlief ein.

Carl zog die Tür zu und lief zum Pfarrhaus.

Nils Linnaeus schaute durch das Fenster seines Arbeitszimmers nach draußen in den blühenden Garten, während er den Text aufsagte, den er der Gemeinde am nächsten Tag predigen wollte. Die Predigt handelte von einem Mann namens Onan, den man genötigt hatte, mit der Witwe seines verstorbenen Bruders ein Kind zu zeugen. Doch Onan hatte sich geweigert und seinen Samen lieber auf die Erde fallen und verderben lassen. Darüber war Gott sehr wütend geworden und hatte Onan getötet …

Der Vater drehte sich zu Carl um, der in der Tür stand und die Geschichte mit angehört hatte, ohne ihren Sinn zu verstehen. «Warum bist du nicht beim Unterricht?», fragte der Vater.

«Telander ist nicht hier», erklärte Carl. «Zufällig war ich gerade im Wald und habe gesehen, wie er in eine Hütte gegangen ist.»

Vaters Gesicht straffte sich. «In eine Hütte? Welche Hütte?»

«Eine einsame Hütte, irgendwo im Wald.» Carl deutete in die Richtung, aus der er gekommen war.

«Hast du in der Hütte irgendetwas gesehen?»

«Nein, ich sah nur Telander hineingehen», ließ Carl sich zu einer Notlüge hinreißen. Es gefiel ihm nicht, dem Vater nur die halbe Wahrheit zu erzählen. Sein Gefühl sagte ihm aber, dass es geschickter war, dem Vater nicht zu offenbaren, dass er dessen Geheimnis herausgefunden hatte.

Nils Linnaeus nickte nachdenklich, schweigend, und sein Kiefer mahlte.

Als der Abend dämmerte, sah Carl durch das Fenster seiner Dachkammer Vater und Telander aus dem Wald kommen. Telander schwankte, stolperte am Gartentor über seine eigenen Füße und fiel hin, Tränen liefen ihm über die Wangen. Vater zog ihn hoch und stieß ihn unsanft durch den Garten zum Pfarrhaus, wo er ihn in die Gästekammer sperrte, die Tür zuknallte und abschloss.

Carl hörte seine Mutter nach dem Grund für den Lärm fragen, woraufhin Vater erwiderte, er werde den Lump morgen früh freilassen, mehr sei dazu nicht zu sagen. Im Pfarrhaus wurde es still.

Carl legte sich ins Bett und dachte an die Göttin. Vielleicht war sie es gewesen, die ihn auf Telanders Spur gebracht hatte? Ja, ohne sie wäre er dem Dieb doch gar nicht auf die Schliche gekommen. Nemesis, die Göttin der Rache. Die Göttin seiner Rache. Carl musste sie unbedingt wiedersehen, um ihr für ihre Hilfe zu danken. Zufrieden schlief er ein.

Am nächsten Tag predigte Nils Linnaeus in der Kirche von den Sünden des Onan. Nach dem Gottesdienst holte er Telander aus der Gästekammer und sprach sein Urteil: Telander müsse das Pfarrhaus unverzüglich verlassen, und er solle sich hüten, auch nur ein Sterbenswörtchen über eine Knollenbrennerei im Wald zu verlieren. Sonst werde er Telander des Diebstahls bezichtigen. Außerdem habe der Informator dem lieben Carl ganz übel mitgespielt; man könne ihn daher wegen unverhältnismäßig grausamer Züchtigung drankriegen.

Telander sah so unglücklich aus, dass er Carl ein bisschen leidtat. Jahre später sollte Carl von seinem Vater erfahren, dass Gott den Hauslehrer ebenso hart bestraft hatte wie diesen Onan: Telander war beim Bierbrauen in den Kessel gefallen und zu Tode gekocht worden.

Zu Carl sagte der Vater: «Und dich, mein Sohn, werden wir auf eine Schule schicken. Einem Besuch der Trivialschule in Växjö steht nichts mehr im Wege.»

«Växjö?», fragte Carl entsetzt. Über diese Stadt wusste er nur, dass sie unendlich weit entfernt war, also fast schon im Ausland, und da herrschte Krieg. Außerdem musste er doch die Göttin wiedersehen.

«Jawohl, Växjö», bestätigte Vater in einem Tonfall, der keine weiteren Fragen duldete.

5.

Ein Meisterwerk

SANKT PETERSBURG, 1736

Der Sturmwind heulte durchs eingestürzte Gewächshausdach, unter dem die Studenten um den von den herabgefallenen Trümmern verletzten Sopli herumstanden. Sopli heulte Rotz und Wasser und drohte, sein Vater, ein ranghoher städtischer Beamter, werde diejenigen zur Rechenschaft ziehen, die dieses marode Gewächshaus gebaut hatten. Siegesbeck versorgte notdürftig Soplis Wunden, dann brachten ihn seine Kommilitonen ins Hospital.

Beinahe hätte sich Siegesbeck von der düsteren Stimmung mitreißen lassen, als ihm ein Gedanke kam, zunächst nur ein Geistesblitz, eine vage Idee, die in seinem Kopf aber schnell zu einem Plan heranreifte.

Er kehrte mit der Schrift des Schweden in seine Kammer zurück, zündete eine Kerze an und nahm mit Tintenfass, Feder und Papier am Tisch Platz. Er schrieb und schrieb, schlief kaum in den nächsten Tagen, aß nur das Nötigste, das greifbar war, und das war das aus Pflanzenhäckseln und Erbsen- und Leinsamenmehl gebackene Pferdebrot, das er aus einem Trog auf dem Hof stibitzte, wenn niemand in der Nähe war. Das Brot war hart wie Holz, und es schmeckte auch so.

Die Katze schleppte Mäuse in die Kammer und biss sie nach kurzem Spiel tot. Sie bot Siegesbeck von den Mäusen an und schmollte, weil er sie verschmähte.

Einmal musste er die Schreibarbeit unterbrechen, als man ihn, als Verwalter des Botanischen Gartens, zum Unglück im Gewächshaus befragte. Zur Aufklärung könne er jedoch nichts beitragen, erläuterte er den Beamten, außer dass das Dach möglicherweise eine Fehlkonstruktion sei, falsch berechnete Statik und so. Die Beamten – einer von ihnen war Soplis Vater – blickten ihn lange an, dann nickten sie bedeutungsvoll.

Der Architekt, der das Gewächshaus einst in Zar Peters Auftrag entworfen hatte, war vor einigen Jahren in die Newa gefallen. Daher musste die Obrigkeit auf dessen Stellvertreter zurückgreifen. Der Stellvertreter beteuerte zwar, er selbst habe den Architekten erfolglos auf statische Ungereimtheiten in der Dachkonstruktion hingewiesen. Nachdem man den Stellvertreter aber so nachhaltig gefoltert hatte, bis er schließlich irgendetwas gestand, konnte er kurz darauf um den einen Kopf, den er hatte, kürzer gemacht werden. Die Hinrichtung wurde feierlich auf dem Marktplatz Sytni Rynik, hinter der Peter-Pauls-Festung, begangen.

In der Kammer schrieb sich Siegesbeck die Finger wund und den Frust seines verkannten Genies von der Seele. Die Worte flossen aus seinem Kopf über die Feder aufs Papier, bis er das Werk vollendet hatte. Auf dem Deckblatt notierte er in geschwungenen Lettern den ausdrucksstarken Titel: *Botanosophiae verioris brevis sciagraphia in usum discentium adornata: accedit ob argumenti analogiam, epicrisis in clar. Linnaei nuperrime evulgatum systema plantarum sexuale, et huic superstructam methodum botanicam.* Damit machte er deutlich, dass er seine eigene – und natürlich wahrhaftigere – botanische Philosophie dem linnaeischen Sexualsystem gegenüberstellte. Dann lehnte er sich im Stuhl zurück und atmete lange aus, als habe er nicht mehr ans Luftholen gedacht, seit das Gewächshausdach eingestürzt war.

Er lieferte seine Schrift in der Russischen Akademie der Wissenschaften ab – mit dem Vermerk, sie so schnell wie möglich, am besten sogleich der *Kommission zur Begutachtung wissenschaftlicher Arbeiten vor ihrer Veröffentlichung* vorzulegen.

Seine Bitte wurde erhört.

Schon am übernächsten Tag schneite ein Bote des Akademischen Rats ins Gewächshaus, dessen Dach mit Brettern notdürftig geflickt worden war. Siegesbeck hielt gerade eine Vorlesung über das Klassifikationssystem des Joseph Pitton de Tournefort, der einer der wenigen ernstzunehmenden Botaniker in Gottes Naturreich gewesen sei. Die tournefortsche Klassifikationsmethode richte sich nämlich nach den Verwachsungen der Blüten – und nicht nach irgendwelchen Sexualorganen, dozierte Siegesbeck. Daher sei die tournefortsche Methode wegweisend und habe für die gesamte Botanik zu gelten.

So viele Studenten wie nie zuvor waren in Siegesbecks erste Vorlesung nach dem Unglück gekommen. Alle Stühle waren besetzt, sogar zwischen Pflanzen und Tischen, zwischen Eimern und Kübeln drängten sich junge Männer.

Das Interesse an Siegesbecks Vortrag nahm jedoch rasch ab. Die Studenten hatten auf eine Weiterführung der schwedischen Sexualtheorie gehofft. Die Sache mit den zwanzig Männern im Bett mit einer Frau hatte sich in der Sankt

Petersburger Studentenschaft schnell herumgesprochen. Einige wollten gehört haben, es werde eine entsprechende Vorführung geben, vielleicht sogar mit zwanzig Frauen und einem Mann, wofür noch ein freiwilliger männlicher Darsteller gesucht werde.

Stattdessen mussten sich die Studenten anhören, wie Siegesbeck zu der knochentrockenen Erläuterung anhob, der weitgereiste Franzose Tournefort habe in den Flechten eine eigenständige systematische Gruppe erkannt. Einige Studenten gähnten, andere waren schon eingenickt, als der Bote des Akademischen Rats Siegesbeck zu sich winkte und ihm mitteilte, die Kommission erwarte ihn schon an diesem Nachmittag zum Gespräch.

«Ha – jetzt wird sich der Wind gegen Schweden drehen», sagte Siegesbeck.

«Ein Krieg, schon wieder?», fragte der Bote.

«Krieg? Ja, so etwas in der Art.» Siegesbeck rieb sich die Hände, dann schickte er die Studenten an die frische Luft.

Er lief durch die Straßen von Sankt Petersburg, das von der Zarin Anna Iwanowna mittlerweile wieder zur russischen Hauptstadt bestimmt worden war. Vorübergehend hatte man den Hof nach Moskau verlegt, nachdem zuerst Zar Peter von einem Nierenleiden und dann seine Witwe, Zarin Katharina, von der Schwindsucht dahingerafft worden war.

Unter Zarin Anna Iwanowna herrschte ein grausames Regime, was jedoch weniger ihr Verdienst war. Sie jagte lieber Hirsche und wilde Schweine, löffelte ihre Mahlzeiten von goldenen Tellern und verprasste das Geld ihres Volkes mit vollen Händen. Damit sie sich nicht selbst mit langweiligen Regierungsgeschäften abplagen musste, gewährte sie dem deutsch-baltischen Adel weitreichende Befugnisse. Vor allem ihr Günstling Ernst Johann von Biron erfüllte die Aufgabe mit großer Ernsthaftigkeit. Biron ließ jeden, der sich über die deutsche Herrschaft empörte, nach Sibirien verbannen oder kurzerhand an Ort und Stelle hinrichten. Über mangelnde Aufträge konnten sich die Henker in jenen Jahren nicht beklagen, wovon der Architektenstellvertreter ein Lied hätte singen können, wenn er noch hätte singen können.

Siegesbeck mäßigte seine Ungeduld und verlangsamte die Schritte. Schon ein überhasteter Gang konnte Birons Häschern verdächtig scheinen und einen an den Galgen bringen. Ohne Zwischenfall erreichte er das erst vor Kurzem fertiggestellte mehrstöckige Gebäude am Newaufer, in dem die Russische Akademie der Wissenschaften ihren Hauptsitz hatte. Zar Peter hatte der Welt durch die Gründung der Akademie zeigen wollen, zu welch großartiger Forschung der russische Geist fähig war. Um den russischen Nachwuchs für die anstehenden Aufgaben anzulernen, mussten jedoch zunächst viele renommierte Wissenschaftler aus dem Ausland nach Sankt Petersburg gelockt werden, ohne Gewaltanwendung versteht sich, sondern mithilfe fürstlicher Honorare. Nicht zuletzt war ja auch Siegesbeck ein glänzendes Beispiel für die gelungene Integration eines ausländischen Genies ins aufstrebende Reich russischer Wissenschaften.

Er betrat das lichtdurchflutete Foyer und hielt auf die Marmortreppe zu, die zu den Räumen oben im Turm führte. Ein Akademiediener rief ihn zurück, weil der Turm wegen Nachbesserungsarbeiten gegenwärtig nicht zugänglich sei. Siegesbeck brachte sein Anliegen vor und erhielt die Antwort, die *Kommission zur Begutachtung wissenschaftlicher Arbeiten vor ihrer Veröffentlichung* – kurz KzBwAviV genannt – erwarte Herrn Doktor Botaniker Siegesbeck im Naturalienkabinett.

Der Akademiediener führte Siegesbeck in das abgedunkelte Kabinett. Vorhänge vor den Fenstern sperrten zum Schutz der Exponate das Tageslicht aus, erklärte der Diener mit gedämpfter Stimme. Er zeigte auf ein Regal, in dem im Licht einer Öllampe mehrere Gläser zu erkennen waren. Siegesbeck tat einen raschen, keuchenden Atemzug. In den Gläsern lagen in Alkohol konservierte Föten und Säuglinge: nackte, farblose, missgebildete Wesen mit aufgeblähten Köpfen und Bäuchen, Zyklopenaugen und verwachsenen Leibern. Ein paar Schritte weiter stand ein menschliches Skelett, aus dessen Rumpf zwei Schädel ragten.

«Bemerkenswert, nicht wahr?», meinte der Diener.

Teufelswerk, dachte Siegesbeck. Er blickte angestrengt auf den Boden, bis sie in einen von Kerzen beschienenen Bereich kamen. Hinter einem Tisch waren drei alte Männer mit staubgrauen Perücken in ein Gespräch vertieft.

Der Diener machte Siegesbeck auf eine Vitrine aufmerksam, in der in einem Glasbehälter ein Männerkopf schwamm. «Der Kopf gehört Willem Mons», flüsterte der Diener. Mons, ein Mann aus Westfalen, sei Zarin Katharinas Geliebter gewesen. Als Zar Peter von der Liebschaft erfuhr, habe man Mons einen Diebstahl in die Schuhe geschoben und ruckzuck enthaupten lassen. Dann habe Zar Peter Mons' Kopf auf Katharinas Schreibtisch gestellt und sie gezwungen, ihn einen ganzen Tag lang anzustarren.

Danach sei der Kopf konserviert und der Akademischen Sammlung hinzugefügt worden.

«Er ist wirklich gut erhalten, so lebensecht», sagte der Diener und huschte davon.

Am Tisch räusperten sich die Mitglieder der Kommission. Der Mann in der Mitte, ein faltiger Alter mit spitzer Nase und Ohren, die wie Schiffssegel aus der Perücke ragten, fragte Siegesbeck nach seinem Namen und dem Grund für den Besuch.

«Doktor Johann Georg Siegesbeck. Die Kommission hat mich vorgeladen. Es handelt sich um meine Schrift zum …»

«Haben wir gelesen», knurrte der Alte. Er klopfte auf einen Stapel fleckiger und zerknickter Papiere, die Siegesbeck als sein Werk wiedererkannte, das, als er es abgegeben hatte, in tadellosem Zustand gewesen war. «Hat der Herr Doktor wohl die Güte, sich erst einmal vorzustellen und nicht gleich mit der Tür ins Naturalienkabinett zu platzen?»

«Wissen die Herren nicht, dass ich der Verwalter des Botanischen Gartens und Arzt im Seehospital bin?»

«Gewiss, gewiss», antwortete der Alte. «Wir wollen aber ein wenig mehr erfahren über den Antragsteller zur Veröffentlichung dieses Manuskripts, und zwar aus seinem eigenen Mund. Zum Beispiel, welche Referenzen er vorzuweisen hat.»

Siegesbeck nannte sein Alter, nämlich neunundvierzig, und erklärte, er sei in Merseburg geboren und habe in Wittenberg Medizin studiert. Wittenberg sei, wie den Herren bekannt sein dürfe, die Wirkungsstätte des großen Reformators Martin Luther gewesen.

Die Kommissionsmitglieder schienen unbeeindruckt.

«Ich habe als Arzt praktiziert, bevor ich nach Helmstedt zu Lorenz Heister ging, dem berühmten Professor der Medizin, Chirurgie und Botanik. Heister war es, der mich dem russischen Medizinalwesen empfohlen hat. Beim Namen Heister müsste es den Herren doch in den Ohren klingeln, oder? Wenn das mal nicht Referenz genug ist.»

«Heister?», fragte die Perücke links am Tisch. «Ist das nicht der, der meint, man solle schwangere Frauen, die verstorben sind, aufschneiden, um die Föten zu retten?»

Der Alte in der Mitte sagte: «Vor allem ist Heister der, der sich damals geweigert hat, dem liebsten und hochverehrtesten Zaren Peter als Leibarzt zu dienen.»

«Vielleicht ist den Herren auch bekannt, dass Professor Heister den praktischen Mundsperrer erfunden hat?», warf Siegesbeck ein. «Patienten mit einem solchen Sperrer im Mund können dem Arzt nicht auf die Finger beißen.»

«Ja, sehr praktisch. Und botanisch? Was hat der Antragsteller botanisch vorzuweisen?»

«Ich habe in Helmstedt botanische Schriften verfasst, über die Tartuffel zum Beispiel, ja, das ist mein Werk.»

«Kennen wir nicht», sagte der Alte mit den Segelohren. «Von dieser neuen, noch zu prüfenden Schrift abgesehen, habt Ihr, Doktor Siegesbeck, in Sankt Petersburg bislang nur eine einzige Arbeit abgeliefert, und die ist wohl kaum botanisch zu nennen.»

Er nahm aus einer Mappe ein paar Papiere und las den Titel vor: «*Dubia contra systema Copernicanum*. Das Elaborat stammt doch aus Eurer Feder?»

«Mein Name steht ja auf dem Titelblatt.»

«Mhm, was habt Ihr denn am heliozentrischen System

des Kopernikus auszusetzen? Ist es Eurer Meinung nach ein Irrglaube, dass sich die Erde um ihre eigene Achse dreht, wie alle anderen Planten um die Sonne?»

Siegesbeck seufzte. Aus ihm unerfindlichen Gründen weigerte sich die Kommission bislang, seine Kritik am kopernikanischen System zu veröffentlichen. Wie sollte er diese Herren von der schwedischen Gefahr überzeugen, wenn sie nicht einmal die Logik des Weltalls verstanden? «Seit alters ist bekannt, dass sich die Erde nicht von der Stelle bewegt, sondern der geozentrische und unverrückbare Mittelpunkt des Weltalls ist», erklärte er. «Und Sonne, Mond und Sterne drehen sich nun mal um die Erde. Deswegen geht die Kirche zu Recht mit drastischen Maßnahmen gegen anderslautende Meinungen vor und verurteilt sie als Ketzerei. Womit wir auch schon beim Thema wären.»

Die Alten blickten gleichzeitig auf Siegesbecks Schrift. «Hm, ja – die Ketzerei», sagte die linke Perücke. «Schenkt man Euren Ausführungen Glauben, so ist dieser ... C Punkt L Punkt ... wie heißt der noch gleich?»

«Carolus Linnaeus», sagte Siegesbeck hinter zusammengepressten Zähnen.

«Wenn man also Euren Ausführungen Glauben schenkt, ist dieser Carolus Linnaeus ein schlimmerer Ketzer als Kopernikus.»

«Der schlimmste Ketzer von allen sogar! Aus dem Grund habe ich die Gegenschrift zu seinem perversen System verfasst. Und deshalb ist eine geradezu heilige Pflicht der ehrwürdigen KzBwAviV, meine Schrift zu veröffentlichen, damit sich die Irrlehre des Schweden nicht verbreitet wie die Pest.»

Die Männer steckten die Perücken zusammen und berieten leise.

Siegesbeck trat mit dem Fuß auf. War er der Einzige, der den Schweden durchschaute? Dass der die gesamte Botanik lächerlich machte? Dass er mit seinem Sexualsystem Gott lästerte? Die Alten tuschelten, bis Siegesbeck der letzte Geduldsfaden riss und er fester mit dem Fuß aufstampfte. Die Kommission blickte ihn an.

«So schnell geht das nicht, Doktor Siegesbeck», sagte die Perücke in der Mitte. «Über eine Veröffentlichung der Gegenschrift muss intensiv beraten werden. Das kann Wochen dauern. Wir erkennen aber jetzt schon an, dass Eure Schrift durchaus das Potenzial hat, den wissenschaftlichen Diskurs anzuregen.»

«Da gibt's nichts anzuregen, da gibt's nur was zu verhindern», schnaubte Siegesbeck. «Meine Gegenschrift muss veröffentlicht werden, und zwar schnell und in höchster, nein – in allerhöchster Auflage.»

Beim dritten Mal stampfte er so fest auf, dass der Boden bebte. In der Vitrine nickte ihm Willem Mons zustimmend zu.

6.

Der kleine Botanikus

VÄXJÖ, 1716–1718

In Växjö bezog Carl eine winzige Wohnkammer im Haus der Soldatenwitwe Hortensia-Pia: Bett, Tisch, Stuhl und Waschschüssel auf engstem Raum, Mäuseköttel auf morschen Dielen, Plumpsklo und Brunnen hinterm Haus. Hortensia-Pia brauchte dringend Geld. Ihr Ehemann war in König Carls glorreichem Krieg gefallen, irgendwo zwischen Zar Peters Russland und dem Osmanischen Reich. Von Carls Vater verlangte sie eine Mietanzahlung. Er drückte ihr die geforderten Münzen in die Hand, wobei er mit den Zähnen knirschte, als habe er eine Ladung Kies im Mund.

Dem Sohn gab Nils Linnaeus den Rat, fleißig zu lernen und keinen Anlass zur Klage zu geben. Das in seine Ausbildung investierte Geld müsse sich als rentable Geldanlage erweisen. Vielleicht werde der Filius dereinst sogar Bischof. Zunächst müsse er aber strebsam den Weg Richtung Priesteramt beschreiten. Seine Eltern zählten auf ihn.

Carl sagte nichts. Tief in ihm drin brodelte ein von Angst entfachter Vulkan. Nie zuvor in seinen neun Lebensjahren war er so weit von zu Hause fort gewesen, schon gar nicht mutterseelenallein. Zum Abschied strich ihm der Vater über den Kopf. Dann kehrte er ins benachbarte Wirtshaus zu Schnaps, Bier und theologischer Diskussion ein. Und als sich Carl im Morgengrauen des nächsten Tages mit knurrendem Magen auf den Weg in die Schule machte – die Witwe gewährte ihm zum Frühstück nur einen Teller dünne Brotsuppe –, sah er den Vater steifbeinig aus dem Wirtshaus zur abfahrbereiten Kutsche wanken.

Den traurigen Sohn sah der Vater nicht.

Die Trivialschule von Växjö war ein düsteres Holzhaus. Tageslicht drang nur spärlich durch kleine Fensteröffnungen in den Klassenraum. Die Luft roch nach dem, was zwei Dutzend Buben unterschiedlichen Alters ausdünsteten. Einige von ihnen wurden ausschließlich mit Kohlsuppe ernährt.

Der Lehrer war ein kahlköpfiger, schnurrbärtiger Mann mit langem Pferdegesicht und schlaksigen Gliedmaßen. Er nannte sich Ictus und legte Carl als erste Amtshandlung den Strafenkatalog dar: drei Stockhiebe für Plauderei, vier für freche Rede wider den Lehrer, fünf für unverhältnismäßig lautes Flatulieren und so weiter bis zur Höchststrafe von zehn Hieben für unentschuldigtes Fernbleiben vom Unterricht. Der Lehrer war stolz auf den Katalog, den er dank jahrzehntelanger Lehrerfahrung als pädagogisches Allheilmittel zusammengestellt hatte.

Dann präsentierte er der Klasse den neuen Mitschüler Carl Linnaeus, Priestersohn aus Stenbrohult am Möckeln. Die anderen Jungen fletschten die Zähne und knurrten angriffslustig wie ein Rudel ausgehungerter Wölfe. Jeder, der nicht aus ihrer Stadt kam, war in ihren Augen rückständig und verwildert, schließlich war Växjö zweifelsohne der Nabel der zivilisierten Welt.

Beispielhaft für diese Hochzivilisation war der blonde Bursche, neben den Carl platziert wurde. Zur Begrüßung bedachte er Carl mit einem Blick, aus dem die Drohung sprach, Frieden müsse man sich durch Unterwürfigkeit verdienen. Der grobschlächtige Bursche hieß wie unzählige Generationen vor ihm Bengt Bengtson. Er war einige Jahre älter als Carl, hatte Muskeln und Hände wie ein Holzfäller und sogar schon ein paar Pickel, die wie winzige Blümchen auf seiner Stirn blühten. Als der Lehrer ihnen den Rücken zukehrte, rotzte Bengt Carl auf den Kopf.

Ictus, der davon nichts mitbekam, wollte wissen, welche schulischen Kenntnisse Carl, der ja einen großen Namen trage, vorzuweisen habe.

Bengts Spucke tropfte in Carls Ohr. Er hielt es für ratsam, den Zwischenfall nicht zu melden, zumal Spucken im Strafenkatalog nicht aufgeführt war. Also erhob er sich, mit den Händen an der Hosennaht, wie es sich gehörte, und erklärte, ihm sei ein wenig lateinische Konjugation bekannt: cruciare, cruciat und cruciabor zum Beispiel.

Damit hätte Carl es bewenden lassen sollen und das Nächste, was er sagte, lieber nicht gesagt: «Vor allem aber kenne ich mich mit Pflanzen aus, auch mit Tieren.»

«Was will er denn damit anfangen?», fragte der Lehrer. «Das ist unnütze Wissenschaft und für gar nichts gut.»

«Aber ich will die Natur erforschen.»

Da kam Carl das erste Mal mit Ictus' Strafenkatalog in Berührung. Er musste vor dem Lehrerpult die Hose herunterlassen, und Ictus' Stock sang viermal das Lied gegen freche Widerrede.

Carls Augen wurden feucht. Er dachte an Vaters mahnende Worte und biss die Zähne zusammen, während ihm klar wurde, dass es nicht einfach werden würde, keinen Anlass zur Klage zu geben.

Ictus liebte und verehrte König Carl XII. wie einen Gott. Im Unterricht erzählte er vom heroischen Krieg des Königs. Der sei inzwischen aus dem türkischen Adrianopel geflohen und von der Walachei durch Ungarn bis nach Stralsund in Schwedisch-Pommern geritten. In einem Rutsch. Ein wahrer Gewaltritt. Eine Meisterleistung! Jedes Mal, wenn Ictus den Namen des großen Carl erwähnte, knallte er den Stock mit Nachdruck aufs Pult.

Der kleine Carl saß krumm und schief auf der Bank, um das schmerzende Hinterteil zu entlasten. Er versuchte, Ictus' Bericht zu folgen, merkte aber, dass ihn viel mehr die Frage interessierte, ob in der Walachei andere Pflanzen wuchsen als in Stenbrohult. Und welche Pflanzen gab es wohl in diesem Stralsund? Das ging aus Ictus' Bericht leider nicht hervor, nur dass sich König Carl – klatsch! – in Stralsund gegen dänische und sächsische Truppen und die Armee des preußischen Soldatenkönigs Friedrich Wilhelm gestemmt habe. Im tiefsten Morast hätten sich die Schweden tapfer gegen den Feind gewehrt. Doch der feige Feind habe die Stadt mit Brandbomben in Schutt und Asche geschossen. Hunderte Schweden hätten in der Flammenhölle ihr Leben fürs Vaterland gelassen. Dennoch habe König Carl – klatsch! – den Feind erneut angegriffen, dem es nur durch eine überwältigende Übermacht gelungen sei, König Carl – klatsch! – abzudrängen.

Ictus quollen vor Anteilnahme die Augen aus den Höhlen. Abermals sei König Carl – klatsch! – die Flucht gelungen. Mit der letzten Fregatte, die noch in Stralsund lag, sei er den dänischen Kanonen durch den vereisten Sund entkommen. Mit Rums und Bums sei es zugegangen, der Mast zersplittert, tapfere Schweden über Bord gegangen. Trotzdem habe Carl, ja unser König Carl – klatsch, klatsch! – bei Hiddensee die offene See erreicht und von dort aus das schwedische Heimatland.

«Ruhm und Ehre brachte Seine Majestät den Schweden», rief Ictus. «Daher darf das Volk nicht murren und aufmucken, wenn das Geld jetzt entwertet werden muss, weil die Wirtschaft niederliegt und der eine oder andere Hunger leidet. Vielmehr ist es die Pflicht eines jeden Schweden, das Schicksal unseres Volkes mit Demut zu ertragen.»

Ein letztes Mal klatschte an diesem Tag die Rute, als Ictus verkündete, König Carl werde niemals und vor keinem Feind kapitulieren, weswegen er sicher bald gegen Norwegen ziehen werde, um alte Rechnungen zu begleichen.

Carl unterdrückte ein Gähnen. Er hatte in der Nacht vor Heimweh und Kummer kaum Schlaf gefunden. Außerdem tat ihm der Hintern weh. Als Ictus den Unterricht beendete, verließ Carl so fluchtartig die Schule wie sein Namensvetter zuvor die Stadt Stralsund.

Und schon am nächsten Tag erforderten gewisse Umstände, dass er zum ersten Mal dem Unterricht fernbleiben musste.

Auf halber Strecke zwischen Soldatenwitwenhaus und Schulgebäude entdeckte er am frühen Morgen eine Blume, die seine ganze Aufmerksamkeit in Anspruch nahm. Sie wuchs mit gekrausten roten Blütenblättern auf einem Schutthaufen am Wegesrand. Carl hatte ein solches Exemplar nie zuvor gesehen, und dabei glaubte er doch, alle

Pflanzen zu kennen, zumindest alle, die es rings um den Möckeln gab, und das waren sehr viele.

Als er niederkniete, gluckerte die Brotsuppe in seinem Magen. Die Blume faszinierte ihn. Er vergaß den Hunger, die Schule und alles andere und grub das Wurzelwerk aus Gestein und Erde, klopfte die Erdkrumen ab und legte das Gewächs in seine Tasche zu den Schulsachen. Die schöne Blume sollte den Grundstock für seine kleine Sammlung mit seltenen Pflanzen bilden.

Offenbar war die Blume aber gar nicht so selten. Ein Stück abseits des Weges leuchteten noch mehr rote Farbtupfer, die Carl anlockten wie der Sonnentau eine Fliegenmahlzeit. Er barg ein noch schöneres Exemplar, das er zu dem anderen in die Schultasche legte. Dann stieg er tiefer hinein ins Gestrüpp und kam in einen Wald. Der Boden war von sich ringelnden und windenden Trieben mit zipfeligen Blättern bedeckt. Carl löste einen Trieb, wanderte weiter, bückte sich immer wieder nach Pflanzen, bis er vor einem sumpfigen Tümpel stand. Es summte und krabbelte, blühte und duftete: Schmetterlinge und Libellen tummelten sich auf Kräutern und Blumen, in den Bäumen trällerten Vögel, Frösche quakten und Wasserläufer hüpften über die Oberfläche des Tümpels. Direkt vor Carls Nase stieg auf einem Blatt ein schwarzer Käfer auf einen anderen Käfer. Es sah ein bisschen so aus, als machten sie das, was Carls Eltern manchmal im Bett taten.

Gefangen vom Anblick kopulierender Käfer, von Geblühe, Gedufte und Gesummse bemerkte Carl nicht, wie seine Füße im Boden einsanken, und als er es merkte, steckte er schon bis zu den Knien im Morast. Er warf die Schultasche fort, die in einer Pfütze landete, wälzte sich am Boden und zog an seinen Füßen. Mit schmatzendem Ploppen lösten sich die Schuhe aus dem Morast.

Als er zur vorgerückten Stunde in den Klassenraum trat, verstummten alle Gespräche. Rings um Carls vor Nässe quietschende Schuhe breitete sich eine schmutzig braune Lache auf dem Fußboden aus.

«So etwas habe ich in meiner langen Laufbahn als Lehrer noch nicht erlebt», stöhnte Lehrer Ictus. Er riss Carl die triefende Schultasche aus den Händen und stülpte sie um. Ein unentwirrbarer Klumpen aus durchweichtem Papier, Schreibgriffeln, Schiefertafel und Pflanzen plumpste auf den Boden.

Die Stockhiebe überstiegen das im Katalog festgesetzte Höchstmaß für unentschuldigtes Fernbleiben vom Unterricht. Als der Lehrer erschöpft den Stock sinken ließ, taten ihm die Finger weh, auch trug er die eine oder andere Blase davon.

Carl kroch mehr als er ging zu seinem Platz, wo ihm Bengt Bengtson ins Ohr knurrte, das sei nicht die letzte Abreibung für den kleinen Botanikus gewesen.

Der kleine Botanikus! Damit hatte Carl seinen Spitznamen weg.

In den kommenden Nächten schloss er Bengt Bengtson und Lehrer Ictus in seine Gebete ein. Der liebe Herrgott und die liebe Göttin Nemesis mögen die beiden bitte zu sich holen. Zum Beispiel könnte Bengt an seiner Spucke ersticken und Ictus von einem Stock durchbohrt werden. Oder so.

Die Jahreszeiten zogen wie zähflüssiger Schleim dahin. Die Natur in Växjö erblühte und verblühte. Sie wurde von Kälte zersetzt und unter Schnee begraben. Währenddessen bekam König Carl XII. von seinen Kriegsspielen nicht genug. Wie Lehrer Ictus mit prophetischem Weitblick verkündet hatte, rückte der König mit mehr als zwanzigtausend schwedischen Soldaten in Norwegen ein. Auch Bengt und viele andere ältere Schüler wurden von Lehrer Ictus für kriegstauglich befunden und für den Vaterlandsdienst gemeldet. Die Zahl der Schüler in der Trivialschule von Växjö wurde überschaubar und auch die Luft im Klassenraum besser.

König Carl belagerte die norwegische Stadt Frederikshald. Es schien, als sei er tatsächlich der Held, für den Ictus ihn hielt. Im Gefecht stand der König aufrecht an vorderster Front seiner Truppen. Er schlief nur in einen Mantel gehüllt auf harten Brettern und kontrollierte persönlich, wie es mit dem Ausschachten der Laufgräben voranging. Dann traf ihn eines Tages bei einem Kontrollgang eine verirrte norwegische Kugel. Sie durchschlug seinen Schädel, und der König hatte die längste Zeit aufrecht gestanden. Beim Rückzug gerieten die Schweden in einen Schneesturm und erfroren und verhungerten bis auf wenige hundert Männer. Auch Bengt Bengtson hauchte in der Eiseskälte sein Leben aus; wahrscheinlich war ihm sogar die Spucke im Mund gefroren.

Und in Växjö weinte Lehrer Ictus bitterlich über den Verlust des Königs.

Carl brachte immer weniger Ehrgeiz zum Lernen auf. Umso mehr Gefallen fand er an der Erforschung der Natur. Er besaß mittlerweile eine ansehnliche Sammlung an Gewächsen und schmuggelte immer mehr Kräuter, Blumen und Pilze an der ahnungslosen Soldatenwitwe vorbei ins Haus, wo er die Sachen in seiner Kammer studierte, presste und trocknete.

In der Schule schwänzte Carl Latein, Griechisch, Moral und Ethik. Er rechnete sich mit Ach und Krach durch Mathematik und Physik und bekam für schlechte Leistungen den Hintern versohlt. Allerdings schlug der trauernde Ictus mit immer weniger pädagogischem Elan zu. Kraft und Lebensmut schwanden ihm zusehends. Irgendwann hob er nicht einmal mehr den Blick, wenn Carl verspätet und mit einer frisch gepflückten Pflanze den Klassenraum betrat.

Bald darauf kam Lehrer Ictus gar nicht mehr in die Schule. Im Gegensatz zu Carl schwänzte er nicht den Unterricht, sondern gab schlicht den Geist auf.

Seine letzten Worte – so erzählte man sich – waren: Ach, Carl …

7.

Papaver somniferum

SANKT PETERSBURG, 1736

Wenige Tage nach seinem Besuch bei der Kommission erreichte Siegesbeck eine Nachricht, die ihm Anlass zu einem Jubelschrei gab. Die KzBwAviV hatte entschieden, seine Gegenschrift zur linnaeischen *Systema Naturae* zu drucken und zu veröffentlichen.

Er lehnte sich bequem im Stuhl zurück, zündete eine Tabakpfeife an, blies Rauchkringel an die Zimmerdecke und kraulte dem Katzenvieh ausnahmsweise die Ohren. «Ich bewahre Gott und die Welt vor großem Unglück», erklärte er der schnurrenden Katze. «Dafür gebührt mir ein Platz im Himmel und im Olymp der Wissenschaften. Gott wird mir dankbar sein, und Forscher aus aller Welt werden sich vor mir verbeugen. Alles wird sich um mich drehen wie Sonne, Mond und Sterne um die Erde.» Er lächelte zufrieden.

Etwa eine Woche lang lächelte er.

Dann verging ihm das Lächeln. Die Akademie stellte ihm ein dünnes Paket zu, in dem sich eine überschaubare Anzahl der gedruckten und gebundenen Gegenschrift befand. Er zählte fünf Exemplare und fand die Notiz, dass in der Akademie weitere fünfzehn Exemplare lagerten.

Siegesbeck musste sich setzen. Insgesamt zwanzig Exemplare? Es hätten Hunderte sein müssen, um die Wahrheit in alle Winkel der Erde zu verbreiten – nein: Tausende!

Eine graue Schwermut drückte ihn nieder. Die Katze strich um seine Beine. Er nahm sie hoch, schmiegte seine Wange an ihr Fell und spürte den weichen, sanft vibrierenden Körper. Langsam fasste er sich wieder, und sein Kopf wurde klarer.

«Nun denn», sagte er und wischte eine Träne von seiner Wange. Dann würde er den Giftpfeil eben mitten hinein ins böse Herz der Finsternis schießen.

Er nahm Papier und Tintenfeder und dachte nach, bis er sich ein paar passende Worte zurechtgelegt hatte. Dann schrieb er:

Den Teufel werde man tun, ihm, C.L., auch nur einen einzigen Samen des Nordischen Drachenkopfs Dracocephalum ruyschiana zu überlassen, da könne man ja gleich in einen Blumenkübel scheißen. Und mit seiner verfluchten Systema Naturae könne er sich den Hintern abwischen. Stattdessen schicke er ihm seine wissenschaftlich fundierte Gegenschrift. Die sei übrigens soeben in einer Auflage von 1000 Exemplaren veröffentlicht worden und werde einem Hochstapler, wie C.L. einer sei, zeigen, wo der botanische Hammer hänge. J. G. Siegesbeck

Er las den Brief, fügte der 1000 eine weitere Null hinzu und las ihn erneut, dann zerriss er ihn, nahm ein neues Blatt und schrieb:

Man danke dem werten C.L. für die Anfrage zu den Samen des überaus seltenen Nordischen Drachenkopfs Dracocephalum ruyschiana, aber die Samen seien leider wirklich sehr selten und stünden daher für eine Sendung ins Ausland zum jetzigen Zeitpunkt nicht zur Verfügung. Auch sei bedauerlicherweise ungewiss, wann man mit Nachschub rechnen könne. Darüber hinaus danke man dem werten C. L. für die Übersendung seiner Schrift Systema Naturae, die man mit Verwunderung gelesen habe.

Er strich *Verwunderung* durch, schrieb: *Interesse* und fuhr fort:

In Korrespondenz zur Systema Naturae habe man sich erlaubt – da man selbst über bescheidene Kenntnisse der Botanik verfüge –, eine eigene Abhandlung zu dem diskussionswürdigen Thema zu verfassen. Diese Abhandlung möchte man dem werten C. L. ans Herz legen. Darin werde auf einige Ungereimtheiten bei der Benennung der drei Naturreiche sowie der Sexualtheorie eingegangen. Das Werk sei frisch aus dem Druck gekommen und werde nun in einer Auflage von 10 000 Exemplaren an Universitäten und Forschungseinrichtungen in der ganzen Welt verschickt. Hochachtungsvoll und mit kollegialem Gruße,
J. G. Siegesbeck

Schon besser.

Er steckte den Brief und ein Exemplar seiner Gegenschrift in einen Umschlag und adressierte ihn an Carolus Linnaeus, wohnhaft bei Georg Clifford, Hartekamp bei Hemstede, Holland.

Die Antwort aus Holland ließ nicht lange auf sich warten.

In einem Umschlag steckte kein Anschreiben, sondern nur ein leeres Samenpäckchen, das mit der lateinischen

Bezeichnung «Ingratus cuculus!» beschriftet war: *Undankbarer Kuckuck!*

Siegesbeck saß da, das leere Samenpäckchen in der einen, den Briefumschlag in der anderen Hand. Seine Hände zitterten. Er musste etwas tun. Holz hacken vielleicht? Oder schreien? Oder auf jemanden losgehen? Derjenige, der dafür in Frage kam, war nicht greifbar. Wie weit war es eigentlich bis in dieses Hartekamp? Tausend Meilen bestimmt, vielleicht sogar zweitausend. Er könnte die Kutsche nehmen. Oder ein Schiff, durch die Ostsee und dann in die Nordsee …

Er ließ den Gedanken fallen und ging in die Stadt. Es regnete wieder. Hut und Mantel hatte er vergessen. Durchnässt erreichte er die Lokalität in der abgelegenen Gasse, in der Birons Häscher selten nach dem Rechten schauten. Er stieg ein paar Stufen hinab und klopfte an eine Tür. Man erkannte ihn und ließ ihn eintreten. In dem höhlenartigen, von Kerzenschein matt erleuchteten Gewölbe war die Luft erfüllt von süßlichem Geruch. Auf Matratzen, Kissen und Decken lagen Männer mit kleinen Pfeifen in den Händen.

Siegesbeck ließ sich eine Pfeife und ein Schälchen mit dunkler Paste geben und suchte sich einen freien Platz. Mit einer Nadel klebte er etwas von der Paste auf den Pfeifenkopf, erhitzte die Paste an einer Kerze, inhalierte den Rauch und ließ den Rausch kommen. Sein Kopf wurde klarer, seine Stimmung hob sich. Noch ein tiefer Zug. Seine Muskeln wurden weich. Er bettete den Kopf auf ein Kissen und schloss die Augen.

Er dämmerte dahin. In einem halbwachen, halb in einem Traum schwebenden Zustand erschienen ihm zwanzig nackte Frauen. Sie lagen mit ihm in einem Bett, das die Form einer Blüte hatte. Die Frauen umgarnten ihn, liebkosten, küssten und streichelten ihn. Überall war honigsüß duftende Haut, waren gleitende Hände, weiche Brüste, pressende Schenkel …

Plötzlich stieß ihn jemand an. Die Frauen und das Blütenbett verblassten. Er öffnete die schweren Lider und blickte zu den beiden Männern auf, die vor seinem Lager standen.

«Der Verwalter des Botanischen Gartens lässt es sich wohl gut gehen», sagte einer der beiden, den Siegesbeck als den Botaniker Johann Amman wiedererkannte.

Amman war ein schmalgesichtiger dunkelhaariger Mann Ende zwanzig mit herausforderndem Grinsen. Er stammte aus Schaffhausen in der Schweiz. An der Akademie in Sankt Petersburg lehrte er als Professor für Botanik und Naturgeschichte. Es war kein Geheimnis, dass er auf eine Gelegenheit lauerte, Siegesbeck vom Verwalterposten des Botanischen Gartens zu verdrängen.

Der andere war der Botaniker und Sibirienforscher Johann Georg Gmelin, ein dicklicher Kerl Mitte zwanzig mit lächelndem Mondgesicht. Beide ließen sich unaufgefordert neben Siegesbeck nieder und goutierten eigene Pfeifen.

Gmelin war gerade von einer Expedition zurückgekehrt. Nun müsse er sich ein bisschen von den Strapazen erholen, sagte er zwischen zwei Pfeifenzügen. Es sei nur ein kurzer Urlaub, bevor es mit der Expedition weitergehe. Zarin Anna Iwanowna habe ihn auf die Reise geschickt, um Sibirien zu erforschen: Tobolsk, Tomsk, Irkutsk, dann bis an die chinesische Grenze. Ja, so komme man herum. Mit dem Barometer habe er senkrechte Höhen der Bodenschwellungen Transbaikaliens bestimmt. Auch die Luftwärme bei Jeniseisk habe er gemessen; kalt sei es gewesen, richtig kalt. Da tue ein Pfeifchen gut.

Siegesbeck wollte lieber wieder von nackten Frauen träumen.

Wie exakt die Messungen der Luftwärme wohl gewesen seien?, fragte Amman.

Bestimmt ziemlich exakt, erwiderte Gmelin. Zumindest könne er sagen, dass in Ostsibirien der Boden nicht mal im Sommer auftaue. Er klopfte auf den Fußboden. Hart wie Stein sei sie, die sibirische Erde.

Aha, meinte Amman und fragte, ob Gmelin in Sibirien neue Pflanzen gesammelt habe.

Gmelin nickte. Zum Beispiel einen verholzten Rutenstrauch mit fleischigen roten Blättern. Den Strauch könne irgendein Botaniker ruhig mal nach ihm benennen …

«Verdammt», entfuhr es Siegesbeck. Ihm war das Samenpäckchen des Schweden wieder eingefallen. Schlagartig war er nüchtern und rief: «Ingratus cuculus!»

Die anderen beiden glotzten ihn benommen an. Warum werde der Herr Verwalter ausfallend?, fragte Amman. Habe wer was Falsches gesagt? Oder habe der Herr Verwalter einen Zug zu viel vom getrockneten Milchsaft des *Papaver somniferum* genommen?

«Ich selbst bin beleidigt worden», stieß Siegesbeck aus. «Von dem Schweden aus Holland.»

Ein schwedischer Holländer oder ein holländischer Schwede?, fragte Amman. Spreche er womöglich von diesem Linnaeus, der von Hartekamp aus die Botanik kopfstehen lasse?

Siegesbeck nickte zerknirscht.

Mit dem stehe er in reger Korrespondenz, erklärte Amman. Neulich erst habe Linnaeus ihm ein Exemplar der *Systema Naturae* zugeschickt. Amman habe sich dafür mit der Zusendung einiger Samen des Nordischen Drachenkopfs *Dracocephalum ruyschiana* bedankt.

Siegesbecks Augen flammten auf. «Ihr habt also auch ein Exemplar dieses perversen Systems erhalten?»

Pervers?, entgegnete Amman. Die Sache mit den Ehemännern im Bett mit einer Frau mochten für die Moral der russischen Seele gewagt sein. Als fortschrittlicher Schweizer und Landsmann des Alpendichters Albrecht Haller könne er dem System aber auch viel Gutes abgewinnen.

Siegesbeck fuhr auf: «Wenn der Schwede sogar Euch infiltriert hat, mit wie vielen Exemplaren wurde die Wissenschaft dann noch verseucht? Die Kirche muss dieser Ketzerei ein Ende setzen!»

Gmelin und Amman legten ihre Pfeifen zur Seite. Müsse man denn gleich die Kirche bemühen?

Siegesbeck lehnte sich zurück und paffte, bis der rauschhafte Nebel seinen Geist wieder einlullte. Er reiste zurück ins Blütenbett. Die nackten Frauen hatten jetzt Flügel und flatterten um ihn herum wie Engel. Da sah er ein grelles Leuchten, einen Schein aus hellstem, göttlichem Glanz. Die Frauen flatterten davon, und die Lösung des Problems stand Siegesbeck glasklar vor Augen: Gott persönlich musste sich der Sache annehmen, oder zumindest Gottes Stellvertreter auf Erden.

Er werde intervenieren, rief er laut.

Die anderen Benommenen im Kellerloch drehten sich ihm zu.

Intervenieren werde er, an allerhöchster Stelle intervenieren! Er werde nach Rom gehen. Zum Papst! Der müsse der Ketzerei den Riegel vorschieben und die Schrift auf den Index setzen. Brennen soll sie! Brennen!

Nach Rom wolle er?, murmelte Amman interessiert. Wann er abzureisen gedenke?

Unverzüglich!

Dann werde ja die Verwalterstelle des Botanischen Gartens vakant. Amman sah sehr zufrieden aus.

8.

Vandalismus

STENBROHULT UND VÄXJÖ, 1718–1724

Die Schulferien verbrachte Carl für gewöhnlich bei seinen Eltern in Stenbrohult. Seine Mutter hatte mittlerweile zwei weitere Kinder zur Welt gebracht: ein Mädchen namens Sofia Juliana und einen Knaben, dem sie den Namen ihres Vaters Samuel gegeben hatte. Dass auch Klein Samuel Priester werden sollte, verstand sich von selbst.

Der Vater wollte von Carl wissen, wie es auf der Trivialschule voranging. Algebra, Geometrie, Rhetorik, *De bello Gallico*, Ablativ – in solchen Themen sei der Filius inzwischen bestimmt versiert, nicht wahr?

Carl knetete die Finger und wich einer konkreten Antwort aus. Er setzte eine leidgeprüfte Miene auf und erklärte, der Lehrer, übrigens ein herzensguter Mann und Freund des Königs, sei jüngst verstorben. Auch sei der Klassenraum still und leer geworden. Viele Mitschüler seien auf dem Todesmarsch erfroren, darunter sein Banknachbar Bengt Bengtson, einziger Sohn des Holzfällers Bengt Bengtson.

«Traurig, sehr traurig, die Hoffnung des Vaterlandes verheizt im Felde», seufzte der Vater. «Aber nun ist der schreckliche Krieg ja vorbei. Also Kopf hoch, das Leben geht weiter, auch in der Schule.» Er fragte nicht mehr nach Algebra und Ablativ.

Carl ließ die Eltern in dem Glauben, seine schulischen Leistungen gäben keinen Anlass zur Sorge, und zum Ende der Ferien nahm er sich wieder einmal fest vor, nun aber ernst zu machen mit der Lernerei.

Der Vorsatz hielt gerade so lange, bis er im Klassenraum Platz nahm.

An der Schule hatten sie einen neuen Lehrer bekommen. Er hieß Gabriel Höök und war zwar nicht so prügelfreudig wie sein Vorgänger, nahm es mit den Leistungen seiner Schüler aber dennoch sehr genau. Und Carls Leistungen waren unterdurchschnittlich, um nicht zu sagen: katastrophal – auch weil er in Växjö etwas entdeckt hatte, das viel spannender war als der Schulstoff. Hinter einem hohen Eisenzaun gab es einen Garten, in dem viele Pflanzen wuchsen, die Carl noch nicht erforscht hatte.

Eines Nachts kletterte er über den Zaun und machte sich an die Arbeit. Die Gefahr schien überschaubar. Weder im Garten noch im angrenzenden Haus waren verdächtige Geräusche zu hören. Im Mondschein suchte er in Beeten und Rabatten nach interessanten Gewächsen. Und er wurde fündig. Er fand Pflanzen mit rosettenförmigen Blättern und welche mit vielblütigen Trauben, mit fleischigen Stängeln, mit löffelförmigen Blüten; einige dufteten wie Rosen, andere stanken wie eine verweste Kuh. Herrlich!

Carl buddelte Pflanzen aus und stopfte sie in seinen Beutel. Er achtete darauf, von jeder Art nur ein Exemplar mitzunehmen, damit dem Gartenbesitzer kein nennenswerter Schaden entstand. Natürlich war das, was er tat, nicht rechtens, aber im Dienste der Wissenschaft musste man Kompromisse eingehen.

Wie er da auf allen vieren durch den Garten krabbelte, war er so tief in die Forschung versunken, dass er den Mann nicht bemerkte, der sich von hinten heranschlich. Als unter einem ausgelatschten Pantoffel ein Ast knackte, war es zu spät. Carl drehte sich um und sah eine dunkle Gestalt, die ihm mit einer Gartenhacke drohte.

Carl hob die Hände über den Kopf und sah die Hacke schon niederfahren. Aber der Mann schlug nicht zu, sondern schleifte ihn am Kragen ins Haus. In einer mit Bücherregalen vollgestellten Wohnstube zwang er ihn in einen Sessel.

«Ich werde den Diebstahl zur Anzeige bringen», sagte der Mann. «Dann wirst du ins Gefängnis wandern, Bursche. Ein paar Monate bei Wasser und Brot sollten drin sein für mutwilligen Gartenvandalismus.»

Carls Unterlippe zitterte. «Ich wollte nur ganz wenige Pflänzchen mitnehmen, für meine botanische Sammlung.»

«Botanische Sammlung?» Der Mann horchte auf. Er war etwa fünfzig Jahre alt, drahtig und schlank und wirkte gepflegt. Sein Haar war ergraut, die Wangen zierten buschige Koteletten. «Willst du behaupten, du bist ein Botaniker?»

«Nur ein kleiner Botanikus», flüsterte Carl.

«Etwa *der* kleine Botanikus, der, wie man hört, in Växjö kein Unkraut stehen lässt? Und der darüber hinaus der eifrigste Schulschwänzer seit Menschengedenken ist?»

«Ähm», machte Carl, überrascht angesichts seiner fragwürdigen Berühmtheit. «Wenn man so hört, muss ich das wohl sein.»

Der Mann spitzte die Lippen. Neugierig warf er einen

Blick auf das Diebesgut in Carls Beutel und sagte: «Der Schuldirektor ist ein alter Freund von mir. Er hat mir von dem Schüler mit der botanischen Leidenschaft erzählt.»

Er reichte Carl die Hand und stellte sich vor: «Johann Rothmann, der hiesige Provinzialarzt. Auch ich habe großes Interesse an der Botanik, vor allem aus medizinischen Gründen, aber auch wegen der Ästhetik und überhaupt.»

Carl schüttelte eine weiche Hand und nannte seinen Namen.

«Nun, Carl Linnaeus, warum sammelst du all die Pflanzen?», fragte Rothmann.

«Um sie zu studieren. Alle Pflanzen will ich studieren, alle, die es gibt in Stenbrohult und Växjö, eigentlich alle Pflanzen auf der Welt.»

Rothmann hatte sein Vorhaben, den Gartenvandalen hinter Schloss und Riegel zu bringen, vergessen. Er überlegte kurz, dann sagte er: «Der kleine Botanikus soll mir mal seine Sammlung zeigen, und zwar gleich.»

«Mitten in der Nacht?»

«Das hat dich doch auch nicht davon abgehalten, in meinen Garten einzusteigen, aus allerdings durchaus nachvollziehbaren Gründen, wie ich in Anbetracht der neuen Erkenntnisse strafmildernd hinzufügen muss.»

«Die Soldatenwitwe Hortensia-Pia könnte uns erwischen. Dann verwehrt sie mir auch noch den einen Teller Brotsuppe.»

Rothmann lachte. «Hortensia-Pia ist meine Patientin. Die schläft wie ein Stein. Ich habe ihr ein Schlafmittel gegen ihre Insomnie verschrieben. Die Arznei ist so stark, die haut einen Elefanten von den Füßen. Ich stelle das Mittel übrigens unter anderem aus diesem Kraut her.»

Er zeigte ein Gewächs aus Carls Beutel vor. «Es stammt aus Lappland. Wenn du *alle* Pflanzen studieren willst, solltest du dich beizeiten dort umschauen.»

«Lappland», murmelte Carl. Seine Haut kitzelte vor Erregung. Lappland schien so unerreichbar weit entfernt, noch weiter als Stenbrohult von Växjö.

Tatsächlich ließ sich Hortensia-Pia im Tiefschlaf nicht stören, als die beiden in Carls Wohnkammer schlichen. Carl zeigte dem Arzt stolz die getrockneten und gepressten Pflanzen. Aha! Und: Oho! Und: Na, da schau her, murmelte Rothmann.

Dann bat er Carl, ihn am nächsten Tag nach der Schule zu besuchen – aber nicht über den Gartenzaun, sondern durch die Eingangstür.

In der Schule nagte die Ungeduld an Carl wie eine hungrige Maus. Endlich war da jemand, der seine Leidenschaft nicht als nutzlose Wissenschaft abtat und ihn ernst zu nehmen schien. Die Vorfreude auf das Wiedersehen mit Rothmann beanspruchte seine Gedanken vollständig. Ohne es zu merken, gab er bei der Lateinarbeit eine leere Schiefertafel ab.

Lehrer Höök rief ihn zurück. Aber da war Carl schon aus dem Raum gelaufen.

Höök seufzte. Er mochte den kleinen Pflanzensammler. Dennoch kam er nicht umhin, mit Carls Vater ein ernstes Wörtchen zu reden. Carls Versetzung war mit diesen Leistungen mehr als fraglich. Am Nachmittag schrieb Höök einen Brief nach Stenbrohult.

Carl wähnte sich in Rothmanns Haus wie im Paradies. Sie fachsimpelten über Blüten, Wurzelgeflecht und Verwachsungen. Rothmann schleppte Bücher heran, dann noch mehr Bücher. Der Tisch füllte sich mit dicken Wälzern, deren Einbände nach Schweinsleder dufteten. Carl blätterte darin herum, staunte über Zeichnungen von sonderbaren Gewächsen und tippte dabei auf das eine oder andere Kraut, von dem er wusste, wo große Mengen hiervon und davon wuchsen. Rothmann geriet in helles Entzücken und gab Carl den Auftrag, bestimmte Kräuter für die Arzneimittelproduktion zu sammeln.

Carl durfte sogar ein Buch ausleihen. Er wählte einfach den dicksten Band.

«*Institutiones Rei Herbariae* – die Methoden der Kräuterkunde – vom alten Tournefort», erklärte Rothmann. «Die tournefortsche Systematik ist ein interessanter Ansatz, aber nicht ganz ausgereift. Die Methode zur Unterteilung der Pflanzen müsste irgendwann einmal neu überdacht werden, am besten von jemandem, der einen frischen Blick aufs Große und Ganze hat.»

In seiner Kammer im Soldatenwitwenhaus suchte Carl in dem Buch nach Zeichnungen, fand aber kaum welche. Und die Texte waren alle in lateinischer Sprache abgefasst. Carl seufzte. Das war der Moment, in dem er begriff, dass er seinen Geist für diese umständliche Sprache öffnen musste.

Dass einem das Lernen leichter fällt, wenn man weiß, wofür man es tut, merkte Carl schnell. Er wusste nun, dass er all die Kasus, Numeri und Genera fürs Studium der Pflanzen lernte und nicht fürs Theologische. Bei der nächsten Lateinarbeit löste er schon mehr als die Hälfte der Aufgaben. Das war eine deutliche Steigerung, zumal Carl den Lernstoff einiger verschwänzter Schuljahre in kurzer Zeit aufholte.

Allerdings hatte da Hööks Brief Stenbrohult bereits erreicht.

Ein paar Tage später polterte ein vor Zorn dampfender, nach Tartuffelschnaps riechender Priester Nils Linnaeus mit einem solchen Getöse ins Soldatenwitwenhaus, dass Hortensia-Pia vor Schreck der Löffel in die Brotsuppe fiel.

Auf der Kutschfahrt sagte der Vater kein Wort. Manchmal nippte er an einer Medizinflasche aus braunem Glas und blickte dann wieder mit glasigen Augen hinaus in die vorbeiziehende småländische Herbstlandschaft.

Carl, der seinem Vater gegenübersaß, war ratlos. In Växjö hatte Vater mit einem Brief gefuchtelt und gebrüllt: Verschwendung! Sünde! Sauer verdientes Geld! Schande! So in etwa. Dann hatte er Carl angewiesen, seine Sachen zu packen, und zwar *stante pede*!

Carl zerbrach sich den Kopf, was wohl in dem Brief stehen mochte und welches Donnerwetter ihn daheim erwartete.

Die Kutsche rumpelte dahin, bis Vater und Sohn in Stenbrohult ausstiegen. Der Vater wankte Richtung Pfarrhaus, grüßte niemanden, der ihnen begegnete, und bemühte sich um einen halbwegs aufrechten Gang. Der Sohn schlich mit eingezogenen Schultern hinterher.

Im Pfarrhaus thronte Christina Linnaea wie ein steingewordenes Monument am Küchentisch und befahl Carl mit eisigem Blick auf einen Stuhl. Dem Vater verbot sie das weitere Medizintrinken: «Für das, was gesagt werden muss, braucht es einen klaren Kopf.»

Über dem Küchentisch knisterte die Luft wie kurz vor einem Gewitter.

«Welches Unrecht habe ich begangen, dass Gott mich mit so einem undankbaren Filius bestraft?», fragte der Vater und blickte in einen leeren Becher.

«Den Herrn lässt du jetzt mal ausnahmsweise aus dem Spiel», entgegnete die Mutter barsch. Sie wandte sich an Carl. Er sah, dass sie Tränen in den Augen hatte. «Belogen hast du uns», fuhr sie ihn an. «Belogen und betrogen deine dich liebenden Eltern.»

Carl fragte leise: «Was steht denn eigentlich drin in dem Brief?»

«Das werde ich dir sagen», donnerte der Vater. «Dass deine Leistungen in der Schule *sub omni canone* sind. Dass du ein Schulschwänzer bist, der mehr durch Ab- denn durch Anwesenheit glänzt. Latein, Hebräisch, Griechisch, Moral, Ethik, Fleiß – in allem bist du eine Niete. Weißt du, was das bedeutet? Nein? Dann werde ich dir mal klares Wasser einschenken. Apropos …»

Der Vater war so erregt, dass er Mutters Verbot vergaß, seinen Becher mit Medizin auffüllte und sie gierig austrank.

«Ich habe begonnen, das Lateinische nachzuholen», sagte Carl kleinlaut. «Und ich habe einen richtigen Auftrag bekommen. Ich sammele Kräuter für den Provinzialarzt Rothmann.»

«Er sammelt Kräuter», stöhnte die Mutter.

«Er sammelt Kräuter», echote der Vater. «Priester solltest du werden, kein Kräutersammler. Ein Priester, wie ich einer bin. Ein Priester, wie dein Großvater einer gewesen ist. So etwas nennt man Tradition, und Traditionen bricht man nicht.»

Er setzte den Becher an, stellte dann aber fest, dass er schon wieder leer war. «Aus und vorbei ist's damit», knurrte er. «Ohne Gymnasium kein Studium. Ohne Studium kein Priesteramt. Ohne Priesteramt keine Bischofswürde ...»

«Ja, schon gut», sagte die Mutter. «Priester hätte erst einmal ausgereicht.»

Der Vater stöhnte unter der Seelenlast. «Deine Mutter und ich haben einen schweren, aber unumstößlichen Entschluss gefasst. Du wirst von der Schule genommen. Stattdessen absolvierst du in Stenbrohult eine Handwerkerlehre. Ehrliches Schusterhandwerk, daran ist nichts auszusetzen, auch wenn ein Bischof mehr Geld verdient. Mit dem Schuhmachermeister habe ich gesprochen, der nimmt dich unter seine Fittiche.»

«Nein», brach es aus Carl hervor. «Ich *muss* das Gymnasium besuchen. Und studieren. Um Naturforscher zu werden.»

Der Vater griff nach der Weidenrute. Da war Carl schon aus dem Haus. Er lief durch den Pfarrgarten in den Wald, den Pfad entlang, weiter durchs dichte Gestrüpp, und als er an die Böschung kam, von der aus er damals die Göttin gesehen hatte, stolperte er wieder über die tückische Wurzel und stürzte erneut den Abhang hinab ans Ufer des Möckeln. Er spuckte Erde und kleine Steine aus und schaute sich um. Die Göttin war nicht da. Er humpelte zu dem Stein, auf dem sie gesessen hatte, und ließ sich darauf nieder. Er spürte die Härte des Steins, spürte die Kälte, die durch die Hose auf seine Haut kroch und in seine Knochen. Aus und vorbei.

Zwischen absterbenden Seerosenblättern stiegen Luftblasen auf und zerplatzten wie Carls Träume. Irgendwo im Wald knackten Äste. Eine gedämpfte Stimme war zu hören.

Würde die Göttin ihn zu sich nehmen? Würde er sich an ihre Brüste betten dürfen, für immer bei ihr bleiben?

Er beugte sich vor und steckte eine Hand ins herbstkühle Wasser.

Das Knacken aus dem Wald kam näher.

Er stand auf. Vom Sturz schmerzte sein linker Fuß. Er machte einen Schritt, dann einen zweiten. Das Wasser tränkte seine Schuhe, die Hose. Kalt, lähmend kalt. Er stieg tiefer hinein. Das Wasser reichte ihm jetzt bis an den Bauch, dann bis an die Brust, bis an den Hals.

Seerosenstängel streiften seine Hände, flüchtige, lockende Berührungen.

Im Wald rief jemand. Er kannte die Stimme, aber ihm fiel nicht ein, woher.

Aus und vorbei.

Er schloss die Augen und wurde eins mit dem Wasser.

9.

Der Papst

ROM, 1736

Siegesbeck packte nur das Nötigste ein: Kleidung, Proviant und natürlich die Schrift des Schweden. Die Katze strich fordernd um seine Beine und platzierte sich so geschickt, dass er, nachdem er das dritte Mal über sie gestolpert war, beschloss, sie mitzunehmen. Dankbar blickte sie aus ihren gelben Augen zu ihm auf.

Dann traten sie von Sankt Petersburg aus die weite Reise an. Meist liefen sie zu Fuß. Hin und wieder stiegen sie in eine Kutsche. Wenn die Kutschen auf schlammigen Wegen zu langsam vorankamen, stiegen sie wieder aus. Sie gönnten sich keine Ruhepausen, schonten weder Füße noch Pfoten. Sie stiegen die Alpen hinauf, schritten durch Täler und Hochgebirge, dann die Alpen wieder hinunter, bis sie nach Italien kamen und eines Tages vor den Mauern Roms standen.

Rom, von den Dichtern zur Ewigen Stadt erhoben, war ein mit Menschen vollgestopfter Moloch, ein überquellendes Labyrinth. Wo man in Sankt Petersburg das Winkelmaß an die Straßenführung gelegt hatte, hatten römische Baumeister jahrhundertelang in weintrunkenseligen Kurven und Bögen geschwelgt. Siegesbeck nahm die Katze auf den Arm und stürzte sich ins Gewühl. Er irrte durch Gassen und Straßen, stieg Treppen hinauf und hinunter, fragte hier und dort nach dem Papst, erhielt keine Antwort, oder man drohte ihm Prügel an. Siegesbeck war ratlos.

Beim Palazzo Poli fand er hinter einer Säule eine ruhige Nische, wo man ihn nicht gleich über den Haufen rannte. Er wollte nur kurz zu Atem kommen, als er sah, wie ein dicker Mann auf den Rand des im Bau befindlichen Brunnens Fontana di Trevi stieg.

Mit ausgebreiteten Armen, als wolle er päpstlichen Segen spenden, setzte der dicke Mann zu einer Rede an: «Hier stehe ich nun an diesem Scheißbrunnen, den der Papst dem Volke stiftet, und ich glaube an gar nichts mehr. Vor allem glaube ich nicht an den Papst. Da glaube ich lieber an den Busen einer schönen Frau. Was wollt ihr mit eurer Religion, Römer? Moral gibt es auch ohne Religion. Denn, so frage ich euch, Römer, was ist verwerflicher – in ein heiliges Gefäß zu pissen oder einen Frauenbusen zu liebkosen?»

Passanten eilten vorbei und blickten angestrengt irgendwohin, nur nicht zu dem dicken Redner. Der richtete unvermittelt Blick und Zeigefinger auf Siegesbeck und rief: «Du da!»

«Wer – ich?», erwiderte Siegesbeck.

«Ja, du! Oder siehst du hier noch 'n anderen Blöden, der 'ne schwarze Katze rumschleppt, statt 'n Mädel im Arm zu halten? Wie hältst du es mit der Moral, Katzenkuschler? Brüste oder Papst?»

«Könnt Ihr mir sagen, wo ich den Papst finde …?»

Der Dicke kam nicht dazu, ihm zu antworten. Ein Trupp Gardisten der Pontificia Cohors Helvetica, der Schweizergarde, stürmte durch die Menschenmenge in seine Richtung. Die mit rot-blau-gelb gestreiften Puffhosen und bunten Wämsern bekleideten Gardisten richteten Hellebarden auf ihn und zogen ihn vom Brunnen herunter. Bevor er fiel, legte er noch eine Hand an seinen Hals und schrie: «Ich pisse auf euren Papst. Es gibt nur eine Religion – Frauenbrüste.»

Siegesbeck eilte den Gardisten hinterher. Sie brachten ihren Gefangenen durch die Stadt zur Engelsbrücke, der Ponte Sant'Angelo, dann an den Engelsstatuen vorbei über den Tiber zur Festung Castel Sant'Angelo, der Engelsburg, auf der ganz oben der Erzengel Michael thronte.

Siegesbeck versteckte die Katze unter seinem Hemd und ermahnte sie, sich weder zu rühren noch den kleinsten Laut von sich zu geben. Die Katze hatte keine Einwände. Sie schmiegte sich an seinen Bauch und schnurrte leise.

Vor dem Eingangstor der Festung versperrten ihm Wachposten den Weg. Siegesbeck erklärte, er sei ein deutscher Botaniker, zuletzt lehrend in Sankt Petersburg, und er müsse den Papst in einer dringlichen Angelegenheit sprechen.

«Hinfort, civicus», knurrte eine Wache.

Siegesbeck zeigte ihm die *Systema Naturae*. «Diese Schrift wird die Grundfeste des katholischen Glaubens erschüttern.»

Die Wache warf einen Blick darauf, erfasste die Brisanz des Inhalts jedoch in keiner Weise und schüttelte den Kopf. «Der Heilige Vater empfängt niemanden. Mache er sich vom agro!»

«Aber es handelt sich um Ketzerei.»

«Ketzerei?», fragte ein anderer Gardist, dessen Helm ein

violetter Büschel zierte, der ihn als Offizier auswies. «Vielleicht sogar Freimaurerei?»

«Ja, so etwas … ja, natürlich – Freimaurerei», sagte Siegesbeck schnell. «Der Holländer Herman Boerhaave, ebenfalls Botaniker, ist ein – na was wohl? Ja, genau: ein Freimaurer. Und wo hält sich der Verfasser dieser Schrift, der Schwede Linnaeus, wohl gerade auf? In Holland. Eins und eins ergibt zwei – ergo: Auch Linnaeus ist ein Freimaurer.»

«Boerhaave? Linnaeus?», fragte der Gardistenoffizier. «Nie gehört.»

Was der Gardist aber wusste, war, dass der Papst Freimaurer hasste wie der Teufel das Weihwasser. Und weil der Gardist schon lange auf eine Gehaltserhöhung hoffte, witterte er in persona des aufdringlichen Botanikers eine gute Gelegenheit, sich dafür zu empfehlen.

Der Gardist schritt voran ins Innere des uralten Gemäuers. Sie stiegen eine spiralförmig gewundene Rampe hinauf auf eine obere Ebene, wo der Gardist mit der Schrift hinter einer Tür verschwand. Siegesbeck musste warten und spürte, wie sich unter seinem Hemd die Katze rekelte, die offenbar allmählich Hunger bekam.

«Psst», machte Siegesbeck in den Hemdausschnitt.

Mit einem Mal stand der Gardist in der Tür und machte große Augen, weil es aussah, als würde der Botaniker seinen Bauch anzischen. Dann wurde Siegesbeck in einen mit Fresken bemalten Saal geführt. In der Mitte des Saals stand ein Bett, in dem ein alter, blasser Mann mit einer scharlachroten Kappe auf dem weißen Haar saß. Das musste er sein: Papst Clemens XII.

Siegesbeck war am Ziel.

Neben dem Bett stand ein Kardinal und las dem Papst aus der *Systema Naturae* vor, wobei er kurz aufblickte, sich dann zum Papst beugte und leise etwas zu ihm sagte. Der Papst drehte den Kopf ungefähr in Siegesbecks Richtung, sagte wiederum etwas zu dem Kardinal, der Siegesbeck heranwinkte.

Der Papst hatte – lange bevor er Papst geworden war – unter seinem bürgerlichen Namen Lorenzo Corsini viel Geld als Advokat und Bankier verdient. Dank seines monetären Talents empfahl er sich für eine klerikale Karriere. Er wurde Titularerzbischof, übernahm das Amt des Generalschatzmeisters der Engelsburg, stieg auf zum Kardinal und dann zum päpstlichen Finanzverwalter. Im Alter von 78 Jahren betrat er die letzte Treppenstufe unter Gottes Thron: Corsini wurde zum Stellvertreter des Allmächtigen auf Erden gewählt und seither Papst Clemens XII. genannt. Zu dem Zeitpunkt war seine irdische Sehfähigkeit schon recht eingeschränkt. Mittlerweile war er komplett blind. Audienzen hielt er nur noch im Bett ab. Dennoch wurde er nicht müde, die päpstlichen Finanzen auf Vordermann zu bringen. Die Kirche brauchte dringend Geld. Pecunia non olet! Clemens XII. ließ prächtige Bauten – wie den Trevi-Brunnen – errichten, kaufte überteuerte Antiquitäten und versorgte seine Corsini-Familie mit Kardinalsposten. Und natürlich musste er diese Freimaurer bekämpfen, diese Häretiker, die die Christenheit bedrohten.

«Soweit wir gesehen haben … entschuldigt, Eure Exzellenz … soweit wir *gelesen* haben», sagte der Kardinal, «handelt die Schrift mit dem Titel *Systema Naturae* von Pflanzen, Tieren und Steinen. Was daran Freimaurerei sein soll, hat sich uns nicht erschlossen. Der Pontifex maximus bittet Euch, den Inhalt in eigenen Worten wiederzugeben. Beschränkt Euch auf das Ketzerische. Die Zeit Seiner Heiligkeit ist knapp, und Zeit ist Geld.»

Siegesbeck dankte dem Heiligen Vater für die Gelegenheit und erklärte, dass der Verfasser dieser Schrift den Blütenkelch mit einem Ehebett vergleiche, in dem Staubfäden und Stempel ihre Hochzeit hielten. Staubfäden seien die männlichen Hoden und Stempel weibliche Schamlefzen. Die Befruchtung der Pflanzen gehe also vor sich, indem die Hoden mit ihrem Samen das weibliche Geburtsglied besprengten. Dabei hielten in dem Ehebett zehn oder gar zwanzig Männer zugleich Hochzeit mit einer einzigen Frau …

«Heilige Maria und Josef – haltet sofort ein mit dieser Schweinerei», stöhnte der Papst, weiß wie eine Kalkwand. Bedingt durch seine Blindheit besaß er eine überaus lebhafte Vorstellungskraft. Schnell rief der Kardinal ein paar Bedienstete herbei, die Wasser und Lappen brachten, die päpstliche Stirn kühlten und ihm Luft zufächelten.

Als der Heilige Vater wieder bei Sinnen war, verlangte er nach seiner Bulle mit dem Titel *In eminenti apostolatus specula*. Man gab sie ihm, und Clemens XII. hämmerte mit dem Zeigefinger blind auf das Schriftstück ein. «Mit der Urkunde verdamme ich öffentlich jegliche Form der Freimaurerei, deren Geheimbünde die katholische Welt vernichten wollen. Wie wilde Füchse zerstörten sie die Weinberge des Herrn und pervertierten die Herzen Unschuldiger. Ihre dunklen Machenschaften müssen unterbunden und jeder Freimaurer verfolgt, verurteilt und aufs Schärfste bestraft werden. Ab ins Feuer damit oder die Rübe ab, oder beides zugleich.»

Der Gardistenoffizier räusperte sich. «Soeben haben wir einen Freimaurer am Trevi-Brunnen festgenommen, Eure Exzellenz. Er hielt dort eine Rede, deren Inhalt ich aus Rücksicht auf die Gesundheit Seiner Heiligkeit nicht wiedergeben möchte. Aber es zielte in die Richtung dessen, was Doktor Siegesbeck vorgetragen hat.»

«Werft den Redner in den Kerker», befahl der Papst.

«Schon erledigt», sagte der Gardist. «Und wenn ich anmerken dürfte, Eure Heiligkeit, ich selbst bin es gewesen, der das Potenzial des Doktor Siegesbeck in Bezug auf die Aufdeckung freimaurerischer Umtriebe in dieser Schrift erkannte.»

«Gut gemacht, mein Sohn, dafür erhältst du einen halben Scudo mehr Lohn. Und du, Doktor Siegesbeck, sage mir, was wir tun können, um den Urheber dieses gotteslästerlichen Pamphlets der Inquisition zuzuführen?»

«Tja, also leider hält sich der Verfasser gegenwärtig in Holland auf.»

Der Papst kratzte sich am Kinn. «Für einen Kreuzzug nach Holland fehlen mir die finanziellen Mittel und das Personal. Aber ich habe eine andere Idee: Ich werde auf meine alten Tage dem Volk mal wieder zeigen, welche Macht mir Gott verliehen hat.»

Er rieb sich die Hände und blickte etwa einen halben Meter an Siegesbeck vorbei. «Mein lieber Doktor Siegesbeck. Wir werden in Rom keinen Stein auf dem anderen lassen und jeden Winkel nach Exemplaren dieser *Systema Naturae* absuchen. Dann schichten wir einen schönen Holzhaufen auf und laden alle Römer zur öffentlichen Bücherverbrennung ein.»

Unter Siegesbecks Hemd wurde die Katze ungeduldig.

Der Papst seufzte. «Schade nur, dass ich das Feuer nicht mit ansehen kann … hm? Hat hier gerade jemand Miau gesagt?»

10.

Die Höllenfurie

STENBROHULT, VÄXJÖ UND LUND, 1724–1728

Die Göttin schwebte durchs Wasser. Ihr Gesicht war umflossen von wogendem Haar, ihre Brüste wippten rhythmisch auf und ab. Ihre Schönheit lockte, ihre Blöße durchdrang Carl. Er streckte eine Hand nach ihr aus, wollte die Göttin anfassen, sie halten, für immer festhalten …

Er schreckte aus dem schönen Traum hoch, öffnete die Augen und stellte fest, dass er in seinem Bett im Pfarrhaus lag. Um ihn herum standen seine Eltern und Geschwister mit betretenen Mienen. Auf der Bettkante saß der Provinzialarzt Rothmann und erzählte, was geschehen war. Hortensia-Pia hatte ihm vom lärmenden Auftritt des Priesters berichtet. Daher war Rothmann mit der nächsten Kutsche nach Stenbrohult gefahren und hatte von Carls Eltern erfahren, dass sie den kleinen Botanikus von der Schule nehmen wollten. Rothmann war entsetzt gewesen. So ein heller Verstand! So eine treffliche Beobachtungsgabe! So viel botanisches Wissen! Und all das sollte ans schnöde Handwerk verschwendet werden? Dann hatten Rothmann und Carls Vater den Jungen im Möckeln gefunden, wo er leblos zwischen Seerosenblättern trieb, besinnungslos, fast ertrunken. Zwei Tage hatte er im Fieber gelegen und im

Wahn wirres Zeug gemurmelt, von blondem Haar, duftender Haut, weichen Brüsten …

Nils Linnaeus räusperte sich vernehmlich. Er schwankte leicht. Mutters rote Augen waren in glänzende Feuchtigkeit getränkt. Anna-Maria gähnte, Sofia Juliana bohrte im Näschen, und Klein Samuel stellte ganz richtig fest: «Carlchen ist ja noch gar nicht tot.»

Rothmann redete auf Nils und Christina ein, bis sie einsahen, dass Carl weiter die Trivialschule besuchen musste. Rothmann versprach, ihm trotz mangelhafter Schulleistungen einen Platz auf dem Gymnasium zu besorgen. Der Direktor des Gymnasiums litt unter schmerzhaften Gicht-Attacken und war auf Rothmanns ärztliche Behandlung angewiesen, wie übrigens jeder, der in Växjö etwas zu sagen hatte. Was Rothmann einen gewissen gesellschaftlichen Einfluss sicherte.

«Wenn er das Gymnasium absolviert und kein Handwerker wird, kann er doch Theologie studieren und Prediger werden», sagte Nils Linnaeus. «Aus eigener Erfahrung weiß ich, dass die Schulleistungen fürs Theologische gar nicht so berauschend sein müssen. Er *muss* Priester werden. Als er geboren wurde, ist mir im Garten die Jungfrau Maria erschienen … was denn?»

Er blickte Christina an. Sie hatte ihm gegen das Schienbein getreten. Ihr Entschluss stand fest: Carl sollte seinen eigenen Weg gehen. Stattdessen würde Samuel die theologische Familientradition fortführen, und wenn sie ihn nur ein einziges Mal beim Botanisieren erwischte, würde es ein Donnerwetter setzen, das König Carl von den Toten erweckte, das war mal klar.

«Wenn es also tatsächlich Carls Bestimmung ist, ein Prediger zu werden, dann soll er eben Prediger werden», sagte Rothmann und, bevor Nils Linnaeus etwas sagen könnte, fügte er schnell hinzu: «Und zwar soll er ein Prediger der Natur werden.»

Nils Linnaeus' Mund klappte zu wie ein Sargdeckel. Christina hatte einen festen Tritt. Also seufzte Nils nur und kapitulierte. Endgültig.

In Rothmanns Haus in Växjö bekam Carl Bett und Freitisch. Rothmanns Frau servierte anständige Mahlzeiten statt dünner Brotsuppe, und Carl genoss die neuen Freiheiten. Er durchforstete Wiesen, Wälder, Bäche und Wegesränder nach Heilkräutern, sammelte Johanniskraut, Huflattich und Kerbel. Rothmann stellte daraus Arzneien gegen Schwermut, Husten oder Gicht her, auch für den von Gelenkschmerzen geplagten Gymnasialdirektor Nils Krok. Dem brachte Rothmann bei der nächsten Behandlung sein Anliegen bezüglich eines Wechsels des Schülers Carl Linnaeus aufs Gymnasium vor.

Krok war ein korrekter Mann. Jegliche Absprachen unter der Hand gingen ihm gegen den Strich. Es kostete ihn große Überwindung, bei Rothmanns Erpressung – wenn man es so nennen mochte – klein beizugeben. Er knurrte zwar wie ein asthmatisches Schwein, sah sich aber genötigt, die Versetzung eines Schülers mit unterirdischen Leistungen ans Gymnasium abzusegnen. Als Dank steckte ihm Rothmann eine Sonderration Schmerzmittel gegen Gicht-Attacken zu. Doch im Stillen nahm sich Krok vor, auf diesen Carl Linnaeus ein besonderes Augenmerk zu haben.

Carls Begeisterung für Fächer wie Geschichte, Eloquenz, Metaphysik, Moral, Griechisch, Hebräisch oder Theologie blieb weiterhin auf niedrigem Niveau. Mit dem Lateinischen arrangierte er sich aber, denn die Sprache, das wusste er nun, war der Schlüssel zu den botanischen Werken eines Tournefort oder Boerhaave. Auch die Abhandlung eines gewissen Olof Rudbeck des Jüngeren über die Pflanzenwelt Lapplands hatte es Carl angetan.

Er las sich, wann immer es seine Zeit erlaubte, durch Rothmanns Bibliothek. Dabei verglich er Theorien und Methoden des einen Botanikers mit jenen eines anderen und stellte Althergebrachtes in Frage. Auch stieß er auf Ungereimtheiten und Lücken. Warum, so fragte sich Carl, beschrieben einige Botaniker die Glockenblume oder den Sumpfquendel oder den Ackerfrauenmantel, andere wiederum erwähnten diese Gewächse gar nicht? War es denn nicht die Aufgabe eines botanischen Werkes, alle von Gott geschaffenen Pflanzen zu beschreiben? So wuchsen Carls Ansprüche an die Wissenschaft im Allgemeinen und an sich selbst im Besonderen.

Auf dem Gymnasium manövrierte er sich mehr schlecht als recht durch die Abschlussprüfungen. Eines Tages reichte ihm Direktor Krok aus gichtgekrümmter Hand das Abschlusszeugnis. Carl hatte bestanden, wenn auch gerade so. Krok grinste schief. Es schien, als empfinde er eine späte Genugtuung.

Ohne einen Blick auf das Zeugnis zu werfen, legte Carl es zu seinen bereits gepackten Sachen. Dann verabschiedete er sich von Rothmann und dessen Frau und brach nach Lund in der Provinz Schonen auf. Dort hatte man ihm einen Studienplatz in Aussicht gestellt. Unter Vorbehalt allerdings.

Lund war ein Städtchen, eher ein Dorf, das umgeben war von viel Landschaft und noch mehr Landschaft. Ein alter Dom beherrschte das Zentrum, davor war ein Markplatz, gesäumt von baufälligen Steinhäusern. Misthaufen dünsteten üble Gerüche aus. Zwischen strohgedeckten Holzhütten wühlten Schweine im Dreck. Die Straßen waren mit Pfützen überzogen.

Carl stiefelte durch Dreck und Schlamm zur Universität und stellte sich bei den Medizinprofessoren Kilian Stobaeus und Johan Jacob Döbelius vor. Döbelius hatte kalte Augen, er war fünfzig Jahre alt und als strenger Hochschullehrer bekannt. Er stammte aus der deutschen Stadt Rostock, wo er nach seinem Studium als Arzt praktiziert hatte, bevor es ihn nach Schweden verschlug. Stobaeus, einige Jahre jünger als Döbelius, war ein schwedischer Arzt mit dem versponnenen Blick eines Schafs, das man lange nicht geschoren hatte.

Die Professoren lasen Carls Zeugnis. Dann blickten sie ihn lange an, bis sie ihn aus dem Raum schickten. Carl musste vor der Tür warten, erst nach einer halben Stunde rief man ihn wieder herein.

«Wer hat denn den Unfug verfasst?», fragte Döbelius und tippte auf das Zeugnis.

«Gymnasialdirektor Krok», antwortete Carl.

Döbelius las laut daraus vor: Man könne die Jugend an den Schulen mit jungen Bäumen vergleichen. Und die jungen Bäume schlügen aus der Art und neigten zum Wildwuchs, obwohl man sie mit größtem Fleiß hege und pflege. Vielleicht könnten die Bäume aber liebliche Früchte tragen, wenn man sie an einen anderen Ort versetzte.

«Versteht er das?», fragte Döbelius.

«Nein», gab Carl zu.

«Der Gymnasialdirektor ist wohl ein Freund übermäßigen Weingenusses», überlegte Döbelius. «Wenn das eine verschlüsselte Botschaft ist, versteht die niemand, zumindest ich nicht.»

«Vielleicht will Krok ausdrücken, dass bei Linnaeus Hopfen und Malz noch nicht ganz verloren sind», sagte Stobaeus.

«Hm, zumindest ist es das sonderbarste Zeugnis, mit dem ein Anwärter an unsere Universität entsandt wurde, seit ich die Medizinprofessur innehabe», sagte Döbelius. «Eine Empfehlung ist es nicht, weder für diesen Gymnasialdirektor noch für den Studentenanwärter Linnaeus.»

Carls Herz klopfte wie das eines gejagten Tieres. Was hatte ihm Krok denn da für ein Kuckucksei ins Nest gelegt?

Aus einer Glaskaraffe schenkte Döbelius Wasser in einen Becher, schob den Becher über den Tisch zu Carl hin und forderte ihn auf, das Wasser zu trinken.

Carl zögerte. Er befürchtete, seine Hand könnte zittern.

Döbelius starrte ihn an. «Ist er nervös?»

«Nein», sagte Carl, griff schnell nach dem Becher und trank das Wasser in einem Zug aus.

Döbelius zeigte ein seltsames Lächeln unter einem starren Blick. «Wie ist ihm jetzt zumute?»

«Ich werde auch nicht schlau aus dem Zeugnis», sagte Carl.

«Ich meine das Wasser.» Döbelius schenkte nach. «Nehme er noch einen Schluck. Und – spürt er etwas? Treibt es ihm die Müdigkeit aus den Knochen und den Nebel aus dem Kopf?»

«Eigentlich fühle ich mich weder müde noch benebelt», erwiderte Carl verunsichert.

Döbelius nickte. «Das kommt von dem Wasser. Es wird aus der Ramlösaquelle bei Helsingborg gewonnen. Der junge Baum darf raten, wer die Quelle entdeckt hat.»

Die Frage lässt nicht viel Spielraum, dachte Carl. «Vermutlich Ihr, Professor Döbelius.»

Döbelius erhob sich. Er sah zufrieden aus. «Ich denke, wir sollten ihn als Gärtner in der universitären Baumschule beschäftigen. Da kann er junge Obstbäume verpflanzen. Aber nun gut, Scherz beiseite, ich überlasse es Euch, Professor Stobaeus, über einen Studienplatz für den Anwärter Linnaeus zu entscheiden.»

Als Döbelius hinausgegangen war, lehnte sich Stobaeus im Stuhl zurück, stützte die Ellenbogen auf und legte die Fingerspitzen zusammen. Er blickte Carl geradeheraus an und sagte: «Professor Döbelius ist Deutscher, und als solcher hat er ein empfindsames Gemüt. Diese Reizbarkeit zeigt sich ja schon in der deutschen Dichtkunst: *Ich wall' im weiten Meer, in Wellen aller Not. Du bist tot lebendig, ich bin lebendig tot.* Nun, Linnaeus, was will uns der Dichter wohl damit sagen?»

Carls Kehle war wie zugeschnürt. Der Interpretation eines deutschen Gedichts fühlte er sich nicht gewachsen. Machte Stobaeus davon etwa den Studienplatz abhängig? Carl hatte einen salzigen Geschmack auf der Zunge. Kam das von dem Wasser? Oder war es Angst? Er brauchte den Studienplatz, verdammt, verdammt! Bei Döbelius war er schon durchgefallen. Was sollte er jetzt diesem Stobaeus sagen? In Wellen aller Not? Tot lebendig, lebendig tot? Was denn nun? Das war ja genauso verdreht wie Kroks

Zeugnis. Er dachte an die Göttin im Möckelnsee. Meinte diese Dichtkunst so etwas? Dass man halt tot war, wenn man in einem See ertrank?

Sich seinem Schicksal ergebend, schüttelte er den Kopf. «Nein, leider verstehe ich das Gedicht überhaupt nicht.»

Stobaeus lachte zum ersten Mal. «Ich auch nicht. Nur Deutsche verstehen den Dichter Opitz. Womöglich eignet sich der junge Baum doch fürs Naturwissenschaftliche.»

Mit Stobaeus' Segen bekam Carl den Studienplatz. Auch vermietete Stobaeus ihm eine Kammer unter dem Dach seines schiefen Hauses am Domplatz. Bei nächster Gelegenheit lobte Carl Döbelius für das Ramlösawasser, es sei wirklich außerordentlich erfrischend und belebend. Döbelius servierte ihm daraufhin eine bis an den Rand gefüllte Karaffe und sagte: «Wo du dich selber liebest, so liebe mich, gieb mir das, wann du giebest, verlier auch ich.»

Carl verschluckte sich, den Hals voll mit Ramlösawasser. «Bitte – was?», keuchte er.

«Opitz.»

«Ach so», sagte Carl. «Du bist tot lebendig, ich bin lebendig tot.»

Döbelius' Gesicht leuchtete auf wie eine reife Orange, und er klopfte Carl anerkennend auf die Schulter.

Carls Hunger auf naturwissenschaftliches Wissen war unstillbar. Tagsüber besuchte er Vorlesungen, nachts widmete er sich dem Selbststudium. Er las alle botanischen Werke aus Stobaeus' Bibliothek von Botanikern wie Bauhin, Caesalpinus, Gesner und Aldrovandi.

Manchmal schlief er vor Übermüdung am Tisch ein,

den Kopf in einem aufgeschlagenen Buch. Wer ihn auf die roten Augen und die ungesunde Gesichtsfarbe ansprach, erhielt zur Antwort: Das Leben sei zu kurz, es mit Schlaf zu vertun. Wer schlafe, erschaffe nichts. Endlich konnte Carl das lernen, wofür er sich interessierte.

Bei Streifzügen durch die Umgebung von Lund sammelte er Pflanzen und erweiterte sein in Växjö begonnenes Herbarium. Weit hinaus in die Landschaft wanderte er auf der Suche nach neuen Pflanzen, und auch an einem schönen Sommertag botanisierte er mit einem Kommilitonen fernab von Lund, wo Carl in einer Felsspalte ein ihm unbekanntes Gewächs fand.

Weil es recht warm war, hatte Carl sein Oberhemd ausgezogen. Als er nach dem Pflänzchen griff, spürte er plötzlich im rechten Arm einen heftigen Stich. Die Wunde brannte höllisch und schwoll schnell an. Carl kratzte daran, doch es brachte keine Linderung. Im Gegenteil wurde ihm gleich darauf speiübel und sein Arm steif wie ein Ast. Dann verlor Carl das Bewusstsein. Der Kommilitone schleppte ihn den weiten Weg zurück nach Lund.

Stobaeus besah sich die Wunde, hörte Carls Herzschlag ab und befühlte den schwitzenden Körper, wobei er besorgt brummende Laute ausstieß. Kopfschüttelnd zog er sich schließlich in seine Bibliothek zurück, um medizinische Fachliteratur zu wälzen.

Nachdem er seine Recherche beendet hatte, verkündete er den herbeigelaufenen Studenten, die um Carls Bett herumstanden, mit grabestiefer Stimme die Diagnose: «Linnaeus ist gestochen worden, und zwar von einer *Furia infernalis*!»

Furia infernalis, raunten die Studenten.

Sofort wanderten Stobaeus' Worte die Treppe hinab, krochen durch alle Räume und hinaus auf die Straße. Die Nachricht von Carls seltsamer Verletzung sprach sich in Lund schnell herum. Studenten und Dozenten standen Schlange vor Stobaeus' Haus. Sie drängten sich auf der Treppe und verstopften alle Räume. Die Glücklichsten eroberten einen Platz in der Dachkammer beim Bett, in dem der bewusstlose Carl lag.

Die Diagnose war eine Sensation. Eine Furia infernalis – auch Höllenfurie oder Brandwurm genannt – war ein Wesen aus der Gattung der Insekten und Würmer. Sie war lang und dünn wie ein Zwirnsfaden, bohrte sich mit scharfen Zähnen durch die Haut und fraß sich tief hinein ins Fleisch seines Opfers. Der Wurm wickelte sich um Nervenstränge, was zur Folge hatte, dass der Erkrankte an heftigen Schmerzen und Lähmungen litt und das Bewusstsein verlor. Und am Ende brachte ihn das Fieber um.

Betroffenes Schweigen breitete sich im Haus aus. Dann fragte ein Professor der Philosophie, warum man den Wurm nicht einfach aus der Wunde herausziehe, so wie Aristoteles einst den Regenwurm der Weisheit aus der Erde gezogen habe.

«Der Wurm ist mit Widerhaken besetzt», gab Stobaeus zu bedenken. «Man müsste sein Ende zu fassen bekommen, die Furie langsam herausziehen und auf eine Garnrolle wickeln. Vermutlich hat Linnaeus das Wurmende beim Kratzen aber abgerissen. Ich konnte keines finden.»

Als Nächstes schlug Döbelius vor, dem Patienten mittels eines Trichters ein paar Liter Ramlösawasser einzuflößen. Das treibe jeden Schädling aus dem Körper. Man tat es, sah aber keinen Wurm die Flucht vor dem Wasser ergreifen. Carls Zustand blieb kritisch.

Im Haus und in den Straßen, im Dom und in den Gaststuben, wohin viele Leute ihre Beratungen verlegten, berieten die Bewohner von Lund das weitere Vorgehen. Es war schließlich der örtliche Rossschlachter, der nach dem Genuss von mehreren Krügen Starkbier mit der Faust auf den Wirtshaustisch schlug und sagte: «Aufschneiden, Wurm raus und gut.»

Der Vorschlag des Rossschlachters wurde in die Dachkammer durchgestellt. Stobaeus holte sein Operationsbesteck und schnitt Carls Arm vom Ellenbogen bis zur Schulter auf. Was er nicht fand, war ein Wurm. Weil ihm nichts anderes mehr einfiel, nähte er den Arm wieder zu und schmierte Salben aus seiner Hausapotheke darauf. Und tatsächlich – einige Tage nach der Operation war Carl auf dem Wege der Besserung.

Aber er war nicht mehr derselbe. Während der Genesung ging eine Veränderung mit ihm vor sich. Er war dem Tod wieder einmal von der Schippe gesprungen und hatte erfahren müssen, wie dünn das Eis war, das das irdische Leben von ewiger Finsternis und Kälte trennte. Und wie schnell das Eis unter einem zerbrach.

Er hatte Stobaeus' Bibliothek durchgearbeitet. In den Vorlesungen erfuhr er nichts, was er nicht schon aus den Büchern wusste. Sollte er sein Studium an der kleinen Universität von Lund vollenden, würde aus ihm allenfalls ein durchschnittlicher Naturwissenschaftler. Mehr nicht. Und das war ihm nicht genug.

Hatte er sich nicht geschworen, Einzigartiges zu schaffen? Was das Einzigartige war, war ihm nicht ganz klar.

Aber er ahnte, dass Gott Großes mit ihm vorhatte. Dass der Herr ihn in die Lage versetzte, etwas zu sehen, was anderen Menschen verborgen blieb. Dass es hinter der Schöpfung, hinter allen Pflanzen, Tieren und Gesteinen einen Plan gab, einen göttlichen Plan.

Und nur er, Carl Linnaeus, würde diesen Plan durchschauen und sichtbar machen können.

Er schrieb ein paar Briefe und bedankte sich bei Stobaeus. Mit Döbelius trank er eine Karaffe Wasser leer, dann verabschiedete er sich von seinen Kommilitonen und fuhr mit der Kutsche nach Stenbrohult, wo sein Vater aus allen Wolken fiel.

11.

Die Inquisition

ROM, 1736

Die Kardinäle der Römischen Inquisition blickten durch Augengläser auf die Bücher, in denen sie Textstellen markierten, und sie fischten mit spitzen Fingern jene Werke heraus, deren Lektüre sie als Sünde einstuften. Diese Schriften setzten sie auf den *Index librorum prohibitorum*, das Verzeichnis der verbotenen Bücher, und deren Verfasser wanderten nicht selten in den Kerker. Auf dem Index fanden sich prominente Namen wie der des Reformators Martin Luther. Bei der Verbrennung seiner Schriften hatte man Luther in Abwesenheit symbolisch gleich mitverbrannt, allerdings ohne nachhaltigen Erfolg. Der englische Publizist Joseph Addison stand ebenso auf dem Index wie der Philosoph Francis Bacon oder der Schriftsteller Daniel Defoe mit seiner Schiffbrüchigengeschichte. Eigentlich war den Kardinälen jeder verdächtig, der etwas zu Papier brachte, was die katholische Kirche und Gott nicht in höchsten Tönen lobpries. Daher hatten sie auch einen gewissen Voltaire in den Blick genommen. Der Franzose philosophierte sich zu einem der schlimmsten Häretiker.

Was aber jetzt gerade vor den Generalinquisitoren auf dem Tisch lag, ließ sie in einen Abgrund moralisch-sittlicher Widerwärtigkeiten blicken. Den Kardinälen standen bei der Lektüre der Schrift des schwedischen Botanikers die Haare zu Berge. Staubbeutel waren Hoden, Blumenstaub männlicher Samen, Narben die weibliche Scham? Hurerei im Blütenbett? Zwanzig Männer begatteten eine Frau? Diese genitalen Abartigkeiten gehörten auf den Index. Und auf den Scheiterhaufen.

Siegesbeck seufzte erleichtert. Die Inquisitoren schickten die Gardisten in Rom auf die Suche nach Exemplaren der *Systema Naturae*, und Siegesbeck stand ihnen mit Rat und Tat zur Seite. Die Häscher stürmten in die Häuser der Ärzte und Professoren, verhörten Wissenschaftler, wühlten sich durch Bibliotheken und Wohnräume. Siegesbeck schritt eifrig voran. Er fahndete nach geheimen Verstecken, durchforstete staubige Bücherregale, krabbelte in verborgene Gänge und grub in Gewächshäusern eigenhändig die Erde in den Blumentöpfen um.

Aber so sehr er sich anstrengte – in Rom war keine einzige *Systema Naturae* zu finden.

Darüber hätte er sich freuen können. Bedeutete es doch, dass sich die Schrift noch nicht allzu weit verbreitet hatte. Das Problem war jedoch, dass der Papst die Bücherverbrennung bereits mit großem Aufwand vorantrieb. Er ließ Tribünen errichten und Buden und Marktstände aufstellen; fürs leibliche Wohl der Römer sollte gesorgt sein. Die Gardisten putzten ihre Waffen und Uniformen blitzblank. Und der Papst wollte es sich nicht nehmen lassen, nach langer Zeit wieder selbst vor das Volk zu treten, um den Segen für die feierliche Verbrennung zu spenden.

Das konnte Seine Heiligkeit unmöglich alles wieder abblasen.

Als der Tag gekommen war, brachte der Gardist mit dem violetten Helmbusch Siegesbeck ins päpstliche Gemach auf der Engelsburg. Clemens XII. summte und pfiff eine fröhliche Kirchenhymne, während Bedienstete ihn für die Zeremonie herausputzten. Sie legten ihm festliche Kleider an und kämmten sein dünnes Haar. Dem leichenblassen Gesicht verlieh man mit Schminke etwas Farbe. Dann setzte man ihn in eine Sänfte, um ihn darin vor das Volk zu tragen.

Der Papst ließ Siegesbeck vortreten und rieb sich die Hände. «Wie viele dieser ketzerischen Schriften hast du gefunden, mein Sohn? Ich will sie gleich dem Feuer übergeben.»

Siegesbeck spürte, wie ihm der Schweiß am Körper herunterlief. Er setzte ein missglücktes Lächeln auf und sagte: «Eure Heiligkeit, ich darf Euch die frohe Botschaft überbringen, dass sich die römischen Mauern als festes Bollwerk im Kampf gegen botanische Blasphemie erwiesen haben.»

«Was soll das heißen?»

«Das soll heißen, dass Rom von der schwedischen Hurerei noch nicht besudelt wurde.»

«Herrgott, Bursche! Kann er sich mal klar ausdrücken? Will er etwa andeuten, dass er keine Schrift gefunden hat?»

«Kein einziges Fitzelchen *Systema Naturae*, Eure Heiligkeit. Ist das nicht wundervoll?»

Der Papst starrte in seine Richtung. Über den Wangenknochen spannte sich die rot geschminkte Haut wie eine Totenmaske. «Nein, das ist *nicht* wundervoll», krächzte er. «Da draußen dürsten Zehntausende Römer nach Wein und brennenden Büchern. Die Bierbrauer haben extra für diesen Anlass frische cervisia gebraut, die Bäcker körbeweise panem gebacken, sogar dulcibus für die Kinder gibt es. Und du willst mir sagen, da sei nichts Linnaeisches weit und breit?»

«Aber, Eure Heiligkeit, man kann das auch positiv sehen …»

«Sehen? Ich kann nichts sehen. Du blamierst mich aufs Büßerhemd. Lachen werden sie über mich, die Freimaurer. Einen Popanz werden sie mich schimpfen …»

Ein Beben durchfuhr den dürren Körper. Kardinäle, Gardisten und Bedienstete sprangen herbei, drängten sich um den Papst, redeten ihm gut zu und trösteten ihn, kühlten sein Gesicht mit feuchten Lappen und verwischten die Schminke.

«Ich hätte noch mein eigenes Exemplar», sagte Siegesbeck.

«Ergreift ihn, den botanischen Häretiker», rief der Papst. «Nehmt ihm die Schrift ab und werft ihn in den dunkelsten Kerker des Castel Sant'Angelo. Da unten soll er schmoren bis zum Jüngsten Tag. Wir verbrennen sein Exemplar. Irgendwo müssen sich auch noch ein paar alte Schriften von diesem Luther finden lassen. Und auf meinem Nachttisch liegt so ein schreckliches Robinson-Crusoe-Buch, das ich mir vor dem Einschlafen habe vorlesen lassen – ab damit ins Feuer.»

12.

Ein neuer Freund

UPPSALA, 1728

Carl beichtete seinem Vater, er werde an die Universität von Uppsala wechseln, um in die Fußstapfen berühmter schwedischer Mediziner und Botaniker zu treten. Carl nannte Namen wie Lars Roberg, Olof Rudbeck den Jüngeren und Olof Celsius und wartete auf eine Reaktion des Vaters. Nils Linnaeus sagte erst einmal gar nichts, während sich sein Gesicht rot färbte wie ein Krebs im kochenden Wasser. Es war früh am Morgen, und er hatte noch keine Medizin getrunken.

Dann brach es wie glühendes Gestein aus einem Vulkankrater aus ihm heraus. Von der lauten Priesterstimme aufgeschreckt, flohen die Spatzen vom Dach des Pfarrhauses. Er brüllte und tobte, nannte seinen Sohn einen Nichtsnutz, einen Versager und feigen Abbrecher, der als Tagelöhner und Bettler enden werde. Mit nichts in der Tasche. Mit gar nichts, wahrscheinlich nicht mal mit einer Tasche. Und von ihm, seinem armen, armen Vater, habe er keine Unterstützung mehr zu erwarten. Kein Geld. Keinen Gottessegen. Keine väterliche Liebe.

Carl versuchte, seinen Entschluss zu verteidigen. Er müsse sich weiterentwickeln, müsse bei den besten Wissenschaftlern seiner Zeit in die Lehre gehen. Doch der Vater hörte nicht zu, sondern verzog sich in die hinterste Ecke des Pfarrgartens und versenkte seinen Kummer auf dem Boden eines Bechers Tartuffelschnaps.

Beim Abschied von der Mutter und den Geschwistern flossen Tränen. So weit weg, ach so weit weg sei Uppsala, seufzte Christina. Sie schnäuzte sich und steckte Carl ein paar Münzen zu, ihre gesamten Ersparnisse. Davon ging das meiste Geld für die lange Kutschfahrt drauf. Hungrig und erschöpft kam er Tage später in Uppsala an. In der Universität legte er ein Empfehlungsschreiben von Rothmann vor. Der hatte einst in Uppsala studiert, und sein Schreiben öffnete Carl Tür und Tor, sodass er sich fürs Medizinstudium einschreiben konnte.

Beim Verlassen des Universitätsgebäudes stellte sich ihm ein junger Mann in den Weg und musterte ihn. Carl sah nach der Reise aus wie ein Vagabund. Mantel, Hemd und Hose waren staubig, die Schuhe löchrig, an der Weste fehlten Knöpfe.

«Unter welchem Misthaufen ist er denn hervorgekrochen?», fragte der Jüngling. Er war wie Carl Anfang zwanzig und trug die feinen Kleider eines Sprösslings wohlhabender Eltern. Er hatte ein rundes Gesicht mit Doppelkinnansatz. Der lauernde Blick aus kalten Augen erinnerte Carl an den Informator Telander. In dem Blick lag die Unberechenbarkeit eines Menschen, der einem ein Lächeln schenkt, und dann, sobald man sich umdreht, ein Messer in den Rücken sticht.

«Der Misthaufen heißt Lund», antwortete Carl ruhig. «Ich werde in Uppsala mein Studium fortführen. Meine Fächer sind Medizin und Botanik, vor allem Botanik.»

Der junge Mann machte eine Bewegung, als wolle er Carl die Hand reichen, zog sie aber wieder zurück und wischte sie sich an der Hose ab. «Wärst mal besser in Lund geblieben. Botanik wird hier kaum noch gelesen. Im Moment lehren hier nur zwei steinalte Professoren, einer ist Rudbeck der Jüngere. Der andere ist der Anatom und Zoologe Lars Roberg. Dem haben sie seine Akademische Klinik verfallen lassen. Darin wohnen jetzt nur noch Mäuse und Kakerlaken, weil der Rat kein Geld lockermacht, um das Gebäude zu sanieren. Aus Protest gegen die Sparpolitik hält Roberg die Medizinvorlesungen jetzt in einer Schänke ab, im *Glatten Aal*, den findest du am Fluss Fyrisån.»

«Kaum Botanik?», fuhr Carl auf. «Ich hatte über Uppsala nur Gutes gehört.»

Der junge Mann zuckte mit den Schultern. «Nils Rosén mein Name», stellte er sich vor. «Ich habe eine viel beachtete Abhandlung über die Impfung von Viruserkrankungen geschrieben. Die Arbeit kam so gut an, dass Rudbeck mich zu seinem Stellvertreter ernannt hat. Aber morgen reise ich erst mal nach Deutschland und Frankreich, dann promoviere ich in Holland in Medizin. Ohne Promotion geht nichts. Wenn ich zurückkomme, übernehme ich Rudbecks Stuhl und bringe den Laden auf Vordermann.»

Er lachte blechern und stolzierte davon. Carl blickte ihm nach und sah seine Träume in Person des aufgeblasenen Gockels dahinschwinden. Da hatte er sein Studium in Lund hingeschmissen, sich mit seinem Vater überworfen und von der Mutter ihr letztes Geld bekommen. Und nun sollte das alles umsonst gewesen sein?

Carl schleppte sein Gepäck in die Schänke *Zum Glatten Aal* und mietete sich in einer kleinen Kammer ein. Die Gaststube war gut besucht und schwamm in Rauch und Gemurmel. Carl bestellte das billigste Essen: eine Brotsuppe, die noch dünner war als die, die ihm die Soldatenwitwe Hortensia-Pia vorgesetzt hatte. Zur Suppe trank er ein Bier, das so schmeckte, wie der Fluss Fyrisån roch, in dem der Unrat der Anwohner fortgeschwemmt wurde.

Nach einer Weile trat ein blasser Bursche an seinen Tisch und bat, sich setzen zu dürfen. Sonst sei leider kein Platz mehr frei. Der junge Mann war spindeldürr. Er hatte einen Unterbiss und trug einen Oberlippenbart, in dem ein paar Tropfen hingen, obwohl es draußen nicht regnete. Er wirkte erschüttert, und seine Augen waren mit roten Äderchen durchzogen. Er schniefte, wischte sich die Nase am Handrücken ab und reichte Carl seine Hand. Der schlug zögernd ein; die Hand des anderen fühlte sich an wie ein toter Fisch.

«Peter Artedi», stellte er sich vor. Er sei Student der Chemie und anderer Naturwissenschaften; insbesondere die Ichthyologie, die Fischkunde, sei sein Spezialgebiet. Er beschäftige sich aber auch gern mit Lurchen und Kriechtieren.

Dann begann er unvermittelt zu weinen. «Mein Vater ist gestorben», platzte es aus ihm heraus. «Er war alt, fast blind, und er hat den besten Aal von ganz Ångermanland geräuchert.»

Carl sprach ihm sein Beileid aus und bestellte für ihn einen Becher Bier, obwohl in seiner Börse kaum noch Geld war. Mit Blick auf die Brotsuppe fragte Artedi: «Magst du

Räucheraal? Ich habe noch einen dabei.» Er hielt einen Beutel hoch.

Ein Schauder durchfuhr Carl. Er ekelte sich vor Fisch in jeder Form, egal ob lebend oder kulinarisch zubereitet, und von allen Fischen waren ihm die Aale am meisten zuwider. In seiner Kindheit hatte er einmal mit ansehen müssen, wie sein Vater einen Aal töten wollte. Der Fisch, den er mit einer Reuse im Möckeln gefangen hatte, war dick wie ein Männerarm gewesen und lang wie Carl damals hoch. Das Messer steckte ihm schon im Leib. Trotzdem entkam der Aal und schlängelte durchs Pfarrhaus, bis der Vater sich auf ihn warf und den Zweikampf gewann. Überall war Blut und Schleim, und der Aal war zerstochen und zuckte trotzdem noch.

Er sei leider satt von der Suppe, erklärte Carl. Vielleicht beim nächsten Mal. Überhaupt sei die Ichthyologie ein interessantes Fachgebiet. Da gebe es nicht viele Experten. Er selbst sei zumindest keiner.

Artedis Trauermiene hellte sich auf. «Weißt du, dass Aale im süßen Wasser und im salzigen Meer leben können? Oder dass Hornhechte Schwimmer im Meer angreifen und ihnen mit den spitzen Schnäbeln das Herz durchbohren können? Und hast du dich gefragt, ob Karpfen aus dem Schlamm trüber Tümpel geboren werden?»

«Nein», gab Carl zu, und Artedi redete und redete, wobei seine Augen starr und rund wurden und seine Hände Luft fächerten wie ein Fisch mit den Flossen in der Strömung. Wie der Laichhaken eines Lachses wuchs sich der vorstehende Unterkiefer aus. Die Worte blubberten ihm aus dem Mund wie Luftblasen. Er sprach von Schleim und Gedärmen, von Bauchflossern und Kahlbäuchen, von

Walen, groß wie Häuser, von Fischohren, klein wie Stecknadelköpfe.

Als Artedi Luft holen musste, fragte Carl schnell dazwischen, ob er etwas über Professor Robergs Medizinvorlesungen in der Schänke wisse.

Artedi sprang auf. «Hab ich völlig vergessen. Deswegen bin ich ja hier.»

Der Mediziner Lars Roberg stand in einem Anbau hinter der Schankstube an einem aus Kisten gezimmerten Dozentenpult. Vor ihm saßen ein paar Studenten auf Wirtshausbänken. Roberg war Mitte sechzig und hatte die Statur eines Bierfasses. Seine Kleider waren zerknittert, als habe er darin geschlafen. Die rechte Hand war auf einen Gehstock gestützt, in der linken Hand hielt er ein Glas, in dem ein in Branntwein konservierter Phallus schwamm.

«Pro dolor», rief Roberg und schüttelte das Glas. «Pro dolor! Die schlimme Gonorrhö steckt die Jünglinge in unserem Vaterlande an, weil sie leichtfertigen Umgang mit losen Weibern pflegen.»

Er schwenkte das Glas in Carls und Artedis Richtung, die noch in der Tür standen, und fragte sie: «Auf welche Weise muss ein Arzt die Lustseuche behandeln?»

«Die Behandlung mit Weinessig oder Schachtelhalm könnte erfolgreich sein», gab Carl sein angelesenes Wissen zum besten.

«Unfug. Wer ist er überhaupt?»

Carl stellte sich als neuer Medizinstudent vor.

«Dann muss er noch viel lernen», sagte Roberg. «Die Lustseuche behandelt man mit Kalomel. Das Hornquecksilber ist in der Anwendung für den Patienten zwar qualvoll und führt zu Zahn- und Haarausfall. Aber die Alternative wäre der sichere Tod.»

Er richtete das Glas mit dem in der Flüssigkeit tanzenden Phallus auf Artedi. «Zieht Eure Hose runter, Student Artedi. Ihr seht blass aus. Die Gelegenheit, die Gonorrhö am lebenden Subjekt zu studieren, darf sich ein Wissenschaftler nicht entgehen lassen.»

Artedi hob abwehrend die Hände. «Ich bin nicht wegen einer Gonorrhö blass, sondern weil ich um meinen verstorbenen Vater trauere.»

«Ausrede! Wann habt Ihr zuletzt bei einem losen Frauenzimmer gelegen?»

«Das … möchte ich nicht öffentlich thematisieren.»

Die Studenten auf den Wirtshausbänken trampelten mit den Füßen und riefen: «Ausziehen! Ausziehen!»

«Im Dienste der Wissenschaft darf nichts verborgen bleiben», befahl Roberg.

Artedi gab seinen Widerstand auf. Er wandte sich ab, verzog sich in den Schatten und hantierte im Verborgenen an seiner Hose herum. Als er nach vorn trat, verschlug es den Studenten die Sprache. Robergs Mund klappte auf und blieb offen. Aus Artedis Hose ragte etwas Langes und Dickes, das, wie Carl feststellte, verdächtig nach Räucheraal roch.

Nach wenigen Tagen war Carl pleite. Artedi wollte er nicht anpumpen, der hatte selbst kaum Geld. Aber er lud Carl manchmal zum Essen ein und tischte Suppe auf: «Da ist frischer Fisch aus dem Fyrisån drin», sagte er stolz.

Auf dem Teller schwammen zwischen weißen Fleischbrocken ein paar Schuppen und ein kleines, trübes Auge.

Carl schaute woandershin und löffelte die Suppe. Sein Hunger war mittlerweile schlimmer als die Abscheu vor allem, was Flossen oder Schwimmhäute hatte.

Als seine Kleider endgültig aus den Nähten gingen, flickte er sie mit Stofffetzen. Dann fielen seine Schuhe auseinander. Artedi schenkte ihm ein Paar abgelegte, löchrige Stiefel. Carl klebte Baumrinde auf die Löcher und kleidete die Sohlen inwendig mit Spielkarten aus, die ihm der Gastwirt des *Glatten Aals* überließ.

Auf diese Weise notdürftig zusammengeschustert, machte Carl einen Antrittsbesuch im berühmten Botanischen Garten von Uppsala. Der Hortus Upsaliensis lag an der Straße Svartbäcksgatan und war um die Mitte des vorherigen Jahrhunderts nach Plänen des Universalgelehrten Olof Rudbeck des Älteren, dem Vater von Rudbeck dem Jüngeren, angelegt worden. Im Garten hatte man damals exotische Pflanzen aus allen Teilen der bekannten Welt angepflanzt, in der Orangerie sogar Feigen, Apfelsinen und amerikanische Aloen kultiviert.

Carl trat in froher Stimmung ans Tor und blieb wie angewurzelt stehen. Der Garten war vom Stadtbrand um die Jahrhundertwende nicht verschont geblieben. Aber das war gut fünfundzwanzig Jahre her. Carl war fassungslos. Die Wiesen der Außenanlagen waren mit Unkraut überwuchert. Die meisten Bäume hatte man gefällt, Müll, Schutt und Gerümpel achtlos aufs Gelände geworfen. Die Wege waren verkrautet, Hecken von Rehen und wilden Schweinen abgefressen.

Mit schweren Schritten ging er durch den Garten zu dem Gebäude, in dem man die nicht winterfesten Pflanzen kultivierte. Eine Orangerie sollte das pulsierende Herz inmitten eines blühenden Organismus sein. In Uppsala war die Orangerie jedoch in keinem besseren Zustand als der Rest des Gartens. Die Fenster waren herausgeschlagen, Balken zersplittert. Im Dach klafften Löcher. Schwermut senkte sich auf Carl herab. Uppsala, so hatte er geglaubt, sei der Stolz des naturwissenschaftlichen Studiums. Stattdessen hielten zerknitterte Professoren in Hinterzimmern Vorlesungen über verschrumpelte Phalli. Botanik wurde gar nicht mehr gelehrt, und der Botanische Garten war zu einer Schutthalde verkommen.

In der Orangerie trat Carl frustriert gegen einen Blumenkübel, der umkippte und über den Boden davonrollte. Warum war er nicht in Lund geblieben? Warum hatte er sich von falschen Hoffnungen blenden lassen? Wut überkam ihn. Er sah dem Kübel nach, der gegen einen Topf prallte, in dem eine Pflanze stand, deren elliptisch geformte Blätter letzte Spuren von Grün zeigten. Carl betrachtete das Gewächs von Nahem und stellte fest, dass darin noch ein letztes bisschen Lebenssaft zu fließen schien. An einer rostigen Pumpe füllte er schnell einen Eimer mit Wasser und goss damit die steinharte Erde im Pflanzentopf. Tote Blätter rieselten zu Boden, aber eine Handvoll blieb hängen. Dann begann Carl, sich von einem Ende der Orangerie zum anderen durchzuarbeiten. Er zog vertrocknete Gewächse aus Kübeln und Kisten, riss seine Hände an Dornen blutig und leerte alte Erde aus. Das ganze Zeug warf er auf einen Haufen. Als er den Dreck raustragen wollte, stieß er an der Tür mit jemandem zusammen, wodurch er das Gleichgewicht verlor und zu Boden ging.

Der Mann, der sich über ihn beugte, war etwa sechzig Jahre alt, wohlgenährt und stützte sich auf einen Spazierstock. Er trug feine Kleider und eine graue Perücke. Das mit einem spitzen Kinnbart bewachsene Gesicht wies die Züge eines Mannes auf, der keine Widerworte gestattete. Er blickte streng auf Carl herab und fragte: «Was hat er hier zu suchen?»

Carl rauschte das Blut vor Wut und Anstrengungen in den Ohren, sodass er ohne nachzudenken den Mann gallig anfuhr: «Na was wohl? Ich suche den letzten Funken Leben in einer zum Tode verdammten Wüstenei.»

«Was redet er denn da für rätselhaften Nonsens?», knurrte der Alte. «Weiß er etwa nicht, wen er vor sich hat?» Mit drohender Geste hob er seinen Stock und stellte sich mit Namen vor: Olof Celsius.

«Oh», machte Carl, und ihm wurde ganz anders. Das ist er also, dachte er. Das ist Olof Celsius, der Theologe und Runenforscher. Das ist Celsius, der die Kultur des Orients erforschte, und der sich als Botaniker den Moosen widmete. Celsius war mehrmals zum Rektor der Universität gewählt worden und Mitglied der Königlichen Gesellschaft der Wissenschaften. Kein Mann also, den man mit Widerrede gegen sich aufbringen sollte, sondern einer, der Carl schneller aus Uppsala hinausbefördern könnte, als der das Wort Botanik buchstabierte.

Carl stand umständlich auf, klopfte sich den Staub und die Pflanzenreste von den Kleidern und stellte sich seinerseits vor. Da er weder vom Orient noch von Runen oder dem Theologischen viel verstand, erwähnte er seine botanischen Studien und dass er sich auch mit Moosen beschäftige. Es sei bedauerlich, dass Moose, nur weil sie kaum wirtschaftlichen Nutzen hätten, in der botanischen Forschung kaum beachtet würden. Er habe da auch gleich einen Vorschlag zu machen: Man könnte ja jene Moose, die immerhin als Füllmaterial für Matratzen und Polster Verwendung finden, *Hypnum,* Schlafmoose, nennen.

«*Hypnum?* Das merke ich mir», sagte Celsius freundlicher und wechselte das Thema: «Er hat noch nicht verraten, warum er ein solches Durcheinander in der Orangerie veranstaltet.»

«Durcheinander? Ich will Ordnung schaffen, was denn sonst …», widersprach Carl etwas zu vorschnell und biss sich auf die Unterlippe. Celsius war viel zu bedeutend, als dass man ihn durch unbedachte Äußerungen verärgern durfte. Leise sagte Carl: «Ich möchte mich nützlich machen, weil mir der offensichtliche Niedergang des Hortus sehr nahegeht.»

«In der Tat ist der Garten in einem beklagenswerten Zustand. Aber nach dem Ende des Krieges fehlt unserem Land nun mal das Geld. Und wo wird zuerst gespart? An der Bildung.»

«Dabei sind die Pflanzen gar nicht schuld am Krieg.»

«Hm, nein, natürlich sind sie das nicht.» Celsius kratzte sich am Kinnbart. «Ein Botanikus ist er? Und er hat sein Studium bei Stobaeus in Lund abgebrochen, um es in Uppsala fortzuführen? Dann soll er mir mal erklären, welche Pflanze das ist, die er da gerade gegossen hat.»

«Die Pflanze wird im Lateinischen *Laurus* genannt. Römische Feldherren und Kaiser trugen die Zweige zu Kränzen geformt auf den Köpfen.»

«Und weiß der Student vielleicht auch, ob die Pflanze in der Bibel erwähnt wird?»

«Ja, das wird sie, aber die Gelehrten streiten sich, ob die in der Bibel genannten Lorbeerbäume an einigen Stellen nicht als Zedern hätten übersetzt werden müssen. Oder auch als Esche oder Fichte.»

Celsius nickte. «Der Apostel Paulus hat einst die griechische Sitte übernommen, nach einem Wettlauf den Sieger mit einem solchen Kranz zu krönen. Bei Jesaja heißt es, man pflanze diesen Baum zur Herstellung von Götterbildnissen. Sind dem Studenten weitere Pflanzen geläufig, die in der Bibel Erwähnung finden?»

«Im zweiten Buch Mose steht geschrieben, dass die Kinder Israels sieben von Gott gesegnete Pflanzenarten im Gelobten Land vorfanden: Weizen, Gerste, Wein, Feige, Granatapfel, Olive und Dattel. Adam und Eva machten sich aus Feigenblättern einen Lendenschurz. Und im Hohelied Salomons werden die Lilien der Täler, die Disteln und der Apfelbaum genannt. Um nur einige Beispiele zu nennen.»

Celsius' Lippen lösten sich, und er zeigte beim Lachen ein Gebiss, in dem nur wenige Zähne fehlten. «Außergewöhnlich, dieses Wissen, wirklich außergewöhnlich. Aber sehr erfreulich. Zufällig arbeite ich an einem Werk über die Pflanzen in der Bibel. Der junge Botanikus könnte sich mein Manuskript gerne einmal anschauen, wenn er mag.»

So kam es, dass Carl die Kammer im *Glatten Aal* kündigte, seine Sachen packte und umzog.

13.

Der Kerker

ROM, 1736–1740

Gardisten schleiften Siegesbeck in den Kerker ganz unten in den stinkenden Eingeweiden des Castel Sant' Angelo. Hinter ihm krachte die Eisentür ins Schloss, und er blickte, rücklings auf dem harten, kalten Steinfußboden liegend, in einen dünnen Strahl Tageslicht, der durch einen erhöhten Fensterspalt im Mauerwerk in das trostlose Loch fiel. Da hörte er aus den Tiefen der Zelle eine kichernde Stimme: «So schnell sieht man sich also wieder.»

Aus dem Schatten schlurfte ein dicker Mann in den Lichtstrahl. Siegesbeck erkannte in ihm den Redner vom Trevi-Brunnen wieder, der ihn fragte: «Was habt Ihr Euch denn zuschulden kommen lassen, Katzenkuschler?»

«Man wirft mir Freimaurerei vor.»

Der Dicke rieb sich die Hände wie ein Kind, das einen Streich ausheckte. «Welch Freude! Man schickt mir einen Bruder im Geiste. Damit haben meine Selbstgespräche endlich ein Ende. Nun können wir uns die Zeit im Kerker mit philosophischen Diskussionen vertreiben. Wie lange gedenkt man Euch in dem Loch zu behalten?»

«Bis zum Jüngsten Tag.»

«Das dürfte eine Weile dauern.» Der Freimaurer pulte

eine Laus aus seinem Bart und zerbiss sie zwischen seinen Zähnen. Dann bot er Siegesbeck einen Platz auf dem Brett an, das zur Geruchsminderung auf dem Eimer für die Notdurft lag.

«Eigentlich bin ich Botaniker und Arzt», erklärte Siegesbeck. «Daher werde ich zur Freimaurerei wenig beitragen können.»

«Das ergibt sich, mein Freund», sagte der Mann. Er stellte sich mit dem Namen Alessandro vor und setzte zu einem ausgedehnten Monolog an.

Eine Weile brachte Siegesbeck die Kraft und Geduld auf, den Erzählungen zu folgen, die in ermüdender Weise um das abenteuerliche Dasein des Freimaurers kreisten. Alessandro berichtete von seinem Leben in adliger Gesellschaft, in dem er von schönsten Frauen umgeben gewesen sei. Auch behauptete er, ein Alchemist zu sein, er habe aus Eisen Gold hergestellt. Und er habe auch Lotterien erfunden, bei denen die Teilnehmer ihr ganzes Geld verloren, er jedoch sehr viel Geld gewonnen habe. In vielen europäischen Ländern habe er mit dem Geld Freimaurerlogen gegründet. Diese Logen folgten einem Ritus, den er basierend auf ägyptischen Zeremonien und uralten Kulten selbst erfunden habe. Er sei so fortschrittlich gewesen, dass er sogar Frauen als gleichberechtigte Logenmitglieder aufgenommen habe. Aus Dankbarkeit hätten ihm die Frauen nicht nur zu Füßen, sondern häufig auch in seinem Bett gelegen. Auch ein magischer Heilkünstler sei er und habe mit Mädchen spirituelle Sitzungen vorgenommen. Ignoranten und geprellte Ehemänner hätten ihm jedoch vorgeworfen, er habe seinen ägyptischen Freimaurerritus nur erfunden, um Frauen zu beeindrucken und Geld zu erschwindeln.

«Das sind natürlich alles unhaltbare Vorwürfe», protestierte Alessandro. «Die Welt ist noch nicht bereit für die wahre Religion: die Liebe.»

Siegesbeck dämmerte dahin. Wochen und Monate verstrichen, ein Tag glich dem anderen. Umflossen von Alessandros Wortstrom lauschte er den qualvollen Schreien der Gefolterten aus anderen Kerkern. Siegesbeck beneidete sie. Fingernägel herausgezogen, Daumen zerquetscht und Knochen verdreht und gebrochen zu bekommen, das konnte nicht halb so quälend sein, wie fortwährend diesem Freimaurer zuhören zu müssen.

Siegesbeck dachte an die Katze, die er zur Audienz beim Papst dieses Mal lieber nicht mitgenommen, sondern bei der Engelsbrücke zurückgelassen hatte, mit dem Versprechen, sie bald wieder abzuholen. Wie angenehm wäre ihr Miau für seine gepeinigten Ohren, und tatsächlich erfüllte der Herr eines Tages seinen Wunsch. Im Kerker erzählte der Freimaurer gerade von einer Geliebten, die so himmlisch schön gewesen sei, dass er keine Worte finden könne für ihre Engelsseele und ihre körperlichen Reize, die sie über ihm und unter ihm ausgebreitet habe. Da hörte Siegesbeck überraschend ein Maunzen und sah oben im Fensterspalt einen Schatten. Die Katze hatte ihn gefunden, aber der Spalt war zu schmal für sie, um hindurchzukommen. Daher richtete sie sich vor dem Kerkerfenster ein Lager ein und ließ in mütterlicher Fürsorge hin und wieder eine tote Maus in den Kerker hinunterfallen. So konnte Siegesbeck den dünnen Kerkerbrei ab und zu mit kleinen Fleischeinlagen anreichern.

Die Jahre gingen dahin. Sein Bart wurde länger, und eines Tages fiel ihm einer seiner Zähne in den Gefängnisbrei. Es war nicht der erste Zahn, den er einbüßte. Aber dieser Zahn, der gelb, faul und verloren auf dem Grund des Essnapfs lag, rief ihm seine eigene Vergänglichkeit ins Bewusstsein. Plötzlich drang der Kloakengestank des Kerkers mit überraschender Heftigkeit auf ihn ein, und die Stimme des Freimaurers schrillte in seinen Ohren wie eine Messerklinge, die über Porzellan kratzte. Lange Zeit hatte sich Siegesbeck mit dem Gedanken trösten können, er müsse die Kerkerhaft für eine gerechte Sache erdulden. Jetzt aber überkam ihn die Sehnsucht nach der Welt jenseits der Festungsmauern. Er vermisste den Himmel, die Katze, die Pflanzen, den lieblichen Blütenduft. Sogar seine Studenten in Sankt Petersburg vermisste er.

Und wem hatte er das alles zu verdanken? Zerknirscht dachte er an Linnaeus, der in Freiheit umherwandelte und schalten und walten konnte, wie er wollte. Der die Welt mit unzüchtigen Theorien und falscher Wissenschaft verdarb und seinen durch Lüge und Niedertracht errungenen Ruhm mehrte, während Siegesbeck mit Kerkerhaft für seine Wahrheitsliebe und seinen Kampf für Gerechtigkeit bezahlte.

Er schob den Notdurfteimer unter den Spalt, stieg auf das Brett und streckte sich. Er sog die von draußen hereinsickernde Luft ein und hörte die Katze schnurren, während sie einer Maus das Genick brach, als er hinter sich im Kerker den Freimaurer ein Wort sagen hörte, das ihn aufhorchen ließ.

Er drehte sich um. «Schweden? Spracht Ihr soeben von Schweden?»

«Mhm. Soeben erzählte ich, dass ich einst in der deutschen Stadt Hamburg dem preußischen Kronprinzen Friedrich begegnet bin», wiederholte Alessandro. «Der Prinz ist ein Anhänger der Freimaurerei, sein Vater Friedrich Wilhelm jedoch ein Feind des freien Geistes. Man nennt ihn den Soldatenkönig, weil er eine riesige Armee aufgebaut hat, mit der er vor vielen Jahren einmal die Schweden aus der Stadt Stralsund vertrieben hat ...»

«Ein Krieg gegen Schweden?»

«Die Schweden sind ein nach Hegemonie strebendes, kriegerisches Volk, stets darauf bedacht, ihr Territorium zu erweitern, um nach Möglichkeit gleich die ganze Welt zu erobern.»

«So ist es», sagte Siegesbeck und dachte an die Schrift des Linnaeus. «Ihr habt nicht zufällig gehört, dass der Soldatenkönig einen weiteren Krieg gegen die Schweden vorbereitet?»

«Wenn ich davon gehört hätte, hättet Ihr auch davon gehört. Nachrichten fließen von draußen nur spärlich in unsere Zelle, beziehungsweise überhaupt nicht.»

«Ausgeschlossen wäre ein solcher Krieg aber auch nicht, oder?»

«Was interessiert mich Schweden? Lasst mich Euch lieber erzählen, wie ich im französischen Lyon die Mutterloge meiner ägyptischen Freimaurerei gründete. Aber auch in Frankreich wollte man mir an den Kragen. Daher zog ich weiter nach Rom, um hier eine ägyptische Loge zu stiften. Ihr wurdet ja selbst Zeuge, wie ich am Trevi-Brunnen ...»

«Schweden», rief Siegesbeck. Das Blut brannte ihm in den Wangen und rann heiß durch seine Adern. Vergessen war die Lethargie, die dumpfe, geistige Leere. Sein Kopf füllte sich mit Hoffnung, und ein Plan nahm darin Gestalt an, mit dem er unmöglich bis zum Jüngsten Tag warten konnte.

«Ich muss aus dem Kerker raus», überlegte er laut.

«Jetzt schon?», entgegnete Alessandro entsetzt. «Ich will Euch doch als erstes Mitglied meiner ägyptischen Loge aufnehmen, die ich in Rom gründen werde.»

«Eine ägyptische Loge? Was soll das sein?»

Alessandro tat einen keuchenden Atemzug. «Das wisst Ihr nicht? Habt Ihr mir überhaupt zugehört? Habe ich etwa jahrelang all meine Wörter an einen Ignoranten vergeudet?»

Kurz darauf starb Papst Clemens XII. im gesegneten Alter von fast neunzig Jahren. In Rom erließ man eine Amnestie für viele Gefangene, darunter auch für Siegesbeck und Alessandro. Doch der Freimaurer weinte bittere Tränen und weigerte sich, den Kerker zu verlassen. Die Welt draußen sei nicht bereit für einen Freigeist wie ihn. Lieber wolle er als inhaftierter Märtyrer sterben, um in ein paar Jahren wiedergeboren zu werden und einen neuen Anlauf zu nehmen.

Die Wärter zuckten mit den Schultern und warfen die Kerkertür ins Schloss. «Ich bestehe auf einen neuen Mithäftling – und zwar einen, der den Anstand hat, mir zuzuhören», rief Alessandro aus der Zelle.

Ob man ihm den Gefallen tat, sollte Siegesbeck nicht mehr erfahren, denn er kehrte zurück ans Tageslicht. Fast vier Jahre war er in dem Kerker eingesperrt gewesen – vier Jahre, in denen der Schwede ungehindert die Welt mit seinen ketzerischen Schriften hatte verderben können.

Die Katze strich Siegesbeck um die Beine. Er hob sie

hoch, drückte sie fest an sich, und beide schnurrten vor Glück und Wiedersehensfreude. Dann rasierte sich Siegesbeck den Bart ab und trat, beseelt von seinem Plan, eine lange Reise nach Norden an. Es zog ihn nach Preußen. Zum Soldatenkönig.

14.

Die Hochzeit der Bäume

UPPSALA, 1728–1731

Professor Olof Celsius war beeindruckt von Carls botanischen Kenntnissen und ließ ihn in seinem Haus wohnen. Als Gegenleistung sollte ihm Carl bei der Arbeit am Werk über die in der Bibel erwähnten Pflanzen helfen. Alle Gewächse, vom Apfelbaum bis zur Zeder, mussten nach ihren hebräischen Bezeichnungen geordnet werden. Das ging einher mit einem intensiven Studium alter arabischer Schriften. Mit lateinischen Quellen allein gab sich der Professor für sein Werk mit dem Titel *Hierobotanicum* nicht zufrieden.

«Bis zur Veröffentlichung werden viele Jahre vergehen», sagte er. «Womöglich habe ich mir eine Lebensaufgabe aufgebürdet. Beispielsweise machen kleinste Ungenauigkeiten beim Abschreiben alter arabischer Handschriften in der Übersetzung aus einer Kichererbse ein Salzkraut.»

Die alten Sprachen waren zwar nicht Carls Steckenpferd, aber er wollte gern mehr über Kichererbsen, Salzkräuter und andere biblische Pflanzen erfahren.

Celsius ließ seine Kontakte spielen und besorgte Carl ein Stipendium. Somit war er seiner Geldsorgen vorerst entledigt. Er hörte die wenigen Vorlesungen, die es in Uppsala gab, und unterstützte Celsius bei der Recherche zum *Hierobotanicum.* Jede freie Stunde war Carl im Hortus, der unter seinen Händen allmählich wieder die Gestalt eines Botanischen Gartens annahm.

Artedi kam gelegentlich vorbei, um zu helfen. Als er sich eines Tages bei dem Versuch, einen Nagel in ein Brett zu schlagen, mit dem Hammer zum dritten Mal auf den Daumen schlug, bat Carl ihn, sich lieber um die Sanierung des Seerosenbeckens zu kümmern.

«In das Becken könnten wir Fische setzen», frohlockte Artedi.

Er schrubbte es, füllte es mit Wasser und stellte Töpfe mit Seerosenpflanzen hinein. Dann fuhr er nach Stockholm und kaufte ein halbes Dutzend der schönen, rotgoldenen Karpfenfische, die einstmals in China gezüchtet worden waren. Nach getaner Arbeit schauten Carl und Artedi den Fischen zu, wie sie im Becken gelangweilt ihre Runden drehten. Carl überlegte laut, dass sie die Fische irgendwann wissenschaftlich *Cyprus auratus* nennen könnten. Cyprus, weil es Karpfenfische waren, auratus, weil ihre Farbe golden war. Artedi meinte, das sei eine gute Idee.

Es dauerte jedoch nicht lange, bis sich die Zahl der rotgoldenen Fische im Seerosenbecken auf wundersame Weise reduzierte. Bald zuckelte nur noch ein einziges Exemplar mit angebissener Schwanzflosse durchs Wasser. Artedi irrlichterte durch den Garten, bis er unter einer Sitzbank eine gescheckte Katze fand, die sich genussvoll das Maul schleckte. Vor ihr lag die abgebissene Hälfte von Goldfisch Nummer fünf. Carl musste Artedi unter Aufbietung all seiner Kräfte davon abhalten, die Katze im Becken zu ertränken.

Der ermordeten Fische gedachten sie am Abend im *Glatten Aal.* Artedi bestellte zum Bier einen gebratenen Aal, die Spezialität des Hauses.

Carl kommentierte mit Blick auf Artedis Leibspeise: «Am Möckeln hat einmal ein Pferd beim Wassertrinken einen Aal verschluckt. Der Aal kroch dem Pferd durchs Gedärm und schlüpfte quicklebendig hinten wieder raus.»

Artedi blieb ein Bissen im Halse stecken. Er protestierte: «Kein Aal kriecht irgendwem durchs Gekröse.»

«Doch», beharrte Carl.

«Nein!»

Und so stritten sie sich eine Weile über Aale, dann über dies und jenes, bis sie in bierseliger Stimmung zu vorgerückter Stunde einen Beschluss fassten: Künftig wollten sie die Erforschung der Naturreiche unter sich aufteilen.

«Ich übernehme natürlich die Botanik, gerne auch die Vögel», sagte Carl und hatte keine Einwände, dass Artedi die Fische für sich beanspruchte. Auch schlüpfrige Reptilien und Amphibien dürfe der Freund liebend gerne selbst erforschen. Carl zitierte etwas, von dem er glaubte, es in der Bibel gelesen zu haben: «Alles, was nicht Floßfedern und Schuppen hat in Wassern, sollt ihr scheuen – die Kröte, der Molch, die Eidechse, die Blindschleiche – die sind euch unrein unter allem, was kreucht.» Überhaupt sähen Kröten doch aus wie lebendige Popel.

Artedi teilte derartige Bedenken nicht. Zur Sperrstunde hatten sie die Schwerpunkte ihrer künftigen wissenschaftlichen Arbeit festgelegt. Nur bei Säugetieren und Mineralien wurden sie nicht handelseinig. Während der Gastwirt die Stühle hochstellte, beschlossen Carl und Artedi den denkwürdigen Abend mit einem feierlichen Schwur. «Wenn uns mal was zustößt», lallte Carl, «also, wenn einem mal was zustößt und dem anderen nicht, dann macht der, dem nichts zugestoßen ist, die Sachen vom anderen bis zum Ende fertig.»

Zum Abschied umarmten sie sich wie Liebende, und Carl wünschte Artedi aufrichtig ein langes, langes Leben, damit der die Arbeit an Fischen, Lurchen und Kröten rechtzeitig vollenden könne.

Ein paar Tage später harkte Carl im Hortus Laub, als eine Gruppe Studenten lärmend die Straße herunterzog.

«Botanikus, begleite uns», riefen sie. «Unser Kommilitone Petrus Ugla hat eine Disputation erfolgreich verteidigt. Das feiern wir im Badehaus.»

Carl schüttelte den Kopf. «Man hört nichts Gutes über dieses Etablissement. Professor Roberg hat davor gewarnt.»

Die Studenten schimpften ihn einen Streber und warfen ihm Prüderie vor. Wo anders als in einem Etablissement solle man eine Disputation mit dem Titel *De Nuptiis Arborum* feiern?

De Nuptiis Arborum – die Hochzeit der Bäume, übersetzte Carl für sich den Titel, der sogleich sein Interesse weckte. Dann dachte er noch einmal über die Gefahren eines Badehauses und den von der Gonorrhö verunstalteten Phallus in Robergs Glas nach. Er wog die Gefahren gegen sein wissenschaftliches Interesse ab, bevor er die Gärtnerschürze ablegte und sich den Studenten anschloss.

Das Badehaus versteckte sich in einer schmuddeligen, dunklen Gasse am Rand von Uppsala. In der Hütte konnte man baden, das besagte ja der Name, es gab darin auch einige große Zuber. Man konnte dort aber auch Bekanntschaften mit Frauen knüpfen, und natürlich hatten die Studenten nicht nur die Körperpflege im Sinn. Sie waren ordentlich angetrunken, und zu Wein und Gesang gehörte schließlich auch ein Weib.

Der Betreiber des Badehauses hängte ein Schild an die Tür mit der Aufschrift: «Geschlossene Badegesellschaft». Im Kamin knisterten Holzscheite. Über offenen Feuern wurde in Kesseln Wasser erwärmt. Die Studenten kleideten sich aus und stiegen in die Zuber. Schwerer Wein machte die Runde.

Carl nippte an dem Wein. Vor allem behielt er den Studenten Petrus Ugla im Blick und sicherte sich den Zuber neben Ugla, den er sogleich nach der Paarung der Bäume befragte. So erfuhr Carl, dass Ugla, auf literarische Quellen gestützt, in seiner Dissertationsschrift *De Nuptiis Arborum* das Blühen, Befruchtetwerden und Früchtetragen der Bäume mit der Fortpflanzung von Tieren verglichen und dabei erstaunliche Parallelen herausgearbeitet hatte.

«Man könnte also sagen, dass es auch die Bäume miteinander treiben», fasste Ugla seine wesentliche Erkenntnis zusammen. Er schien erfreut darüber zu sein, dass sich jemand für den Inhalt seiner Arbeit interessierte, blickte aber auch immer wieder sehnsüchtig zur Tür und fragte schließlich: «Wo bleiben eigentlich die Weiber?»

Da flog wie aufs Stichwort die Tür auf, und ein paar Mädchen kamen ins Badehaus gelaufen. Sie entledigten sich ihrer Kleider und stiegen unter Kichern und Feixen zu den Studenten in die Zuber. Als auch Ugla weibliche Gesellschaft bekam, verschoben sich seine Prioritäten, und er machte keine weiteren Anstalten, Carls naturwissenschaftliche Fragen zu beantworten.

Ein Mädchen, das noch übrig war, blickte sich nach einem freien Burschen um. Schnell tauchte Carl im Zuber unter. Doch die Dirne hatte ihn schon entdeckt. Carl sah ihr Gesicht über ihm schweben, ein breit grinsendes Gesicht, in dem die beiden Schneidezähne fehlten. Flugs griff sie hinein ins Wasser zwischen seine Beine und bekam etwas zu fassen. Ihre Finger schnappten zu wie ein Hechtgebiss. Carl spürte sein Blut im Unterleib pulsieren, das Herz hämmerte ihm hart gegen den Brustkorb. Er presste die Schenkel zusammen und versuchte sich erfolglos aus ihrem Griff herauszuwinden.

«Sieh doch, wie er wächst, der Kleine», lispelte die Dirne. «Nun hab dich nicht so. Ist's dein erstes Mal?»

«Nein, nein – natürlich nicht.»

Schon saß die Dirne im Zuber auf ihm drauf. Carl strampelte mit den Beinen, das Wasser schwappte hin und her. Doch ihre Schenkel waren geübt und fest wie ein Schraubstock. Dann sagte sie etwas, das Carls Widerstand augenblicklich brach: «Stell dir vor, ich wäre 'ne Blume und öffne meine Blüte, damit du dein Zeug reinmachen kannst.»

«Zeug?»

«Na, du weißt schon: deinen Samen.»

In Carls Kopf blitzte ein Gedanke auf. Eins fiel zum anderen und stand schlagartig in einem kristallklaren Bild vor ihm: «Verdammt», rief er. «Die Blüte! Der Samen! Die Begattung! Die Hochzeit!»

Die Dirne hielt inne. «Mach mal halblang, Junge. Hier war nur vom Bumsen die Rede.»

Der Druck ihrer Schenkel wurde schwächer, was Carl die Gelegenheit gab, sich unter der Dirne hervorzuwinden.

Er sprang aus dem Zuber, griff nach seinen Kleidern und floh aus dem Badehaus.

Carl stürmte ins Haus des Professors, der über seinen Aufzeichnungen brütete. «Hat er von dem Strauch gehört, aus dem die alten Ägypter ein wohlriechendes Öl und aus den Blättern ein Pulver zum Färben der Haare herstellten?»

Carl antwortete im Vorbeilaufen: «Die Griechen nannten den Busch *kypros*, die Römer übernahmen die Bezeichnung. Plinius der Ältere erwähnte ihn unter der Bezeichnung *cyprus*. Darf ich mir Euren Vaillant borgen? Ich muss im *Sermo de Structura Florum* etwas nachschlagen.»

Celsius blickte ihn an. «Regnet es? Habe ich gar nicht bemerkt. Die Haushälterin soll ihm trockene Kleider bringen.»

«Bitte, Herr Professor – der Vaillant, es eilt.»

Celsius nickte und zeigte ihm, wo das Buch stand. Carl zog es aus dem Regal und verzog sich damit in seine Kammer, wo er gleich die gesuchte Stelle fand. Er las den Text und dachte nach. Aus seinem Haar fiel ein Wassertropfen in das aufgeschlagene Buch.

In den nächsten Tagen schloss er sich in der Kammer ein und war für niemanden zu sprechen. Sein Verstand arbeitete, als wäre sein Hirn ein gut geöltes Uhrwerk. Er verknüpfte seine Gedanken und Erkenntnisse mit dem, was der französische Botaniker Sébastien Vaillant über die Sexualorgane der Pflanzen geschrieben hatte. Dann skizzierte Carl einen ersten Entwurf, warf ihn fort, auch den zweiten und dritten Entwurf.

Als Celsius ihn zur Neujahrsfeier einlud, sagte Carl zu, vergaß die Einladung aber postwendend wieder. Er schrieb, verglich, strich, entwarf, verwarf. Dann war er fertig. Er nannte das Manuskript: *Praeludia Sponsaliorum Plantarum* – Praeludien zum Beilager der Pflanzen. Dazu zeichnete er auf das Titelblatt zwei Blumen in Töpfen, zwischen denen am Himmel eine Sonne schwebte. Auf einen Topf schrieb er *femina*, Frau, auf den anderen *mas*, Mann. Aus den Blüten der männlichen Blume ließ er Pollen in die geöffneten Blüten der weiblichen Blume fliegen. Das Bild fasste, wie er meinte, den Inhalt seiner Abhandlung auf anschauliche Weise zusammen.

Stell dir vor, ich wäre 'ne Blume und öffne meine Blüte, damit du dein Zeug reinmachen kannst.

Mit dem Manuskript ging er in die Bibliothek. Es war der erste Tag des Jahres 1730, in der Nacht war Schnee gefallen. Der Professor hatte Besuch von seinem Neffen Anders Celsius, die beiden saßen am bollernden Ofen, pafften Pfeifen und waren in ein Gespräch vertieft. Ihre Augen waren verquollen, weil die Neujahrsfeier bis in die frühen Morgenstunden gedauert hatte. Auf dem Tisch hatte der Neffe ein paar Gerätschaften ausgebreitet. Er war ein paar Jahre älter als Carl und hatte mit einer Arbeit über die Drehbewegungen des Mondes promoviert. Nun hoffte er auf die Astronomie-Professur in Uppsala.

Carl stand mit seinem Manuskript in der Hand in der Tür und hörte den Neffen fragen: «Wenn Newtons Lehre von der Schwerkraft stimmt, müsste die Erde dann an den Polen nicht abgeplattet sein wie eine Apfelsine?»

«Oder die Erde ist stattdessen am Äquator schlanker, für diese Theorie spricht auch einiges», sagte der Professor.

«Um mehr über die Gestalt der Erdkugel herauszufinden, müsste man die Längengrade an verschiedenen Stellen der Erde vermessen: in Südamerika, auch in Europa. Und genau das werde ich eines Tages auf einer Expedition nach Lappland an den Meridianen tun.»

«Dabei solltest du auch die Temperaturen genau bestimmen», sagte der Professor und paffte einen Rauchkringel an die Zimmerdecke.

«Aus diesem Grund habe ich ja …» Der Neffe verstummte, als er Carl in der Tür stehen sah.

Als der Professor ihn heranwinkte, setzte sich Carl zu ihnen. Er konnte es kaum erwarten, Celsius das Manuskript zur Fortpflanzungstheorie zu zeigen. Doch der Professor war mit den Gedanken woanders und fragte den Neffen nach den Gerätschaften auf dem Tisch.

«Das ist ein Thermometer», erklärte er. «Damit will ich eine universelle Temperaturskala festlegen, mit der Wissenschaftler überall auf der Welt die Temperaturen vergleichen können. Heutzutage werden die Temperaturen noch mit unterschiedlichen Werten gemessen. Viele Männer haben sich damit beschäftigt: Fahrenheit, Thomson, Amontons – jeder kocht sein eigenes Süppchen. Beim einen bestimmt die menschliche Körpertemperatur einen Fixpunkt, beim anderen die tiefste in irgendeiner deutschen Stadt gemessene Temperatur. Demnächst will der Forscher Réaumur in Frankreich noch eine andere Methode vorstellen.»

Er verschwand kurz durch die Hintertür und holte von draußen eines seiner Thermometer herein: «Es steckte jetzt etwa eine halbe Stunde im Schnee. Diese Versuche führe ich nun schon seit Langem in den Wintermonaten durch, um auf dem mit Quecksilber gefüllten Thermometerrohr den Punkt, an dem das Wasser gefriert, bald exakt bestimmen zu können. Auf der Skala werde ich diesen Gefrierpunkt mit einhundert Grad festlegen, den Siedepunkt des Wassers mit null Grad und dann die Skala in hundert Abschnitte teilen.»

Carl rutschte nervös auf dem Stuhl herum, während alle zusammen zusahen, wie das Quecksilber im Thermometer in der vom Ofen erwärmten Luft nach oben stieg.

«Die Temperatur in der guten Stube beträgt fünfundsiebzig Grad», stellte der Neffe fest, als sich das Quecksilber nicht mehr bewegte.

Professor Celsius wandte sich an Carl und fragte ihn, was er über das Thermometer denke.

Carl, der eigentlich nur an sein Manuskript dachte, antwortete: «Alles, was Wissenschaft universell vergleichbar macht, dient einer guten Sache. Aber warum nehmen die Werte auf Eurer Skala mit steigender Wärme ab? Wäre es umgekehrt nicht logischer?»

Der Neffe starrte ihn an wie eine Kuh beim Gewitterdonner. «Nein! Logisch ist es, dass kochendes Wasser keine Hitze mehr annimmt. Das Thermometer verharrt an der Stelle, also muss der Siedepunkt mein Nullpunkt sein. Andersherum müsste ich die Temperaturen unter dem Gefrierpunkt ja mit negativen Zahlen angeben. So aber kann ich sagen, dass wir gestern in der Neujahrsnacht eine knackige Kälte von einhundertzwanzig Grad hatten …»

«Und kräftig einen im Tee», warf der Professor ein. Er klopfte dem Neffen auf die Schulter, lobte ihn für das Thermometer und kündigte an, jetzt dringend den fehlenden Schlaf nachholen zu müssen.

Schnell hielt ihm Carl das Manuskript hin. «Dieses

hier möchte ich Euch gerne schenken, Herr Professor, als Dank, dass Ihr mich bei Euch wohnen lasst.»

«Später, mein lieber Linnaeus, später», erwiderte Celsius, gähnte und verschwand ins Bett. Das Manuskript vergaß er auf dem Tisch.

Geduld war keine von Carls herausragenden Eigenschaften. Daher spazierte er in seiner Kammer ein paar Mal auf und ab, was nicht allzu viel Zeit in Anspruch nahm, denn die Kammer war winzig, bevor er in der Bibliothek nach dem Professor schaute. Aber der war noch nicht wieder aufgestanden. Das Manuskript lag unberührt auf dem Tisch. Celsius' Neffe war mit seinen Thermometern längst abgezogen.

Irgendwann hielt Carl es im Haus nicht mehr aus und versuchte, sich im Garten mit dem Bau eines Schneemanns abzulenken. Bald überragten ihn die aufeinandergestapelten Schneekugeln, ohne dass vom Professor etwas zu sehen war. Carl stieß den Schneemann um und baute ihn von Neuem auf. Das machte er zehnmal. Dann warf er mit Schneebällen nach den Spatzen auf dem Dach. Er verfehlte sie, warf erneut und warf und warf, einen Schneeball nach dem anderen, bis er endlich einen Treffer landete.

«He», rief der Professor, der auf der Suche nach Carl den Kopf aus der Tür hielt. Der Schneeball hatte ihm die Perücke vom Kopf gerissen. Er hob sie auf und rief Carl in die Bibliothek, verlor aber kein Wort über den Schneeball. Carl musste sich zu ihm an den Tisch setzen.

«Ich habe soeben seine Abhandlung gelesen», sagte Celsius, seine Stimme klang kratzig. Er wrang die Perücke in den Händen wie einen Feudel, während er über das Manuskript gebeugt eine Stelle daraus zitierte, in der es hieß, die Pflanzen überkomme im Frühling die Liebe wie bei Männern und Frauen und Zwittern. Denn, so hatte Carl geschrieben, wenn die liebliche Sonne sich dem Zenit nähere, feierten die Pflanzen ihre Hochzeit.

Dann blickte Celsius auf und sagte nichts mehr.

Carl rutschte das Herz in die Hose. Celsius' Schweigen war ihm unheimlich. «Ich dachte ...», sagte Carl, «ich wusste nicht ...»

Celsius starrte ihn an, lange und eindringlich, bis er eine weitere Passage zitierte: «Der Bräutigam feiert seine Hochzeit mit der Braut auf einem Bett aus Blütenblättern, die mit lieblichen Düften parfümiert sind. Die Zeugungsorgane öffnen sich, strömen befruchtetes Pulver aus, das auf die Trompete fällt und den Eierstock befruchtet ... ja ... auf die Trompete ...» Wieder verstummte er.

In Carls Magengrube machte sich Angst bemerkbar.

Celsius' Augen schimmerten feucht. «Mein lieber Sohn», sagte er und senkte vor Rührung die Stimme: «Nie zuvor habe ich ein wundervolleres Geschenk bekommen. Nie, nie, nie!»

Celsius war so stolz auf die Arbeit seines Schützlings, dass er das Manuskript weiterreichte und es vielen einflussreichen Leuten zeigte. Schnell wurde es zum Tagesgespräch. Professoren, Doktoren und Studenten steckten die Köpfe zusammen und zitierten daraus. Sie sprachen von Pflanzen, die zur Lenzzeit die Liebe ergreife, wie es balzende Auerhähne und laichende Fische täten. Von männlichen und weiblichen Genitalien, wie sie auch bei Pflanzen zu finden seien. Von sich öffnenden *testiculi* und ausströmendem *pulvere genitale*, die auf *tubis* fallen und *ovaria* befruchten. Von Samengefäßen, Eileitern, Eierstöcken und Samenflüssigkeit.

Die poetischen Worte und kühnen Gedanken wurden allenthalben in höchsten Tönen gelobt. Hier seien Worte für eigentlich Unsagbares gefunden worden. Auch die Zeichnung mit den sich begattenden *femina* und *mas* fand Anerkennung; sicherlich kein künstlerisches Meisterwerk, eher ein Kritzelwerk, aber stark in Ausdruck und Bildkraft. Einige Leute nannten Carl gar einen *genius*.

Das Manuskript wurde abgeschrieben und verteilt, erneut kopiert, und so zog es immer weitere Kreise, bis es auf dem Tisch von Olof Rudbeck dem Jüngeren landete.

Rudbeck war Ende sechzig und Professor für Anatomie und Botanik. Vor allem war er der Sohn des legendären Olof Rudbeck des Älteren, der kurz nach der Jahrhundertwende verstorben war. Der Ältere hatte den Botanischen Garten von Uppsala anlegen lassen und eine neuartige Fischreuse erfunden. Berühmt wurde er aber durch sein Werk *Atlantica*, in dem er den Nachweis erbracht hatte, dass Schweden Ursprung und Mittelpunkt der gesamten Welt, ja, das vom griechischen Philosophen Platon beschriebene Atlantis sei, die im Meer versunkene Seemacht. Und die Hauptstadt von Atlantis befand sich exakt an dem Ort, wo Uppsala lag. Somit war Schweden der Ursprung aller europäischen Völker und Sprachen. Hier wurden die Schrift und die Astronomie erfunden. Hier lebten die fruchtbarsten Frauen, die acht oder sechzehn oder sogar zweiunddreißig Kinder zur Welt brachten.

Diese wissenschaftliche Entdeckung hatte ihm großen

Ruhm, aber auch Kritik eingebracht. Nicht zuletzt bei seinem eigenen Sohn regten sich bisweilen Zweifel an den Thesen des Vaters. Natürlich nicht öffentlich. Schließlich profitierte er von dessen Ruhm. Auf die Frage, warum sich der Ältere mit seiner Atlantis-Theorie so sicher sein könne, antwortete der Jüngere jedem, der es hören wollte, im Brustton falscher Überzeugung: Wegen der Heringe natürlich! Gott habe Schweden wegen des Reichtums an Heringen ausgewählt. Schließlich seien die Fische nach der Sintflut das wichtigste Nahrungsmittel gewesen.

Rudbeck der Jüngere lud Carl zu Coffee und Haferkeksen in sein Haus ein, wo sie sich am Wohnzimmertisch gegenübersaßen. Rudbeck hatte einen großen Kopf mit einer dicken Nase und einer hohen, unter die Perücke fliehenden Stirn. Seine Augen waren hell und forschend. Er unterzog Carl einem Verhör über die Inhalte des Manuskripts, fragte nach Staubfäden und Staubwegen, nach Staub, der auf Narben fällt, nach Vergleichen von Pollen und Sperma und Samen und Eizellen.

Carl verteidigte seine poetisch-botanischen Ausführungen. Auch erwähnte er das Vorhaben, eine Neuordnung der Naturreiche vorzunehmen. Für die Pflanzen wolle er ein Sexualsystem entwickeln, um die Gewächse anhand ihrer Sexualorgane – den Stempeln, Blüten- und Staubblättern – zu beschreiben und zu klassifizieren. Tournefort und Vaillant hätten dafür die Grundlagen gelegt, Carl werde das System zur wissenschaftlichen Blüte bringen.

Der Coffee wurde in den Bechern kalt. Rudbeck nahm einen Haferkeks aus der Schale und legte ihn wieder zurück. Dann kratzte er sich unter der Perücke, nickte und murmelte: Mhm, aha, soso.

Die Nacht war längst hereingebrochen, als Rudbeck mitteilte, dass er aufgrund seines fortgeschrittenen Alters keine Vorlesungen mehr halten werde, weder über Medizin noch über Vögel oder Botanik. Und weil Nils Rosén zum Promovieren nach Holland gereist sei, suche er jetzt für die Botanik einen Stellvertreter.

Er verabschiedete Carl mit den Worten: «Offensichtlich habe ich nun einen Nachfolger gefunden, der dieses Amtes würdig ist.»

Carl schwoll vor Stolz die Brust. Rudbeck übertrug ihm die Botanik und somit die Leitung des Botanischen Gartens. Von nun an durfte Carl in eigener Verantwortung seltene Pflanzen und Samen aus anderen Gärten bestellen, Exkursionen leiten und als Demonstrator sogar Vorlesungen halten. Es lief alles wunderbar, bis eines Tages der frisch gebackene Doktor der Medizin Nils Rosén aus Holland heimkehrte und glaubte, ihn treffe aus heiterem Himmel ein Blitz.

Umgehend bestürmte er Rudbeck: «Ihr habt *mir* Euren Lehrstuhl versprochen – mir allein! Stattdessen hält ein Student Vorlesungen über halbseidene Sexualtheorien. Dieser Linnaeus will Inzest und Vielehe hoffähig machen.»

«Mal halblang», sagte Rudbeck. Er knabberte an einem Haferkeks und sah sich gezwungen, seinen voreiligen Beschluss, Linnaeus zum Nachfolger zu machen, zu überdenken. Tief im Sessel versunken zernagte er einen weiteren Haferkeks, bis ihm eine Lösung einfiel: Rosén sollte, wie zugesagt, sein Nachfolger werden, und Linnaeus die Gelegenheit bekommen, eine neue Erfahrung zu machen. Linnaeus würde eine Reise machen. Eine sehr weite Reise.

15.

Der Jahrtausendwinter

POTSDAM, 1740

Kaum war Siegesbeck dem Kerker des Castel Sant'Angelo entkommen, als der Allmächtige die Welt in den eisigen Klammergriff nahm und mit frostklirrender Zuchtpeitsche auf alles Lebende und sich Regende einschlug. Gott donnerte in den Wolken und brachte Stürme, Blitz und Donner, Schnee und bittere Kälte. Als Siegesbeck und die Katze sich nach Norden wandten, froren hinter ihnen die Lagune von Venedig, das Adriatische Meer und der Golf von Genua zu. Vor ihnen lagen das Alpengebirge und ein Winter, der als einer der kältesten in das Menschengedenken eingehen sollte.

Siegesbeck marschierte durch schneeverwehte Täler, stieg steile Anhöhen hinauf und überquerte eisglatte Gletscher und Gipfel. Die Katze rollte sich unter seinem Fellmantel zusammen. Auf der anderen Seite der Alpen stapfte Siegesbeck durchs tiefverschneite Bayern und kam nach Sachsen. Der Schnee wirbelte in dicken Flocken. Häuser und Hütten an den Wegesrändern erbebten unter heftigen Böen. Eisiger Wind drang in alle Ritzen des Mauerwerks. Bäume zerbarsten. Den Menschen froren die Ohren von den Köpfen und die Zehen von den Füßen. In den Ställen fiel das Vieh um, und ihr Fleisch war gefroren, bevor es auf dem Boden aufschlug. Der Winter wollte nicht enden, noch im Frühjahr waren die Landschaften unter Schnee begraben. Nirgends wuchs Gras, das Heu war aufgebraucht. Die Menschen nahmen das Stroh von ihren Dächern und verfütterten es an die Kühe, und als die Dächer abgedeckt waren, verfütterten die Menschen ihr Bettstroh, und als ihre Betten leer waren, schlachteten und aßen sie die Schafe, Rinder, Schweine und Pferde.

In Brandenburg wandte sich Siegesbeck der Stadt Potsdam zu. Dort hatte der preußische Soldatenkönig Friedrich Wilhelm I. seinen Hauptwohnsitz im Stadtschloss. Inzwischen war der Monat Mai fast vorüber. Die Sonne gewann an Kraft. Ostsee, Flüsse, Brunnen und Felder tauten auf, aber Schnee und Eis hinterließen ein ersticktes und leeres Land.

Vor dem Schloss verweigerten ein paar baumlange Soldaten in blau-roten Uniformen Siegesbeck den Zutritt. «Herumlungern für Bettler verboten», knurrte einer der Männer, die der Grenadiergarde angehörten.

Siegesbeck war von der Reise ausgezehrt. Seine Wangen waren eingefallen, seine Kleider dreckig und löchrig, und der nachgewachsene Bart hing ihm grau und struppig im Gesicht.

Die Gardisten waren an die sechseinhalb preußische Fuß groß, mit Vorderladergewehren bewaffnet und knirschten mit den Zähnen. Siegesbeck verwarf den Gedanken, sie mit botanischen Argumenten von der Dringlichkeit seines Besuchs beim König zu überzeugen. Zumal sein einziger Beweis, das *Systema Naturae*-Exemplar, auf dem päpstlichen Scheiterhaufen verbrannt worden war.

Er zog sich in die Nähe des Schlosstores zurück und versteckte sich hinter einem Stapel Gemüsekisten. Die Katze schickte er in der Abenddämmerung zum Mäusejagen fort. Bei dem, was er vorhatte, konnte er sie nicht gebrauchen. Als es dunkel wurde, kletterte er unbemerkt auf eines der Fuhrwerke, die durchs Tor ein- und ausfuhren, und gelangte auf diese Weise in den Schlosshof, wo er vom Karren stieg und in einem Anbau Bedienstetenkleidung fand. Er zog die Sachen an, stutzte seinen Bart mit einer Schere und betrat das Schloss durch einen Hintereingang.

Im Schloss nahm er Witterung auf und schnupperte den Gerüchen hinterher bis in eine Küche. Er räusperte sich, bat um Aufmerksamkeit und verkündete dem anwesenden Personal, man habe ihn beauftragt, Seiner Majestät das Abendmahl zu servieren. Die Köche und Küchenhilfen erstarrten. Im Hintergrund ließ irgendwer eine Porzellanschüssel fallen, die scheppernd zu Bruch ging.

Siegesbeck fragte sich, ob er etwas Falsches gesagt hatte.

«Dass Seine Majestät daran noch denken tut», murmelte eine dicke Köchin und begann sogleich, Fleisch, Gemüse und Brot auf einen Teller zu legen und Wein in einen Krug zu zapfen.

Siegesbeck stellte die Sachen auf ein Tablett und bat die Köchin, ihn in die Gemächer des Königs zu begleiten: Leider habe er ja nun keine Hand mehr frei zum Türenöffnen.

Die Köchin schluckte den Köder, wischte Tränen von ihren Wangen, schnäuzte in ihre Schürze und ging voran. Bei jedem Schritt stieß sie aus den Tiefen ihrer Brust einen schweren Stoßseufzer hervor: «Ach Jottchen, ach Jottchen!»

Er folgte ihr durch stille Gänge ins dreigeschossige Corps de Logis, den Wohntrakt der königlichen Familie, wo sie über eine Marmortreppe in einen Korridor kamen. Am Ende des Korridors befand sich der Wohnbereich des Königs. Siegesbeck schickte die Köchin fort und stellte das Tablett auf einem Tisch ab, als unversehens eine Tür geöffnet wurde, aus der mehrere Männer hervortraten. Einer schweigenden Trauerprozession gleich zogen sie an Siegesbeck vorbei. Er wartete, bis sie verschwunden waren, dann trat er durch die Tür in einen Vorraum und dann in den Wohnbereich, an dessen vertäfelten Wänden Gemälde hingen, auf denen einige der riesenhaften Gardisten vom Tor abgebildet waren.

Siegesbeck ging über einen dicken Teppich, der die Geräusche seiner Schritte schluckte, und kam schließlich ins Schlafkabinett, das von flackerndem Lichtschein matt erhellt war. In silbernen Haltern brannten neben einem Bett Dutzende Wachskerzen. Vor dem Bett standen ein Rollstuhl und ein Sarg, und im Bett lag ein Mann, die Hände über dem dicken Bauch gefaltet. Auf den ersten Blick sah es aus, als schliefe der Mann.

Auf den zweiten Blick musste Siegesbeck feststellen, dass er zu spät gekommen war. Der Soldatenkönig war mausetot.

16.

Die Reise

LAPPLAND, 1732

Nach Lappland?» Carl überlegte keine Sekunde. «Wann geht es los?»

Rudbeck erklärte, dass noch ein paar Formalitäten zu erledigen seien. Ein offizielles Schreiben an die Königliche Wissenschaftssozietät müsse formuliert, die Zusage für die Finanzierung der Exkursion eingeholt, eine Ausrüstung zusammengestellt werden.

Carl sprang vom Stuhl auf. «Ich stehe bereit, lieber heute als morgen!» Er erinnerte sich an die Worte des Provinzialarztes Rothmann in Växjö: *Wenn der kleine Botanikus alle Pflanzen studieren will, sollte er sich beizeiten in Lappland umschauen*.

Er seufzte vor Glück.

«Ach, Lappland», sagte Rudbeck und seufzte ebenfalls. «Dorthin bin ich gereist, damals, als ich jung war wie er, Linnaeus. *Ex septentrione lux*! Aus dem Norden kommt das Licht! Aber ich muss ihn warnen: Ich habe Lappland gehasst. Ich habe es gefürchtet und verflucht. Das schreckliche Wetter, Regen, immer nur Regen. Mückenschwärme, groß und dunkel wie Gewitterwolken. Unbezwingbare, verschneite Berge, reißende Flüsse, die seltsamen Lappen.

Bären und Wölfe, Schlangen und Eulen, groß wie Adler, mit feurig-roten Augen. Ich habe es gehasst, und doch gibt es keinen Moment, an dem ich mich nicht dorthin zurücksehne. Wer einmal in Lappland war, will immer wieder zurück. Das ist das Lapplandfieber. Herrje, kann er sich bitte mal wieder setzen, Linnaeus! Sein Herumgelaufe macht mich nervös. Das Fieber hat ihn wohl schon gepackt.»

Carl nahm widerwillig Platz und schenkte aus der Kanne Coffee in die beiden Becher, die noch fast voll waren. Dann zerbrach er einen Haferkeks und schob die Krümel mit den Fingern auf dem Tisch von einer Seite auf die andere.

«Tausende Seiten habe ich beschrieben mit Notizen zur lappländischen Flora und Fauna», sagte Rudbeck. «Ich habe Herbarien angelegt, Zeichnungen von Pflanzen, Tieren und Landschaften angefertigt. Ich wollte Bücher über Lappland schreiben. Auf zwölf Bände waren die Ergebnisse meiner Forschungen angelegt. Aber ich habe nur ein Buch publizieren können. Dann brach das Feuer aus. Das Feuer in Uppsala im Jahre 1702. Notizen, Entwürfe, Herbarien, Zeichnungen – alles wurde zerstört, ein Raub der Flammen.»

Er versank in Trübsinn, und Carl fragte: «Wie lange wird es denn dauern, bis die Sozietät meine Lapplandreise bewilligt?»

Sie schrieben Anträge an die Königliche Wissenschaftssozietät. Die Anträge wurden geprüft, verworfen und überarbeitet. Dann stellte man Carl die nötigen Papiere aus und sicherte ihm eine Finanzierung der Expedition in Höhe von vierhundert Talern zu. Das war viel Geld für die klamme Kasse der Sozietät. Carl bekam den Auftrag, in

Lappland die Naturreiche zu erforschen: Pflanzen, Tiere, Mineralien. Lappland war selbst für die Schweden *terra incognita*, ein unbekanntes Land, und die Kenntnis über die landeseigenen Schätze waren von großer wirtschaftlicher Bedeutung.

Auch die wundersame Lebensweise der Lappen sollte er studieren, zum Beispiel, welche Heilkräuter sie nutzten, die der Gesundheit und Arbeitskraft der Schweden förderlich sein könnten. Es war bekannt, dass die Lappen viel Tabak rauchten. Waren sie deswegen so widerstandsfähig gegen die Widrigkeiten der Natur?

Carl kaufte für die Reise Lederhose, Hut, Schnürstiefel, Mückenschleier, Nachtmütze, sogar eine Zopfperücke.

«Welchen Sinn ergibt eine Perücke in barbarischer Einöde?», fragte Artedi.

«Ich bin Botschafter der Zivilisation», erwiderte Carl. «Daher werde ich den wilden Lappen mit Respekt begegnen, wozu auch das Tragen einer angemessenen Kleidung gehört.»

Er gab viel Geld für die Ausrüstung aus: Messstock, Schreibsachen, Mikroskop, Fernrohr, botanische und ornithologische Nachschlagewerke. Auch einen Hirschfänger, eine Stichwaffe mit kurzer, breiter Klinge sowie eine Handfeuerwaffe erstand er. Fehlte noch ein Pferd. Weil sein Budget erheblich geschrumpft war, wählte er den billigsten Gaul, den er fand. Der Pferdehändler warnte ihn, das Pferd sei faul. Dem sei sogar der Weg vom Schlafplatz zum Futtertrog zu lästig, weswegen es sich nicht vom Futter fortbewegte. Es kostete erhebliche Anstrengungen und Bestechungsversuche mit Möhren und Äpfeln, bis das Pferd Carl aufsitzen ließ.

Wenige Tage nach seinem fünfundzwanzigsten Geburtstag ritt Carl an einem Maitag im Jahr 1732 auf dem mürrischen Gaul zum Stadttor. Studenten, Professoren und Bürger winkten ihm am Straßenrand zu und wünschten ihm Glück und Gottes Segen.

Auch Nils Rosén war gekommen. Er drückte sich in den Schatten einer Häuserecke und grollte vor Neid. Er betete, Linnaeus solle in Stromschnellen ertrinken, von Mücken zerstochen, von Lappen erschossen und am Spieß gebraten werden. Sollte er aber doch eines Tages zurückkehren, würde Rosén selbst dem Burschen den Garaus machen.

Carl ritt durchs Stadttor und ließ Uppsala hinter sich. In seiner Brust breitete sich ein kitzelndes Gefühl aus. Sein Gehör gewann an Schärfe, sein Blick an Klarheit. Die Sonne strahlte, ein laues Lüftchen wehte; es duftete rein und warm nach Frühling. Carl pfiff eine heitere Melodie. Das Pferd schnaubte verärgert.

Sie waren noch nicht weit gekommen, da begann Carl am Wegesrand zu botanisieren. Er identifizierte Hungerblümchen, Roggenblume, Ackerhellkraut und Sumpfdotterblume. Er buddelte Gewächse aus und legte sie zum Trocknen zwischen Papier. Und er notierte alles, was er sah, hörte und roch. In der Luft zitterten Lerchen, schwarze Falter mit weißen Fransen flatterten umher. In den Bächen gluckste das Wasser, plätscherten kleine Wasserfälle.

«Hab ich dich», rief er einmal, nachdem er gerade erst zwei Stunden geritten war und ein Gewächs mit gelben Blüten entdeckte. Er las im Buch von Tournefort nach und stellte fest, dass der den Löwenzahn *Taraxacum* mit dem Habichtskraut *Pilosella* verwechselt hatte. Carl machte eine

Notiz. Dann zeigte er dem Pferd ein Milzkraut *Chrysosplenium* und erklärte: «Auch diese Pflanze hat Tournefort falsch beschrieben.»

Das Pferd schnappte ihm die Pflanze aus der Hand und fraß sie auf.

Carl musste bald einsehen, dass er Lappland bis Weihnachten nicht würde erreicht haben, wenn er weiterhin für jedes Blümchen Halt machte. Auch wurde mit jedem gesammelten Stein und Gewächs das Gepäck schwerer. Er gab dem Pferd die Sporen. Tage vergingen. Landschaften zogen vorbei. Die Wälder wurden dichter und dunkler, Felsen schroffer und kahler. Sie kamen der unbekannten Welt näher.

In einem Gasthaus erzählte man ihm von einem Apfelbaum, den eine Trollfrau verhext habe, weil man sie keinen Apfel pflücken ließ. Nun trage der Baum keine Früchte mehr. Carl schaute sich den Baum an und stellte fest, dass es eine Ulme war. Ob der Baum schon immer eine Ulme gewesen war? Oder vielleicht doch ein zur Ulme verhexter Apfelbaum? Mit einem Mal schienen für Carl Dinge denkbar, die er vor Kurzem noch als Aberglauben abgetan hätte.

Er fand rötlich schimmerndes Gestein, das wie mit Blut übergossen aussah, und sterbende Kiefern und Tannen, deren Rinde man abgeschabt hatte. Er ritt an Grabhügeln vorbei und überquerte Bäche, die ockerfarbenes Wasser führten. Aus Wiesen und Wäldern dampfte gespenstisch der Nebel.

Einmal ließ er das Pferd am Wegesrand stehen und stieg auf einen Berg. Kaum war er oben, wurde der Himmel schwarz. Dunkle Wolken fegten über den Gipfel hinweg.

Das Wetter wuchs sich zu einem Gewitter aus. Sintflutartiger Regen ging nieder, wie Carl es nie erlebt hatte. Unweit des Felsens, hinter dem er Schutz suchte, knickte der Sturm einer Kiefer die obere Hälfte des Stammes ab. Carl notierte trotzig und mit klappernden Zähnen, er werde den von der Natur gestutzten Baum als Krüppelkiefer *Pinus plicata* beschreiben.

Das Gewitter nahm kein Ende. Wind und peitschender Regen umtosten Carl, bis ihn das quälende Gefühl trauriger Einsamkeit überkam, das ihm die Luft aus dem Brustkorb presste. Er dachte an Rudbecks Worte, was Lappland mit einem mache. Dabei hatte Carl Lappland noch nicht einmal erreicht.

Nach Stunden – oder waren es Tage? – ließ der Regen nach. Der Wind flaute ab, der Himmel klarte auf, und bald lag die Landschaft so friedlich da, als habe es niemals ein Unwetter gegeben. Als habe der Sturm nur in Carls Kopf getobt.

Er ritt weiter, überquerte Flüsse und Fjorde. In den Wäldern wichen die Laubbäume dem Nadelgehölz. Weit entfernt aufragende Berge schimmerten blaugrau im Nebeldunst. Um einen der Gipfel zu erkunden, wollte er in einem Dorf ein paar Bauern anheuern, doch sie lehnten ab. Der Aufstieg sei so sinnlos wie gefährlich, außerdem gebe es da oben nichts, nur Schnee, kaltes Gestein und eine leere Höhle. Eine Höhle? Carl legte mehr Münzen drauf, bis die Bauern schließlich einwilligten.

Sie krochen steile Felswände hinauf, klammerten sich mit den Händen an Steine und Sträucher. Als ein Bauer über Carl einen Felsbrocken lostrat, krachte der Stein dicht an Carl vorbei in den Abgrund. Auf dem schneebedeckten

Gipfel stellte Carl den Bauern wegen des Zwischenfalls zur Rede. Der Bauer behauptete zwar, nichts von dem Stein bemerkt zu haben, aber Carl glaubte ihm nicht. Doch was sollte er tun? Nachdem er sich überzeugt hatte, dass die Höhle tatsächlich leer war, machten sie sich wieder an den Abstieg.

Ins Dorf zurückgekehrt, lud man ihn zum Essen ein. Die Bauern ließen einen mit weißer Masse gefüllten Topf herumgehen. Die Masse stellten sie beim Käsemachen aus gesäuerter Molke her, und sie war wirklich unglaublich zäh. Als Carl sie an einem Strang aus dem Topf zog, flutschte sie aus seinem Mund zurück in den Topf. Die Bauern lachten ihn aus. Das könne der Herr Naturforscher ruhig in sein Büchlein schreiben.

In der Nacht träumte Carl, dass die Bauern ihn in einem mit Molke gefüllten Kessel kochten. Beim Aufwachen musste er an Telander denken.

Beim Städtchen Umeå in Västerbotten wandte sich Carl am Fluss Ume älv landeinwärts dem Hochgebirge und der Stadt Lycksele zu. Die Gegend wurde noch einsamer, die Wege noch schmaler. Das Pferd streikte, als es über einen engen Pfad aus regennassem Geröll gehen sollte. Carl musste absitzen und das Pferd am Zügel hinter sich herziehen. Nicht einmal der Teufel würde ihn in dieser Einöde finden. Um sich von trüben Gedanken abzulenken, notierte er alles, was er sah, auch wenn es nichts zu sehen gab. Überall sei nichts, vor ihm, hinter ihm, über ihm – nichts. Nur Regen. Am Morgen habe es geregnet, am Abend und in der Nacht auch. Mal falle der Regen senkrecht von oben, mal komme er von der Seite. Man ertrinke beim Gehen.

Er beschimpfte das Pferd und nannte es faul und sturköpfig. Auf keine seiner Fragen antworte es ihm, nicht mal auf die einfachste Frage nach dem Wie und Warum des Universums. Überhaupt sei es zu nichts zu gebrauchen, lasse sich nur blöde in der Gegend rumführen und fresse ihm die Haare vom Kopf. Dann fiel Carl ein, dass er dem Pferd gar keine Fragen gestellt hatte und entschuldigte sich. Offenbar litt er am Wasserkoller.

Er hatte sich schon damit abgefunden, niemals wieder einer Menschenseele zu begegnen, als er auf eine Siedlung stieß, eine Handvoll niedriger Hütten an einem Flussufer. Der Ort wurde Granö genannt. Am Dorfrand schnitten Frauen Espenrinde klein, die sie trockneten und ans Vieh verfütterten.

Carl richtete seine Kleider, setzte die Zopfperücke auf und stellte sich vor. Man gab ihm Auerhahnbrust zu essen, die getrocknet und gebraten drei Jahre lang haltbar sei. Auch Bibergeil sollte er probieren, hühnereigroße Klumpen, deren Haut vom Rauchtrocknen braunschwarz und runzlig war. Sie rochen nach Baldrian, und ihr Geschmack war bitter und scharf. Die Bauern baten ihn um Tabak, ihrer sei ausgegangen, aber auch Carl hatte seine Vorräte bereits aufgeraucht. Daher stopften die Bauern ihre Pfeifen mit Hopfenknospen und Wacholderbeeren und schnupften Asche.

Am nächsten Morgen überredete Carl einen Bauern, ihn gegen Bezahlung nach Lycksele und dann weiter in die Lappmark und das Hochgebirge zu bringen. Das Pferd ließ er in Granö zurück, worüber es nicht unglücklich zu sein schien.

Der Bauer, der ihn führte, hieß Rune Runeson, ein

rotwangiger Bursche mit platter Nase, breiten Schultern und langen Armen. Rune setzte im Boot ein kleines Segel, und der Wind trieb sie den Ume älv stromaufwärts. Carl streckte die Beine aus. Sogar der Regen hörte auf. Wälder und Heideflächen zogen vorbei, auf dem Wasser lagen die Schatten hoher Kiefern.

Bald darauf glaubte Carl am Horizont im Westen die schneebedeckten Spitzen des Hochgebirges zu sehen. Seltsam. Eigentlich war das Hochgebirge noch viel zu weit entfernt. Seine Haut begann zu kribbeln, und er spürte mit einem Mal eine geheimnisvolle Kraft, die ihn zu dem Gebirge zog. Auch überkam ihn das Gefühl, dass im Westen etwas auf ihn wartete, wonach er seit Langem suchte, ohne sagen zu können, wonach er überhaupt suchte. Eine heiße Sehnsucht flammte in ihm auf, die er sich nicht erklären konnte, von der er aber wusste, dass er sie stillen musste, indem er das Gebirge so schnell wie möglich erreichte. Mit zittrigen Händen griff er nach dem Fernrohr, aber als er hindurchschaute, waren die Berge verschwunden.

Stattdessen flog ein großer Vogel durchs Blickfeld. Weil Carl die Art auf die Entfernung nicht bestimmen konnte, schoss er mit dem Faustrohr auf den Vogel und traf ihn. Als sie an die Stelle kamen, an der der Vogel ins Wasser gefallen war, fischte Carl ein paar Einzelteile aus dem Wasser: einen halben Flügel und einen Fuß mit ein paar blutigen Federn.

Rune warf einen belustigten Blick darauf. «Kraniche lassen sich besser schießen», erklärte er. «Die fallen nicht so leicht auseinander und geben schöne Trophäen ab. Ich nagele mir gern mal einen an die Haustür.»

«Ich töte nicht, um Türen zu dekorieren, sondern aus

wissenschaftlichen Gründen», entgegnete Carl und warf Flügel und Vogelfuß zurück ins Wasser.

Als sie Hunger bekamen, kauten sie getrocknete Auerhahnbrust und lutschten am Bibergeil, bis sie an Stromschnellen kamen und an Land gehen mussten. Rune hievte das umgedrehte Boot auf seine Schultern und lief damit so schnell einen Hang hinauf, dass Carl kaum hinterherkam.

Nach einigen Tagen erreichten sie Lycksele. Carl klopfte beim Pastor an, der ihm öffnete und dem Herrgott für den Besuch aus der Zivilisation dankte. Als er hörte, dass Carl Medizinstudent sei, bat er, ihn zu einer Patientin zu begleiten. Die alte Frau, eine Lappin, lag mit Bauchschmerzen in einer Hütte im Bett und berichtete, sie habe Wasser, in dem Froschlaich gewesen sei, getrunken. Dann seien die Frösche geschlüpft und ausgewachsen, weswegen sie nun in ihrem Bauch rumorten. Manchmal höre man sie quaken. Sie rülpste demonstrativ. Es roch nach Zwiebeln.

An einen vergleichbaren Fall aus der Fachliteratur konnte sich Carl nicht erinnern. Er fragte die Frau, was sie gegen die Frösche unternommen habe, und erfuhr, sie habe Salzwasser geschluckt und einen Liter Branntwein getrunken, was jedoch beides nicht geholfen habe. Daher ließ Carl den Pastor Teer holen, den sie der Frau als Brechmittel einflößten. Die Frau erbrach ihren Mageninhalt in eine Schüssel, es war jedoch kein einziger Frosch darin. Carl nahm seinen Stift und das Büchlein, um sich dazu eine Notiz zu machen, bezweifelte jedoch, dass ihm irgendjemand diese Geschichte glauben würde. Daher steckte er Stift und Buch wieder ein.

Am Abend saßen Carl und Rune mit dem Pastor in dessen Haus vor einem prasselnden Kaminfeuer. «Ich rate

Euch ab, in die Lappmark zu reisen», sagte der Pastor. «Den Lappen kann man nicht trauen. Sie schießen einem aus heiterem Himmel eine Kugel in den Rücken, und dann praktiziert irgend so eine lappische Zauberin heidnische Rituale an der Leiche. Warum botanisiert Ihr nicht bei uns in Lycksele, Linnaeus? Auch hier gibt es ein paar hübsche Pflänzchen.»

Carl lehnte das Angebot ab. Er musste den Auftrag der Königlichen Wissenschaftssozietät erfüllen und durfte sich nicht von Schauermärchen abschrecken lassen. Und er musste ins Hochgebirge, um herauszufinden, was da im Westen auf ihn wartete.

Mit dem Boot nahmen sie von Lycksele aus Kurs auf das Hochgebirge. Sie fuhren jetzt bei Tag und Nacht. Dunkel wurde es nicht mehr, aber es wurde kälter.

Einmal legten sie an einer Insel mitten im Fluss an, wo sie bei einer von hohen Kiefern umgebenen Hütte einige Männer aus Granö trafen, die zum Fischen hergekommen waren. Die Fischer luden sie in ihre Hütte ein, in der ihnen ein unerträglicher Gestank entgegenschlug. Es war eine Mischung aus dem Schweiß, den die nackt am Feuer schwitzenden Männer ausdünsteten, und dem Geruch der Hechte und Saiblinge, die unterm Dach im Rauch zum Trocknen hingen. Außerdem lagerten in offenen Kisten faulende Fischgedärme und Schuppen, aus denen man Schmalz zum Einschmieren der Schuhe machte.

Die Fischer tischten Klöße aus Fischrogen und Innereien auf. Artedi würde es lieben, dachte Carl und lehnte dankend ab, wobei er gestenreich auf seinen empfindlichen Magen verwies. Beim Essen berichteten die Fischer von einigen Lappen, die sie vor wenigen Tagen mit gezielten Schüssen vertrieben hätten, als diese hier fischen wollten. Mindestens einen der Lappen hätten sie in den Rücken getroffen, prahlten sie, der sei bestimmt tot.

«Aber das hier ist doch das Land der Lappen», protestierte Carl und missachtete Runes warnenden Blick. «Es ist das gute Recht der Lappen, in diesen Gewässern zu fischen, schließlich zahlen sie dafür Steuern.»

Die Fischer starrten Carl an wie einen Hund, der in ihre Schuhe gepinkelt hatte. Auf dem Tisch ballten sich ihre Fäuste um die Messer. Es bedurfte vieler beruhigender Worte von Rune, damit die Fischer sie nicht an Ort und Stelle lynchten. Bevor die Männer es sich anders überlegen konnten, rannten Carl und Rune zum Boot, legten schnell ab und fuhren weiter. Bald strömte ihnen der Fluss jedoch so stark entgegen, dass sie das Ufer ansteuern mussten.

«Der Schnee schmilzt in diesem Jahr in den Bergen sehr früh», erklärte Rune, während er die gurgelnde und rauschende Strömung beobachtete, und dann den Kopf schüttelte. «Zu viel Wasser. Wir müssen umkehren.»

Carl wies energisch nach Westen. «Weit kann es nicht mehr sein, dahinten sind doch schon die Berge.»

«Berge, ja, aber nicht das Hochgebirge, noch lange nicht.»

Als Carl trotzdem seine Sachen aus dem Boot holte, versuchte Rune, ihn mit Engelszungen zur Umkehr zu überreden. Carl ließ sich nicht beirren und stieg ins Unterholz. Kurz darauf hörte er im Wald Äste knacken und Runes Stimme rufen: «Hier gibt's keine Wege mehr! Wir werden umkommen.»

Carl ging weiter und kämpfte sich durchs Gestrüpp,

über Hügel und durch Sümpfe. Er kletterte über entwurzelte Bäume und kroch durch dornige Büsche. Die Suche nach einem Pfad endete an einem breiten Flussarm, wo Rune zu ihm aufschloss und verkündete: «Es dauert mindestens einen Tag, dieses Gewässer zu umwandern, wenn nicht zwei Tage. Habt Ihr Fieber? Ihr seht erhitzt aus.»

«Irgendwo *muss* es einen Weg geben», sagte Carl, dem das Blut in den Ohren rauschte.

Jetzt verlor sogar der sanftmütige Rune die Geduld. «Ihr seid ja besessen.»

«Unsinn! Ich muss ins Hochgebirge, das ist ein Unterschied.»

«Ach ja?»

«Ja – verdammt!» Carl krempelte die Hosenbeine hoch, hielt die Tasche mit den Geräten über seinen Kopf und stieg ins Wasser. Es war so kalt, dass es seine Glieder lähmte.

Rune kam ihm nach und geriet nicht weit vom anderen Ufer entfernt in eine Rinne, in der er versank. Geistesgegenwärtig ergriff Carl ihn mit der freien Hand am Schopf, zog ihn an die Oberfläche und dann hinter sich her durchs Wasser, bis sie das rettende Ufer erreichten. Es begann zu regnen.

«Wenigstens sind wir schon nass», sagte Rune matt.

Vor ihnen erhob sich eine Wand aus Bäumen und Gestrüpp, dahinter waren Sümpfe, Bäume, Gestrüpp und noch mehr Sümpfe. Ein Pfad war auch hier nicht zu finden. Am Himmel trieben dunkle Wolken heran. Der Wind blies eisig durch ihre nassen Kleider. Als Carl am Boden Blutwurz wachsen sah, wollte er eine Notiz machen. Er zitterte jedoch so heftig, dass er seine eigene Schrift nicht entziffern konnte. Irgendwo hielten sie schließlich an. Nach einigen

Versuchen gelang es dem halb erfrorenen Rune, ein Feuer zu entzünden. Sie hängten die durchweichten Kleider auf, setzten sich bibbernd ans Feuer, und schon kam mit der Wärme auch die Müdigkeit. Und der Hunger.

«Die Hölle kann nicht schlimmer sein als diese Wildnis», sagte Carl.

Rune nickte erschöpft.

«Dieser Sumpf ist grauenvoller als der Styx.»

«Styx?» Rune gähnte.

«Das Wasser des Grauens, die Grenze zwischen der Welt der Lebenden und dem Totenreich.»

«Ach so, schöner Vergleich …» Rune kippte im Sitzen um und begann zu schnarchen.

Carl deckte ihn mit einem der Mäntel zu, der halbwegs getrocknet war, und legte den anderen Mantel über sich. Dann schlief auch er ein.

Als er aufwachte, fühlte sich sein Körper an wie ein Klumpen Eis. Er wusste nicht, wie lange er geschlafen hatte. Das Feuer war heruntergebrannt. Rune schnarchte noch immer. Carl wollte die Augen gerade wieder schließen, als er einen Schatten bemerkte. Ihm stockte der Atem. Bei der Feuerstelle stand jemand, oder besser gesagt: Da stand etwas, ein Wesen, das halb Mensch, halb Tier zu sein schien. Carl kniff die Augen fest zu und zählte bis zehn. Als er sie wieder öffnete, war das Wesen immer noch da.

Charon holt mich, dachte er, Charon, der Fährmann, der die Seelen der Toten über den Styx verschifft. Aber das Wesen entpuppte sich als eine kleine Frau, deren gespenstische Erscheinung es unmöglich machte, ihr Alter einzuschätzen. Ihr Gesicht und ihr Haar waren von dunkelbrauner Farbe, als wäre ihr Kopf über Feuerholz geräuchert worden. Das graue Kleid mit einem bestickten Kragen war an der Vorderseite aufgeschlagen. Ihre Brüste hatten lange braune Brustwarzen und sahen aus wie mit Krötenhaut überspannt.

«Ihr seid nicht wirklich», keuchte Carl.

Die Frau deutete mit ihrer krallenartigen Hand auf irgendeinen Punkt im Dickicht hinter Carl.

«Träume ich?», fragte er.

Die Frau öffnete ihren fast zahnlosen Mund. «Geh den Weg zurück, den du gekommen bist», krächzte sie mit rostiger Stimme.

«Ich muss träumen.»

«Geh!»

«Aber ich muss ins Hochgebirge.»

Die Frau schüttelte den Kopf.

«Nein, nein», sagte Carl. «Ich kann nicht wieder zurück. Aber wenn ich wirklich nicht träume, gute Frau, dann gebt mir bitte etwas zu essen. Ich bin durch Stromschnellen gewatet, habe tagelang keinen Schlaf gefunden und vom Flusswassertrinken Durchfall bekommen. Die Auerhahnbrüste rutschen durch mich hindurch, oben rein, unten raus. Alle unsere Vorräte sind aufgebraucht. Ich leide entsetzlichen Hunger. Habt Ihr denn nicht eine gepökelte Rentierzunge? Oder einen Käse? Sogar einen Fisch würde ich nehmen.»

Die Frau warf ihm etwas hin, das aussah wie ein Fisch, wie ein verdorbener, stinkender Fisch. Carl sah weiße Maden aus dem Fischmaul kriechen und schaffte es gerade noch bis zum nächsten Gebüsch, wo er das wenige erbrach, das in seinem Magen war.

Als er aufblickte, war die Frau verschwunden. Kurzerhand weckte er Rune und verkündete, sie würden den Rückweg antreten. Rune weinte vor Freude.

17.

Der Soldatenkönig

POTSDAM, 1740

Siegesbeck kletterte über den Sarg zum Bett und beugte sich über den Soldatenkönig. «Ihr dürft nicht tot sein», flehte er. «Nicht jetzt, noch nicht jetzt. All die Mühen, all die Plackerei: Gebirge, Schnee, Eis, Gletscher, Sturm, Matsch – nur, um zu Euch zu kommen. Warum konntet Ihr nicht noch ein paar Tage warten mit Eurem Ableben, Eure Majestät? Zumindest, bis Ihr Schweden den Krieg erklärt habt …»

«Schweden? Warum Schweden?», fragte eine Stimme unter ihm.

Siegesbeck zuckte zurück, als habe er sich das Gesicht an einem Feuer verbrannt.

Die Augen des Soldatenkönigs waren jetzt halb geöffnet. «Was macht er hier?», fragte er. «Meine Anweisungen waren eindeutig. Ich befahl, mein Schlafzimmer zu räumen. Ein einziges Mal in meinem Leben will ich meine Ruhe haben und ungestört sterben. Ich habe doch schon alles geregelt: Vier Stunden nach meinem Tod soll man meinen Leichnam öffnen, um die Todesursache zu ermitteln. Die Quacksalber behaupten, ich sterbe an Gicht, Wassersucht und Fettleibigkeit. Dabei bin ich gar nicht so dick, und außerdem bin ich überzeugt, dass jemand bei meinem Tod nachgeholfen hat.»

«Ähm – ah, ja?», machte Siegesbeck hilflos.

«Ja! Nach der Obduktion meiner Leiche muss sich der Arzt selbst töten, damit er mich im Himmel über die Ursache meines Todes unterrichten kann. Hat ein König etwa kein Anrecht zu erfahren, woran er stirbt?»

«Doch – ja, natürlich, Eure Majestät.» Siegesbeck kam kaum hinterher, die Informationen zu verarbeiten. «Selbstmörder kommen doch aber ins Fegefeuer, oder nicht?»

Der König blickte zweifelnd. Das hatte er offenbar nicht bedacht. Rasch wechselte er das Thema: «Er soll mir den Spiegel reichen, damit ich mir beim Sterben zuschauen kann. Die Gelegenheit kommt nicht wieder.»

Siegesbeck fand einen Handspiegel und gab ihn dem König, der den Spiegel vor seine Nase hielt und in sein porzellanfarbenes Gesicht starrte. Siegesbeck nutzte die Gelegenheit, um sich vorzustellen: «Gestatten, Johann Georg Siegesbeck, ich bin ein durchaus bekannter Botaniker.»

«Nie gehört.»

«Ich habe die Tartuffel beschrieben …»

«Er soll den Mund halten! Jeden Augenblick kann es so weit sein.»

«Bitte, Eure Majestät – eine letzte Sache noch: Könntet Ihr nicht schnell eine Kriegserklärung gegen Schweden aufsetzen, bevor Ihr endgültig …»

«Was hat er nur immer mit den Schweden?»

«Von Schweden geht die größte Bedrohung für Kirche und Wissenschaft aus, insbesondere für die Botanik.»

Der König blickte angestrengt in den Spiegel.

Siegesbeck setzte sich zu ihm auf die Bettkante und legte ihm eine Hand auf den Arm. «Wisst Ihr, es ist nämlich ein Schwede, der behauptet, Pflanzen hätten Hoden voller Samen und weibliche Schamlefzen, und dass es bei der Begattung im Blütenbett zwanzig Männer mit einer Frau treiben …»

Der König ließ den Spiegel sinken und glotzte Siegesbeck an. «Zwanzig Männer in einem Bett? Macht mein Sohn bei der Ferkelei etwa auch mit?»

Eine Antwort wartete der König jedoch nicht ab, denn in dieser Sekunde ereilte ihn der Tod. Der Spiegel entglitt seiner Hand, und er machte seinen letzten Schnaufer, schloss für immer die Augen und verpasste den einzigartigen Moment seines Todes.

Siegesbeck versank auf der Bettkante in grollendes Grübeln, wie es nun weitergehen konnte, bis er mit einem Mal vor der Tür Stimmen hörte. Blanke Panik überkam ihn. Er brauchte jetzt ganz schnell ein Versteck. Keine Ausrede der Welt würde als Erklärung ausreichen, warum ein Botaniker in gestohlener Dienerkleidung im Schlafkabinett des toten Königs auf der Bettkante saß. Er schaute sich um und stellte fest, dass das Einzige, was als Versteck geeignet zu sein schien, der Sarg war.

Rasch klappte er den Sargdeckel hoch, kroch unter die darin liegenden Tücher und ließ den Deckel wieder herunter. Schon wurde die Tür zum Schlafkabinett geöffnet. Zum Glück zog durch Ritzen zwischen den Brettern Luft in den Sarg, denn die Kiste war nur für den Transport des Soldatenkönigs gedacht und deshalb aus billigem Holz gezimmert.

Von außen drangen murmelnde Stimmen in den Sarg,

dann ein lautes Aufschluchzen. Jemand klagte: «Der alte König ist tot. Nun wird sich alles zum Schlechten neigen. Sein Sohn wird unsere Armee dezimieren und sich stattdessen einen Hof mit Dichtern, Gelehrten und Balletttänzern halten.»

Ein anderer Mann jammerte: «Womöglich wird der neue König auch noch Gärten und Parks anlegen lassen. Aber Preußen braucht keine Blumen, sondern Stahl, Kugeln und Pulverdampf. Ich gäbe hundert Pistolen, wenn ich meinen alten Soldatenkönig zurückbekäme …»

Urplötzlich verstummten die Stimmen, als den Geräuschen nach eine andere Person ins Schlafkabinett trat. Siegesbeck hörte dumpfes Krachen und polternde Schritte, es klang, als warfen sich die Leute auf den Boden, dann rief ein Chor aus Männerstimmen: «Oh Herr, oh liebster Kronprinz! Unser neuer König! Eure Majestät! Er lebe hoch! Welch Glück und Zier Ihr seid für Preußens Glanz und Gloria!»

Fünf Stunden später wurde der Sargdeckel geöffnet und etwas Weiches und Schweres auf die Tücher gewuchtet, unter denen Siegesbeck schlummerte. Er schreckte auf, und gerade noch rechtzeitig fiel ihm ein, dass es wenig ratsam wäre, seinen Unmut über die Störung seiner Schlafruhe laut zu bekunden. Das Gewicht des toten Soldatenkönigs presste ihm die Luft aus dem Brustkorb.

Bis zur Bestattung des Soldatenkönigs ließen die Preußen nicht viel Zeit verstreichen. Schon am nächsten Morgen karrte man den Sarg vom Schloss durch die von trauernden Menschen gesäumten Straßen zur Garnisonkirche. Der Soldatenkönig hatte zu Lebzeiten befohlen, man dürfe um seine Bestattung keinen Zinnober machen. Den Sarg bahrte man in der Gruft auf, während im Kirchenschiff darüber die Herrschaften zügig zur Krönung des neuen Königs schritten.

Zur Bewachung des Sargs in der muffigen Gruft stellte man einen der turmhohen Soldaten des Königsregiments, auch Lange Kerls genannt, ab. Der Mann hieß Schwerid Rediwanoff und stammte aus Russland. Der russische Zar Peter der Große hatte Rediwanoff und andere Lange Kerls einst dem Soldatenkönig überlassen, als Dankeschön für das kostbare Geschenk des Bernsteinzimmers.

Rediwanoff diente seit vielen Jahren in der Potsdamer Riesengarde. Er war groß und kräftig, aber auch sensibel wie ein Hündchen und trauerte schwer um seinen Herrn. In der Nacht hatte er kein Auge zugetan. Das Weinen hatte ihn so sehr erschöpft, dass er sich jetzt kaum auf den langen Beinen halten konnte. Dennoch erfüllte er stolz die ehrenvolle Aufgabe der Totenwache am Holzsarg, aus dem man den Leichnam nachher in einen Sarg aus Marmor umbetten würde.

Während der neue König oben im Kirchenschiff die Insignien überreicht bekam, legte Rediwanoff eine Etage tiefer seine Hand, groß wie eine Bratpfanne, auf den Holzsargdeckel und flüsterte: «Mein Herr und Gebieter, oh mein *velichestvennost*! Euer Verlust schmerzt mich mehr, als mein eigener Tod es jemals tun könnte …»

Mit einem Mal klopfte es innen im Sarg. Rediwanoffs Herz setzte einige Schläge aus. Dann redete er sich ein, seine Müdigkeit habe ihm einen Streich gespielt. Um sicherzugehen, beugte er sich über den Sarg und fragte leise: «Ihr seid doch tot, Eure Majestät, oder?»

«Öffne er den verdammten Deckel», hörte er eine gepresste Stimme sagen.

Die Stimme klang zwar nicht wie die des Soldatenkönigs, aber Rediwanoff war so überrascht, dass er sofort gehorchte. Im Sarg lag tatsächlich der König. Sein Gesicht war wächsern, seine Augen geschlossen, und er sah absolut tot aus. Da tauchte neben dem König eine Hand auf, und eine Stimme schnaufte: «Hol er mich hier raus!»

Rediwanoff schlotterten die Knie, verdattert hob er die Leiche an. Darunter kroch ein Mann in Schlossdienerkleidung hervor und rang keuchend nach Luft. Das Auftauchen eines quicklebendigen Mannes aus dem Sarg des toten Königs überforderte Rediwanoff. Er wurde ohnmächtig und kippte um.

Siegesbeck reckte und streckte seine gequetschten Glieder. Dann stieg er die Stufen hinauf in die Kirche, wo alle Blicke auf einen jungen Mann mit rot geschminkten Wangen gerichtet waren. Der Mann trug einen blauen Rock, und auf seiner kalkweiß gepuderten Perücke saß eine Krone. In Richtung der vollbesetzten Kirche verkündete er laut: «Die Possen haben nun ein Ende. Rituale und Krönungszeremonien sind nichts als Ausgeburten von Aberglaube und Unwissenheit.»

Dann machte der Mann ein paar ausladende Schritte über die auf dem Boden kriechenden Herrschaften hinweg und trat durchs Kirchenportal hinaus ins Sonnenlicht.

Preußen hatte einen neuen König und Siegesbeck einen neuen Plan.

18.

Das Licht des Nordens

LAPPLAND UND NORWEGEN, 1732

Carl und Rune schlugen sich bis zu der Stelle durch, an der sie ihr Boot zurückgelassen hatten. Sie suchten jedoch vergeblich nach dem Kahn. Das Schmelzwasser hatte den Fluss noch höher ansteigen lassen und das Boot fortgeschwemmt. Carl knirschte mit den Zähnen, aber es half nichts, sie mussten zu Fuß weiter. Auf dem Heimweg irrten sie durch Wälder und Moore, sie hungerten und froren. Über ihnen blitzte und donnerte es, und Carl wurde das Gefühl nicht los, dass ihnen das verhutzelte Zauberwesen mit den Krötenbrüsten durchs Dickicht nachschlich. In den kalten, feuchten Nächten träumte er von weit aufgerissenen Fischmäulern, in denen daumendicke Maden Walzer tanzten.

Nach einer halben Ewigkeit erreichten sie den Ort Granö. Rune forderte von Carl den Rest des Lohns. Carl zahlte ihn aus und bat, er möge ihm weiterhin als Führer ins Hochgebirge dienen, sie seien doch gute Freunde geworden. Da drohte ihm der sanftmütige Rune ernsthaft Schläge an. Auch das Pferd war wenig begeistert über Carls Rückkehr. Es schnaubte und fauchte und gebärdete sich im Stall wie toll. Mit Mühe gelang es Carl, dem Gaul Halfter und Sattel anzulegen.

Sie ritten zurück nach Umeå, dann an der Küste entlang nach Norden, wo Carl einen anderen Weg ins Hochgebirge zu finden hoffte. Unterwegs notierte er Beobachtungen über Vögel, schwarze Mücken und Motten. Er sammelte Alpenhelm, Storchenschnabel und Knabenkraut. Bei der Stadt Luleå unternahm er den nächsten Vorstoß ins Landesinnere. Dieses Mal, so schwor er, würde er sich nicht verjagen lassen, nicht vom Regen, nicht von der Wildnis, nicht von Zauberinnen.

Stattdessen stürmten Mücken, die kaum größer als Flöhe waren, auf ihn ein. Mit jedem Atemzug verschluckte er ein paar von den Viechern, die ihm Nase, Mund und Ohren füllten. Das Mückennetz hatte er irgendwo verloren, aber er fand in seinem Gepäck eine Paste, die er in Luleå gekauft hatte. Davon schmierte er sich etwas auf Gesicht, Hals und Hände. Die Paste stank ausgerechnet nach Fischtran, hielt die Mücken aber tatsächlich eine Weile fern. Als er die alte Paste in einem Sumpfsee abwaschen und seinem zerstochenen Körper ein wenig Ruhe und Linderung gönnen wollte, hörte er es beim Näherkommen aus dem Tümpel blubbern wie von kochendem Wasser. Als er sah, dass in dem Schlamm des Tümpels Tausende Schnecken steckten, die die schmatzenden Geräusche produzierten, ergab sich Carl den Mücken.

Ach, wie sehr er Rune vermisste, der naturwissenschaftlich zwar nicht die frischeste Plötze im Teich war, aber wenigstens so getan hatte, als interessierten ihn Carls botanische Ausführungen. Als Carl beim Botanisieren Beerensträucher entdeckte, die hier oben ungewöhnlich lang und aufrecht wuchsen, ohne buschig auszutreiben, zeigte er dem Pferd den Strauch. Doch was machte der Gaul?

Er demonstrierte sein Desinteresse, indem er den Strauch auffraß.

Carl überquerte die Grenze nach Lappland und erreichte die Stadt Jokkmokk am nördlichen Polarkreis. Von hier aus war das Hochgebirge immer noch nicht zu sehen. Wie damals auf dem Fluss Ume älv spürte Carl jedoch wieder die stärker werdende Anziehungskraft von irgendwas, das nicht zu identifizieren war.

In Jokkmokk engagierte er zwei Lappen, die ihn ins Hochgebirge bringen sollten. Die Männer waren Vater und Sohn, siebzig und fünfzig Jahre alt und beide bei ausgesprochen guter Kondition. Weil ihnen der Tabak ausgegangen war, kauten sie Angelikawurzeln. Carl schenkte ihnen eine Handvoll aus seinen in Luleå aufgefüllten Tabakvorräten.

Das Pferd stellte Carl bei einem Bauern unter. Der Bauer kniff dem Tier ins Fell, strich über seine Beine und drückte gegen die Flanken, als prüfe er, ob es genug Fleisch auf den Knochen hatte. Das Pferd wieherte ängstlich, doch Carl kraulte ihm beruhigend die Mähne und versprach, bald zurückzukehren.

Vor der Weiterreise besuchte er zwei Schweden, die schon lange in Jokkmokk lebten. Von ihnen hoffte er eine Antwort auf die Frage zu bekommen, wodurch die seltsame Anziehungskraft hervorgerufen wurde. Der eine Schwede war ein hohläugiger Kaplan mit ungepflegtem Haar, der andere ein blasser Schulmeister mit unruhigen Händen. Sie hausten zwischen Unrat in einer windschiefen Hütte.

Carl fragte, ob es im Hochgebirge vielleicht stark magnetisches Gestein gebe, das Einfluss auf menschliche Körper ausübe. Die Männer glotzten ihn an wie nasse Hühner und taten seine Frage als Blödsinn ab. Da gebe es keine magnetischen Anziehungskräfte, stattdessen solle er sich im Hochgebirge lieber vor den Wolken in Acht nehmen. Denn die Wolken seien im Gebirge so stark und fest, dass sie sogar Steine, Vieh und Bäume fortrissen.

Carl gab zu bedenken, dass Wolken so etwas nicht vermochten. Der Grund dafür seien wohl eher kräftige Winde.

Der Kaplan und der Schulmeister lachten ihn aus. Wer so etwas glaube, sei nie im Hochgebirge gewesen. Ob er nicht wisse, dass Wolken feste Körper seien? Er habe bestimmt auch nie den schwarzen Schleim gesehen, der nach dem Regen die Berge bedecke.

Das sei kein Schleim, protestierte Carl. Das sei Nostoc, eine Blaualgenart, die nach einem Regenschauer zu gallertartiger Masse aufquelle.

Narretei, rief der Kaplan. Das Studieren habe dem reisenden Naturforscher den Kopf verdreht. Wahrscheinlich glaube er auch, man könne in hohlen Kugeln durch die Lüfte fliegen. Was habe sich die Königliche Wissenschaftssozietät dabei gedacht, einen so unwissenden Grünschnabel herzuschicken?, assistierte der Schulmeister. Winde? Algen? Fliegende Hohlkugeln? Nur ein verdorbener Geist könne solch säkulare Gaukeleien glauben.

Carl, der nun allmählich ärgerlich wurde, meinte, da habe sein Pferd ja mehr Verstand, und das verstehe gar nichts von irgendwas. Ein längerer Aufenthalt fernab der Zivilisation sei offenbar ungesund für die Geisteskraft. Die Herren gehörten zu den Leuten, die in der Natur nichts sähen als einen grünen Boden mit untermischten Blumen und singenden Vögeln auf den Zweigen, ohne dass es sie interessiere, welche Blumen und Vögel es seien.

Er ging grußlos und marschierte mit den beiden Lappen zum Hochgebirge, das sie nach einigen Tagen erreichten.

In den lappländischen Alpen waren sie von Bergen umzingelt. Schneegekrönte Gipfel ragten bis in die Wolken und darüber hinaus. An einem Pfad, der sich steil nach oben wand, blieben die Lappen stehen und wollten nicht weiter. Nur Narren gingen noch höher hinauf, meinten sie. Carl zuckte mit den Schultern und machte sich allein an den Aufstieg. Bald schloss ihn grauer und feuchter, aber mitnichten fester Nebel ein. Orientierungslos irrte er durch die Wolken. Das Atmen fiel ihm schwer. Er keuchte und hustete und schwitzte unter seinem Mantel, bis sich mit einem Mal der Nebel lichtete und Carl den Gipfel des Berges Harrevarto erreichte.

Der Anblick ließ ihn in Ehrfurcht erstarren, denn nun sah er sie mit eigenen Augen – *solem inocciduum*! Obwohl Mitternacht war, verweilte die Sonne über dem Horizont. Carl konnte den Blick nicht abwenden, während ihm Rudbecks Worte durch den Kopf gingen: *Ex septentrione lux*, aus dem Norden kommt das Licht. Bei dem Anblick fühlte sich Carl groß und winzig klein zugleich. Um den Moment festzuhalten, machte er im Notizbuch eine Zeichnung von sich selbst als Strichmännchen, das auf dem Berg steht und der Sonne zuwinkt, und von der Sonne, die über den Gipfeln schwebt und ihm lächelnd zurückwinkt. Er fand, die Zeichnung sei ihm gut gelungen.

Zurück im Lager zeigte er sie den Lappen. Der ältere Lappe betrachtete sie, dann reichte er sie an seinen Sohn weiter, der sie stirnrunzelnd Carl zurückgab und fragte, ob Carl ein Künstler sei. Er fühlte sich geschmeichelt. Eigentlich sei er ja Naturforscher. Die Lappen nickten, das merke man der Zeichnung an, aber ganz schön sei sie trotzdem.

War es die Mitternachtssonne, die ihn mit unsichtbarer Kraft angezogen hatte? War er also am Ziel seiner Sehnsucht angelangt? Carl horchte in sich hinein, fand jedoch keine Antwort auf seine Fragen, sondern spürte umso stärker das Verlangen, weiter nach Westen zu ziehen. Weiter, immer weiter, bis an die Küste des Nordmeeres.

Sie marschierten durch Tage und helle Nächte. Carl war halb so alt wie der jüngere Lappe, dennoch kam er den beiden kaum hinterher. Einmal fragte er sie, während er keuchend um Atem rang, warum sie auf ihren Füßen so schnell unterwegs seien.

«Von klein auf lernt ein Lappe den zügigen Gang, weil er den Rentieren folgen muss», erklärte ihm der Alte. «Fleisch und Muskeln schwedischer Bauern werden hingegen hart und zäh durch Pflügen, Dreschen, Holzhacken und Baumfällen.»

Der Alte setzte sich hin und hob demonstrativ ein Bein, das er bog und drehte, bis er seinen Fuß auf seiner Schulter abgelegt hatte, wobei er fröhlich sagte: «Ein schwedischer Bauer kann sich nicht einmal in den eigenen Zeh beißen.»

An diesem Abend wartete Carl, bis die Lappen eingeschlafen waren. Dann ließ er sich auf einem Stein nieder und versuchte, dem Lappen das Kunststück nachzumachen. Doch so sehr er auch zog und dehnte, er brachte seinen Zeh nicht einmal in die Nähe seines Mundes. Schließlich gab er erschöpft auf, zog Strumpf und Schuh wieder an und notierte: Der Lappländer bleibt sein Leben lang geschmeidig, weil er keine *Herculeos labores* zu verrichten habe. Harte Arbeit sei der Dehnbarkeit der Glieder abträglich.

Bald darauf entdeckten sie Spuren von Rentieren und stießen auf ein Lager der Lappen, das aus einigen Zelten und Hütten bestand. Die beiden Lappen stellten Carl ihren Landsleuten vor und erklärten, der Naturforscher wolle ihre Lebensweise studieren, um darüber einen Bericht für den König zu schreiben.

Eigentlich einen Bericht für die Königliche Wissenschaftssozietät, korrigierte Carl.

Doch die bloße Erwähnung des Königs sorgte für helle Aufregung unter den Lappen. Männer, Frauen und Kinder bestürmten ihn und bestanden darauf, ihre Nasen an seiner zu reiben. Das war befremdlich, zumal nicht wenigen Lappen der Schnodder aus der Nase tropfte. Carl seufzte. Er war Forscher, und als Forscher musste man zu allem bereit sein, also tat er ihnen den Gefallen. Als das Prozedere überstanden war und Carl sein Gesicht abgewischt hatte, sagte ein älterer Lappe: «Euer Bericht wird kurz ausfallen, denn viel haben wir nicht zu erzählen, eigentlich nur, dass unser Leben vom Leben der Rentiere bestimmt wird.»

Carl befühlte seine wundgeriebene Nase. «Aber genau das ist es ja, was mich interessiert, und den König natürlich», erklärte er. «Das Leben aller anderen Menschen wird nun mal nicht vom Rentier bestimmt. Schon gar nicht das Leben des Königs. Daher will ich das alles aufschreiben. Auch wie ihr eure Kleider herstellt, welche Krankheiten ihr habt, wie ihr sie behandelt …»

«Will der König auch wissen, wie wir Kinder machen?», fragte jemand.

Carl räusperte sich. «Es könnte sein, dass er an dem Detail nicht vordringlich interessiert ist.»

Man lud ihn in eine Hütte ein, in der von einem Feuer

stechender Rauch aufstieg. Als die Lappen ihre Stiefel auszogen, stellte Carl fest, dass sie keine Socken trugen, die Stiefel aber mit trockenem Gras gepolstert waren. Dann entledigten sie sich ihrer Kleider und hockten sich nackt mit gekreuzten Beinen auf Rentierfellen um das Feuer herum. Carl wurde etwas unbehaglich zumute, er behielt seine Kleider lieber an. Die Lappen ließen eine Tabakpfeife herumgehen, von der jeder ein paar Züge nahm, auch die Frauen und Kinder. Zum gemeinschaftlichen Rauchen servierte man gefrorene Bärenmilch, Käse und gekochtes Rentierfleisch.

Carl, der in seinen Sachen schwitzte, beobachtete, wie eine Frau eine Laus aus ihrem Haar zupfte und zwischen den Fingernägeln zerdrückte. Ob es in der klaren Bergluft viele Läuse gebe?, fragte er in die Runde. Die Lappen erklärten, dass es im Sommer mehr, im Winter weniger Läuse gebe und dass die Läuse im Winter am Kopf erfroren, bis sie rot würden und rausgekämmt werden könnten.

Carl machte sich eine entsprechende Notiz, dann wollte er wissen, warum die Lappen keine Schornsteine in die Hütten bauten, um den Rauch abziehen zu lassen. Sie würden oft blinzeln, weil ihre Augen tränten, und in einer solchen Rauchbude könne man doch blind werden. Die Lappen kicherten, als sei die Frage noch dämlicher als die zu den Läusen, und erklärten, dass durch einen Schornstein die Wärme viel zu schnell abziehe. Deshalb ließen sie den Rauch lieber durch die offene Tür entweichen.

Carl schrieb ins Notizbuch, die Lappen seien besorgter um die Wärme als um ihre Augen, und ihre Argumente entbehrten jeder Logik. Durch eine offene Tür dringe doch viel mehr Kälte in die Hütte als durch einen Schornstein.

So ging es noch eine Weile hin und her. Die Lappen erzählten ihm von gebärenden Frauen, die eine Kanne Branntwein mit Pfeffer tranken, um die Wehen zu beschleunigen. Sie erzählten von Seilen, die sie aus Vorhäuten der Rentierpenisse machten, um damit ihre Schlitten zu ziehen. Von Brot, das sie aus Fichtenrinde buken, und von Handbögen, die sie aus Nadel- und Birkenholz zusammenleimten, den Leim dafür stellten sie aus der Haut gekochter Barsche her.

Die Lappen wunderten sich über die Fragen. Sie konnten sich nicht vorstellen, dass das jemanden interessierte, schon gar nicht den König.

Mit einem Mal war von draußen lautes Getrampel zu hören, das zu einem ohrenbetäubenden Donnergrollen anschwoll, als Hunderte Rentiere ins Lager getrieben wurden. Unter ihren Hufen erbebte die Erde. Rentierkälber quiekten auf der Suche nach ihren Müttern wie Schweine. Hunde sprangen bellend umher. Mit dampfendem Atem legten sich die Rentiere auf einer Ebene nieder, wo die Lappen einige Tiere mit Seilen einfingen, ihnen Halfter um Geweih und Hals zogen und sie zum Melken an Pflöcken festbanden.

Ein paar Frauen sagten kichernd zu Carl, wenn der König wissen wolle, wie sie Rentiere melkten, dann solle der Naturforscher es doch ruhig einmal selbst probieren. Das ließ sich Carl nicht zweimal sagen. Er musste neben einem Rentier niederknien und die Hände um die Zitzen legen, aber so sehr er auch zog, es kam keine Milch.

«Kräftiger ziehen, kräftiger ziehen», riefen die Frauen und lachten wie eine Herde bockiger Ziegen. Dabei zeigten sie auf ihre eigenen Brüste und riefen: «Ziehen! Ziehen!

Ziehen!» Carl mühte sich an den Zitzen ab, bis eine Lappin ein Einsehen hatte. Sie schlug mit der Hand ein paar Mal fest gegen das Euter. Endlich floss die Milch warm und klebrig über Carls Finger.

Beim anschließenden Rundgang durch die Herde sah Carl einen Lappen, der einem angebundenen Rentier zwischen die Hinterschenkel kroch und dem Tier in den Hodensack biss. Das Rentier zuckte in den Fesseln und stieß panische Laute aus.

«Warum nagt der Mann dem armen Tier am Testikel?», fragte Carl.

«Er verschneidet es», antworteten die Lappinnen.

Als der Lappe auf den Rentiersack drückte, flutschten die blanken Hoden heraus, und der Lappe presste die Wunde eine Weile mit den Fingern zusammen, bis die Blutung nachließ.

Carl schrieb einige Sätze über den bemerkenswerten Kunstgriff in sein Notizbuch. Als er wieder aufblickte, fiel ihm vor Entsetzen der Stift aus der Hand. Eine Lappin, die direkt vor ihm stand, zeigte mit aufreizendem Blick auf seinen Unterleib und biss dabei ihre Schneidezähne zusammen, dass es laut knackte. Carl tat so, als hätte er die Andeutung nicht verstanden, hob schnell den Stift auf und schrieb, der männliche Lappe sei wahrlich nicht zu beneiden.

Später untersuchte er eine Beule auf dem Rücken eines Rentiers, indem er sie mit einem Messer aufschnitt. Aus der Wunde tropfte Blut, in dem er kleine Würmer fand. Ihm wurde erklärt, die Würmer seien von den Fliegen, die die Rentiere verrückt machten. Die Fliegen fraßen ihnen die Geweihe ab und folgten den Rentierherden, um ihre Eier in den Tieren abzulegen. Wenn Rentiere kräftig schnaubten, fielen ihnen manchmal Würmer aus den Nasenlöchern.

Da sprangen die Rentiere wie aufs Kommando auf, stampften prustend mit den Hufen und rempelten sich wie in wildem Tanz an. Die Herde geriet in Panik, bis es kein Halten mehr gab. Die Tiere sprengten auseinander und ergriffen die Flucht.

Carl sah ein Insekt durch die Luft schwirren, fing es mit der Hand und identifizierte es als Bremse. Dazu schrieb er in sein Notizbuch: Die Bremse plage die Rentiere so grauenhaft, dass sie den ganzen Tag über mit den Schwänzen in der Luft rennen und springen müssten. Die Natur sei bis an den Rand voll von Grausamkeit und Raublust. Ein Geschöpf fresse das andere, sogar ein kleines Insekt das ausgewachsene Rentier.

Nach einigen Tagen zogen Carl und seine Begleiter weiter und kamen nach Norwegen: ein riesenhaftes, felsiges, zerrissenes Seegebirge, von Nebel umhüllt, unter einem trüben Himmel, mit unendlichen Birken- und Nadelwäldern und mit Gletschern, Eisfeldern, Sümpfen und Fjorden, die sich tief in die Gebirge einschneiden.

Am Ufer eines Fjords fanden sie ein Boot, das sie sich ausliehen und damit zum Angeln hinausruderten. So viele Köhlerfische bissen auf die Haken, dass das Boot bald voll war. Artedi hätte seine helle Freude daran gehabt. Während sie im Kahn dahintrieben und Carl sich die Nase zuhielt, überkam ihn wieder das ziehende Gefühl, dieses Mal stärker als je zuvor. Es zog noch immer an ihm, als sie am Abend bei einem Dorf anlegten. Die Lappen schleppten die Fische zu Bekannten, und Carl klopfte beim Pfarrhaus an die Tür.

Der Pfarrer bat ihn herein. Am Tisch saßen seine Ehefrau und seine Tochter, die mit Stickereien beschäftigt waren. Als die Tochter den Blick hob und Carl anschaute, durchfuhr ihn ein heißes Kribbeln, als kröchen Ameisen unter seiner Haut. Der Boden öffnete sich unter seinen Füßen, er stürzte hinab. Alles um ihn herum verschwamm, verlor seine Kontur und wurde in gleißendes Licht getaucht. Das Licht schien direkt aus dem Mädchen zu strahlen, und Carl wähnte sich im Auge eines Wirbelsturms, im Epizentrum des Bebens seiner Gefühle.

Das Mädchen sieht aus wie die Göttin vom Möckelnsee, dachte er. Aber konnte er sich dessen sicher sein? Es war schon so lange her, seit er die Frau gesehen und angenommen hatte, es handele sich um die Göttin Nemesis aus der seltsamen Erzählung seines betrunkenen Vaters. Und dennoch zog ihn dieses Mädchen wie mit unsichtbarer Kraft an.

Der Pfarrer legte dem erstarrten Carl eine Hand auf den Rücken und schob ihn mit leichtem Druck an den Tisch. Er nahm auf einem Stuhl dem Mädchen gegenüber Platz. Es hielt den Kopf gesenkt und blickte ihn unter flatternden Lidern an. Ihre Wimpern waren lang und hell, und ihre Lippen öffneten sich wie eine zarte Blüte. «Wir leben sehr einsam hier», sagte sie mit leiser Stimme, die klang wie ein unter Wasser verschlucktes Flüstern.

«Einsam», echote Carl.

«Ja, unendlich einsam.»

«Unendlich einsam.»

Die Mutter brachte Essen. Es gab gebratenen Kabeljau. Carl aß alles auf, ohne etwas zu schmecken. Es hätte Räucheraal geben können, Carl hätte ihn mit Haut und Gräten verschlungen. Währenddessen plauderte der Pfarrer munter vor sich hin, ohne dass Carl imstande war, den Worten zu folgen. Der Pfarrer war hocherfreut, einen weit gereisten Naturforscher zu Gast zu haben, dem er von seinen eigenen Reisen nach Westindien und Afrika berichten konnte, was er auch ausgiebig tat.

«Ach ja, Afrika», sagte Carl und blickte das Mädchen an.

Nach dem Essen schenkte der Pfarrer Branntwein ein. Carl schüttete den Branntwein in einem Zug herunter und musste heftig husten. «Vorsicht, Vorsicht, mein Sohn, der Branntwein verdreht einem die Sinne wie ein törichtes Mädchen», sagte der Pfarrer, seltsam lachend, und schenkte nach.

Carl hörte den Pfarrer reden und hörte doch nichts. Er trank und starrte die junge Frau an. Nach einer Weile begann sich sein Kopf zu drehen, und er sah mit an, wie das offene, ebenmäßige, helle Antlitz des Mädchens vor seinen Augen auseinanderfloss wie in einem Zerrspiegel, ohne dabei die Anmut zu verlieren.

Irgendwann zu später Stunde erhoben sich der Pfarrer und seine Frau vom Tisch und wandten sich zum Gehen. Carl blieb stocksteif sitzen. Das Mädchen auch.

Bei der Tür drehte sich der Pfarrer noch einmal um und sagte laut: «Sie wird bald heiraten.»

«Mhm», machte Carl. Es dauerte einige Herzschläge, bis die Information in sein Bewusstsein träufelte, und er zuckte zusammen wie unter einem harten Schlag: «Heiraten?»

«Ja, bald, einen Burschen aus dem Dorf, den Sohn des

Schmieds. Er hat kräftige Arme und Hände, sehr heißblütig für einen kühlen Norweger, aber gottesfürchtig. Darauf kommt es an, allein darauf. Kommst du, Kind? Es ist Zeit zum Schlafen.»

Carl lag wach im Bett. Das Licht der Nachtsonne hinter dem Fenster tauchte die Gästekammer in fahles Licht. Gedanken irrlichterten durch den Nebeldunst in seinem Kopf. So oft hatte er sich gefragt, ob die Göttin am Möckeln seiner kindlichen Fantasie entsprungen war. War sie nur eine Erscheinung gewesen? Eine Folge des Sturzes die Böschung hinunter, wobei er mit dem Kopf gegen den Stein gestoßen war? Vielleicht. Aber wer war dann dieses Mädchen hier? Dieses strahlend schöne Geschöpf, das so unerreichbar zu sein schien wie einst Nemesis. Oder war die Norwegerin doch nicht unerreichbar? Vielleicht lag sie in dem Raum nebenan, Wand an Wand, in diesem Augenblick nur eine Armeslänge von ihm entfernt?

Er musste sie sehen. Jede Faser seines Körpers verlangte herauszufinden, ob Gott ihn zu ihr geführt hatte. Gott, der Schöpfer, lenkt und waltet. Hatte Gott ihn auf diese Reise geschickt, damit er sie fand? Hatte Carl *sie* die ganze Zeit gespürt? Auf dem Ume älv, dann in Jokkmokk und im Hochgebirge?

Es hielt ihn nicht mehr im Bett. Beim Aufstehen stolperte er über seine Füße und landete auf den Knien. Sein Kopf drehte sich noch immer vom Branntwein. Tapfer erhob er sich und humpelte in den Gang, dann schlich er durchs nachtstille Haus und lauschte an allen Türen. Welches war ihre Kammer? Hinter einer Tür hörte er ein Geräusch. War es ein Seufzen? War es das Seufzen aus der

Brust eines einsamen Mädchens, das gezwungen wurde, einen groben Schmied zu heiraten, obwohl es voller Sehnsucht auf ihn, Carl Linnaeus, wartete? Ja, bestimmt war es das. Er lauschte an der Tür, während ihm das Blut in den Ohren rauschte wie ein Wasserfall, bis er sich ein Herz fasste und die Tür öffnete. In der Kammer dahinter standen zwei Betten. In einem Bett lag der Pfarrer, im anderen seine Frau. Beide schreckten hoch und blickten Carl an. Ihre Augen waren riesig. Da erst merkte Carl, dass er völlig nackt war.

Er lief in die Gästekammer, zog hastig seine Sachen an und floh aus dem Pfarrhaus in den Wald. Er drang tief hinein ins Dickicht, irrte durch Sümpfe und über Lichtungen, bis er mit dem Fuß an einer Wurzel hängen blieb. Er stürzte, prallte mit dem Kopf gegen einen Baumstamm und landete weich auf einem Moospolster. Eine Weile lag er still da. Über ihm zeichneten sich die Baumwipfel vor einem leichenblassen Nachthimmel ab, um ihn herum leuchteten rosafarbene Moosblüten.

Beim Anblick der hängenden Blüten musste er an die Königstocher Andromeda denken, wie sie in Ketten geschlagen und mit geröteten Wangen auf einem Felsen dem Meeresungeheuer Ketos geopfert werden sollte. War Andromedas Schicksal nicht wie das Schicksal des Mädchens, das in norwegischer Einsamkeit dem rohen Sohn eines Schmieds geopfert werden sollte? Aber war Carl dann nicht Perseus, der Sohn des Zeus, der in seinen geflügelten Sandalen Andromeda befreite und zur Frau nahm?

Oh, holde Jungfer, dachte er, und sein Kopf brummte wie ein Hummelnest. Oh du holdes Heidekraut! Gebunden bist du ans Wasser, gebunden an den Meeresfelsen, gebunden an einen Strauch im nassen Sumpf. Stehst bis zu den Knien im Wasser, umgeben von vergifteten Drachen, von hässlichen Kröten und neigst dein Haupt vor Trauer.

Da trat mit einem Mal eine von blendendem Licht umflutete Gestalt zwischen den Bäumen hervor und bewegte sich mit geschmeidigen Bewegungen auf ihn zu. Das Mädchen! Und da wusste er: Sie war Andromeda. Ein Lächeln umspielte ihre Lippen, als sie sich zu ihm aufs Moosbett legte und sich an ihn schmiegte. Sie war nackt, ihre Wangen gerötet, ihre Haut glatt und rein. Ihr blondes Haar floss auf ihn herab. Sie flüsterte ihm ins Ohr, schwor ihm Liebe, schwor ihm Treue. Er spürte ihr Herz, spürte es so rasch schlagen wie ein Vogelherz. Ihr Atem streichelte seine Wange. Er spürte ihre Hände auf seiner Haut unter dem Hemd, spürte sie in seiner Hose, spürte den Druck ihres Körpers auf ihm, ihre Bewegungen. Rot, rot, rosarot. Andromeda! Und immer wieder: rot, rot, rosarot. Und immer mehr: rot, rot, rosarot …

Er schloss die Augen. Dann knackten plötzlich ganz in der Nähe Äste. Etwas zerbrach im Unterholz. Er öffnete die Augen. Das Mädchen war verschwunden, und Carl hing die Hose unter den Knien. Wieder knackte etwas. Dann waren wütende, stampfende Schritte auf dem Waldboden zu hören, und ein Mann, groß und breit wie ein Bär, brach mit Urgewalt aus dem Dickicht hervor, dampfend vor Zorn stand er da – und legte mit einer Feuerbüchse auf Carl an.

Carl warf sich auf die Seite, zog die Hose hoch, sprang auf und rannte zwischen den Bäumen davon. Hinter ihm knallte ein Schuss. Dicht neben ihm schlug die Kugel in einen Baumstamm ein. Er lief weiter, so schnell er konnte.

19.

Der neue König

POTSDAM, 1740

Siegesbecks zweiter Versuch, ins Schloss zu kommen, scheiterte schon im Ansatz. An diesem Tag waren die Langen Kerls so nervös, dass sie am Tor alles und jeden auf den Kopf stellten, denn der neue König Friedrich II. hatte verkündet, das Leibregiment seines Vaters aus Kostengründen einzusparen. Daher wollte nun jeder Lange Kerl beweisen, wie unentbehrlich er für Preußens Sicherheit war. Als die Gardisten Siegesbeck auf einem Fuhrwerk entdeckten, schien sich ihnen eine solche Gelegenheit zu bieten. Sie warfen den Eindringling zu Boden und drückten ihm die Flinten ins Gesicht. Seine Ausrede, er sei ein Botaniker, der dringend den König sprechen müsse, wurde nicht erhört. Stattdessen warfen sie ihm vor, ein Attentäter zu sein, der den König hinterrücks ermorden wolle.

Daraufhin stritten sich die Langen Kerls, wer den Attentäter entdeckt hatte, und wem somit das Recht zustand, ihn zum König zu bringen. Weil das Wortgefecht jedoch zu keinem Ergebnis führte, begannen sie, aufeinander einzuprügeln. Aus der Schlägerei ging ein stattlicher Langer Kerl als Gewinner hervor. Sein Name war James Kirkland. Er stammte aus Irland und war mehr als sieben preußische

Fuß groß. Ein Mann von durchschnittlicher Größe reichte ihm kaum bis an die Brust.

Kirkland schleifte Siegesbeck ins Schloss wie ein erlegtes Beutetier. Es ging rauf und runter durch Gänge und über Treppen, bis sie in einen Saal kamen, der mit Marmorsäulen, Gemälden und Spiegeln ausgestattet war. An exponierter Stelle stand auf einem Podest ein Thron, auf dem der König saß. Zu seinen Füßen hatten sich zahlreiche preußische Heeresführer sowie Amts- und Würdenträger versammelt.

Friedrich II. war siebenundzwanzig Jahre alt, ein pausbäckiger, knabenhafter Mann mit weiß gepuderter Perücke, dessen übertrieben stark geschminktes Gesicht wie eine reife Orange leuchtete. Er bemühte sich um einen strengen Ausdruck, aber seine Stimme war weich wie Samt, als er verkündete, jetzt beginne in Preußen eine neue Epoche: Ab sofort – also: *avec effet immédiat!* – müsse sich die Armee zusammenreißen und dürfe das Volk nicht mehr drangsalieren. Die Interessen des Volkes seien jetzt das Maß aller Dinge. Den Bauern sei nun freigestellt, wann sie den Hafer säten, ihre Hühneraugen schnitten und Kühe decken ließen. Kindsmörderinnen werde man nicht mehr in zugenähten Säcken ertränken, sondern zur Enthauptung begnadigen. Die Zensur der Zeitungen werde aufgehoben, zumindest für die unpolitischen Artikel. Staatliche Getreidelager werde man öffnen, damit das Brot billiger werde. Man werde eine Oper bauen, die Akademie der Wissenschaften neu beleben …

Die Heerführer dampften vor Groll. Ihre schlimmsten Befürchtungen wurden wahr: Preußen, das unter dem Soldatenkönig zur gefürchteten Großmacht in Europa geworden war, mutierte zum Blümchenparadies für weibische, Flöte spielende Dichterbübchen.

Der König schnippte mit den manikürten Fingern. Man brachte ihm eine Untertasse mit seinem Lieblingsgetränk darin. Der König schlürfte das Gebräu, das im gemeinen Volk als Coffee bekannt war, wohingegen man es am Hof – frankophil, wie der neue König nun einmal war – *Café* nannte. Der heiße Café wurde in einer Untertasse serviert, damit er schneller abkühlte und dem König im aufsteigenden Dampf nicht die Schminke im Gesicht verlief. Café schlürfend blickte der König zur Saaltür, in der der Lange Kerl stand; neben ihm hockte ein älterer Herr in Dienerkleidung am Boden.

«Wen hat er denn da angeschleppt?», wollte der König wissen.

Kirkland richtete sich zackig zur vollen Größe auf, wobei er sich den Kopf am Türrahmen anschlug. «Ich bringe Euch einen Attentäter, Eure Majestät. Ich *myself*, James Kirkland, habe ihn dingfest gemacht. Er wollte Eure Majestät ermorden.»

«Der da? Mit bloßen Händen?»

Kirkland zupfte sich am Ohrläppchen vom Format eines Topflappens. «Diese Frage kann ich im Detail nicht beantworten. Aber ich werde den Attentäter verhören. Nach einer gründlichen Folter wird er alles gestehen, was zu gestehen ist …»

«Die Folter habe ich gerade abgeschafft», sagte der König.

«Auch das noch», stöhnten die Heerführer, aber ganz hinten im Saal rief ein junger Mann: «Das ist aber schön!» Er war an den Händen gefesselt und wurde von Soldaten bewacht.

Der König blickte zu dem Gefangenen hinüber und sagte: «Ausnahmen vom Folterverbot werde ich natürlich trotzdem genehmigen.» Dann ließ er den Mann vortreten, der, wie sich herausstellte, Johann Gottlieb Gleditsch hieß. Er war Mitte zwanzig und an der Ausbildungsstätte für Militärärzte in Berlin, dem *Collegium medico-chirurgicum*, beschäftigt, und zudem war er Botaniker.

Siegesbeck kannte keinen Botaniker mit diesem Namen. Was aber nichts zu bedeuten hatte, denn er hatte ja vier Jahre in römischer Kerkerhaft geschmort, und das Einzige, was er in der Zeit zu hören bekommen hatte, waren die Weibergeschichten Alessandros.

«Wenn schon jemandem versuchter Königsmord vorzuwerfen ist, dann diesem Mann», sagte der König zu Kirkland. «Für Gleditschs Schuld liegen eindeutige Beweise vor. Aber welche Beweise hat der Lange Kerl für die Schuld des älteren Herrn mit dem wirren Haar vorzubringen? Oder versucht sich der Gardist nur für eine Weiterbeschäftigung im preußischen Heer zu empfehlen? Das erscheint mir *trés évident.*»

Kirklands Kiefermuskeln mahlten, als versuche er, eine Walnuss zu zerbeißen.

Der Botaniker Gleditsch sank schluchzend vor dem König auf die Knie. «Ich bin unschuldig, Eure Majestät. Ihr selbst gabt mir doch den Auftrag, aus der *Cichorium*-Pflanze einen Ersatzcafé herzustellen.»

«Mhm, ja – natürlich tat ich das. Wir brauchen dringend einen Ersatzcafé, weil ich ein Einfuhrverbot für Cafébohnen aus dem Ausland erlassen werde, um Devisen zu sparen. Von dem Cafébohnenverbot wird der Hof natürlich ausgenommen, aber dem Volk müssen wir irgendeine

Plörre unterjubeln, denn ein caféloses Volk ist ein unglückliches Volk.»

Als der König wieder einen Schluck aus der Untertasse schlürfte, verzog er angewidert das Gesicht und reichte die Untertasse an seinen Diener weiter. «Kalter Café», maulte der König. «Bringe er mir einen neuen Café, Fredersdorf. Und nun zu Euch, Gleditsch: Nach dem Trinken des von Euch hergestellten Gesöffs litt ich unter *mauvaises* Bauchkrämpfen. Stundenlang fesselte mich die *diarrhée* an den Abort, und was bitte schön soll das anderes sein als Anzeichen für eine schlimme Vergiftung. Also gesteht Euer Attentat!»

Siegesbeck hatte die Unterredung aufmerksam verfolgt und bat ums Wort: «Wenn Ihr gestattet, Majestät, würde ich gern einen Gedanken zum Thema Ersatzkaffee äußern …»

«Nein», fuhr Kirkland ihn schroff an.

«Aber gerne doch», sagte der König. «Und Euch, vorlauter Langer Kerl, ernenne ich mit sofortiger Wirkung zum königlichen Kronleuchterputzer.» Daraufhin nahm man Kirkland die Flinte und den Säbel ab, drückte ihm einen Staubwedel in die Hand und schickte ihn an die Arbeit.

Siegesbeck erhob sich, klopfte den Staub von der Dienerkleidung und wandte sich mit einer Frage an Gleditsch: «Aus welchen Teilen der *Cichorium*-Pflanze habt Ihr denn den Trunk gebraut?»

«Aus den Stielen, Blüten und Blättern, aus allem halt, was man davon pflücken kann.»

Siegesbeck schüttelte den Kopf. «Um aus *Cichorium* einen Trunk herzustellen, müsst Ihr natürlich die Wurzel verwenden. Das oberirdische *Cichorium*-Kraut wirkt stark abführend.»

Der König blies die Wangen auf, als zwinge ihn schon wieder ein innerer Drang auf den nächstgelegenen Abort. «Ihr verfügt über erstaunliches Wissen, Diener», sagte er. «Seid Ihr etwa auch so ein *botaniste*?»

«Ein was?», fragte Siegesbeck.

«Spricht er kein Französisch?»

«Ich beherrsche einigermaßen das Russische.»

«Eine barbarische Sprache, so wie das Deutsche. Die Zukunft gehört dem Französischen: *Vive la Preußen!*, *Savoir-vivre!*, und so. Ist er denn nun ein Botaniker oder nicht?»

Siegesbeck bestätigte das. Dann verbeugte er sich und nannte seinen Namen. «Vielleicht habt Ihr schon einmal von mir gehört oder gelesen, Eure Majestät. Ich habe wissenschaftliche Schriften verfasst, über die Tartuffel zum Beispiel.»

«Nein», sagte der König.

«Oh ja», knurrte Gleditsch. Seine Augen wurden zu schmalen Schlitzen, und unter den Lidern blitzten seine Blicke wie glühende Schwertklingen. Dabei formten seine Lippen ein unausgesprochenes Wort, das, wenn es nicht so abwegig gewesen wäre, man als den Namen *Linnaeus* hätte herauslesen können.

Der König sagte: «Hiermit erteile ich dem *botaniste* Siegesbeck den königlichen Auftrag, aus dieser Pflanze mit dem seltsamen Namen das Rezept für einen Ersatzcafé zu kreieren, der *savoureux et* bekömmlich ist. Was ist das überhaupt für eine Pflanze?»

«Sie wartet am Wegesrand auf den Sonnenaufgang», erklärte Siegesbeck, «und wenn sie ihre Blüten öffnet, blüht sie meist blau, manchmal auch weiß.»

«Poesie? Das gefällt mir. Wartet!» Der König versank

ins Nachdenken. Die Heerführer traten von einem Fuß auf den anderen, ein Geistlicher gähnte, ein Sekretär bohrte in der Nase.

Dann richtete sich der König im Thron auf und rief: «Der Sommer kommt, der Sommer geht, der Herbstwind über die Heide geht, das Blümlein wartet am Wege, wartet am Wege, Wegewart!»

Die Heerführer verdrehten die Augen. Ein dichtender König. Gott stehe den Preußen bei. Dennoch klatschte irgendein Schleimbeutel Applaus, woraufhin andere Leute einfielen, bis der ganze Saal artig applaudierte.

Mit einem gütigen Lächeln auf den Lippen sagte der König: «Nehmt diesem Gleditsch die Fesseln ab. Er soll dem *botaniste* Siegesbeck im Botanischen Garten von Berlin bei der Ersatzcaféproduktion zur Hand gehen. Ich erwarte bald ein Ergebnis, und sollte es mich erneut auf den Abort treiben, dann ...»

Der König fuhr sich mit der Hand über die Kehle.

20.
Der Mordversuch

UPPSALA, 1732–1733

Kein Maler – kein van Goyen, kein Hobbema – kann die Farben mischen, wie sie die Natur in die Landschaft zaubert», dozierte Carl. «Jedes Gemälde eines Lorrain oder eines Watteau wird immer nur die laienhafte Nachbildung der Schöpfung Gottes bleiben.»

Die Studenten im vollbesetzten Lehrgebäude des Botanischen Gartens applaudierten. Carl genoss den Beifall. Er schloss die Augen und dachte an Andromeda und daran, wie sie im norwegischen Forst über ihn gekommen war. Dann öffnete er die Augen wieder und fuhr fort: «Da stand sie also vor mir, in ihrer schönsten Pracht gab sie den Mooren herrlichste Zier. Ich legte mich ihr zu Füßen. Blutrot ist ihre Farbe, bevor sie ausschlägt, und wenn sie blüht, wenn sie den Kelch ihrer Liebe öffnet, erstrahlt sie in rosafarbenem Glanz. Das ist Andromeda, wie die Dichter sie besangen. Daher gebe ich dem Heidekrautgewächs, auf das ich mich bettete, ihren Namen – Andromeda.»

Die Studenten klopften begeistert auf die Pulte. Carls Vorlesungen, die er seit seiner Rückkehr über die Pflanzenwelt Lapplands hielt, trafen in Uppsala auf reges Interesse. Die Studenten schwänzten sogar andere Fächer, um mit eigenen Ohren von Carls abenteuerlicher Expedition zu hören.

Er habe Kälte und quälenden Hunger mannhaft ertragen, erzählte er. Mücken hätten ihn zerstochen; groß wie Kinderfäuste seien sie gewesen und ihre Saugrüssel lang wie Zeigefinger. Bären hätten ihn gejagt und Felsbrocken ihn beinahe erschlagen. Er habe reißende Flüsse befahren und in nicht enden wollenden Regengüssen den Wasserkoller erlitten. Über Gletscher und Eisfelder und durch Sümpfe sei er gewatet und beim Anblick der Mitternachtssonne auf dem Gipfel des höchsten Berges vor Demut auf die Knie gesunken. Niemand habe je so viele wissenschaftliche Erkenntnisse über Lappland gesammelt. Er habe unbekannte Pflanzen entdeckt und beschrieben, seltene Vögel geschossen und ausgestopft, Mineralien bestimmt und beobachtet, wie Rentiere Frösche fraßen, sogar Schlangen und Lemminge. In finnischen Bauernstuben hätten Frauen mit nacktem Busen Garn gesponnen, weswegen er bezeugen könne, dass Finnenmädchen größere Brüste hätten als Lappinnen, aber die schönsten Brüste gehörten den Norwegerinnen. Bei den Lappen habe er nicht nur ein Ren gemolken, sondern auch eins kastriert. Dafür sei er dem Tier von hinten durch die Beine gekrochen und habe den Hodensack aufgebissen. So machten es die Lappen tagaus, tagein, denn sie hätten vom Fleischverzehr lange und scharfe Zähne wie Nagetiere.

Die Studenten hörten mit offenen Mündern zu, und Carl holte zum Finale aus: «Einmal geriet ich in einen Wald, in den Thor sein Feuer schlug. Dort wo das Feuer wütete, vertauschte Flora ihren grünen Teppich mit einem schwarzen Trauerkleid. Wind kam auf, die Flammen prasselten die Bäume hinab wie Krieger einer Armee. Überall Flammen, überall dichter Rauch. Ich sprang hinfort vor fallenden Bäumen – und entkam durch Gottes Vorsehung unversehrt.»

Er gestikulierte mit dramatischen Armbewegungen und ließ unsichtbare brennende Bäume neben sich herabstürzen. Jetzt hielt es die Studenten nicht mehr auf den Bänken, sie sprangen auf, ließen Carl hochleben und hämmerten mit Fäusten auf die Pulte.

Als der Jubel abgeklungen war, fragte ein Student nach dem Verbleib des Pferdes.

Carl seufzte. «Der Bauer, bei dem ich es untergestellt hatte, behauptete, es sei fortgelaufen. Aber ja – man isst dort wie überall auch Pferde.»

Die Studenten schwiegen betroffen. Der mürrische Gaul hatte es ihnen angetan. Ein anderer Student meldete sich und fragte: «Und das alles habt Ihr wirklich selbst erlebt?»

Carl spitzte die Lippen, machte schmale Augen und setzte eine Miene auf, die, so hoffte er, dem Ausdruck eines lebenserfahrenen Abenteurers gerecht wurde, und sagte mit seiner tiefsten Stimme: «Das alles und noch viel mehr.»

Nachdem der letzte Student den Raum verlassen hatte, trat mit einem Mal ein Mann aus dem Schatten bei der Tür und steuerte mit lauten Schritten aufs Dozentenpult zu. Es war Nils Rosén, der längere Zeit nicht in Uppsala gewesen war. Sein Gesicht drohte unheilvoll wie eine Gewitterwolke, die kurz davor stand, sich mit Blitz und Donner zu entladen.

«Der Herr Student hält also doch wieder Vorlesungen»,

schnaubte er. «Richtig berühmt ist er geworden, wie ich hörte. Er kann ja auch schön dick auftragen. Da ist ihm wohl der norwegische Branntwein zu Kopfe gestiegen. Im Wald von Flammen umringt und trotzdem kein Kratzer? Ins eisige Wasser gefallen? Von Bären gejagt? Das sind doch bloß Ammenmärchen. Und kein Mann, nicht mal ein wilder Lappe, ist so irre, einem Rentier den Hoden abzubeißen.»

«Und doch ist es so gewesen», beharrte Carl.

«Unsinn! Vielleicht kann er mit seinen Märchen die Wissenschaftssozietät blenden, dass das staatliche Geld für seine Lustreise gut angelegt wäre. Aber ich durchschaue ihn und werde Klage einreichen. Er weiß doch ganz genau, dass er als Student keine Vorlesungen halten darf. Oder hat er inzwischen promoviert? Bei den hodenbeißenden Lappen vielleicht?»

Nein, natürlich hatte Carl nicht promoviert, denn in naturwissenschaftlichen Fächern machte man dies vor allem in Holland, doch für eine Reise dorthin fehlte ihm das Geld. Carl brach der Schweiß aus, als ihm die Tragweite von Roséns Drohung bewusst wurde, zugleich stieg die Wut heiß und gallig in ihm auf.

«Da verschlägt es dem Studenten wohl die Sprache», höhnte Rosén.

Carls Atem ging schnell, und sein Mund wurde hart. Natürlich war ihm die ganze Zeit bewusst gewesen, dass seine Vorlesungen nicht rechtens waren, aber bislang waren sie auch von höchster Stelle stillschweigend geduldet worden. Wenn Rosén nun aber wirklich Klage einreichte, wäre die Leitung der Universität gezwungen, sich an die Vorschriften zu halten.

Carl dachte an seine Eltern, die zum ersten Mal in seinem Leben stolz auf ihn waren, weil ihr Sohn die botanische Demonstration leitete und Vorlesungen hielt wie ein Professor. Einen ganzen Becher Tartuffelschnaps hatte ihm sein Vater beim letzten Besuch in Stenbrohult spendiert, und Mutter hatte vor Freude Tränen in den Augen gehabt. Das alles wollte Rosén zerstören. Man würde Carl die Lehrtätigkeit untersagen. Ohne Lehrtätigkeit würde er sein Studium nicht mehr finanzieren können, und Roséns Klage würde ihn zugrunde richten.

Da konnte Carl nicht länger an sich halten, und der Vulkan brach aus. Er war kein Kämpfer, aber er war zäh. Die Strapazen der Reise hatten seine Muskeln gehärtet. Er verabscheute Gewalt, war ein Mann des Wortes und des Geistes. Aber nun überkam es ihn mit einer brodelnden Wucht, die ihm kein klares Denken möglich machte. Er packte Rosén am Kragen. In seinem Griff zappelte der Widersacher wie ein Fisch, der am Angelhaken aus dem Wasser gehoben wurde.

«Ihr seid doch nur neidisch, weil niemand Eure Vorlesungen hören will», zischte Carl. «Kennt Ihr überhaupt den Grund dafür? Nein? Eure Lesungen sind so langweilig und grässlich, wie es klingt, wenn ein Esel versucht, Zither zu spielen.»

«Urrrgh …», gurgelte Rosén.

Da stürmte jemand heran. Es war Rudbeck, der um Roséns Leben fürchtete. «Was um Himmels willen ist in ihn gefahren, Linnaeus?»

Carl ließ Rosén los, der sich erstaunlich schnell wieder fing, seinen Kragen richtete und klagte: «Linnaeus ist gemeingefährlich. Ich werde dafür sorgen, dass auch diese

Gewalttat zur Anklage kommt. Ihr seid mein Zeuge, Professor Rudbeck: Er wollte mich erdrosseln. Jetzt hat Eure Stunde geschlagen, Linnaeus. Für ihn ist's aus und vorbei!»

Trotz der Gegenstimmen von Rudbeck und Celsius wurde beschlossen, dem Studenten Carl Linnaeus die Lehrtätigkeit unverzüglich zu untersagen. Rosén bleckte die Zähne, und Carl kochte vor Zorn. Er zog sich in seine Kammer zurück, schloss die Tür ab und starrte die Wände an. Als Artedi einmal anklopfte, öffnete er nicht, und auch nicht, als Rudbeck von außen durch die Tür rief, er habe einen Auftrag für Linnaeus. Was Mineralogisches. Es gebe gutes Geld zu verdienen.

In seiner Kammer brütete Carl finsterste Rachegedanken aus, in die er sich tiefer hineinsteigerte und seine Wut ungehindert wachsen ließ. Er wollte Rosén mit dem Degen durchbohren, wollte ihn zerhacken und zerstückeln. Eines Nachts nahm er tatsächlich den Degen und lief damit zu Roséns Haus, vor dem er lauerte, bis der Morgen dämmerte. Dann fing es an zu regnen. Der Regen pladderte auf ihn herab und kühlte sein erhitztes Gemüt. Als ihm bewusst wurde, wohin sein Zorn ihn getrieben hatte, fühlte er sich tief beschämt und machte sich auf den Heimweg. An der Straße sah er einen Bettler sitzen und frieren. Carl gab ihm eine seiner letzten Münzen. Als der Bettler dankbar zu ihm aufblickte, gab Carl ihm auch noch seine letzten Münzen. Zurück in seiner Kammer sank er aufs Bett und verschlief den nächsten Tag. Er träumte von Växjö, von der Schule, damals, als er Gott und die Göttin Nemesis gebeten hatte, Bengt Bengtson und Lehrer Ictus zu sich zu holen. Und war es nicht genau so gekommen? Bengt war erfroren, Ictus hatte der Kummer dahingerafft.

Als Carl aus dem Schlaf hochfuhr, war es wieder Nacht. Er fühlte sich seltsam erfrischt, stand auf, setzte sich an den Tisch und schrieb im Schein des Kerzenlichts die ersten Worte seit Langem: *Die Rache verfolgt mich, und alle Dinge gehen mir übel. Kein Unglück kommt allein. Und warum? Weil ich mich rächen will. Wenn aber Gott mich erwählt hat zu der großen Aufgabe, warum überlasse ich die Rache nicht Gottes Händen?*

Er las seine Worte und nickte zufrieden. Ja, so wollte er es künftig halten: Er würde Gott die Rache überlassen.

Die göttliche Vergeltung. *Nemesis Divina.*

Am 6. Juni 1733 starb seine Mutter Christina im Alter von nur fünfundvierzig Jahren. Carl lief mit dem Brief, in dem ihm sein Bruder Samuel die traurige Nachricht mitgeteilt hatte, zu Artedi und weinte hemmungslos. Er trank Branntwein, bis ihm der Rausch die Sinne raubte. Am nächsten Tag packte er seine Sachen, reiste heim und trauerte am Grab seiner Mutter.

Am Abend saß er mit dem Vater und den Geschwistern am Tisch. Tiefes Schweigen vereinte sie. Niemand klapperte in der Küche mit Geschirr, niemand verbot Nils Linnaeus das Medizintrinken. Der Becher stand leer und unangetastet vor ihm. Sein Haar war über Nacht grau geworden wie mit Asche überschüttet.

In Stenbrohult erreichte Carl ein Brief aus Uppsala. Rudbeck erinnerte ihn an den mineralogischen Auftrag. In der Bergwerksstadt Falun stehe eine Expedition an, Gesteine und Gelände sollten untersucht werden. Der Auftrag werde gut bezahlt, und Carl brauche das Geld für seine

Promotion in Holland, wenn er jemals wieder in Uppsala Vorlesungen halten wolle. Rudbeck schrieb auch, er habe für Linnaeus ein gutes Wort beim Landeshauptmann der Provinz Dalarna eingelegt. Der Mann heiße Reuterholm und erwarte ihn in Falun; Carl solle sich aber bald auf den Weg machen.

Und das tat er.

Er verabschiedete sich von seinen Geschwistern. Der Vater begleitete ihn ins Dorf zur Kutsche, stumm und vornübergebeugt stand er da, als Carl einstieg, und er stand noch immer so da, als die Kutsche längst abgefahren war.

21.

Der Ersatzcafé

BERLIN, 1740

Siegesbeck fuhr mit der Katze von Potsdam nach Berlin. Gleditsch wollte nachkommen. Er hatte behauptet, er müsse noch etwas Wichtiges erledigen, und dabei ganz geheimnisvoll getan.

In Berlin fand Siegesbeck einen Botanischen Garten vor, der diesen Namen nicht verdiente. Der Garten war im vergangenen Jahrhundert als Hopfengarten für die Bierbrauer angelegt und mehrmals umgebaut worden. Man hatte Entwässerungsgräben gezogen, Gebäude errichtet, Obstbäume gepflanzt, Wege und Gemüsebeete angelegt, Teiche ausgehoben, zugeschüttet und wieder ausgehoben. Friedrich Wilhelm von Brandenburg, der nach einem Sieg über die Schweden der Große Kurfürst genannt wurde, hatte sich aus Holland, England, Frankreich und Italien Samen und junge Bäume schicken lassen und sie eigenhändig gesät und eingepflanzt. Aus Amerika hatte er Platanen, Eschen und Ahorn eingeführt. Dann hatte sein Nachfolger, der preußische König Friedrich I., die Anlage mit Orangerie, Glas- und Treibhäusern in einen Lustgarten verwandelt, an dem wiederum dessen Nachfolger, der Soldatenkönig Friedrich Wilhelm, keinen Gefallen gefunden hatte.

Der Soldatenkönig halste der Berliner Sozietät der Wissenschaften die Gartenpflege auf. Die Mitglieder der Sozietät hatten jedoch keine Lust auf den botanischen Klotz am Bein, auch fehlte ihnen das Geld für die Instandhaltung. Der ungeliebte Garten verkam. Der Bretterzaun verfaulte. Nachts brachen Wildschweine ein, lungerten zwischen Obstbäumen und Platanen herum, wühlten Knollen und Wurzeln aus der Erde und zertrampelten alle Gewächse. Orangerie und Gewächshäuser zerfielen, Stall und Wohngebäude standen kurz vor dem Einsturz.

Dieses Bild bot sich Siegesbeck, als er an einem Juniabend des Jahres 1740 durch die Anlage ging und entrüstet den Kopf schüttelte, während er Gebäude und Gewächse begutachtete. Unterdessen fing die Katze ein paar Mäuse. Siegesbeck krempelte die Ärmel hoch. Eines der Glashäuser, das noch ein paar heile Scheiben hatte, bestimmte er zum Laboratorium für die Erforschung des *Cichorium*-Rezepts. In der Umgebung buddelte er *Cichorium*-Pflanzen mitsamt ihren langen Wurzeln aus, die er trocknete, backte, röstete, räucherte, raspelte und kochte. Er braute daraus Tränke, die mal mehr, mal weniger wie Café aussahen, jedes Mal war das Gebräu jedoch so gallenbitter, dass es Gaumen und Zunge verätzte. Die vom König gesetzte Frist schmolz dahin, während das Zeug noch immer schmeckte wie das, was aus einem dampfenden Misthaufen heraussickerte.

Abends, wenn Siegesbeck erschöpft und mit tauber Zunge, aber ruhelos im Bett lag, überschlug er im Kopf, wie viel Geld der König durch ein Cafébohnenimportverbot würde einsparen können. Das musste ein hübsches Sümmchen ergeben – und mit dem Geld würde der König seine Soldaten mit Kriegsgerät ausstatten und in Richtung Schweden in Marsch setzen können. Wenn Siegesbeck schon nicht den Soldatenkönig zum Kriegszug hatte bewegen können, dann musste es eben dessen Sohn tun.

Dass der kunstliebhabende König seine Friedfertigkeit tatsächlich bald aufgeben und einen Krieg anzetteln würde, ahnte Siegesbeck nicht, und so experimentierte er mit getrockneten *Cichorium*-Wurzeln, als eines Tages die Tür des Gewächshauses aufflog. Die letzten Glasscheiben fielen aus den Fassungen und lösten sich in Scherben auf. Siegesbeck verschluckte sich an einer frischen Ersatzcaféprobe. Die Katze sprang mit aufgebauschtem Schwanz hinter einen Blumenkübel.

In der ramponierten Glashaustür stand Gleditsch mit einem Manuskript in der Hand und knurrte angriffslustig: «Sie ist fertig. Mit dieser Schrift bringe ich Eure Hetze zum Verstummen.»

«Wie bitte?», fragte Siegesbeck.

«Der Titel meiner Schrift lautet: *Consideratio epicriseos Siegesbeckianae*. Es ist eine Gegenschrift – und zwar: meine abschließende Betrachtung gegen Eure Gegenschrift gegen das linnaeische Sexualsystem.»

«Eine Gegenschrift gegen meine Gegenschrift?», überlegte Siegesbeck laut. «Das heißt ja … dann ist es eine Verteidigungsschrift des linnaeischen Sexualsystems.»

«Korrekt», sagte Gleditsch und grinste.

Weil Siegesbeck in der römischen Kerkerhaft nichts von dem mitbekommen hatte, was in der Weltgeschichte vor sich gegangen war, wusste er auch nicht, dass seine Gegenschrift in Fachkreisen auf reges Interesse gestoßen war. Nach der rasch vergriffenen Erstauflage hatte die Russische

Akademie der Wissenschaften in Sankt Petersburg weitere Auflagen herausgegeben. So war nicht nur ein Exemplar auf dem Tisch eines schwedischen Professors namens Nils Rosén, sondern auch eins auf dem von Gleditsch gelandet. Der hielt das linnaeische System jedoch für einen der größten Geniestreiche in der Geschichte der Botanik und nahm Kritik daran als Affront gegen seine eigene Person.

Siegesbeck fixierte Gleditsch mit einem Blick, der geeignet war, einem frechen Kind die Haut abzuziehen. Da stand dieser pausbäckige Hilfsbotaniker, jung und dumm wie ein Huhn, in den Gewächshausscherben und grinste von einem Ohr zum anderen. Siegesbeck drohte ihm mit dem Zeigefinger: «Ich werde umgehend eine Gegenschrift gegen Eure Gegenschrift gegen meine Gegenschrift gegen die pseudowissenschaftliche Ketzerei des Schweden verfassen. Und jetzt geht mir aus den Augen!»

«Macht, was Ihr nicht lassen könnt. Aber ich bedauere aufrichtig, dass wir durch königlichen Befehl zur Zusammenarbeit gezwungen sind. Und ein königlicher Befehl ist nun mal ein königlicher Befehl.»

«Hm», grummelte Siegesbeck. Damit hatte Gleditsch nun auch wieder recht, weswegen Siegesbeck sich vorerst auf eine kleine Rache beschränkte. Er füllte einen Schluck der letzten Probe in einen Becher und hielt ihn Gleditsch hin. «Ich war nicht untätig. Kostet einmal davon.»

Der vom sicher geglaubten Sieg beseelte Gleditsch kippte die Plörre in einem Zug herunter. Augenblicklich färbte sich sein Gesicht rot, dann weiß, dann grün. «Ja, so in der Art vielleicht», krächzte er. «Vielleicht noch ein bisschen mehr Zucker … oder: viel mehr Zucker!»

Unter seinen Stiefeln knirschten Glasscherben. Plötzlich

hatte er es sehr eilig. Er stürmte aus dem Glashaus und schaute sich draußen panisch nach einem Abort um.

Als Gleditsch am nächsten Tag in den Botanischen Garten zurückkehrte, war Siegesbeck noch keinen Schritt weitergekommen. Während der Arbeit bedachten sie sich mit feindseligem Schweigen und hielten den größtmöglichen Abstand zueinander. Nur wenn neue Proben zu testen waren, entspannen sich lebhafte Debatten. Bei der Analyse zogen sie treffliche Vergleiche: «Euer Gesöff schmeckt wie Faulschlamm, der am Grund eines Tümpels gärt.» – «Und Eures wie tierische Endprodukte, die zu lange in der Sonne lagen.» – «Euer Trunk riecht nach verschwitzten Strümpfen, vergorenem Kohl und verfaultem Müll.» – «Und Eurer erinnert auffällig an den Inhalt ungeleerter Aborte.»

Nach tagelangen Experimentierexzessen waren ihre Sinnesorgane so abgestumpft, dass sie nichts mehr rochen und schmeckten, weswegen ihnen ihr Gebräu mit einem Mal durchaus genießbar zu sein schien. Als der König ihnen eine Kutsche schickte, waren sie überzeugt, ihr Ersatzcafé schmecke besser als der originale Bohnencafé.

Gleditsch füllte ein Fässchen ab, das in der Kutsche wie eine Barrikade zwischen ihnen stand.

Im Stadtschloss von Potsdam brachte man das Fässchen gleich in die Küche. Dann wurden Siegesbeck und Gleditsch zusammen mit zwei Dutzend anderen Herrschaften im Marmorsaal auf unbequeme Stühle platziert. Das Stimmgemurmel verebbte, als der König den Saal betrat. Er trug wie immer seinen blauen Rock, dazu Stulpenstiefel und auf der Perücke einen Dreispitz mit weißer Feder.

Die Gäste applaudierten höflich.

Der König verneigte sich, setzte die Flöte an und spielte von ihm selbst komponierte Sonaten, wobei er von einem älteren Herrn namens Bach am Klavier begleitet wurde. Jener Bach ließ seinen Kopf tief über die Tasten hängen, und es sah nicht nur so aus, als schlafe er gleich ein, während er auf den Tasten klimperte und unverhohlen gähnte. Gleditsch flüsterte Siegesbeck ins Ohr, dieser Bach sei so berühmt, dass er sich sogar dem König gegenüber eine gewisse Respektlosigkeit erlauben könne.

Auch Siegesbeck kämpfte eine Weile tapfer gegen die Müdigkeit an. Das auf- und abhüpfende Flötenträllern lullte seine Sinne ein, bis er den Kampf verlor. Als Gleditsch ihn mit einem Knuff in die Rippen weckte, waren alle anderen schon aufgesprungen, klatschten artig und ließen den König hochleben.

Nach dem Konzert lud der König seine Gäste an die Festtafel. Diener schleppten Speisen herbei, die zum Schutz gegen den aus den Perücken rieselnden Puder mit Porzellanglocken abgedeckt waren. Der König erklärte, das Porzellan sei in Meißen mit von ihm selbst entworfenen Motiven dekoriert worden. Siegesbeck, der als Wissenschaftler nur ein marginales Kunstinteresse hegte, erkannte auf dem Geschirr hasenähnliche Geschöpfe, die an den Köpfen aus unerfindlichen Gründen Hirschgeweihe statt Hasenohren hatten. Es gab Igel mit Giraffenbeinen, Pfeife rauchende Fische, halb nackte Jünglinge, die sich, vielleicht etwas zu nah beieinanderliegend, am Ufer eines Baches sonnten, und Blumen, deren Blüten so blau waren wie jene des *Cichorium*.

Nach dem Essen wurde Café serviert, aber das Getränk

sei, wie der König verkündete, kein gewöhnlicher Bohnencafé, sondern ein Ersatzcafé aus heimischer Produktion und regionalen Zutaten. Man schenkte zuerst Siegesbeck und Gleditsch ein. Eine reine Vorsichtsmaßnahme, versicherte der König. Sie leerten die Tassen und ließen den selbst kreierten Ersatzcafé über ihre geschmackssinnlich ruinierten Zungen rinnen, wobei sie vom König und von allen anderen Gästen aufmerksam beobachtet wurden. Da weder Siegesbeck noch Gleditsch Anzeichen einer Vergiftung oder Bestrebungen zeigten, auf den Abort zu eilen, gab der König das Kommando, auch alle anderen Tassen zu füllen.

Triumphierend hielt der König ein Schriftstück in die Höhe: «Hiermit werde ich ein Importverbot für Cafébohnen erlassen. Nur noch meine Unterschrift fehlt unter der historischen Anordnung, die ich aber gleich leisten werde, wenn das Getränk meinen Erwartungen entspricht. Wohlan – lasst uns trinken!»

Siegesbeck knetete unter dem Tisch die feuchten Hände. Gleditsch lief vor Aufregung die Nase. Die Gäste hoben die Tassen, schnupperten an dem Trunk, blickten den König an, dann die beiden Botaniker, bevor sie erneut ihre Nasen in den aufströmenden Duft hielten und dann zurückhaltend an dem Getränk nippten.

Eine Dame, die sehr angestrengt aussah, räusperte sich, als sei in ihrem Hals eine Heringsgräte steckengeblieben. Mit einem Fächer wedelte sie Luft in ihr Gesicht und murmelte: «Na ja.»

Ein von Kriegsnarben verunstalteter General ergänzte: «Hm, hm-m, ja, na ja.»

Einzig der Klavierspieler namens Bach brachte den Mut auf, seinen Gefühlen unverblümt Ausdruck zu verleihen.

Er schlug mit der Faust auf den Tisch, dass das Geschirr klapperte, und rief: «Ei! Wie schmeckt der Coffee süße!»

Jetzt blickten alle Gäste zum König. Der hielt, den kleinen Finger abgespreizt, die Tasse abwartend vor seine Lippen. Dann nahm er ein winziges Schlückchen, und es krauste ihm die Nase. Von seiner Stirn lösten sich Schweißtropfen und fielen mit kaum hörbarem Plätschern in die Tasse. Der König spannte den Unterkiefer an. «Ist in der Lorke was anderes drin außer – *sucre?*», fragte er. «Das Ersatzprodukt ist *très très doux*, so *doux*, da knacken mir ja die Zähne.»

Wie vom Donner gerührt starrte Siegesbeck Gleditsch an, als ihm klar wurde, dass der ohne Absprache offenbar so viel Zucker ins Fässchen geschüttet hatte, bis es eine nahezu gesättigte Zuckerlösung ergeben hatte.

Der König blickte ratlos in seine Tasse. Dann stellte er sie auf dem Tisch ab, rollte das Schriftstück zusammen, ohne es zu unterschreiben, und reichte es seinem Kammerdiener, der die Anordnung zum Cafébohnenimportverbot in eine Schatulle legte und diese verschloss.

«Ich hörte, ein Gastwirt in Braunschweig soll sich ähnlichen Experimenten widmen», sagte der König zu seinem Diener. «Fredersdorf, mein Lieber, sei so gut und erteile dem Gastwirt umgehend den Auftrag, für uns einen Ersatzcafé zu erfinden.»

Dann wandte er sich Siegesbeck und Gleditsch zu. «Nun zu Ihnen, meine Herren *botanistes*. Ich erkenne Ihre Bemühungen durchaus an, weswegen ich noch einmal Gnade vor Recht ergehen lasse. Stattdessen gebe ich Ihnen einen neuen Auftrag, der Ihnen eher liegen mag: Diese neumodischen *pommes de terre* werden Ihnen ja bereits bekannt sein, nicht wahr?»

22.

Die Lichtnelke

FALUN UND DALARNA, 1733–1734

Am Horizont war der Himmel grau vom Rauch. Gruben und Hütten spien dunklen Qualm aus, der sich über der Bergwerksstadt Falun zu einer riesigen giftigen Wolke zusammenballte. Als sich Carl der Stadt näherte, marschierte er durch eine von Kratern zerrissene Gespensterlandschaft. Der Kutscher hatte ihn weit vor der Stadt aussteigen lassen und behauptet, seine Pferde litten an Asthma, bevor er rasch wieder kehrtgemacht hatte. Unter Carls Stiefeln wirbelte Staub auf. Er hielt sich ein Tuch vor Mund und Nase, das nach wenigen Atemzügen mit dunklen Flecken verschmutzt war.

Nirgendwo sah er Bäume. Man hatte alles Gehölz für die Grubenfeuer abgeschlagen. In jenen Jahren wurden in Falun, das eine der größten Städte Schwedens war, zwei Drittel der weltweiten Kupferproduktion abgebaut, für die Tausende Bergleute in unterirdischen Schächten schufteten. Seit vielen Jahren brachte das Erz den schwedischen Königen viel Geld für ihre Kriege ein, mit denen sie Europa überzogen. Man goss aus dem Erz Kanonen und Kugeln für die Büchsen, schmiedete Hieb- und Stichwaffen, und mit dem Kupfer deckten reiche Grubenbesitzer ihre Dächer.

Am Stadtrand wurde Carl von schaurigem Krächzen empfangen. Erst auf den zweiten Blick erkannte er oben auf den Dächern die Krähen, deren schwarzes Gefieder mit dem Dunst verschmolz. Und dann sah er nicht weit vor den ersten grauen Häusern am Wegesrand kleine Farbtupfer leuchten. Carl ging in die Knie und betrachtete die rötlichen Blüten und lanzettförmigen Blätter eines etwa zwei Fuß hohen, krautigen Gewächses. Er bestimmte es als eine *Lychnis*, eine Lichtnelke, die sich im dunklen Staub ausnahm wie ein Wesen aus einer anderen Welt.

«Habt Ihr nichts anderes zu tun, als mir im Weg zu hocken?», herrschte ihn unvermittelt eine Stimme an.

Als Carl den Kopf hob, sah er eine Gestalt, deren Umrisse sich aus dem Dunst schälten wie ein schauriges Wesen der Unterwelt. Die Gestalt war, trotz des warmen Sommertages, in einen schwarzen Mantel gehüllt. Als sie die Kapuze abnahm, kam darunter das Gesicht einer jungen Frau zum Vorschein. Sie war vielleicht siebzehn oder achtzehn Jahre alt und stieß die Atemluft fauchend durch ihre großen Nasenlöcher aus. Ihre blonden Haare waren zum Knoten gebunden, die Wangen mit jugendlicher Röte überzogen und ihre Gesichtszüge zwar derb, fast ein bisschen knabenhaft, aber dennoch hübsch anzusehen.

Carl erhob sich und trat zur Seite. Die Frau machte Anstalten weiterzugehen, blieb dann aber zögernd stehen und fragte: «Warum macht Ihr Euch an so 'nem Unkraut zu schaffen?»

«Das ist eine Frage der Perspektive, wertes Fräulein: Für die einen mag es ein Unkraut sein, für andere ist es eine schöne Blume. Ich bin überrascht, die *Lychnis* in dieser staubigen Gegend anzutreffen.»

«Staubig? Ihr meint wohl: dreckig, vergiftet, verqualmt, erstickt.»

«Ich wollte Eurem Heimatort nicht zu nahe treten.»

Sie gestikulierte so aufgeregt mit den Händen, dass Carl sich duckte, weil er befürchtete, sie wolle ihn schlagen. «Falun ist die Hölle auf Erden», rief sie. «Kein Mensch mit einem Funken Verstand hält sich hier auf.»

«Umso erstaunlicher ist es, hier gleich zwei schöne Blumen anzutreffen.»

«Zwei?»

«Hm», machte Carl. Das mit den Komplimenten musste er wohl noch üben. «Habt Ihr Euch dieses Nelkengewächs einmal genauer angeschaut?»

«Wozu?»

«Weil es ein wundersames Gottesgeschöpf ist. Zuerst liegt es am Boden wie ein neugeborenes Menschenkind. Wenn aber die Blüte naht, richtet sich die Blume auf, damit der Wind ihren Blütenstaub fortbläst. Und wenn ihre Blüten abfallen, legt die *Lychnis* sich wieder nieder wie ein Mensch aufs Totenbett.»

«Man kann doch so ein dummes Gewächs nicht mit 'nem Menschen vergleichen.»

«Warum denn nicht? Stellt Euch ein Mädchen vor, irgendein Mädchen natürlich, dessen Liebreiz in der Jugend von der Natur hervorgerufen wird. Richtet sich die junge Frau zur Blüte ihres Lebens denn nicht auf wie eine *Lychnis*? Werden ihre Augen nicht glänzend und feucht? Setzt in ihrem Blick keine Begierde ein? Ja, so ist es doch. Das Mädchen wird fröhlicher und vergnügter, und wenn es einem hübschen Burschen begegnet und ihm sehr nah kommt, wird sie noch hübscher und anmutiger. Denn in ihrem Körper steigt ein heißer Strom brennender Begierde auf, und wenn sie seine Samenflüssigkeit empfängt, erblüht sie in vollendeter Schönheit, hervorgerufen durch die *genitura.* Wenn sie aber ihre Schönheit verliert, wird sie ein altes Weib, armselig und ihrer jungfräulichen Blüte beraubt. Ist das nicht kurios?»

Die Frau starrte ihn an wie ein frisch geschlüpftes Küken einen fetten Wurm. «Seid Ihr ein Dichter?»

«Wer wird nicht zum Dichter in so liebreizender Gesellschaft?»

«Was ist 'n an dem Dreck hier liebreizend?»

Carl seufzte und gab es auf mit den feingeistigen Komplimenten. Stattdessen sagte er: «Wer braucht Dichtung, wenn die Natur die schönsten Geschichten schreibt? Ich bin Naturforscher, vor allem Botaniker, aber auch an Mineralogie interessiert. Deswegen bin ich hier. Der Freiherr von Reuterholm erwartet mich.»

«So? Na dann.» Die Frau zog die Nase kraus und ging weiter, dieses Mal endgültig.

Carl konnte sich ein Grinsen nicht verkneifen, als er sie im Vorübergehen murmeln hörte: «So 'n Irrer. Der hat doch keinen Verstand zwischen den Ohren.»

Freiherr Nicolaus von Reuterholm, der Gouverneur der Provinz Dalarna, empfing Carl im größten Haus am Marktplatz, wo der runde Mann hinter einem Schreibtisch thronte und für sich und Carl Wein servieren ließ. «Schwerer französischer Rotwein», erklärte Reuterholm. «Gut gegen Staub, Qualm und giftige Dämpfe. Man trinkt hier viel Wein, aber auch Bier und Branntwein, oft schon zum Frühstück.»

Er hustete schleimigen Auswurf in ein Taschentuch und zündete eine Tabakpfeife an. Beim Reden quoll ihm der Rauch aus Mund und Nase: «Die Arbeit in den Gruben ist körperlich zehrend. Daher gehen bei den Bergmännern die Weinbecher ebenso schnell überm Tisch herum wie der Pisstopf unterm Tisch.» Er lachte gurgelnd. «Aber Schnaps hilft den Männern zu vergessen, dass sie kaum das dritte Lebensjahrzehnt erreichen.»

«Bedauernswert», sagte Carl aufrichtig und bat Reuterholm, ihm mehr Details über den Auftrag zu geben.

«Ihr werdet auf der Expedition alles untersuchen, was von wissenschaftlichem Interesse und womit Geld für die Krone zu verdienen ist: Mineralien, Arzneipflanzen, Sauerbrunnen und so weiter. Zunächst werdet Ihr nach Ost-Dalarna reisen, dann durchs Gebirge. In Norwegen werdet Ihr die Grubenwerke im Bergstädtchen Røros erkunden und herausfinden, warum die Bergmänner in Røros länger leben als unsere Leute in Falun. Wir haben kaum noch Nachschub an Grubenarbeitern. Deswegen müssen wir herausfinden, wie wir mit den vorhandenen menschlichen Ressourcen wirtschaftlicher haushalten können. Was natürlich nicht bedeutet, dass unsere Bergleute künftig weniger hart arbeiten sollen.»

Ein wenig körperliche Arbeit könnte auch Reuterholm nicht schaden, dachte Carl und bat, zur Vorbereitung auf die Expedition eine Grube besichtigen zu dürfen.

Am Rande eines Kraters erklärte Reuterholm, dass an dieser Stelle im Jahr 1687 die Grube Stora Stöten eingestürzt sei. Dazu gebe es die Legende, der Berg habe sich für Raubbau und Störung des Bergfriedens gerächt. Zu Schaden sei jedoch niemand gekommen, weil sich das Unglück an Mittsommer ereignet habe, als alle gefeiert hätten.

Kurz darauf kamen sie zu den Gruben, bei denen die Schlacke zu Bergen aufgetürmt worden war; es war der Abfall, der beim Rösten des Gesteins entstand. Überall roch es nach Schwefel. Aus den Hütten, in denen man das Rohkupfer gewann, stieg beißender Qualm auf. Die Arbeiter lebten in kleinen Holzhäusern, deren Wände dunkelrot gestrichen waren. Die Pigmente für die Farbe – in Schweden war sie als Falunrot bekannt – gewann man aus dem Abraum. Über der Arbeitersiedlung lag der Rauch wie eine Decke. Kinder spielten in dreckigen Kleidern am Boden. Die Frauen schrubbten die Wäsche, die, kaum dass sie an der Leine hing, sich wieder dunkel verfärbte.

Am Eingang zu einer Grube hielt Reuterholm an, und ein hintergründiges Grinsen dehnte seine fleischigen Wangen, als er erklärte, da unten müsse man sich vor der Bergkönigin in Acht nehmen. Sie sei unwiderstehlich schön, aber sehr gefährlich und wache über einen kostbaren Edelstein, den Almandin, und jeder, der den Stein erblicke, gerate in seinen Bann. Stehlen könne ihn jedoch niemand, denn die Bergkönigin verzaubere jeden Dieb und behalte ihn für immer im Berg.

«Das ist aber nur ein Märchen», fügte er schnell hinzu. «Ersponnen von Männern, deren Sinne unten im Schacht stumpf geworden sind. Ich wünsche Euch viel Glück bei Eurem Ausflug in die ewige Dunkelheit, Linnaeus, und bitte verliert nicht die Orientierung, ich brauche Euch noch für die Expedition.» Er lachte glucksend, als er sich auf einer Bank beim Grubeneingang niederließ.

Carl schloss sich einer Gruppe Arbeiter an, die ihn in

die Grube brachten. Unten wühlten und hackten Männer ein Labyrinth aus Gängen und Schächten in den Berg. Die Arbeiter waren jung, kaum zwanzig Jahre alt, viele deutlich jünger. Sie waren früh gealtert, nass vom Schweiß, ihre Rücken krumm, die Augen trüb, Mund, Nase und Ohren voll Staub und Ruß. Ätzendes Vitriol, Qualm und Hitze überall.

Vor einer Felswand schichteten die Arbeiter Holz auf. Carl zückte Notizbuch und Griffel, ließ sich das Feuersetzen erklären und schrieb im Fackelschein: Man entzünde das Holz und dürfe erst zurückkommen, wenn alles heruntergebrannt sei. Dann spritzten die Arbeiter Wasser auf die heißen Wände, wodurch das Gestein reiße, und der mürbe Fels herausgebrochen werden könne.

Als Carl vom Notizbuch aufblickte, war er allein. Aus dem Holzhaufen loderten die Flammen hell und heiß empor. Carl rief um Hilfe, doch niemand antwortete. Er rief lauter, schrie beinahe, wodurch er den Qualm einatmete, und ihm schwindelig wurde. Er floh vor der Hitze, vergaß die Fackel und irrte durch Finsternis, bis er nicht mehr wusste, wo vorn und hinten, wo oben und unten war und er sich den Kopf am Gestein anstieß. Er sank auf die Knie. Da kam aus der Dunkelheit ein Licht auf ihn zu, eine helle Gestalt, die Füße eine Handbreit über dem Boden schwebend.

Die Bergkönigin, dachte er. Das war es dann wohl. Für immer im Berg gefangen. Das Wesen beugte sich über ihn. Seltsamerweise sah es aus wie seine Mutter. Ein Trugbild, dachte er, der Qualm in den Lungen. Doch dann fing seine Mutter zu reden an. Er solle nicht um sie trauern. Sie sei wohlauf, aber sein alter Vater ohne sie nicht alltagstauglich. Der könne sich ja nicht mal ein Essen zubereiten, nur Schnaps brennen. Was er nicht zugeben würde, auch nicht, dass er Carl lieb habe. Und dass er ihm wegen des Naturforscherstudiums verziehen habe. Was er natürlich auch nicht zugeben würde. Gar nichts gestehe er ein, der alte Suffkopf. Aber genug geredet, sie müsse nun wieder zu ihm in den Garten, wo der Alte Tag und Nacht herumsitze und seine blöden Blumen anstarre. Was anderes mache der nicht mehr, nur zwischen seinen Blumen sitzen und Schnaps trinken …

Als die Bergmänner Carl bewusstlos in einem Schacht fanden, hoben sie ihn auf und schleppten ihn aus der Grube ans Tageslicht. Kaum war er zu sich gekommen, wollte er wieder zurück. Seine Mutter sei da unten, schrie er. Drei Männer mussten ihn festhalten, bis er Ruhe gab, weil er wieder ohnmächtig wurde.

«Die Bergkönigin», murmelte Reuterholm beschwörend.

Carl verschlief die nächsten Tage. Als er zu Kräften kam, schrieb er einen Brief an seinen Vater. Er dürfe den Glauben nicht verlieren. Mutter sei bei ihm, auch wenn er sie nicht sehen könne. Und er solle nicht nur im Garten Tartuffelschnaps trinken, sondern möge sich mal was Anständiges kochen. Carl werde ihn besuchen, sobald er das Geheimnis der langlebigen Bergarbeiter von Røros gelüftet habe.

Für die Expedition wählte Carl ein paar junge Männer als Begleiter aus. Sich selbst erklärte er aufgrund seiner Lapplanderfahrung und Kenntnisse über Flora und Fauna zum Leiter und Präsidenten. Dagegen hatte niemand

Einwände. Auf der Reise ließ er seine Gefährten Gesteine untersuchen, Pflanzen sammeln und Tiere beobachten. Sie prüften die Qualität der Sauerbrunnen und die Fruchtbarkeit von Böden. In den Bergen entdeckten sie seltene Erdschwämme und seltsame Würmer. Carl schoss eine Elster, die drei statt vier Zehen an den Füßen hatte.

In der norwegischen Bergwerksstadt Røros angekommen, wollte Carl sogleich die Erzgruben besichtigen. Die Einheimischen bestanden jedoch darauf, ihre Gäste zu einem Festmahl einzuladen. Carl lehnte ab, man dürfe keine Zeit verlieren. Aber seine hungrigen Begleiter bettelten und flehten, bis er nachgab.

Über Røros schien die Sonne vom blauen Himmel, und auf dem Marktplatz wurden Bänke und Tische aufgestellt. Man servierte den Gästen ein Fischgericht, dessen Aroma so hart über den Tischen stand wie ein Schildwall des Wikingerkönigs Eirik Blutaxt. Der Geruch trieb Carl den Schweiß auf die Stirn. Hergestellt wurde diese kulinarische Merkwürdigkeit aus Heringen, die man in einer Erdgrube verbuddelte. Darin gärten sie eine Weile, bis sie ihr Bukett – eine Mischung aus Verwesung und sehr, sehr reifem Käse – entfalteten und dann mit Gewürzen angerichtet wurden.

«Erst den Fisch essen, dann das Bergwerk besichtigen», befahl der Pfarrer von Røros, ein kleiner grauer Mann, der jedem, der einen Fisch verspeiste, zur Belohnung einen Schluck Lebenswasser versprach, einen mit Gewürzen aromatisierten, starken Branntwein.

Die Gefährten verlangten von Carl, er müsse in seiner Eigenschaft als Präsident mit gutem Beispiel vorangehen. Also schloss er die Augen, hielt die Luft an und schlang den Fisch herunter. Es war furchtbar, wie eine Kette nicht enden wollender Faulgasexplosionen in Mund, Hals und Magen. Dagegen war Artedis Räucheraal himmlisches Manna. Sofort rebellierte Carls Magen, und er lief eiligst zu einem Gebüsch, hinter dem er verschwand. Einer nach dem anderen folgten ihm seine Gefährten, während das Gelächter der Einwohner weithin zu hören war.

Als er zurück in Falun war, erwähnte Carl in seinem Bericht über die Forschungsreise den Faulfisch und das Lebenswasser im Zusammenhang mit der Lebenserwartung der Menschen in Røros. Er habe zwar, schrieb er, in Røros kaum Männer gesehen, die älter als dreißig Jahre seien, außer ein paar grauhaarige Greise in der Kirche. Es sei aber gesichert, dass viele Bewohner von Røros mindestens hundert Jahre alt würden – trotz der Schwefeldämpfe aus den Erzgruben. Wer nämlich den Verzehr des in der Erde verfaulten Fischs überstehe und ihn mit Lebenswasser herunterspüle, der werde robust an Leib und Seele und sei fortan gegen alle Unbill des Lebens als Bergmann gefeit.

Reuterholm war zufrieden. Er ließ Dutzende Fässer Faulfisch und Lebenswasser von Røros nach Falun karren. Das Lebenswasser stieß bei den Bergleuten auch gleich auf breite Zustimmung. Den Fisch aßen sie aber erst, als Reuterholm ihnen mit schweren Strafen drohte.

Als Carl seine Sachen packte, bedrängte ihn Reuterholm, noch ein wenig länger in Falun zu bleiben. Carl dachte an das Versprechen, das er seinem Vater gegeben hatte, und bat seinen Bruder Samuel in einem Brief, sich bitte vorerst allein um den Vater zu kümmern. Dann nahm er Reuterholms Angebot an. Er brauchte das Geld für die

Promotion in Holland und gründete mit Reuterholms Unterstützung in Falun eine kleine Akademie. In seinen Vorträgen lehrte er die Probierkunst, ein Verfahren zur Bestimmung der Inhaltsstoffe von Mineralien, das er in Luleå gelernt hatte.

Die Zuhörer zwängten sich in die Baracke, die Reuterholm zur Verfügung gestellt hatte. Carl zerkleinerte und siebte Gesteinsproben und erklärte, wie man den Feingehalt an Edelmetallen in einer Erzprobe ermittelte. Wie ein Alchemist hantierte er mit Scheffeln, Nadeln, Zangen, Schälchen, Waagen und Gewichten. Er wog ab, träufelte ätzende Säuren, schmolz und verschlackte die Proben in einem geheizten Backsteinofen, goss die Schlacke in eine Blechform und führte über jeden Arbeitsschritt Buch.

Es war längst Winter geworden, als auch der Bergarzt Johan Moraeus von Carls Vorlesungen erfuhr. Moraeus war an die sechzig Jahre alt und lebte mit seiner Familie in einem mit Kupferschindeln gedeckten Herrenhaus außerhalb von Falun, wo das Gras grün und die Luft frisch war. Er hatte mit seiner Frau sieben Kinder. Die älteste Tochter hieß Sara Elisabeth, die alle nur Sara Lisa nannten. Sie war für ihr loses Mundwerk berüchtigt, musste aber endlich unter die Haube.

Moraeus rauchte im Wohnzimmer des Herrenhauses eine Pfeife und überlegte, ob der Naturforscher, von dem die ganze Stadt sprach, ein Kandidat für Sara Lisa war. Dieser Linnaeus schien vielversprechender zu sein als die anderen Herren, die um ihre Hand angehalten hatten. Was, wenn Moraeus es recht bedachte, bislang eigentlich nur einer gewagt hatte: der fette alte Reuterholm.

Moraeus klopfte die Pfeife an der Tischkante aus. Nachdenklich schaute er zu, wie der Diener über den Boden kroch und die Tabakasche zusammenfegte. Dann fasste er einen Entschluss, kleidete sich an, trat vor die Tür nach draußen und zog den Mantel fest zusammen. Durch Dalarna wehte ein eisiger Winterwind. Moraeus ließ sich in seiner Kutsche nach Falun zu der Akademie fahren, wo er ausstieg und in die Baracke stiefelte.

In der Baracke schaute Carl von den Gerätschaften auf und fuhr vor Schreck zusammen. Er hatte den Bergarzt erkannt, obwohl er ihm noch nie begegnet war. Moraeus war eine Berühmtheit in Falun, vor allem war er sehr reich. Mit der Akademie verdiente Carl zwar ein bisschen Geld, für die Reise nach Holland und die Promotion reichte das aber bei Weitem nicht. Daher dachte er seit einiger Zeit darüber nach, Moraeus als Geldgeber zu gewinnen, hatte sich aber bislang nicht getraut, den wildfremden Mann um Unterstützung zu bitten.

Die Leute in der Baracke grüßten Moraeus respektvoll, der stumm nickte, nach vorn kam und sich in der ersten Reihe auf einen Stuhl pflanzte, den ihm ein junger Mann schnell freimachte.

Carl wurde nervös. Als er eine Gesteinsprobe aus dem Ofen zog, rutschte sie aus der Zange und fiel zu Boden. Einige Zuhörer kicherten. Moraeus hob die Augenbrauen. Er hatte einen irritierend harten Blick.

Irgendwie brachte Carl die Vorlesung zu Ende, ohne sich an einem Messer zu schneiden oder mit Salzsäure zu verätzen. Nachdem alle Zuhörer gegangen waren, trat Moraeus zu ihm. Er war einen Kopf größer und doppelt so breit, bedachte Carl mit einem durchdringenden Blick und fragte: «Habt Ihr die Werke *De re metallica* des deutschen Mineralogen Georg Agricola gelesen?»

Carl verneinte und versteckte seine zitternden Hände hinter dem Rücken.

«Ihr solltet Agricola lesen», dröhnte Moraeus.

«Ich habe die Probierkunst in Luleå erlernt.»

«Mhm, ich hörte, Ihr seid durch Lappland gereist und habt haarsträubende Abenteuer erlebt. Man erzählt sich, Ihr seid dem Tod ein Dutzend Mal von der Klinge gesprungen. Beinahe von Bären gefressen, in Stromschnellen ertrunken, von Berghängen gestürzt, von Bauern gelyncht.»

«Ach, na ja.» Carl lachte heiser. «Die Leute reden.»

«Das tun sie. Das tun sie immer. Wenn ich ehrlich bin, wirkt Ihr auf mich nicht wie ein Abenteurer, eher wie ein nervöser Bursche.»

«Ja, so was?» Meine Güte, dachte Carl und schalt sich für seine Verzagtheit. Was war denn nur in ihn gefahren, dass er sich hier zum Affen machte? Warum fragte er Moraeus nicht geradeheraus, ob der ihm einen Kredit gewährte? Mehr als Nein sagen konnte der auch nicht.

«Braucht Ihr Geld?», fragte Moraeus.

«Geld?» Carl blieb der Mund offen stehen.

«Wollt Ihr mich um Geld anbetteln?»

«Warum sollte ich …?»

«Weil das jeder macht.»

Carl räusperte sich. «Ich muss zugeben, ein bisschen Geld könnte ich tatsächlich gut gebrauchen. Ich will in Holland zum Doktor der Medizin promovieren und mich danach vielleicht in Stockholm als Arzt niederlassen …»

«Als Arzt in Stockholm? So so, interessant. Wenn Ihr am

Neujahrstag nichts vorhabt, wovon ich ausgehe, lade ich Euch auf mein Anwesen ein. Und zieht Euch ordentliche Sachen an. Es werden noch andere Gäste kommen.»

Als Moraeus längst verschwunden war, starrte Carl immer noch auf die Tür. Er hatte ihn eingeladen, einfach so. Einfach so? Carl wurde das Gefühl nicht los, dass an der Sache etwas faul war wie an den Fischen aus Røros.

23.

Die Tartuffeln

BRANDENBURG, 1740

Der Preußenkönig schickte Siegesbeck und Gleditsch mit einem Karren, der randvoll mit Tartuffeln beladen war, aufs Land. Ihre hoheitliche Mission lautete, die Landbevölkerung von den Vorteilen des Knollenanbaus zu überzeugen. Nur ließen sich brandenburgische Bauern äußerst ungern von irgendetwas überzeugen, und schon gar nicht, wenn die Obrigkeit es anordnete.

Siegesbeck und Gleditsch trotteten neben den beiden Eseln her, die die Knollenfuhre zogen. Der Boden war nass wie ein vollgesogener Schwamm. Schmelzwasser hatte Bäche und Flüsse überlaufen lassen und viele Brücken weggeschwemmt. Nach dem Jahrtausendwinter litten die Menschen Hunger, und in den Dörfern stieg über den Leichenfeuern schwarzer Rauch auf.

Die Tartuffeln hatte der König von Herzog Ernst August von Sachsen-Weimar als kleine Aufmerksamkeit zur Krönung geschenkt bekommen. In einem den Tartuffeln beiliegenden Brief hatte Ernst August geschrieben, auf seinen Kammergütern pflanze er die Knollen zum Anlocken der wilden Schweine an. Die dummen Schweine seien wie toll hinter den Knollen her und ließen sich beim Wühlen gut abschießen. Ernst August war leidenschaftlicher Jäger. Er besaß tausend Hunde und Hunderte Pferde und knallte ab, was ihm vor die Flinte kam. Der Preußenkönig hasste aber die Jagd, und noch mehr hasste er Verschwendung. Lieber wollte er die Knollen dem von Missernten und Hungersnöten geplagten Volk als Getreideersatz unterjubeln. Was für Schweine gut war, konnte für die Menschen doch nicht schlecht sein.

«Wenn der König sich da mal nicht irrt mit seinen Tartuffeln», knurrte Gleditsch beim Waten durch den Schlamm.

«Von *Solanum* habt Ihr weniger Ahnung als eine Kuh vom Singen», entgegnete Siegesbeck missgelaunt über die Eselsrücken hinweg. Nicht nur, dass ihm der Wind kühl und feucht ins Gesicht blies, dass unter ihm klebriger Modder schmatzte und seine Stiefel durchweicht waren, er wurde auch noch genötigt, die Gesellschaft des Mannes zu ertragen, der sich erdreistet hatte, für Linnaeus Partei zu ergreifen und Siegesbecks Gegenschrift infrage zu stellen. Siegesbeck war zu Ohren gekommen, dass Linnaeus vor nicht allzu langer Zeit eine Abhandlung über die teuflischen Paradiesfeigen veröffentlicht hatte, was in Siegesbecks Augen ein weiteres Beispiel für dessen sexuelle Zwangsvorstellungen war.

«Solanum, Solanum», murrte Gleditsch. «Langweilt mich nicht mit Euren botanischen Spitzfindigkeiten. Seit wir zu dieser sinnlosen Mission aufgebrochen sind, habt Ihr mir dreimal von Eurer Knollenschrift erzählt. Dabei hat einer der Bauhins die Tartuffel schon vor hundert Jahren als *Solanum tuberosum esculentum* beschrieben.»

«Um genau zu sein, war es Casper Bauhin. Aber wissenschaftliche Genauigkeit steht bei euch jungen Schnöseln ja nicht hoch im Kurs.»

«Dann solltet Ihr auch wissen, dass der verehrungswürdige Carl Linnaeus das Merkmal *‹esculentum›* in seiner Beschreibung gestrichen hat, weil …»

«Erwähnt niemals diesen Namen in meiner Gegenwart», fuhr Siegesbeck auf.

In dem Moment blieben die Karrenräder in einer mit braunem Schlick gefüllten Pfütze stecken. Das Dorf, zu dem der König sie geschickt hatte, war noch weit entfernt, und die Esel beschlossen offenbar, die Arbeit zu verweigern. Siegesbeck und Gleditsch zogen an dem Karren, sie zerrten daran, drückten und stemmten sich dagegen. Und versanken bis zu den Knien im Schlamm. Einmal rutschte Siegesbeck aus und fiel in den Dreck. Widerwillig reichte ihm Gleditsch eine Hand und half ihm wieder hoch. Siegesbeck presste so etwas wie ein Dankeschön zwischen den Zähnen hervor. Dann versuchten sie erfolglos, die Esel durch gutes Zureden zur Mithilfe zu bewegen und bestachen sie mit Knollen, konnten den Eselstreik aber durch nichts brechen.

«Daran gebt Ihr mir wohl auch noch die Schuld», maulte Gleditsch.

«Ja – wer hat denn den Ersatzcafé mit Zucker gepanscht?»

«Damit habe ich Eure Plörre doch nur aufgewertet.»

«Von Eurer Aufwertung haben dem König die Zähne geknackt …»

Ihr Disput fand ein jähes Ende, als sich ein paar Bauern näherten, die mit Steinschleudern Jagd auf Spatzen machten. Ein greiser Bauer trat vor sie hin. An einer Schnur, die an seinem Gürtel befestigt war, hingen etwa ein Dutzend Spatzenköpfe. Dem Bauern fehlte ein Auge, und das noch verbliebene Auge blinzelte zum Karren hinüber.

«Was für Dinger fahrt 'n ihr da durch die Gegend?», fragte er.

«Das sind Tartuffeln», antwortete Siegesbeck und überlegte, dass sie in ein paar Stunden zurück in der Zivilisation sein könnten, wenn sie den Leuten die Knollen andrehten.

Der Bauer funkelte ihn aus seinem Auge finster an. Dann nahm er eine Knolle vom Wagen und legte sie in seine Schleuder. Er zielte auf einen Spatzen, erlegte ihn mit einem gekonnten Schuss und riss dem Spatzen den Kopf ab, den er zu den anderen auf die Schnur fädelte.

«Zum Spatzentöten sind die Knollen eigentlich nicht gedacht», sagte Siegesbeck.

«Sondern wozu?», fuhr ihn der Greis an.

«Der neue König schickt sie euch zum Verzehr», sagte Gleditsch.

Die Bauern blickten die beiden Botaniker an wie etwas, das einem manchmal unterm Schuh klebt. Dann nahmen sie sich jeder eine Knolle, bissen hinein und spuckten die Bissen wieder aus.

Der einäugige Greis zog ein Messer mit rostiger Klinge. «Der König will uns wohl veralbern.»

«Nein, nein, man pflanzt die Knollen ein, lässt sie austreiben und kocht sie – und dann erst isst man sie», erklärte Siegesbeck.

«Roh sind sie sogar giftig …», warf Gleditsch ein.

Siegesbeck trat mit dem Hacken nach Gleditschs Schienbein, damit der Idiot den Mund hielt. Zu spät.

«Aha! Nicht nur veralbern will er uns, der König, sondern auch noch vergiften», fuhr der Greis sie an, das Messer mit drohender Geste vorgestreckt. «Er schlürft im Palast Coffee, und wir gehen vor die Hunde, weil wir nichts zu fressen haben. Und die Spatzen picken das letzte Getreide weg, kaum dass es auf'm Acker liegt. Der Gutsherr hat uns auch noch 'ne Steuer aufgehalst: Wir müssen soundso viele Spatzenköpfe als Nachweis für die getöteten Spatzen abliefern, sonst setzt's Strafgeld oder gleich die Peitsche.»

«Das trifft sich wunderbar, Spatzen rühren bekanntlich gar keine Tartuffeln an», sagte Siegesbeck.

«Die Viecher sind halt auch nicht blöde», knurrte der Greis.

Siegesbeck gab nicht auf. «Wenn ihr die Knollen jetzt einpflanzt, werdet ihr im Herbst körbeweise davon ernten. Tartuffeln sind sättigend, nahrhaft, und geröstet und in Wein gekocht befördern sie die Manneskraft desjenigen, der die Blüte seiner Jugend überschritten hat. Wenn du verstehst, was ich meine.»

«Tue ich nicht», sagte der Greis.

«Er meint, die Knollen sind sexuell höllisch erregend», merkte Gleditsch an. «Fragt euch mal, warum sie nicht in der Bibel erwähnt werden: Weil die Kirche sie als Teufelswerk verdammt!»

Plötzlich hatten alle Bauern Messer in den Händen. Siegesbeck erklärte die Mission für gescheitert, und sie nahmen die Beine in die Hände.

In Potsdam beklagte sich Gleditsch beim König über Siegesbecks gewaltsame Neigung, unter anderem zu böswilligen Hackentritten. Er behauptete sogar, es seien Siegesbecks unbedachte Äußerungen gewesen, weswegen der Tartuffelauftrag gescheitert sei. Der König dachte eine Weile nach, dann beförderte er Gleditsch zum Kreisphysikus im brandenburgischen Städtchen Lebus.

Als Siegesbeck die Sache richtigstellen wollte, schenkte ihm der König kein Gehör, sondern widmete sich wichtigeren Angelegenheiten, von denen die Welt bald erfahren sollte.

Doch Siegesbeck gab keine Ruhe. Er schimpfte Gleditsch einen Lügner, eine Fetthenne und Hundszunge, eine Aasblume und Drachenweide – bis dem König der Kragen platzte. Er degradierte Siegesbeck vom *botaniste* zum *jardinier* und schickte ihn zum Unkrautjäten in den Botanischen Garten.

24.

Sara

FALUN, JAHRESWECHSEL 1734/35

Der Bergarzt Johan Moraeus befahl seinem Diener, die Gäste vor dem Gutshaus in Empfang zu nehmen. Daher stand der Diener nun schon seit Stunden mit klappernden Zähnen im eisigen Wind draußen vor der Tür und fluchte über die Kälte. Nachdem er das Wetter ausgiebig beschimpft hatte, ohne dass es sich davon beeindruckt zeigte, wechselte er den Adressaten seiner Wut und fluchte über die *mössorna*, die Mützen-Partei, die er mit Inbrunst hasste. Diese *nattmössor*, diese «weichen Nachtmützen», wie er sie verächtlich nannte, waren bekanntlich an allem schuld. Am Wetter sowieso. Aber auch daran, dass Schweden schon viel zu lange mit der Schmach der Niederlage gegen Russland leben musste. Der Diener war ein glühender Anhänger der *hattarne*, der Hutpartei, die mit den Mützen um die Macht konkurrierte. Wäre es nach den Hüten gegangen, hätte Schweden zusammen mit Frankreich die Russen längst überrannt, so wie damals König Carl XII., wenn der auch nur bedingt erfolgreich gewesen war.

Und so schimpfte der Diener auf die Russen, auf die Mützen, auf deren Kanzleipräsidenten Arvid Horn, auf die Kälte und auf die Gäste seines Herrn Moraeus, die mit ihren Stiefeln Dreck ins Gutshaus schleppten, als er mit einem Mal einen seltsam gekleideten jungen Mann des Weges kommen sah. Der Bursche trug einen langen Ledermantel mit buntem Kragen und breitem Gürtel. Auf seinem Kopf saß ein Hut, der aussah wie ein Frauenhut. Das musste einer dieser faulen Lappländer sein. Der Diener war zwar nie einem Lappen begegnet, aber er wusste, dass sie arbeitsscheu waren. Das hatte er von einem Bekannten gehört, der es von einem anderen Bekannten gehört hatte, der es in einem Buch gelesen hatte. Diese Lappen bettelten um Geld und stanken wie vollgepinkelte Räucherkammern. Aus unerfindlichen Gründen lutschten sie sogar an den Hoden ihrer Rentiere. Wahrscheinlich waren sie allesamt verrückt.

Der Diener ballte vor Wut die Hände zu Fäusten, als der Lappe die Frechheit besaß, durchs Tor und dann auf den Hof des Anwesens zu kommen. Wie selbstverständlich schlenderte der Gauner an den Kutschen vorbei, mit denen die Großgrund- und Grubenbesitzer vorgefahren waren, und marschierte geradewegs zur Tür.

Der Diener stellte die Beine auseinander, plusterte sich auf und machte sich breit wie ein griechischer Ringkämpfer. «Zutritt nur für geladene Gäste», knurrte er. «Scher dich zurück zu deinen Bergwilden, Bursche.» Das war mal eine klare Ansage.

Doch der Wilde reagierte nicht. Vermutlich sprach er kein Schwedisch. Er war nicht besonders groß, seine Wangen waren von der Kälte gerötet, und er war sogar bewaffnet. Neben einer Schnupftabakdose hingen ein Messer und eine Patronentasche an seinem Gürtel. Aus der Nähe betrachtet sah er eigentlich ziemlich schwedisch aus mit seiner blassen Haut, den roten pausbäckigen Wangen und den klaren Augen. Auch hatte er gar keine afrikanischen Schlitzaugen, wie die Lappen welche haben sollten. Der Diener hatte zwar auch noch nie einen Afrikaner gesehen, aber ein guter Bekannter, der es wiederum von einem anderen wusste, hatte ihm mal erzählt, wie die aussahen.

Dennoch hob der Diener vorsichtshalber drohend eine Faust. «Wir wollen hier keine Fremden haben!»

Da sagte der Wilde auf Schwedisch: «Ich wurde eingeladen.»

«Hä?», höhnte der Diener. «Will er die Herrschaften vielleicht mit einer affigen Tanzeinlage erheitern?»

«Herr Moraeus hat mich persönlich gebeten, zu seinem Neujahrsfest zu kommen», sagte der Bursche und nannte seinen Namen.

Dem verdutzten Diener zuckten die Kaumuskeln hart im Gesicht. Dann verschwand er im Haus und kehrte kurz darauf zurück. Als Carl an ihm vorbei durch die Tür schlüpfte, hörte er ihn auf den Vorsitzenden des Reichsrates Arvid Horn schimpfen. Der sei schuld an allem, der und diese Mützen, Schweden gehe vor die Hunde, kein Anstand, keine Moral, kein Mut, nur Verzagen; jetzt kämen sogar schon Lappländer mit lateinischen Namen aufs herrschaftliche Fest. Schweden solle sich mal ein Beispiel am preußischen Soldatenkönig nehmen, da herrsche noch Zucht und Ordnung …

Carl betrat den Festsaal und hielt Ausschau nach Moraeus. Auf der Tanzfläche drehten sich Damen in bunten Kleidern mit Männern in festlicher Abendgarderobe zu den Tönen von Flöten und Streichinstrumenten. Moraeus saß weiter hinten an einer langen Tafel und schwatzte mit Gästen.

Auf der Tanzfläche bemerkten ein paar Leute Carl und zeigten zu ihm hin. Ein Mann, der ihn erblickte, hielt in einer Tanzdrehung abrupt inne, sodass die Dame, die er führte, über ihre Füße stolperte. Dabei stieß sie jemanden an, und im Sturz riss sie ein halbes Dutzend Herrschaften mit sich zu Boden.

Die Musikanten hörten auf zu spielen.

Moraeus blickte auf, sah Carl bei der Tanzfläche und winkte ihn zu sich. Er nahm an der vollbesetzten Tafel bei Moraeus Platz, während ihn die anderen Herrschaften anschauten wie ein blutsaugendes Insekt. Gegenüber von Carl saß der dicke, von Essen und Wein erhitzte Landeshauptmann Reuterholm. Im Hintergrund wurden auf der Tanzfläche Blessuren besichtigt und Kleider gerichtet. Dann hob die Musik wieder an. An der Tafel war man bereits beim Nachtisch angelangt. Es wurden Semlor serviert, gesüßte Hefeteigkugeln, die gebacken und mit Mandelmasse und Sahne gefüllt waren.

«Interessante Tracht», sagte Moraeus.

«Ihr sagtet, ich solle meine besten Kleider anziehen», erwiderte Carl mit unschuldiger Miene. Er hatte lange überlegt, ob er Moraeus' Einladung überhaupt annehmen sollte. Schüchtern war er zwar nicht, aber ein mit aristokratischen Klugschwätzern gefüllter Saal war sicher nicht die von ihm bevorzugte Gesellschaft. Als er sich dennoch dazu durchgerungen hatte, hatte er sich vorgenommen, gleich aufs Ganze zu gehen. Wennschon, dennschon. Er brauchte Moraeus' Geld, und dafür brauchte er dessen volle Aufmerksamkeit.

«Hm», machte Moraeus, als wisse er nicht, was er von Carls Auftritt halten sollte.

«Er war in Lappland», erklärte Reuterholm den anderen Leuten am Tisch, wobei er mit vollen Backen auf seiner dritten Semla herumkaute. «Und in meinem Auftrag ist er nach Norwegen gereist. Von dort hat er ein Fischgericht mitgebracht, das der Arbeitskraft der Bergleute förderlich ist und die Haltbarkeit der Männer verlängert, was der Produktivität unserer Minen zugutekommt.»

Zustimmendes Nicken wanderte um den Tisch.

«Ich nehme an, Ihr tragt diese etwas spezielle Tracht, um uns mit der Nase auf Eure Lapplandreise zu stoßen», sagte Moraeus. «Halb Falun spricht ja auch von nichts anderem als von Euren Lapplandabenteuern. Mir kam zu Ohren, Ihr würdet erzählen, die Rentiere hätten Angst vor winzigen Fliegen.»

«Oh ja, dabei handelt es sich um Bremsen», erklärte Carl wie aufs Stichwort. Mit ausgestrecktem Zeigefinger zeichnete er in der Luft den Flug einer Bremse nach, die in der Sahnefüllung einer Semla landete, als Carl seinen Finger darin versenkte. «Die Bremsen legen ihre Eier im Rückenfell der Rentiere ab. Ich sah Rentiere, die waren so zerstochen, dass ihnen der Schweiß aus dem Fell strömte. Nur am Abend finden die Rentiere vor den Bremsen ein wenig Ruhe, wenn sie sich in den Rauch der Feuerstellen legen, in denen Pilze verbrannt werden.»

«Erstaunlich», sagte Reuterholm. «Deshalb gibt es in Falun keine Bremsen, und eigentlich überhaupt kaum Insekten. Der giftige Qualm hat also doch was Gutes.»

«Hm», machte Moraeus wieder.

Carl leckte die Sahne von seinem Finger. Offensichtlich

hatte er Moraeus' Aufmerksamkeit. Nun musste er noch dessen Achtung gewinnen. Carl sagte: «Als Naturforscher, der ich bin, betrachte ich die Bremsen differenzierter, meine Herren. Für die Rentiere mögen sie eine Plage sein. Zugleich sind sie aber auch ein Meisterstück unseres Schöpfers. Denn der Herrgott behütet die jungen Bremsen, indem er sie ins Pelzkleid der Rentiere steckt, wo sie sich den Winter über vom warmen Blut der Rentiere ernähren wie ein Fötus im Mutterleib.»

Er machte eine kurze Pause, wie er es in seinen Vorlesungen tat, damit alle seinen Worten folgen konnten, bevor er fortfuhr: «Stehen wir nicht alle staunend vor dem Werk des Schöpfers, wenn wir uns vorstellen, wie der Herr für die Fliegenwürmchen ein Winterlager zwischen Haut und Muskeln der Rentiere bereitet? Mit großer Weisheit hat Gott den Rentierrücken erwählt, nicht aber die Flanken oder den Bauch, denn dort würden die kleinen Bremsen zerdrückt, wenn das Rentier sich niederlegt ...»

Moraeus blickte ihn ausdruckslos an, in sich gekehrt wie eine wiederkäuende Kuh. Dann huschte ein flüchtiges Lächeln über sein Gesicht, und er winkte jemandem im Saal zu. Carl sah eine junge Frau an den Tisch kommen – und erkannte sie wieder.

Sie ihn offenbar auch. Ihr Mund wurde steinhart und ihre Stimme hatte einen gereizten Beiklang, als sie fragte: «Warum sitzt der irre Dichter bei Euch am Tisch, Vater?»

«Sei nicht frech», befahl Moraeus und wandte sich an Carl: «Ich möchte Euch meine Tochter Sara Elisabeth vorstellen.»

Reuterholm warf der jungen Frau schmachtende Blicke zu und rückte schnell zur Seite, damit man den Stuhl, den man für Moraeus' Tochter brachte, neben seinen Platz stellte.

«Wir sind uns bereits über den Weg gelaufen», sagte Carl.

«Das ließ sich nicht vermeiden», erwiderte das Mädchen. «Er hat mir den Weg versperrt, weil er in aller Öffentlichkeit ein Unkraut streicheln musste. Ein Unkraut!» Sie verschränkte ihre Arme fest vor der Brust wie den Riegel am Tor einer Trutzburg. «Und dann hat er mich ein altes Weib genannt, das seine jungfräuliche Blüte verliert.»

Am Tisch breitete sich peinliche Stille aus. Reuterholm verschluckte sich an seiner vierten Semla und hustete angestrengt.

Carls Schultern sackten ab. Dieses Frauenzimmer war also Moraeus' Tochter. Die Erkenntnis ließ seine Hoffnungen wie ein Stück Butter in der Sonne schmelzen. Wenn sich das Weibsbild über ihn beschwerte, gingen seine Aussichten auf Moraeus' finanzielle Unterstützung gegen null.

«Ich hatte ganz allgemein gesprochen», verteidigte er sich schnell. «Der Mensch erblüht in der Pracht seiner Jugend, dann steigt er hinab ins Grab.»

Moraeus lachte zum ersten Mal, seit Carl angekommen war. «Das sind weise Worte aus dem Munde eines Naturforschers. Auch ich habe die Blüte meiner Jahre lange hinter mir gelassen, und weil mir nicht mehr allzu viel Zeit bleibt, will ich gleich ansprechen, was mir auf dem Herzen liegt: Sara Lisa wird bald achtzehn Jahre alt, und die Herren stehen nicht gerade Schlange, um ihr Herz zu erobern. Unter ihrem Busen schlägt aber ein gutes Herz, schließlich ist sie meine Tochter und die Ehe noch immer das beste Mittel, den Sanftmut einer Frau zu wecken.»

«Wie bitte?», fragte Sara.

«Wie bitte?», echote Carl.

«Wie bitte?», krächzte Reuterholm mit einem Klecks Sahne am Kinn.

Carl starrte Sara an, und sie starrte ihn an. Dann blickten beide zu Moraeus, der mit einem Mal seltsam gute Laune hatte. Er rief nach einem Bediensteten und verlangte nach dem teuren französischen Schaumwein, den der Benediktinermönch Dom Pérignon erfunden hatte. Das Getränk wurde reihum ausgeschenkt. Moraeus hob sein Glas.

Carl rührte den Schaumwein nicht an, Sara auch nicht. Reuterholm glotzte in sein Glas wie in einen Abgrund.

«Niemals», sagte Sara.

«Niemals», bestätigte Carl.

«Niemals», raunte Reuterholm und kippte den Schaumwein hinunter, bevor jemand *skål* sagen konnte.

«Meine Kinder», rief Moraeus, «was spricht denn dagegen? Linnaeus ist ein hoffnungsvoller Wissenschaftler und meine Sara eine junge gesunde Frau. Wenn Ihr zu lange mit der Ehe wartet, Linnaeus, stehen Euch nur noch kränkliche alte Weiber zur Auswahl. Dann müsstet Ihr all Euer sauer verdientes Geld zur Apotheke tragen, um Arzneien für die Gattin zu kaufen.»

«Eher würd' ich einen fetten Greis nehmen als so 'nen verdrehten Dichter», brauste Sara auf.

Reuterholm nickte heftig.

Moraeus' Gesicht verdunkelte sich. «Ich bin dein Vater, und als dein Vater ist es mein Recht und meine Pflicht, einen Mann für dich auszuwählen.» Er wandte sich an Carl: «Natürlich bekommt sie eine angemessene finanzielle Mitgift.»

«Ach ja?», fragte Carl ratlos.

Sara blickte ihn an und machte ein Gesicht, als hätte sie Essig getrunken. Dabei zog sie ihre Oberlippe hoch und fletschte die großen Zähne.

Moraeus sagte zu ihr: «Wusstest du, dass Linnaeus promovieren wird, um danach in Stockholm als Arzt zu praktizieren?»

Saras Zähne verschwanden hinter ihren Lippen. «In Stockholm?»

Am nächsten Tag hing an Carls Akademietür ein Schild mit der Aufschrift: «Wegen Krankheit bis auf Weiteres geschlossen.»

Er selbst lag in seiner Bude auf dem Bett, starrte an die Decke und dachte nach. In seinem Kopf ging es drunter und drüber. Er sah sich vor einem Wald aus Problemen stehen. Viele Lösungswege führten zwar in den Wald hinein, aber keiner wieder hinaus. Für seine Promotion brauchte er dringend Geld. Die Promotion war wiederum die Voraussetzung für die Rückkehr auf einen Lehrstuhl in Uppsala. Diesen Weg würde Moraeus' Geld ihm ebnen. Aber der hatte erstens die Bedingung gestellt, Carl müsse seine Tochter heiraten. Und zweitens die Bedingung, dass Carl nach seiner Promotion tatsächlich als Arzt praktizieren sollte, statt sich, wie Moraeus es nannte, brotloser Botanik zu widmen. Carl müsse ja nicht nur seine Tochter ernähren können, sondern auch viele Kinder.

Carl drehte sich auf die Seite und dachte an das Mädchen aus Norwegen. Andromeda. Sie war so anmutig und lieblich, so anschmiegsam und artig, so von honigsüßem Liebreiz erfüllt, so … ach! Beim Gedanken an das Mädchen trommelte ihm vor Sehnsucht das Herz gegen den Brustkorb. Er seufzte. Sollte er um das Mädchen werben, obwohl es in ärmlichen Verhältnissen lebte? Würde ihn der Schmied mit dem nächsten Schuss erneut verfehlen? Und hatte der das Mädchen nicht längst geheiratet?

Wenn Carl dennoch ihr Herz erobern könnte, mit ihr durchbrannte, davonlief, irgendwohin, würde er weder promovieren können, noch Arzt oder Naturforscher werden. Sie würden in Armut leben, und in einem Leben ohne Wein und Brot erkaltete über kurz oder lang jede Liebe. Er musste an diesen deutschen Dichter Opitz denken: *Ich wall' im weiten Meer, in Wellen aller Not. Du bist tot lebendig, ich bin lebendig tot.* Hatte der Dichter damit so etwas gemeint?

Carl drehte sich auf die andere Seite und dachte an Sara. Wenn sie gegen die Hochzeit war und Moraeus sie dazu zwang, würde Carl ihren Unmut ausbaden müssen. Sie würde ihm das Leben zur Hölle machen, und einen Vorgeschmack auf ihre üblen Launen hatte er ja bereits bekommen.

Als er bald merkte, dass sich seine Gedanken im Kreis drehten, gab er es auf, einen Weg aus dem dunklen Wald zu finden. Er würde einfach hineingehen müssen.

Eine Woche später besuchte er Moraeus und dessen Tochter und teilte ihnen seine Entscheidung mit. Dann schauten er und Moraeus Sara an. Sie zuckte mit den Schultern. Und nickte schließlich. In Stockholm sei die Luft besser, sagte sie.

Als das geklärt war, hatte Carl es eilig, aus Falun wegzukommen, obwohl im Februar des Jahres 1735 der Schnee überall mannshoch lag und die Wege kaum passierbar waren. Innerhalb weniger Tage schrieb er eine Dissertation zu einem medizinischen Thema, dann packte er Kleider, Herbarien, Bücher und Manuskripte in seine Reisekiste.

Moraeus gab ihm fünfzig Taler und einen Rat mit auf den Weg: «Promoviert schnell, Linnaeus, und lasst meine Tochter nicht lange warten, höchstens drei Wochen oder so. Sie wird bald achtzehn, und mit achtzehn Jahren ist sie schon fast eine verblühte Jungfer.»

Er lachte über seinen Scherz. Carl und Sara lachten nicht.

Carl reichte ihr vorsichtig die Hand, bereit, sie schnell zurückzuziehen, falls sie ihn in die Finger beißen wollte. Sie tat es nicht, sondern schlug ein. Sie hatte einen festen Händedruck, doch ihre Hand zitterte. Das Zittern übertrug sich auf Carl. Sie blickten sich in die Augen und spürten beide, dass sie vor etwas Angst hatten. Aber es war ungewiss, ob es dasselbe war.

Dann reiste er ab.

25.

Luise Ulrike

POTSDAM, 1740–1741

Seit einem halben Jahr arbeitete sich Siegesbeck im Botanischen Garten von Berlin an gärtnerischen Tätigkeiten ab. Er harkte Laub von Beeten, Wegen und Wiesen. Er zupfte Unkraut und schnitt Hecken. Im Spätsommer sammelte er faules Obst und im Herbst die vom Sturmwind abgebrochenen Äste auf. Die Katze versuchte, ihn zu trösten. Sie schnurrte lauter als sonst und brachte ihm eine zerrupfte Maus, an der sie schon eine Weile geknabbert hatte. Als der Winter vor der Tür stand, reparierte Siegesbeck den Holzzaun. Am nächsten Morgen hatten die wilden Schweine den Zaun wieder eingerissen, mit ihren Rüsseln die Beete umgepflügt und die Arbeit von mehreren Wochen zunichtegemacht. Siegesbeck versuchte, die Katze für die Schweinejagd abzurichten. Doch sie ließ sich weder überzeugen, länger als eine halbe Minute auf dem Wachposten zu sitzen, noch interessierte sie sich generell für etwas, das größer als eine Maus war. Siegesbeck ließ den Plan fallen.

Sein Plan, den König doch noch irgendwie von einem Krieg gegen Schweden zu überzeugen, hatte er hingegen noch nicht aufgegeben. Mit Gegenschriften hatte er Linnaeus nicht aufhalten können, und nicht einmal der dumme Papst hatte sich zum Kreuzzug gegen die linnaeische Irrlehre überreden lassen. Daher setzte Siegesbeck nun seine Hoffnungen im Kampf gegen Linnaeus auf den König, dem er allerdings seit der erfolglosen Tartuffelmission nicht mehr begegnet war. Dann musste Siegesbeck auch noch erfahren, dass der König die preußischen Truppen tatsächlich in Marsch setzte. Allerdings in die falsche Himmelsrichtung.

Europas Schicksal stand vor einer Zeitenwende.

Ende Oktober des Jahres 1740 war in Wien Karl VI. gestorben, der römisch-deutsche Kaiser und Erzherzog von Österreich. Unmittelbar vor seinem Ableben hatte Karl mit Heißhunger sein Leibgericht verspeist: eine große Pfanne Steinpilze, scharf angebraten. Unter die Steinpilze waren jedoch auch ein paar Knollenblätterpilze gelangt, die für den menschlichen Verzehr eher ungeeignet waren. Es konnte im Nachgang nicht geklärt werden, ob die Pilze versehentlich in der Pfanne waren, oder ob jemand das Pilzgericht damit verfeinert hatte. Ein bekannter Dichter dieser Tage, der Franzose François-Marie Arouet, genannt Voltaire, sah aber voraus, dass das Pilzgericht Europas Schicksal verändern werde.

Voltaire, übrigens ein guter Freund des Preußenkönigs, sollte recht behalten.

Denn Kaiser Karl, der fünfundfünfzig Jahre alt wurde, hatte zeit seines Lebens vor allem Töchter gezeugt; der einzige Sohn war früh verstorben. Daher hatte der Kaiser, pragmatisch wie er war, ein neues Gesetz verabschiedet, um eine für ihn vorteilhafte Erbfolgeregelung zu manifestieren: Weil er keinen männlichen Nachfahren hatte, sollte ihm seine Tochter, die dreiundzwanzig Jahre alte Maria Theresia, auf den Thron folgen. Maria Theresia hatte jedoch keinen guten Start. Ihr Vater hinterließ ihr eine zerrüttete Armee, eine ruinierte Staatskasse, unfähige Feldherren und korrupte Staatsbeamte. Außerdem hatte der Vater sie zuvor mit einem Herzog verheiratet, der ebenso strohblond wie strohdumm war.

Als man in Potsdam dem Preußenkönig die Nachricht vom Tod des Kaisers überbrachte, spielte er zunächst ein bisschen auf seiner Flöte. Dann ließ er seiner Tischgesellschaft, die sich aus Ministern und altgedienten Feldherren zusammensetzte, sautierte Steinpilze servieren. Die Gäste, die über Kaiser Karls kulinarisches Missgeschick natürlich Bescheid wussten, zögerten. Erst als der König herzhaft zulangte, aßen auch sie. Dann hob der König zu einer mitreißenden Rede an:

«Ich bin jung! In mir brennt die Glut der Leidenschaft. Ich dürste nach Ruhm und will die Genugtuung erfahren, meinen Namen in den Zeitungen zu lesen. Die Zeit ist gekommen, dass ich mir einen Eintrag in den Geschichtsbüchern sichere. Vorbei sind die Abende mit Dichtung, Theater, Schmausen und Ballett. Jetzt zählen nur noch Soldaten, Pulverdampf und Schützengräben. Ich werde mir Schlesien unter den Nagel reißen, eine wohlhabende Provinz, günstig gelegen an der Oder zwischen Polen und Sachsen. Überhaupt werde ich dem österreichischen Luder, dieser sogenannten Kaiserin, einmal zeigen, *où le marteau pend*!»

Den Feldherren schossen vor Rührung die Tränen in die Augen. Sie sprangen auf und klatschten ihrem König Beifall, die Münder gefüllt mit Pilzfleisch. Ja, man werde dem Weibsbild zeigen, wo der Hammer hängt. Endlich Krieg! So lange hatten die Heerführer dem alten Soldatenkönig gedient. Der hatte zwar eine der größten Armeen Europas aufgerüstet, sie aber niemals eingesetzt, von dem schwedischen Scharmützel bei Stralsund vor vielen, vielen Jahren einmal abgesehen.

Sogleich begann der König damit, Bündnisse mit anderen Staaten zu schmieden. Dann streute er ein paar Lügen und Gerüchte über Maria Theresia, und schon ging es los: Die Preußen marschierten nach Schlesien.

Im Botanischen Garten hatte Siegesbeck vom Abmarsch des preußischen Heeres noch nichts mitbekommen, bis er eine einschneidende Begegnung hatte, die seine eigenen Kriegspläne komplett über den Haufen warf.

Er saß mit der schlafenden Katze auf dem Schoß am Tisch im ausgebesserten Gewächshaus und schrieb eine Gegenschrift zur gleditschschen Gegenschrift zur siegesbeckschen Gegenschrift gegen das linnaeische Sexualsystem. Beim Schreiben hielt Siegesbeck sich nicht zurück: Er entlarvte die Theorien des Schweden als ketzerische Ausgeburten eines fragwürdigen Wissenschaftlers, der auf plakative Aufmerksamkeit und falschen Ruhm aus war. Auch wies Siegesbeck zweifelsfrei nach, dass Linnaeus und Gleditsch einem Geheimbund angehörten, einer Freimaurerloge. Diese basiere auf einem ägyptischen Ritus, schrieb er, der allein darauf abziele, Gottes Existenz zu negieren und die Botanik mit Gespött zu überziehen. Dabei kam Siegesbeck ein schöner Gedanke, den er metaphorisch ausformulierte: Linnaeus und Gleditsch seien wie Schadwürmer, die die bestehende Ordnung unterwanderten und aushöhlten, um das Wahre und Althergebrachte zum Einsturz zu bringen wie eine tausendjährige Eiche …

In diesen poetischen Gedankengang hinein krachte mit einem Mal die Tür auf und eine schmale Gestalt in Soldatenuniform polterte ins Gewächshaus. Der Soldat stand mit dem Rücken zu Siegesbeck, zog einen Degen und schlug damit einer Staudenpflanze die vertrockneten Blütenköpfe ab. Siegesbeck hatte die Staude gerade erst zum Schutz vor der Winterkälte ins Gewächshaus gebracht.

Empört lief er zu dem rasenden Soldaten. Der wollte sich mit dem Degen gerade ein seltenes Gewächs vornehmen, von dem es in Preußen nur ein einziges Exemplar gab, wobei er schrie: «Warum blüht in dem verdammten Laden nichts?»

«Ich verpass dir gleich ein blühendes *viola*», herrschte Siegesbeck ihn an.

Da drehte sich der Soldat um, und Siegesbeck blickte in das Gesicht eines jungen Fräuleins mit runden Wangen und kirschrotem Mund. Irritiert wich er zurück. Im ersten Augenblick glaubte er, einem Geist gegenüberzustehen, der Inkarnation seiner eigenen Frau in jungen Jahren. Es war weniger das Aussehen der Soldatin, das ihn an seine Frau erinnerte, sondern vielmehr der reizvolle Gegensatz von Schönheit und Zorn, von Anmut und Raserei, der ihn anzog und in seinem Innern eine zarte Saite zum Schwingen brachte. Er wollte sich entschuldigen, brachte aber nur ein heiseres Krächzen zustande. Sein Hals war wie zugeschnürt.

«Wer verpasst hier wem was?», fauchte ihn der zornige Engel an und gab ihm einen gepfefferten Kinnhaken.

Siegesbeck spuckte einen Zahn aus, was nicht schlimm

war. Der Zahn war schon faul und locker gewesen. Mit einem schiefen Lächeln zeigte er auf das seltene Gewächs mit den lederartigen, elliptisch geformten Blättern, das er vor dem Säbel gerettet hatte: «Von dieser Pflanze wurden vor einem Jahr die ersten Exemplare überhaupt von Japan nach London in die Gewächshäuser von Essex gebracht. Dieses Exemplar hier kam über Umwege nach Berlin. Wie Ihr sehen könnt, trägt sie schon einige eiförmige Knospen, die sicher bald blühen werden.»

«Und wie heißt die Pflanze?», fragte die Soldatin, deren Stimme nun etwas gelöster klang.

«Der Botaniker Georg Meister nannte das Bäumchen *Arbor Zuwacky*, auf Chinesisch heißt es *Sasanqua*», erklärte Siegesbeck. Natürlich verschwieg er, dass der üble Schwede, der meinte, alles auf den Kopf stellen zu müssen, die Pflanze nach einem Jesuitenpater namens Georg Joseph Kamel als Kamelie neu benannt hatte.

«Komischer Name. Arbor Zuwacky? Klingt eher wie ein Starkbier», sagte die Soldatin und fuhr sich mit der Hand übers erhitzte Gesicht. «Ich brauche *sofort* was Blühendes.»

In ihrer Wut war sie unfassbar schön. Siegesbecks Mund trocknete aus, und er schluckte hart gegen einen wachsenden Widerstand in seinem Hals an. Doch der sinnliche Moment wurde jäh zerstört, als eine ältere Frau ins Gewächshaus kam.

«Ich habe überall nach Euch gesucht, königliche Hoheit», rief die Alte.

Königliche Hoheit? Siegesbeck verstand nicht.

«Oh, ich sehe doch, wie aufgebracht Ihr seid, meine Herrin», sagte die Alte. «Hat Euch der Gärtner etwas angetan?»

«Hm, nein, eigentlich nicht», entgegnete die Soldatin. «Aber er hat keine blühende Blume, und wenn ich nichts Blühendes finde, werde ich irre. Ich muss mich ablenken. Mein Bruder zieht ohne mich in den Krieg. Ohne mich! Dabei hätte ich diese Österreicher alleine verdroschen.»

Daran zweifelte Siegesbeck nicht, auch wenn ihm nicht klar war, warum sie Österreicher verdreschen wollte. Schweden – ja! Aber Österreicher? Er konnte den Blick nicht von ihr abwenden. Unablässig betrachtete er ihre roten Lippen, ihren Mund, der auf- und zuschnappte, er sah ihre Augen funkeln, sah ihr Näschen sich krausen, die Stirn sich runzeln. Er hörte ihre Stimme und ihre Flüche; das Repertoire schien unerschöpflich. Bis ihr irgendwann die Luft ausging. Ihre Schultern sackten herab, und Traurigkeit überschattete ihr Gesicht. Dann nahm die Alte sie an der Hand und führte sie aus dem Gewächshaus und durch den Garten davon.

Siegesbeck blickte ihr durch die Scheiben nach. Auch als die königliche Majestät längst verschwunden war, rührte er sich nicht von der Stelle. Irgendwann begann es zu dämmern. Die Katze strich um seine Beine und bettelte erfolglos um Futter, bis sie aufgab, durch ein Loch nach draußen schlüpfte und auf Mäusejagd ging. Mit Einbruch der Dunkelheit kehrte Siegesbecks Bewusstsein ins Gewächshaus zurück. Er befühlte mit der Zungenspitze die neue Zahnlücke. Dann füllte er eine Kanne voll Wasser und goss den *Arbor Zuwacky*.

Starkbier, dachte er glücklich.

In Schlesien stieß der Preußenkönig auf wenig Widerstand. Nur hier und da kam es zu Scharmützeln. Mal musste eine Festung eingenommen, mal ein Dorf niedergemacht werden. Die Österreicher waren schwach und zogen ihre Truppen zurück. Die Schlesier jubelten dem jungen Preußenkönig zu. Er tanzte mit ihren Töchtern, versprach den Katholiken Glaubensfreiheit und rief siegestrunken in den schlesischen Himmel, er sei jetzt Fortunas glücklichstes Schoßkind.

Doch sein Kriegsglück währte nur kurz.

Wie aus heiterem Himmel überlegten es sich seine Verbündeten anders. Frankreich zog es vor, sich in Amerika mit den Engländern zu schlagen. Die Engländer wiederum wollten den Österreichern nicht in den Rücken fallen. Russland hielt sich aus allem raus, und die Bayern hatten die Hosen gestrichen voll. Alte Bündnispartner wechselten die Seiten, bildeten neue Allianzen, unterzeichneten neue Verträge. Den Österreichern gelang es schließlich doch noch, ein passables Heer auf die Beine zu stellen und gegen die Preußen ins Feld zu führen. Dann stand im April 1741 beim Städtchen Mollwitz eine gewaltige Schlacht bevor.

Und im Gewächshaus des Botanischen Gartens in Berlin entfaltete der japanische *Arbor Zuwacky* seine karminroten Blüten.

Siegesbeck beendete in heiterer Stimmung die Arbeit an der Gegenschrift. Auf dem Deckblatt notierte er den Titel *Vaniloquentiae botanicae specimen a Gleditschie evulgatum*, womit er unmissverständlich klarmachte, dass er in dieser Schrift Gleditschs leeres botanisches Geschwätz geraderückte. Dann schickte er das Manuskript an die Akademie der Wissenschaften in Sankt Petersburg mit dem Vermerk, die

Druckauflage bitte nicht so gering ausfallen zu lassen. Er hatte tatsächlich *bitte* geschrieben.

Vom *Arbor Zuwacky* schnitt er ein paar Zweige mit schönen Blüten ab, band sie zu einem Strauß und machte sich damit auf den Weg zum Berliner Schloss. Er hatte inzwischen in Erfahrung gebracht, dass dort Ihre königliche Hoheit wohnte. Die Prinzessin hieß Luise Ulrike. Sie war die Lieblingstochter des alten Soldatenkönigs gewesen und die jüngere Schwester des amtierenden Preußenkönigs Friedrich II., und sie war die Frau, die Siegesbecks Träume regierte.

Um zur Prinzessin zu gelangen, hatte er einen Helfer gewonnen. Da man im Potsdamer Schloss mit dem Iren Kirkland gute Erfahrungen als Kronleuchterputzer gemacht hatte, hatte man kurz darauf den Russen Schwerid Rediwanoff in gleicher Funktion im Berliner Schloss eingestellt. Eines Tages hatte Siegesbeck Rediwanoff aufgelauert, der ihn als den aus dem Sarg Auferstandenen wiedererkannt hatte und in Ohnmacht gefallen war. Rediwanoffs Nerven waren seit dem Vorfall in der Gruft der Garnisonkirche äußerst fragil. Als er vor Angst zitternd wieder zu sich gekommen war, hatte er Siegesbecks Plan ohne zu zögern zugestimmt.

An diesem Tag wartete Rediwanoff wie verabredet am Hintereingang des Schlosses und überreichte Siegesbeck die Kleidung eines Dieners. Auf diese Weise getarnt führte ihn der Russe durchs Schloss zum Trakt der Prinzessin, wo sich Siegesbeck in einem Schrank versteckte. Durch einen Spalt beobachtete er, wie Rediwanoff den Strauß vor der Tür ablegte, anklopfte und dann den Gang hinunter verschwand.

Aus dem Gemach war ein Schrei zu hören. Von drinnen fragte jemand mit vor Zorn bebender Stimme, wer es wage, die Prinzessin bei der Arbeit zu stören? Siegesbeck erkannte die Stimme wieder. Das Herz pochte ihm hart gegen den Brustkorb, und er hielt den Atem an, als die Tür geöffnet wurde. Da war sie! Das Haar klebte ihr feucht auf der verschwitzten Stirn. Sie trug ein Kettenhemd, das ihr bis über die Knie hing. In der Hand hielt sie ein Schwert mit einer Klinge, die so lang wie die Prinzessin groß war. Sie sah wirklich sehr wütend aus. Als sie jedoch den Strauß am Boden liegen sah, frischte ihr Gesicht auf wie bei einer angenehmen Frühlingsbrise.

«*Putain de merde* – heilige Scheiße! – die Blumen sind aber schön», rief sie und hob den Strauß auf, schloss die Augen und sog den aus den Blüten strömenden Duft ein.

Im Schrank schmolz Siegesbeck vor Sehnsucht und Liebe dahin.

26.

Die Hydra

HAMBURG, 1735

Zunächst fuhr Carl von Falun nach Växjö, wo er seinen alten Freund und Gönner, den Provinzialarzt Rothmann, besuchte. Dessen Sehvermögen hatte mittlerweile stark nachgelassen, aber er lauschte mit Interesse Carls Bericht von der Lapplandreise. In Stenbrohult fegte er den Schnee vom Grabstein seiner Mutter, kniete davor nieder und betete. Am Abend spendierte ihm sein Vater einen Becher Tartuffelschnaps. Während sie schweigend tranken, überlegte Carl, ob er seinem Vater von der merkwürdigen Erscheinung im Bergwerk von Falun erzählen sollte. Doch dann kam sein Bruder Samuel ins Pfarrhaus, und sie diskutierten über die Bienenzucht, der sich Samuel seit einiger Zeit widmete. Bienen hätten ja nur indirekt mit Botanik zu tun, sagte Samuel entschuldigend, als säße ihre Mutter noch mit am Tisch.

Beim Abschied von Carl am nächsten Morgen kamen Nils Linnaeus die Tränen. «Gott ist mit dir auf deinem Wege, seine Engel mögen dich begleiten, mein Sohn», sagte er mit erstickter Stimme.

Carl schluckte schwer. Das war das Schönste, das der Vater je zu ihm gesagt hatte. Er umarmte den alten Mann und verstand, dass die Umarmung dem Vater mehr bedeutete als tausend Worte. Und ihm auch.

Dann ließ er die Vergangenheit hinter sich und ging am 19. April 1735 in Helsingborg an Bord eines Schiffes. Bei der Überfahrt löffelte er Grütze, die ihm auf dem wogenden Kahn im Magen herumschwappte, bis er sie den Ostseewellen übergab. Während er würgte und spuckte, sang man an Deck Matrosenlieder. Das Schiff legte im Hafen von Lübeck an. Nach Hamburg fuhr Carl in einer modernen Postkutsche, die von sechs Pferden gezogen wurde. Die Fahrt dauerte neun Stunden. Das war der deutsche Fortschritt. In Schweden hätte man für die Strecke wohl zwei ganze Tage gebraucht.

In Hamburg wollte Carl auf dem Weg nach Holland einen kurzen Zwischenhalt einlegen, um jemandem einen Besuch abzustatten. Hamburg war – nicht nur für schwedische Verhältnisse – eine riesige Stadt, in der einhunderttausend Menschen lebten. Hafen und Handel brachten Reichtum und Wohlstand, wovon jedoch, wie freilich überall, nur ein kleiner Teil der Bevölkerung etwas hatte. Im Hafen stank es nach faulem Fisch. Der Geruch folgte Carl durch die verwinkelten Gassen wie ein paar Dirnen, die sich im Hafenviertel an seine Fersen hefteten. Sie priesen ihm ihre Brüste an, warfen ihm Luftküsse zu und riefen ihm immer wieder dieselben Sprüche hinterher, von denen Carl kein Wort verstand. Reisekiste und Geldbörse hielt er vorsichtshalber fest umklammert.

Nach einigem Umherirren fand er die gesuchte Straße und klopfte beim größten Haus an. Es stand an einem Elbeseitenfluss, der Alster, die man hier in einen rechteckigen Stausee gezwängt hatte. Ein unrasierter, fast kahlköpfiger

Mann öffnete ihm und blickte ihn unter hängenden Augenlidern fragend an, als werde er von Schwermut niedergedrückt. Obwohl es früh am Nachmittag war, trug der Mann einen seidenen Morgenmantel.

Carl nannte seinen Namen. Sogleich hellte sich die Miene des Mannes auf, und er stellte sich seinerseits vor: Johann Peter Kohl. Carl kannte Kohl nur aus den Briefen, die sie sich geschrieben hatten. Weil Carl kein Deutsch und Kohl kein Schwedisch sprach, einigten sie sich auf Latein. Kohl rief entzückt: «Der liebe Linnaeus! *Honore! Honore!* Welche Ehre für mein bescheidenes Heim.»

Kohl, ein Theologe und Historiker, war vor längerer Zeit vom russischen Zaren Peter I. an die Akademie der Wissenschaften in Sankt Petersburg berufen worden. Dort lehrte Kohl Kirchengeschichte, führte aber selbst einen Lebenswandel, der alles andere als keusch war. Nach drei Jahren beendete man daher seine Professur. Offiziell hieß es, er vertrage das nordrussische Klima nicht. Inoffiziell hatte er einer jungen Russin so heftige Avancen gemacht, dass er mit ihr in einem Bett gelandet war, in dem man die beiden erwischte. Die Affäre für sich genommen wäre nicht der Rede wert gewesen, hätte es sich bei dem Mädchen nicht um die Zarentochter Elisabeth gehandelt.

Zuvor war in Sankt Petersburg erst Elisabeths Vater Zar Peter I. gestorben, dann ihre Mutter Zarin Katharina I. Dann starb Elisabeths Ehemann. Sie war achtzehn Jahre alt und schwor sich, nie wieder zu heiraten. Stattdessen stürzte sie sich in ein amouröses Abenteuer mit Kohl. Die russische Obrigkeit beschloss, über Elisabeths skandalöse Affäre mit dem deutschen Professor den Mantel des Schweigens zu decken. Man schickte ihn nach Hause, fand ihn aber mit einer lebenslangen Pension ab, immerhin so viele Rubel pro Jahr, dass er in Hamburg ein sorgenfreies Leben führen konnte. Er unterrichtete nach Lust und Laune als Privatgelehrter, schrieb schnarchlangweilige Bücher über kirchenslawische Literatur, die außer ihn niemanden interessierten, und gab Zeitschriften heraus. Eine davon trug den Titel: *Hamburgische Berichte von neuen Gelehrten Sachen*; kurz und knapp nannte man sie aber meist nur: die *Kohlblätter*.

In der hauseigenen Bibliothek, die vollgestellt war mit Bücherregalen vom Boden bis zur Decke, sanken Carl und sein Gastgeber in weiche Sessel. Kohl schenkte roten Wein in fleckige Glaskelche ein und zeigte Carl einen Artikel, der sowohl auf Latein als auch in deutscher Übersetzung auf der Titelseite der neuesten Ausgabe des *Kohlblatts* abgedruckt war.

In dem Artikel stand geschrieben, dass der Schwede Carl Linnaeus Hamburg besuchen und seine vortrefflichen Manuskripte mitbringen werde, um sie hier in Druck zu geben. Auch habe er seltene Insekten und ein Herbarium mit Pflanzen aus Lappland im Gepäck. Linnaeus sei zwar erst achtundzwanzig Jahre alt, aber reicher an Erfahrung und Einsicht als alle anderen Wissenschaftler. Er besitze einen ausgezeichneten Verstand, sei wahrheitsliebend, fromm, menschenfreundlich und bescheiden.

Carl las den Artikel und nickte zustimmend. Er hatte den Text noch in Falun selbst geschrieben und ihn Kohl geschickt, der ihn im Wortlaut veröffentlicht hatte.

Kohl prostete Carl zu. «Ich habe dafür gesorgt, dass jeder Mann, der in Hamburg Rang und Namen hat, die Ausgabe rechtzeitig auf den Tisch bekommt. Hamburg wird

Euch zu Füßen liegen. Gleich morgen führe ich Euch in die Gesellschaft ein.»

Am nächsten Abend spazierten sie am Ufer des Alsterstausees entlang. Kohl übersetzte den Namen der Straße, über die sie gingen, nach einigem Überlegen mit *virginum via* ins Lateinische. Der Name sorgte bei Carl für Stirnrunzeln, aber er fragte nicht nach, ob er das wirklich richtig verstanden habe; sein Latein war ja ohnehin nicht das beste. Kurz darauf kamen sie an einem Mann vorbei, der am Straßenrand auf eine klapprige Leiter kletterte und eine Tranlampe anzündete, die oben an einer Stange befestigt war. Erst jetzt bemerkte Carl, dass die Straßen und überhaupt die ganze Gegend durch Dutzende dieser Lampen mit mattem Licht erhellt wurde. Eine solche Stadtbeleuchtung gab es nicht einmal in Stockholm.

«Die Lampen machen die Nacht zum Tage», sagte Kohl stolz. «Das ist der deutsche Fortschritt, und in Hamburg kommt alles immer zuerst.»

In dem Moment fegte über dem Stausee eine Böe heran. Auf der Leiter verlor der Mann fast den Halt, und der Wind blies alle Lampen aus, nicht nur in der *virginum via*, sondern im ganzen Viertel. Carl bestätigte Kohl, dass auch die Sechsspänner-Postkutsche, in der er von Lübeck nach Hamburg gerast war, wirklich fortschrittlich sei. Dann verliefen sie sich ohne Straßenbeleuchtung in finsteren Gassen, bis sie, als der Mond aufging, über Umwege ihr Ziel erreichten: die Oper am Gänsemarkt, die von Kohls Haus eigentlich nur wenige hundert Meter entfernt war.

Die Oper war die größte ihrer Art in Deutschland. Im Foyer standen Säulen und Statuen. Die Zuschauer hatten in dem ausverkauften Saal mit zweitausend Sitzen bereits ihre Plätze eingenommen. Die beiden Plätze, die Kohl hatte reservieren lassen, befanden sich unmittelbar vor der Bühne. Sie hatten sich gerade hingesetzt, als sich auch schon der Vorhang hob und die Schauspieler über die Bühne tanzten und hüpften, Arien sangen und gewichtige Reden hielten.

Kohl soufflierte Carl mit Flüsterstimme, dass das Stück von einem reichen alten Mann handele, der von einem falschen Weibsbild umworben werde. Die Frau habe es nur auf das Geld des bedauernswerten Mannes abgesehen. So weit komme es, wenn man Frauen zu viele Rechte einräume. «Wilde Hummel, böser Engel! Du eigensinniger Esel, schau!», übersetzte Kohl eine Passage aus dem Stück.

Kultur, dachte Carl. Du bist tot lebendig, ich bin lebendig tot. Er unterdrückte ein Gähnen und wurde irgendwann von lautem Applaus geweckt.

Nach der Vorstellung kehrten sie mit anderen Herrschaften in ein Gasthaus ein. Trüffeln wurden aufgetischt und ein alter, kaum bezahlbarer Wein ausgeschenkt, den man damit anpries, dass er fünfundsiebzig Jahre gereift sei. Eine Flasche davon kostete mehr Geld, als Carl von Moraeus bekommen hatte. Der Wein war so sauer, dass es ihm den Mund zusammenzog.

Kohl stellte ihn den anderen Herren in lateinischer Sprache als den berühmten schwedischen Botanikus Carl Linnaeus vor, der in der Kräuterkunde Unglaubliches leiste und noch leisten werde. Die Herren, die natürlich alle den Artikel im *Kohlblatt* gelesen hatten, baten Carl, ihnen von der gefährlichen Lapplandreise zu erzählen. Carl war von der Theatervorführung noch so ermüdet, dass er sich vorerst auf eine dramatische Schilderung der Zauberfrau mit den Krötenhautbrüsten beschränkte, den Anwesenden aber versprach, ihnen alsbald eine Zugabe seiner anderen Abenteuer zu geben. Dafür erntete er einen Applaus, der dem in der Oper in nichts nachstand.

Nach dem Vortrag sprach ihn ein Herr auf Latein an, der sich mit dem Namen Natorp vorstellte, und erklärte, er sei Kaufmann und Bruder des Hamburger Bürgermeisters. «Euer Bericht mit den feuersprühenden Augen des Zauberwesens und den Giftschlangen, die aus dem Fischmaul gekrochen sind, war mitreißend und enthält viel Wunderliches. Aber auch Hamburg hat ein einzigartiges Wunder zu bieten. Vielleicht habt Ihr bereits von der siebenköpfigen Hydra gehört? Der präparierte Drache befindet sich in meinem Privatbesitz und ist *die* Attraktion der Hamburgischen Naturalienkabinette. Verehrter Linnaeus, ich möchte Euch hiermit herzlich einladen, Euch den Drachen einmal anzuschauen, und ganz besonders würde es mich freuen, wenn Ihr – als ausgewiesener Experte – eine Expertise über meine Hydra verfassen würdet.»

Carls Interesse war sofort geweckt. Er hatte von der Hydra in dem Thesaurus gelesen, den der Naturaliensammler und Apotheker Albert Seba herausgab. In dem Buch war auch eine Zeichnung der wundersamen Hydra abgebildet, die wirklich ein absonderliches, schauriges Wesen sein musste.

In Hamburg vergingen die Tage und Wochen wie in einem Traum, aus dem Carl nicht mehr erwachen wollte. Er merkte gar nicht, wie er den eigentlichen Grund seiner Reise, die Promotion in Holland, immer mehr aus dem

Blick verlor. Mit vollen Händen gab er Moraeus' Geld aus, obwohl Kohl darauf bestand, für alle Kosten aufzukommen. Kohl führte ihn in die Hamburger Gesellschaft ein, und Carl genoss Aufmerksamkeit und Wertschätzung, wie er sie nie zuvor erfahren hatte. Er wurde von reichen Hamburger Kaufmannsfamilien eingeladen. Man zeigte ihm Bibliotheken, Sammlungen, Gärten und Parkanlagen. Professoren, Amts- und Würdenträger feierten ihn und ließen sich von seinen Abenteuern und Forschungen berichten. Er trank teuren Wein und speiste fürstlich. Bei jeder Gelegenheit stellte er seine Lappenkleidung zur Schau und stimmte in Rentierfell gekleidet lappländisches Jagdgeheul an. Er präsentierte Pflanzen aus seinem Herbarium und auf Papier geklebte Fliegen, Schmetterlinge und Libellen.

Eines Abends sprach ihn Kaufmann Natorp erneut auf die Hydra an. Er wolle sie schon am nächsten Tag in der Bibliothek der Gelehrtenschule des Johanneums der Öffentlichkeit vorstellen. Bei der Gelegenheit bot er Carl auch gleich ein üppiges Honorar für eine Expertise zur Hydra an, denn der Drache sollte meistbietend verkauft werden.

«Das Wort des bekannten Naturforschers Linnaeus hätte großes Gewicht und würde den Wert meiner Hydra weiter in die Höhe treiben», sagte Natorp. «Schon jetzt haben Interessenten Gebote von mehreren tausend Talern angekündigt.»

Carl sagte zu und rieb sich die Hände. Für ihn sollte eine gute Provision herausspringen.

Kohl begleitete Carl zur Gelehrtenschule im Innenhof des säkularisierten St. Johannis-Klosters. Vor dem Fachwerkbau warteten Dutzende Leute auf Einlass. Es hatte sich herumgesprochen, dass es die letzte Gelegenheit war, einen Blick auf das Wunder von Hamburg zu werfen. Kohl drückte den Türstehern ein paar Münzen in die Hand, und man schleuste sie an den anderen vorbei ins Gebäude, wo man sie im Ausstellungssaal auf den besten Plätzen in der ersten Reihe platzierte. Musiker standen bereit. Der Raum füllte sich, die Luft wurde schlechter.

Wie bei einem Theaterstück trat Natorp mit musikalischer Begleitung durch eine Seitentür ein. Hinter ihm schleppten zwei Diener einen Kasten, der mit einem Tuch zugedeckt war. Sie stellten den Kasten auf einem Podest ab, während Natorp auf Latein erklärte, dass unter dem Tuch die Hydra sei.

«Ich muss empfindsame Seelen warnen», rief Natorp. «Die Hydra ist furchterregend: ein schlangenähnliches Wesen mit vielen Köpfen und Zähnen, scharf wie Rasiermesser. Wenn man ihr einen Kopf abschlägt, wachsen zwei Köpfe nach. Früher lebten diese Ungetüme in schwer zugänglichen Sümpfen im Süden Griechenlands. Sie rissen Viehherden und verwüsteten Felder. Heute gibt es nur noch ein einziges, präpariertes Exemplar – und dieses Ungeheuer werde ich Ihnen jetzt präsentieren.»

Raunen erhob sich im Publikum. Kohl machte sich eifrig Notizen für einen exklusiven Artikel im nächsten *Kohlblatt*.

«Diese Hydra», sagte Natorp, «stand viele Jahre auf dem Altar einer Prager Kirche, bis sie im Dreißigjährigen Krieg von einem schwedischen Soldaten geraubt wurde. Ja, diese Schweden – Anwesende natürlich ausgeschlossen.» Er zwinkerte Carl zu und fuhr fort: «Auf Umwegen, die ich nicht näher ausführen möchte, gelangte die Hydra für eine hohe Geldsumme in meinen Besitz. Mein Herz wird schwer bei dem Gedanken, mich von ihr trennen zu müssen, aber ich bin in die Jahre gekommen, und die Zeit ist reif, die Hydra meistbietend zu verkaufen.»

Auf sein Kommando, begleitet von einem dramatischen Tusch der Musiker, zogen die Diener das Tuch weg. Darunter kam ein Glaskasten zum Vorschein, in dem ein Fabelwesen von der Größe eines durchschnittlichen Hundes stand. Es hatte sieben Köpfe, die auf schlangenförmigen Hälsen von je einer Elle Länge steckten.

Natorp bat Carl zu sich nach vorn und flüsterte ihm ins Ohr: «Für eine schnelle Expertise hier und jetzt werde ich Euch eine Provision von zwei Prozent des Verkaufspreises zahlen. Das Einzige, was Ihr tun müsst, ist, die Echtheit der Hydra zu bestätigen und zu dokumentieren, wie außerordentlich gut erhalten sie ist.»

Zu den anderen im Saal sagte Natorp laut: «Der berühmte schwedische Naturforscher Carl Linnaeus wird jetzt die Hydra begutachten und ein Zeugnis über ihre Echtheit ablegen.»

Einige Interessenten wollten das Gutachten jedoch gar nicht abwarten. Sie riefen Gebote und trieben die Summe in die Höhe, die schnell auf mehrere tausend Taler anstieg, und mit jedem weiteren Gebot wuchs Natorps Grinsen in die Breite.

Carl schaute in den Glaskasten und betrachtete das Wesen, das in der Tat der Zeichnung in Albert Sebas *Thesaurus* ähnelte: sieben Köpfe, spitze Zähne, lange Hälse und ein Schwanz wie von einer Schlange. Dennoch stimmte hier etwas nicht. Aber was nur? Carl schaute von oben auf den Drachen, dann von der einen und von der anderen Seite.

Er verglich das, was er sah, mit dem, was er wusste, und kam schließlich zu einem Ergebnis, das ihm nicht gefiel. In ihm begann ein Kampf zu toben. Durfte er zugunsten wissenschaftlicher Wahrhaftigkeit auf eine schöne Summe Geld verzichten?

«Zehntausend Taler», raunte Natorp. Er war neben Carl getreten und schwitzte vor Glück. «Das Höchstgebot für die Hydra lautet zehntausend Taler, Linnaeus.» Leise und mit drängendem Unterton fügte er hinzu, dass er die Gutachterprovision auf vierhundert Taler verdoppeln werde, wenn Carl ihm augenblicklich die Expertise ausstellte.

So viel Geld hatte Carl in seinem ganzen Leben noch nicht besessen. Aus dem Saal waren Dutzende Blicke auf ihn gerichtet.

Natorp nickte ihm eifrig, fast flehend zu: «Bestätigt jetzt bitte die Echtheit.»

«Mhm, ja», sagte Carl laut und räusperte sich. «Ich würde das Geld für die Expertise natürlich gerne nehmen. Aber diese Hydra ist leider nicht echt.»

«Wie bitte?» Natorps Augen wurden riesig. «Was sagt er da? Da irrt er aber gewaltig. Oder macht er einen Scherz? Ha ha, natürlich ein Scherz, diese Schweden, na so was …»

Das Gemurmel im Saal wuchs sich zum kollektiven, entrüsteten Schnaufen aus.

Kohl machte mit der Hand hektische Zeichen und schüttelte demonstrativ den Kopf, um Carl zu bedeuten, er müsse das Urteil unverzüglich revidieren.

«Ha ha, natürlich – unser Freund hat einen kleinen Scherz gemacht», grunzte Natorp und lachte blechern.

«Nein, das ist kein Scherz. Die Hydra mag ja einzigartig sein – sie ist aber leider nur eine einzigartige Fälschung.

Ich bitte darum, mir meine Ausdrucksweise zu verzeihen: Wenn die Zoologie dieses Ding da als Hydra identifiziert, ist eine solche Wissenschaft nichts anderes als ein Saustall, den man gründlich ausmisten muss. Die Füße mit ihren jeweils vier Zehen stammen von Wieseln. Man hat sie an den Rumpf geklebt, ebenso wie die Hälse, und in die Köpfe von Schlangen hat man Kiefer von Wieseln eingesetzt. Vergeblich sucht man hier nach Ohren und Nasenlöchern. Der plumpe Rumpf besteht aus Schlangenhaut, die man mit Sägespänen gefüllt hat. Zugegeben, das Wesen wurde mit einer gewissen Kunstfertigkeit gebastelt, aber mehr als hundert Taler ist es nicht wert.»

Natorps Gesicht lief dunkelrot an. Kohl rang stöhnend die Hände. Die Menge im Saal tobte und forderte Konsequenzen.

«Die Hydra ist echt», beteuerte Natorp verzweifelt, seine Lippen waren nass vor Geifer. «Ich hole sogleich die Expertise eines zuverlässigen Gutachters ein. Diener! Nehmt den Schweden fest. Man muss ihm wegen Hochstapelei den Prozess machen.»

Als die Diener Carl ergreifen wollten, entkam er aus dem Johanneum und rannte zu Kohls Haus, wo er schnell seine Sachen packte. Erst spät in der Nacht kehrte Kohl heim, zutiefst erschüttert und volltrunken. Er wankte in die Bibliothek und riss die Ausgabe der *Hamburgischen Berichte von neuen Gelehrten Sachen* mit dem Artikel über Linnaeus in kleine Fetzen.

Da war Carl längst in die Nachbarstadt Altona gelaufen. Im Hafen fand er ein Schiff, das ihn über Elbe und Nordsee nach Westen bringen sollte.

27.

Der Duft der Liebe

BERLIN, 1741–1742

Im Botanischen Garten von Berlin traf ein großes Paket mit Exemplaren der neuen Gegenschrift aus Sankt Petersburg ein.

«Ah oui, merci, mon ami», dankte Siegesbeck dem Boten. «Au revoir et bonne journée.»

Er zählte dem verdutzten Mann, der wie die meisten Menschen des Französischen unkundig war, drei kleine Münzen – «un, deux, trois» – in die Hand und schloss mit sanftem Druck die Tür. Siegesbeck brachte sich die französische Sprache im Selbststudium bei und machte sich nebenher auch mit höfischen Gepflogenheiten vertraut.

Das Paket legte er ungeöffnet auf den Tisch neben das Französischlehrbuch. Dann kämmte er sein wirres Haar vor dem Spiegel. Es ziepte und zog, bis er es aufgab, sich eine Perücke aufsetzte und in die Stadt ging.

Über den Dächern zog sich der Himmel zu. Es begann zu regnen, erst schwach, dann pladderten dicke Tropfen herab. Siegesbeck pfiff heitere Melodien, nahm Anlauf, sprang über Pfützen und kicherte vergnügt, wenn er einmal zu kurz sprang. Mit quietschnassem Schuhwerk erreichte er die *Rothe Apotheke* in der Kochstraße, wo ihm beim Eintreten eine Wolke exotischer Düfte in die Nase stieg. Wie es schien, war er an diesem Morgen der erste Kunde.

Er schaute sich um. Die Wände der Apotheke waren mit dunklen Regalen verkleidet, in denen Hunderte Fläschchen standen. Hinter dem Verkaufstresen beugte sich ein dürres Männlein mit einer Nase, die lang und spitz wie eine Lanze war, über eine geöffnete Kiste und fragte: «Der Herr wünschen?»

«Ein Parfüm, Monsieur – und zwar den betörendsten Duft, den Ihr im Angebot habt.» Wasser tropfte aus Siegesbecks Perücke, und um seine Füße breitete sich am Boden ein feuchter Fleck aus.

«Alle meine Düfte sind betörend, was denn sonst?», erwiderte das Männlein, leicht gereizt. «Für welche Gelegenheit möchte der Herr das Parfüm einsetzen? Will er die Gäste einer Gesellschaft in seinen Bann ziehen? Will er seiner Gemahlin den Kopf verdrehen? Will er das Herz einer Geliebten im Sturm erobern? Oder will er die Berliner Luft desinfizieren?»

Siegesbeck trat vor den Tresen und dämpfte die Stimme, obwohl er mit dem Verkäufer in der Apotheke allein war: «Vorletzteres.»

«Wie meinen?»

«Ein Herz erobern.»

Der Apotheker zog die Oberlippe über die vorstehenden Zähne. «Von welcher Duftart ist die Angebetete?»

«Hm?»

«Hm? Hm?», äffte der Apotheker. «Ohne klare Antworten auf klare Fragen kommen wir nicht weiter, und meine Zeit ist kostbar. Also, ein an Kuhdung gewöhntes Bauernweib reagiert natürlich auf andere Duftreize als ein feines Bürgertöchterlein oder ein noch feineres Prinzessinnennäschen.»

«Nur mal so als Beispiel – auf welche Reize spräche denn eine Prinzessin an?»

Das Männlein bekam funkelnde Augen. «Eine Prinzessin? Das hätte ich Euch gar nicht zugetraut.»

«Das war allgemein gesprochen. Ein Scherz! Ha ha! Sagen wir, gehobener Bürgerstand, vielleicht noch ein bisschen höher gehoben ...»

«Exotik», schnarrte das Männlein. «Eine gehobene Nase will von Exotischem verführt werden.» Er nahm ein Fläschchen aus der Kiste auf dem Tresen. «Dieses Parfüm wurde *juste maintenant* aus Grasse in der französischen Provence geliefert.» Er entkorkte das Fläschchen und ließ das Odeur in seine spitze Nase strömen. «Aaah – ja, holzig-warm, ja, feucht-schwüle und tropische Noten. Ich rieche die Essenz eines Urwalds, sagen wir: in Südamerika.»

Er schaute drein wie ein schwanzwedelndes Hündchen, das einen Stock apportiert hatte. Siegesbeck wusste nicht, was er dazu sagen sollte. Er hatte geglaubt, der Kauf eines Parfüms sei ein normaler merkantiler Vorgang und keine botanische Weltreise.

Der Apotheker schloss die Augen. «Ich sehe, was ich rieche. Von Blättern rinnen glitzernde Wassertropfen auf ein im südamerikanischen Urwaldgras liegendes Mädchen und – beim Allmächtigen, ich schwöre! – das Mädchen ist nackt, wie Gott es erschuf. Die Tropfen perlen von ihrer jungfräulichen Haut ab. Hört Ihr die bunten Vöglein schwatzen und singen? Und da! Der Herr steh dem Fräulein bei: Eine Schlange kriecht durchs Unterholz. Die gespaltene Zunge züngelt und zischt. Sie schnappt zu und beißt ihre Zähne ins unschuldige Fleisch, pumpt tödliches Gift hinein …»

«Darf ich auch mal daran riechen?», fragte Siegesbeck neugierig.

Der Apotheker hielt ihm das Fläschchen hin. Siegesbeck war nie in einem südamerikanischen Urwald gewesen. Der Duft erinnerte ihn an preußischen Morast. Er bat um eine andere Probe, schüttelte den Kopf, verlangte eine andere, dann noch eine. Fläschchen um Fläschchen wurde entkorkt. Der Apotheker erzählte von Produkten aus Eichenmoos, Lavendel, Zitronenbäumen und Jasminblüten. Und von Rinden alter Eichenbäume, unter deren Blätterdach Jungfrauen ihre Jungfräulichkeit verloren. Und von duftigen, pudrigen, ledrigen, würzigen, zuckrig-fruchtigen und harzigen Noten …

Irgendwo auf halber Strecke verlor Siegesbeck den Überblick. Er roch nur noch die Borken morscher Eichen, an denen Ziegen ihr feuchtes Fell rieben, im Gärbottich erkaltete Maische oder den Achselschweiß eines von Feldarbeit erhitzten Bauern.

Nasal betäubt bat er um das einzige Fläschchen, das er noch nicht probiert hatte. «Das muss es sein, das und kein anderes. Bitte entkorkt es nicht, es passt schon.»

«Eine gute Wahl», stimmte der Apotheker zu. «Dieses Parfüm ist eines gehobenen Näschens würdig. Man stellt es aus Ambergris her, der Darmabsonderung eines Walfischs. Es duftet nach Honig und Vanille. Ein schwedischer Naturforscher – sein Name wird Euch nichts sagen – hat dem Wal übrigens den wissenschaftlichen Namen *Physeter macrocephalus* gegeben, weil seine Kopfform der eines Potts ähnelt.»

Siegesbeck stellte das Fläschchen schnell zurück und kaufte das erste Parfüm mit dem Duft der von der Schlange gebissenen Jungfer.

Im Frühjahr 1741 überrannten die Österreicher beinahe die Preußen, bevor es dem preußischen Feldherrn Graf Schwerin im letzten Augenblick gelang, den König unter einem Vorwand fortzuschicken. Friedrich II. hatte sich nämlich kriegsstrategisch als denkbar unfähig erwiesen und durch nicht nachvollziehbare Entscheidungen mehr Schaden als Nutzen angerichtet. Als der König fort war, atmete Graf Schwerin auf und metzelte die Österreicher mit preußischer Disziplin nieder. Die Schlachtfelder wurden mit Blut getränkt und die Machtverhältnisse in Europa neu sortiert. Die Preußen marschierten weiter; sie überfielen, eroberten und besetzten Städte und Landstriche. Im Mai 1742 kam es beim böhmischen Chotusitz zur entscheidenden Schlacht. König Friedrich war inzwischen wieder zum Heer gestoßen und doch noch zum veritablen Feldherrn gereift – und er siegte. In Wien ließ Maria Theresia mit voller Absicht eine Terrine aus Meißner Porzellan auf den Boden fallen. Sie trampelte über den Scherbenhaufen und musste Schlesien an die Preußen abtreten.

Friedrich schwor feierlich, er werde von nun an alle Verabredungen einhalten. Zurück in Berlin, überschlug er Verluste und Erträge seines Kriegszugs: Der Krieg hatte zwanzigtausend Tote und Verstümmelte sowie fünf Millionen Taler gekostet. Auf der Habenseite stand aber die neue preußische Provinz Schlesien mit mehr als einer Million Bewohnern, die ihm Einnahmen in Höhe von mindestens vier Millionen Taler Jahressteuern einbringen würde.

«Nous sommes satisfaits», sagte er, und sein Kammerdiener Fredersdorf schenkte ihm frisch gebrühten Bohnencafé in eine Untertasse ein.

Siegesbeck hatte gehofft, dass der Krieg noch etwas länger dauern werde. Während Preußen und Österreicher sich die Kugeln in die Leiber schossen, mit Bajonetten aufspießten, Arme, Beine und Köpfe abschlugen, nutzte er die Abwesenheit des Königs, um der Prinzessin Blumen zu schenken. Freilich hatte sie keinen blassen Schimmer, wer ihr heimlicher Verehrer war.

Die Beete und Glashäuser im Botanischen Garten verwandelte Siegesbeck in ein Meer aus bunten Blumen. Aus anderen Gärten ließ er sich die Samen exotischer Pflanzen schicken, die unter seinen Händen wundervoll gediehen. Er züchtete Orchideen, Dahlien und Rosen und stellte Sträuße für die Prinzessin zusammen. Umweht von süßen Blütendüften gab er sich Gefühlen hin, von denen er einst als junger Botaniker in Helmstedt erfüllt gewesen war: das Staunen über die bewundernswerte Schöpfung der Natur.

An den Schweden dachte er kaum noch, und wenn ihm der Halunke doch einmal in den Sinn kam, lächelte Siegesbeck den Gedanken einfach weg.

Die Liebe wärmte sein Herz. Er fühlte sich jung und mit jugendlicher Frische durchströmt, voller Saft und Kraft wie die stärkste Eiche. Zum vollkommenen Glück fehlte ihm nur noch eine einzige, allerdings entscheidende Sache: Er hatte sich noch immer nicht dazu durchringen können, der Prinzessin seine Liebe zu offenbaren. Dass sie erst zweiundzwanzig und er schon sechsundfünfzig Jahre alt war, war dabei das kleinere Problem. War denn die Geschichte nicht voll von älteren Männern, die von jüngeren Frauen geliebt wurden? Das größere Hindernis sah er im Standesunterschied: Eine Prinzessin stand kraft ihrer Geburt auf der höchsten Stufe des Adels, und er – ein Botaniker mit Gärtnertätigkeit – rangierte ziemlich weit unten auf der gesellschaftlichen Treppe.

Dann, im Sommer des Jahres 1742, ereignete sich etwas, das seine Hoffnung auf ein glückliches Ende ihrer Liebe neu entfachte. Der König war gerade mal wieder nicht in der Gegend und unterzeichnete in Breslau irgendeinen Friedensvertrag, während Siegesbeck im Gewächshaus die hodenförmigen Knollen einer Orchidee umtopfte. Da sah er durch die Scheiben des Gewächshauses zwei Personen näherkommen – die Prinzessin und ihre Begleitung, die ältere Hofdame.

Kurzerhand ließ er die Knollen fallen und schlüpfte hinter einem Vorhang in eine Nische. In einer Wasserschüssel schrubbte er Hände und Fingernägel blitzblank. Dann wechselte er die Gärtnersachen gegen frische Kleider, die genau für diese Gelegenheit hier bereitlagen. In seiner Aufregung merkte er jedoch nicht, dass er statt in die blankgewichsten Schuhe wieder in die dreckigen Gartenstiefel stieg.

Die Tür zum Glashaus wurde geöffnet. «Jemand hier?», rief die Prinzessin.

Siegesbeck sprühte den südamerikanischen Duft an seinen Hals und nickte sich im Spiegel aufmunternd zu. Dann trat er vor den Vorhang und zeigte sich.

Die Prinzessin war allein hereingekommen. Ihre Hofdame wartete draußen. Am Gürtel der Prinzessin hing der

Degen, auf ihrem Kopf saß ein Dreispitz, wie ihr Bruder einen trug, und in der Hand hielt sie den Blumenstrauß, den Siegesbeck ihr heute Morgen mit Rediwanoffs Unterstützung vor die Tür gelegt hatte.

Siegesbeck starrte sie stumm an. Wie schön sie war. So oft hatte er gebetet, dass genau diese Situation eintreten möge. Sie – und er. Allein, zu zweit. Alles schien perfekt zu sein in diesem Augenblick. Er trug frische Kleider, war sauber und vom Duft eines jungfräulichen Urwalds umwölkt, doch mit einem Mal wuchs in seinem Hals ein harter Widerstand, der ihm das Sprechen unmöglich machte. Er spürte, wie ihm der Schweiß von den Achselhöhlen am Körper heruntersickerte.

Die Katze kroch unter einem Tisch hervor, streckte sich und schnupperte in die Luft.

«Hier riecht's merkwürdig», stellte auch die Prinzessin fest. «Ist das die Katze?»

Siegesbeck schluckte angestrengt. Es half nichts.

«Was ist los mit ihm?»

«Ähm, ähm …»

«Wer ist er überhaupt?»

Endlich brach der Widerstand, und sein Mund öffnete sich wie eine mechanische Klappe: «Je suis le jardinier.»

Die Prinzessin machte runde Augen – und lächelte. «Das ist ja lustig. Ein Gärtner, der Französisch spricht und wie ein Bordell riecht. Sind wir uns hier schon einmal begegnet? Ich hatte Euch irgendwie anders in Erinnerung, ungewaschen, nach Schweiß stinkend und so.»

«Ja …», brachte er heraus. Und wollte doch noch so viel mehr sagen.

Die Prinzessin schaute sich im Gewächshaus um. Dann

trat sie dicht vor Siegesbeck, zeigte ihm den Blumenstrauß und senkte die Stimme: «Sagt mir, Gärtner, welcher Herr schenkt mir immer wieder diese Blumen? Die Blumen müssen aus diesem Garten sein. Nun? Wer ist es? Aber verratet niemandem ein Sterbenswörtchen davon. Ich muss Euch sonst einen Kopf kürzer machen. Auch meine Hofdame darf nichts wissen. Welcher adlige Herr steckt dahinter?»

Ich, Eure Majestät, wollte Siegesbeck sagen. Ich bin es, der Euch die Blumen bringt. Ich bin es, der nur an Euch denken kann. Ich liebe Euch mehr als mein eigenes Leben …

Die Katze strich schnurrend um die Beine der Prinzessin. «Niedlich, der alte Kater», murmelte sie.

Siegesbeck hörte sich sagen: «Ich finde es für Euch heraus, Eure Majestät. Ich halte die Augen offen, und wenn ich Bescheid weiß, teile ich es Euch sofort mit. Hättet Ihr morgen Zeit für mich? Oder übermorgen? Vielleicht bei einer Untertasse Café? Natürlich erst, nachdem Ihr Euren Schwertkampf geübt habt.»

Sie starrte ihn an, lange und eindringlich. «Ich erwarte Euren Bericht in der nächsten Woche. Ich gebe Anweisung, damit man Euch vorlässt, Herr Gärtner …»

«Siegesbeck», sagte er. «Mein Name ist Johann Georg Siegesbeck.»

Sie zuckte mit den Schultern. «Hm, ja. Siegesbeck. Wie heißt eigentlich Euer Kater? Der gefällt mir.»

Beide blickten auf die Katze. Sie saß auf den Hinterpfoten, stellte die Ohren auf und schaute die Prinzessin an.

«Eigentlich heißt sie nur Katze», sagte Siegesbeck. «Ich wusste gar nicht, dass es ein Kater ist.»

«Ihr solltet ihm einen Namen geben», erwiderte die

Prinzessin. «Erst durch einen Namen erhält ein Lebewesen seine Seele. Ach, und wenn Ihr ins Schloss kommt, putzt vorher Eure Stiefel ab. Ich hasse es, wenn man meine Teppiche dreckig macht.»

Sie ging, drehte sich an der Tür aber noch einmal um. «Euer Parfüm ist eigentlich gar nicht so übel. Würde mich interessieren, welcher Duft das ist.» Dann war sie draußen bei der Hofdame.

«Es ist der Duft der von der Giftschlange gebissenen Jungfrau», flüsterte Siegesbeck bei sich und seufzte tief auf. Es war so weit. Bald würde er sich ihr offenbaren – und sie mit einem Strauß aus den schönsten Orchideen und *Arbor-Zuwacky*-Blüten von seiner Liebe überzeugen.

Doch dazu kam es nicht, weder in der nächsten noch in der übernächsten Woche.

Als der König aus Breslau zurückkehrte, ließ er Siegesbeck zu sich rufen und gab ihm einen neuen hoheitlichen Auftrag. «Wir Preußen müssen uns vom Import teurer Seidenstoffe unabhängig machen, indem wir in Preußen unsere eigene Seide produzieren», erklärte der König. «Eure Aufgabe, *botaniste* Siegesbeck, ist es, überall im Land Maulbeerbäume zu pflanzen. Und dieses Mal dürft Ihr nicht versagen wie damals mit dem Ersatzcafé und den Tartuffeln.»

Siegesbeck öffnete den Mund zum Widerspruch. Doch der König beendete die Audienz mit einer energischen Geste, sagte aber noch: «Zu Eurer Unterstützung habe ich Euren alten Freund Gleditsch nach Berlin zurückberufen.»

Gleditsch, dachte Siegesbeck. Auch das noch!

Und im Botanischen Garten vertrocknete der *Arbor Zuwacky*.

28.

Die Promotion

HARDERWIJK UND LEIDEN, 1735

Carl kam im Juni des Jahres 1735 in der Grafschaft Holland an, der politisch und wissenschaftlich führenden Republik der Vereinigten Niederlande. Er ging in Amsterdam von Bord und besuchte seinen Freund Peter Artedi, der Uppsala bereits vor einem Jahr verlassen hatte. Zunächst war er nach London gereist, dann weiter nach Holland, wo er nun seine Fischstudien fortsetzte.

Artedi humpelte Carl entgegen und fiel ihm in die Arme. Bei einer Exkursion ins Watt der Nordsee war er auf einen kleinen Fisch mit Giftstacheln getreten, wonach sein Fuß auf die doppelte Größe angeschwollen war. Daher mussten sie ihr traditionelles Wiedersehenstrinkgelage vorerst vertagen.

Carl lieh sich von Artedi ein paar Taler und fuhr mit einer Kutsche in das Städtchen Harderwijk am Zuidersee, wo er eine kleine Dachkammer mietete. Am nächsten Morgen reichte er seine Dissertation in der Gelderschen Universität im Vorzimmer des Medizinprofessors Johannes de Gorter ein. Kurz darauf wurde Carl vorgeladen. De Gorter und ein Kollege, der Botaniker Jan Frederik Gronovius, erwarteten ihn in einem schäbigen Raum, in dem der

Putz von den Wänden blätterte. Auf dem Tisch lag Carls Dissertation, daneben eine Ausgabe der *Hamburgischen Berichte von neuen Gelehrten Sachen*.

De Gorter, ein schmaler Herr Anfang vierzig, mit dicker Nase und hervortretenden Augen, tippte auf die Titelseite des *Kohlblatts* und fragte in lateinischer Sprache: «Hat denn der in diesem Artikel als wahrheitsliebend und fromm beschriebene *Candidatus Medicinae* Linnaeus ein paar schöne Tage in Hamburg verlebt?»

Carl nickte vage und fragte sich, worauf de Gorter hinauswollte.

De Gorter kratzte sich unter seiner Perücke und wechselte einen Blick mit Gronovius, einem gemütlichen Mann mit Mondgesicht und dünnem Schnurrbart.

«Dann wollen wir mal sehen, ob unser Candidatus Linnaeus wirklich einen so ausgezeichneten Verstand hat, wie im Artikel behauptet wird», sagte de Gorter.

«Falls Ihr auf meine Lapplandreise anspielt, ich war wirklich dort», verteidigte sich Carl.

Gronovius strich lächelnd über seinen Schnurrbart und notierte etwas auf einem Blatt Papier.

«Mhm, Lappland», sagte de Gorter. «Schön. Das wollen wir ihm ja glauben. Aber seine Dissertation – die ist wahrlich kein Meisterwerk. Man hat den Eindruck, der Candidatus habe die Arbeit ohne große Lust zwischen Frühstück und Mittagessen runtergeschrieben.»

Carl kratzte mit einem Fingernagel an einem Stück Hornhaut auf seiner linken Hand. So falsch lag de Gorter mit seiner Vermutung nicht. Tatsächlich war Carls Interesse an der Medizin nicht sehr ausgeprägt. Außerdem hatte er in Falun keinen Zugriff auf medizinische Fachliteratur gehabt. Die Inhalte für seine Dissertation hatte er daher aus dem Gedächtnis rekapitulieren müssen und sich ein Thema ausgesucht, von dem er hoffte, dass es auf dem Gebiet nicht viele Experten gab – nämlich das Wechselfieber. Was für ein Irrtum!

De Gorter zog die Augenbrauen zusammen und sagte: «In Eurer Dissertation behauptet Ihr, alle bislang publizierten Theorien über das Wechselfieber seien grundsätzlich falsch.»

Gronovius legte eine Hand vor den Mund, um sein Grinsen zu verbergen.

«Na ja – ja», sagte Carl und gab sich Mühe, selbstbewusst zu wirken. Eigentlich kannte er nur wenige Theorien über das Wechselfieber. Er hatte diese Behauptung aber gleich zu Beginn seiner Dissertation aufgestellt, um einen starken Einstieg zu setzen. Jetzt, im Nachhinein, wo er sich de Gorters bohrenden Blicken ausgesetzt sah, überlegte Carl, ob er den Mund nicht doch etwas zu voll genommen hatte.

«Wenn Ihr gründlich gearbeitet habt, Linnaeus, sollte Euch bekannt sein, dass ich selbst einige Arbeiten über das Wechselfieber verfasst habe», sagte de Gorter. «Zum Beispiel habe ich zweifelsfrei nachgewiesen, dass das Fieber durch eine Entzündung des Zwölffingerdarms hervorgerufen wird.»

«Ach ja? Ah, das ist … das war mir in der Tat noch nicht bekannt.»

De Gorter starrte Carl an wie ein Metzger ein Rind kurz vor der Schlachtung. «Dann belehrt mich bitte eines Besseren, Linnaeus, und überzeugt mich, dass meine Theorie Blödsinn ist.»

Gronovius grinste jetzt ohne vorgehaltene Hand.

Carl schluckte krampfhaft. Er musste versuchen zu retten, was zu retten war. Das Einzige, worauf es ankam, war, dass er überzeugend wirkte. Er spannte Rücken und Schultern an. «Ich denke … nein, ich bin mir sicher, das Fieber wird nicht durch eine Entzündung begünstigt, sondern durch Lehmpartikel, die im Wasser gelöst sind. Das habe ich in meiner Dissertation ja ausgeführt. Wenn jemand also lehmhaltiges Wasser trinkt, dringen die Partikel in sein Blut ein und bleiben in den Gefäßen hängen. Dadurch verstopft der Lehm die Hautporen, und die Schadstoffe können nicht mehr über die Haut ausgeschwitzt werden. Das hat zur Folge, dass die Schadstoffe im Körper verbleiben und der Mensch am Wechselfieber erkrankt.»

«Lehm in den Hautporen?» De Gorter atmete schwer. «Habt Ihr davon schon einmal etwas gehört, Gronovius?»

Gronovius schüttelte den gesenkten Kopf und presste die Lippen fest zusammen. Ihm war anzusehen, wie schwer es ihm fiel, nicht laut loszulachen.

«Ihr seid mir ein Spaßvogel», sagte de Gorter zu Carl. «Auf welche Weise gelangen die Schadstoffe denn überhaupt in den Körper? Nicht vielleicht doch aus einem entzündeten Zwölffingerdarm?»

«Nein. Man nimmt die Schadstoffe von außen über die Haut auf. In fauligem Wasser, das lange still steht, entstehen schädliche Ausdünstungen, die die Luft verseuchen und über die Poren in den Körper eindringen. Jeder weiß doch, dass Menschen häufiger am Wechselfieber erkranken, wenn sie sich in ungelüfteten Kellerräumen mit Schimmelbefall aufhalten. Auch Gräber oder verwesende Tierleichen oder Pflanzenteile dünsten Schadstoffe aus.»

«Aha», machte de Gorter. «Tierleichen. Gestattet mir

eine Frage: Wie gedenkt der *Candidatus Medicinae* einen am Wechselfieber erkrankten Patienten zu behandeln?»

«Ich empfehle wechselnde Temperaturen: Der Körper des Patienten wird zunächst erwärmt und dann mit kaltem Wasser übergossen. Auch körperliche Bewegung, sparsame Diät und viel Schlaf sind hilfreich. Als Arznei sollten Entleerungsmittel eingesetzt werden: bittere Mittel wie die Rinde des Baums, den man in Südamerika *quina-quina* nennt, was übersetzt ‹Rinde der Rinden› heißt. Auch übelriechende Pflanzen, etwa Teufelsdreck, das Steinobst Morelle, die Bittermandel oder die Gartenraute entleeren gut. Ich habe übrigens in Lappland eine kranke Frau durch das Einflößen von Teer zum Erbrechen gebracht. Im Magen der Frau lebten Frösche.»

«Frösche im Magen? Ja, was auch sonst», murmelte de Gorter. «Und Ihr wollt tatsächlich Arzt werden? Die Welt ist voll mit schönen Berufen, die Ihr mit größerer Leidenschaft ausüben könntet. Hafenarbeiter zum Beispiel. Ihr könntet auch Sklavenaufseher in Südamerika werden. Oder als Abdecker Latrinen leeren.»

Carl und de Gorter maßen sich mit Blicken. Im Hintergrund gluckste Gronovius wie ein verstopfter Abfluss. Da kam Carl ein Gedanke. Einer Eingebung folgend, nahm er aus seiner Tasche das Manuskript mit den von ihm weiterentwickelten Theorien der *Hochzeit der Bäume*. Er reichte das Manuskript, dem er den Namen *Systema Naturae*, das System der Natur, gegeben hatte, über den Tisch.

«Bevor Ihr meine Leidenschaft infrage stellt, Professor de Gorter», sagte er, «möchte ich Euch bitten, einen Blick darauf zu werfen.»

In der Dachkammer in Harderwijk wartete Carl auf eine Nachricht von de Gorter. Die Tage zogen sich dahin. Carl wurde immer verzweifelter. Er aß kaum, schlief wenig und wandelte unruhig in der kleinen Kammer umher. Eines Tages stand Peter Artedi vor der Tür. Sein Fuß war inzwischen abgeschwollen, und er grinste wie ein Kugelfisch, bat um Einlass und einen Happen zu essen, er sei nämlich fast pleite.

«Und ich bin völlig pleite», sagte Carl. Dann brach es unvermittelt aus ihm heraus.

Artedi legte ihm die Hände auf die Schultern. «Wer wird denn gleich weinen? Freust du dich nicht über unser Wiedersehen? Jetzt können wir unseren Umtrunk nachholen.»

Carl setzte sich und berichtete von der katastrophalen Prüfung bei de Gorter. Alles stand für ihn auf dem Spiel: Uppsala. Die Naturforschung. Die Ordnung der Schöpfung. Moraeus' Kredit. Ach ja, und Sara Lisa.

«Sara Lisa?» Artedi horchte auf. «Du hast eine Braut?»

Carl nickte trübe. «Sie hat zwar überhaupt kein Interesse an Botanik und Haare auf den Zähnen, aber ihr Vater ist reich.»

Artedi nickte zustimmend. «Da wiegt das eine wohl das andere auf.» Er kramte zwei Flaschen hervor. «Ich habe zwar nichts zu essen, aber Branntwein ist eh besser geeignet gegen jede Art von Kummer.»

Er schenkte zwei Becher voll, und die beiden Freunde stießen an. «Ein einwandfreier Branntwein und nicht zu teuer», lobte Artedi sich selbst für seine Getränkewahl.

«Dann sollten wir ihn nicht einfach wegsaufen», gab Carl zu bedenken.

Artedi schenkte nach. «Aber gerade doch. Wer sich freut, kann nicht langsam trinken.»

Sie stießen wieder an.

Beim Trinken erzählte Artedi von seinem Besuch in London, wo er die Arbeiten des britischen Naturforschers Francis Willughby studiert hatte. Willughby hatte im vorigen Jahrhundert Insekten, Fische und Vögel erforscht, und er hatte – entgegen Aristoteles' Behauptung – nachgewiesen, dass Schwalben Zugvögel sind.

Im Beisein des Freundes wurde es Carl leichter ums Herz. Er fragte Artedi nach den Werken des britischen Naturforschers John Ray, der einige Bücher über Tiere und Pflanzen geschrieben hatte. Ray hatte eine Methode zur Systematisierung von Tieren und Pflanzen anhand ihrer äußeren Merkmale geschaffen, etwa die Unterscheidung von Pflanzen mit einem oder zwei Keimblättern.

«Eine solche Methode bietet», sagte Carl, «interessante Ansätze für meine eigenen Bestrebungen, eine Klassifikation der Arten zu entwickeln. Ich bin aber überzeugt, dass die Fortpflanzungsorgane geeigneter sind als Grundlage für eine Klassifikation. Wenn … ja, wenn ich überhaupt noch weiter daran arbeiten kann.»

Er verzog das Gesicht. «Rosén wird sich krummlachen, und Sara Lisa den alten Reuterholm heiraten. Alles war umsonst! Auch unseren Schwur, Artedi, werde ich niemals erfüllen.»

Der Alkohol summte in Carls Kopf wie ein Schwarm Bremsen ums Rentiergeweih. Artedi schielte schon, bemühte sich aber, beim Nachschenken so wenig Branntwein wie möglich zu verschütten. Sie hatten nur noch die zweite Flasche, und die war auch schon fast leer.

Carl lallte: «Du musst mich vergessen, Artedi. Musst unsere Aufgabe allein zu Ende bringen. De Gorter, der Schweinehund, lässt mich durchfallen. Soll ihn doch das Wechselfieber dahinraffen. Mir bleibt nur noch der Strick.»

Dann fiel er vom Stuhl.

Artedi eilte ihm zu Hilfe, stolperte in der engen Dachkammer über seine Füße und landete neben Carl auf dem Boden. Die Freunde blickten sich aus getrübten Augen an.

«So 'n blödes Geschwätz will ich nie wieder von dir hören», lallte Artedi. «Es gibt keinen besseren Naturforscher als dich, Linnaeus. Gott hat dich erwählt. Man wird deine Klaschi… deine Klasschie… die wird man noch in vielen Jahren anwenden.»

«Meinste wirklich?»

«Warum nicht? Vielleicht schreibt dann irgend 'n Dichter ein Buch über dich, so einer, der von Botanik nichts versteht, wie dieser Opitz, lebendig tot und so.»

«Bloß kein Opitz. Was der schreibt, versteht niemand. Der verdreht alles, wie's ihm in den Kram passt. Und lebendig tot bin ich jetzt schon. Ohne Doktorwürde gibt's keine Hochzeit, ohne Hochzeit kein Geld, ohne Geld keine Lehrtätigkeit, keine Forschung, kein gar nichts …»

«Halt jetzt den Mund, Linnaeus! Von deinem Selbstmitleid krieg ich übleres Kopfweh als vom Branntwein. Aber ich hab 'ne Idee: Wir fahren morgen nach Leiden. Zum ollen Boerhaave. Dann zeigst du dem dein Manuskript und der wird dem Schweinehund de Gorter Beine machen.»

Boerhaave! Welch klingender Name. Carl hatte von ihm alle Werke gelesen, viele davon mehrere Male, vor allem die botanischen Werke. Schon damals bei Rothmann in Växjö hatte Carl sie studiert. Boerhaave war eine Institution, eine Legende, der berühmteste holländische Wissenschaftler überhaupt. Das Problem war, dass er niemals Besuch empfing, unangemeldeten schon gar nicht.

Diese Gedanken im Kopf, niedergerungen vom Branntwein, schliefen Carl und Artedi Arm in Arm auf dem Boden ein.

Auf der Kutschfahrt litten sie am nächsten Tag schweigend an den Folgen ihres übermäßigen Branntweinkonsums. Die Fahrt über holprige Wege war eine Qual. Erst als sie am übernächsten Tag das Ziel ihrer Schnapsidee erreichten, waren sie halbwegs wiederhergestellt.

Boerhaave lebte zurückgezogen auf einem Landsitz in der Nähe von Leiden. Die Universität der Stadt war eine Hochburg niederländischer Wissenschaften – vor allem dank ihres berühmten Professors Boerhaave. Der hatte dort lange Zeit praktische Medizin gelehrt, sich vor einigen Jahren aber aus Altersgründen vom Lehrbetrieb verabschiedet.

Sein Anwesen war von einer hohen Steinmauer eingefasst, das Eisengittertor verriegelt. Carl spähte durch die Gitterstreben und sah einen von alten Eichen und Buchen gesäumten Weg, der zu einem mehrstöckigen Schlossgebäude führte, das von einem Graben umgeben war. In den weitläufigen Gartenanlagen wuchsen Unmengen Pflanzen: chinesische Ginkgobäume, Zypressen, Rosen und natürlich Tulpen, die allgegenwärtigen Lieblingsblumen der Holländer.

Weil Carl auf dem Gelände keine Menschenseele sehen konnte, bat er Artedi, ihm den Fuß zu halten, damit er über die Mauer klettern konnte.

«Wie bitte?», entgegnete Artedi. «Bist du immer noch betrunken?»

«Wessen Idee war es denn, Boerhaave zu besuchen?»

«Besuchen ja, aber nicht bei ihm einzubrechen.»

«Willst du hier warten, bis irgendwann jemand auftaucht?»

Artedi seufzte und nahm einen Schluck aus der Feldflasche, in der noch ein Rest Branntwein war.

«Du trinkst am helllichten Tage?», fragte Carl.

«Warum nicht? Ich muss meinem Mut nachhelfen.»

Artedi verschränkte die Hände und ließ Carl aufsteigen, der sich an der Mauer hochzog, darüber hinwegkletterte und dann auf der anderen Seite in einem Tulpenbeet landete. «Ist ganz einfach, Artedi», rief er über die Mauer. «Warte, ich suche etwas, womit du …»

In dem Moment schlug irgendwo auf dem Gelände ein Hund an. Carl hörte Laub rascheln und Äste knacken, dann sah er einen riesigen dunklen Hund zwischen den Büschen hervorbrechen. Speichel tropfte ihm in dicken Fäden aus dem aufgerissenen Maul. Hinter dem Ungetüm kam ein Mann hergehumpelt. Er trug einen Morgenrock und Pantoffeln an den Füßen, war unrasiert, grauhaarig und uralt, aber erstaunlich flink, und in den Händen hielt er eine lange Flinte.

Carls Herz schlug schnell und hart. Er blickte sich um. Einige Schritte entfernt stand eine Buche, deren Äste in luftiger Höhe bis über die Mauer reichten. Schnell hechtete er zu dem Baum und kletterte hinauf. Der Hund sprang ihm nach, bekam Carls Hosenbein zu fassen und riss ein Stück davon ab. Carl kletterte weiter. Unten knallte ein Schuss, die Kugel zischte über Carls Kopf hinweg. Er ließ sich fallen und landete auf Artedi, dem die Feldflasche entglitt. Der letzte Rest Branntwein versickerte im Boden. Dann liefen sie um ihr Leben.

Weil Artedi Carl mit seinem Kummer nicht allein lassen wollte, quartierte er sich bei ihm in der Dachkammer in Harderwijk ein. Von Bekannten lieh er ein bisschen Geld, von dem er Essen kaufte, aber hauptsächlich Branntwein. Unterdessen brachte Carl das Warten auf eine Nachricht von der Universität fast um den Verstand. Artedi hatte ein Auge auf ihn und wich ihm nicht von der Seite. Nicht, dass sein Freund irgendeine Dummheit machte, mit einem Strick oder so.

Eines Tages klopfte jemand an die Tür der Dachkammer.

Carl öffnete und sah sich Professor Gronovius gegenüber, der ihn um Einlass bat. Carl trat zur Seite. Sein Herz trommelte. Die Stunde der Wahrheit war gekommen.

Gronovius, der Carls Prüfung als Beisitzer beigewohnt hatte, stieg in der Kammer über das Durcheinander aus Kleidern, Geschirr und Papieren am Boden. Er rümpfte die Nase und sagte: «Man könnte ein bisschen frische Luft hereinlassen.»

Artedi versteckte die Flasche hinter seinem Rücken, grüßte artig und öffnete das einzige Fenster.

Gronovius reichte Carl ein Dokument, das der mit zittriger Hand entgegennahm und einen Blick darauf warf, dann einen zweiten. Es dauerte einen Augenblick, bis er begriff, was auf der Urkunde stand.

«Ich bete zum Allmächtigen», sagte Gronovius, «dass mich niemals ein Medikus behandelt, der Eure seltsamen Theorien zum Wechselfieber teilt, Linnaeus. Eure Stärken liegen offensichtlich auf einem anderen Gebiet. De Gorter wollte Euch natürlich durchfallen lassen. Ich auch. Bis ich Euer Manuskript *Systema Naturae* gelesen habe. Zwischen de Gorter und mir stand es Wort gegen Wort, aber ich konnte ihn überzeugen.»

«Äh», ächzte Carl und wusste nicht, was er sagen sollte.

Artedi schon: «Na, wenn das kein Grund zum Feiern ist.» Er zauberte die Flasche hinter seinem Rücken hervor. «Auch ein Becherchen, Professor?»

«Gott bewahre, es ist nicht mal Mittag», sagte Gronovius und gab Carl das Manuskript zurück. «Diese Arbeit ist ein Meisterwerk, Linnaeus. Da ich selbst über botanische Kenntnisse verfüge, erlaube ich mir vorherzusagen, dass Euer Sexualsystem das Potenzial hat, nicht nur Neuartiges, sondern Revolutionäres zu schaffen. Ich war so frei, einige Abschriften davon anzufertigen. Eure Schrift muss hier bei uns in Holland gedruckt und veröffentlicht werden. Sie wird Euch und die holländische Wissenschaft berühmt machen. Ich habe schon mit einflussreichen Männern darüber gesprochen, und wir würden uns geehrt fühlen, Euch noch eine Weile zu Gast zu haben. Es soll Euch an nichts fehlen.»

«Gedruckt – ich?», stammelte Carl. Er kam nicht hinterher. Seit Tagen hatte er kaum geschlafen, sich vor Sorgen im Bett herumgewälzt. Auch Artedis Branntweintherapie hatte kaum Entspannung gebracht. Und jetzt – das! Ihm schwirrte der Kopf. Das Erste, was ihm in den Sinn kam, waren Moraeus' Worte, Carl solle gleich nach der Promotion nach Falun zurückkehren.

«In Schweden wartet eine Braut auf mich, leider», sagte Carl hilflos.

«Heiraten, mein lieber Linnaeus, kann ein jeder Mann», entgegnete Gronovius. «Aber Euer Talent ist eine von Gott gegebene Gabe. Eine Abschrift habe ich übrigens auch an Professor Boerhaave geschickt. Wenn Ihr ihn als Euren Fürsprecher gewinnt, stehen Euch in Holland alle Türen und Möglichkeiten offen. Seid Ihr Boerhaave schon einmal begegnet?»

«Nein», sagte Carl schnell.

Carl und Artedi feierten die Promotion ausgiebig auf bewährte Weise. Dann kehrte Artedi nach Amsterdam zurück, und Carl versank in der Dachkammer ins Grübeln. Er wog dieses gegen jenes ab. Er dachte an Gronovius' Worte, dann an Sara und an die Möglichkeiten, die ihm Holland für seine Forschungen bieten konnte. Welche Zukunft erwartete ihn hingegen in Schweden? Er würde als Arzt in Stockholm praktizieren, Sara heiraten und dann – vielleicht irgendwann einmal – an die Universität von Uppsala zurückkehren.

Weil seine Grübeleien zu keinem Ergebnis führten, beschloss er, das Schicksal entscheiden zu lassen, und machte die Antwort auf die Frage, ob er gehen oder bleiben sollte, von Boerhaave abhängig, dem er einen Brief geschrieben hatte. Wenn Boerhaave ihm eine Audienz gewährte, würde Carl das Manuskript in Holland überarbeiten und drucken lassen. Das würde ja auch nicht allzu lange dauern, ein paar Wochen vielleicht, höchstens zwei Monate. Dagegen konnten weder Moraeus noch Sara etwas haben.

Carl setzte sich eine Frist von zehn Tagen. So lange, und keinen Tag länger, wollte er auf eine Audienz bei Boerhaave warten. Währenddessen besuchte er Gronovius und hatte mit ihm eine anregende Diskussion über das Sexualsystem, über Klassifikationen und Staubfäden. Als die Zehn-Tage-Frist abgelaufen war, verlängerte Carl sie um weitere fünf Tage, dann noch einmal um fünf Tage. Als dann noch immer keine Nachricht von Boerhaave gekommen war, gab er sich geschlagen.

In einem Brief kündigte er Sara seine baldige Rückkehr an. Gronovius gab ihm Geld für die Schiffsreise, wobei er mehrfach betonte, wie sehr er es bedauere, dass Carl die Frist nicht noch ein paar Tage oder gleich Wochen verlängert habe.

Dann besuchte Carl Artedi in Amsterdam. Sie tranken Branntwein und weinten.

An einem frühen Morgen im Juli des Jahres 1735 ging Carl an Bord des Schiffes, das ihn heim nach Schweden bringen sollte. Die Sonne erhob sich vor einem strahlend blauen Himmel. Möwen drehten kreischend ihre Runden über die Masten der Segelschiffe, die für die west- und ostindischen Kompanien der Niederlande Sklaven, Tee, Gewürze, Kaffeebohnen, Zuckerrohr und exotische Pflanzen über die Weltmeere transportierten.

Matrosen und Passagiere kamen an Bord. Als man die Leinen löste, wurde Carl das Herz schwer. Nun gab es kein Zurück mehr. Da mischten sich unvermittelt laute Rufe ins Möwenkreischen. Jemand rief Carls Namen, und er sah auf dem Kai zwei Männer zwischen den Stapeln aus Kisten und Ballen näher kommen. Der eine Mann war Artedi, der andere Gronovius.

Kurz darauf legte das Schiff ohne Carl an Bord ab.

29.

Seidenraupen

POTSDAM, 1744

Fast zwei Jahre lang pflanzten Siegesbeck und Gleditsch in Preußen Maulbeerbäume. Die Prinzessin hatte Siegesbeck in der ganzen Zeit nicht wiedergesehen. Dennoch verging kein Tag, an dem ihm vor Sehnsucht nicht das Herz krampfte. Und es verging kein Tag, an dem er sich nicht mit Gleditsch stritt.

An diesem Morgen im Frühjahr des Jahres 1744 kontrollierte Siegesbeck in einer auf einem Hügel gelegenen Maulbeerbaumplantage in der Nähe von Potsdam, ob die Bäume gut angewachsen waren. Doch seine Gedanken schweiften ab. Er dachte daran, wie schön es wäre, mit der Prinzessin durch die Plantage zu wandeln. In seine Gedanken versunken, achtete er nicht auf seine Füße und trat versehentlich gegen eine Holzkiste, die mit kostbaren Seidenraupen gefüllt war. Die Kiste kam ins Rutschen, kullerte den Hang hinunter und fiel in ein Lagerfeuer, das ein paar Arbeiter zum Cafékochen angezündet hatten.

Gleditsch rief: «Das war Absicht – Sabotage!» Er war zum Mitglied der Berliner Akademie der Wissenschaften und Leiter des Botanischen Gartens ernannt worden und somit Siegesbecks direkter Vorgesetzter.

«Wer hat denn die Kiste da so dämlich hingestellt?», protestierte Siegesbeck. «Das seid doch wohl Ihr gewesen.»

Gleditsch traten vor Wut Tränen in die Augen. In den Flammen verbrannte die Arbeit vieler Wochen. Er hatte sich die Eier der Seidenraupen aus Spanien schicken lassen und die Raupen aufgezogen. Heute sollten sie in die Maulbeerbäume gesetzt werden – im Beisein des Königs, der jeden Augenblick erwartet wurde, um die königlich-preußische Seidenraupenzucht mit einer feierlichen Zeremonie zu eröffnen. Tausende der aus Asien stammenden Maulbeerbäume – speziell die Weiße Maulbeere *Morus alba* – waren in preußische Erde gepflanzt worden. Seidenraupen waren Feinschmecker und fraßen ausschließlich die jungen zarten Blätter der Weißen Maulbeere, bevor sie darin ihre Kokons aus Hunderte Meter langen Seidenfäden spannen.

Dem König war das Projekt überaus wichtig. Mit der eigenen Seidenproduktion wollte er viele Devisen für teure Seidenimporte sparen und hatte die Verordnung erlassen, dass jeder, der in Preußen Maulbeerbäume pflanzte, dafür bezahlt werde. Die Plätze für die Plantagen stellte der Staat kostenfrei zur Verfügung. Bei mutwilligen Beschädigungen oder Sabotageakten drohten harte Strafen.

Gleditsch schüttelte Siegesbeck am Kragen, als ein weißes Hündchen herbeisprang. Es hüpfte auf langen, dürren Beinchen um sie herum, schnappte kläffend und knurrend nach ihren Hosenbeinen und ließ sich auch durch gezielte Fußtritte nicht verscheuchen.

Als der König mit seinem Gefolge den Hang heraufgeritten kam, lief das Hündchen heulend zu ihm. Der König saß von seinem Pferd ab, nahm das Hündchen in die Arme und liebkoste es. «Mein kleines Vögelchen, *mon amour*, was habt Ihr denn?», fragte er den Hund. «Hat Euch jemand etwas zuleide getan? Ihr zittert ja wie Espenlaub. Ist Euch kalt?»

Er steckte den Hund unter seinen Mantel. Nur noch der rehförmige Kopf schaute heraus. In Siegesbecks und Gleditschs Richtung rief der König: «Ihr Name ist Biche. Wer meinem allerliebsten Geschöpf auch nur ein Härchen krümmt, kriegt die Peitsche zu spüren.»

Siegesbeck und Gleditsch senkten demütig die Köpfe.

Der König kam zu ihnen, um sie nach den Fortschritten bei der Seidenproduktion zu befragen. Da sah er unten am Fuß des Hügels einige Arbeiter aufgeregt um ein Feuer herumspringen, in dem eine Kiste verbrannte.

Gleditsch warf Siegesbeck einen drohenden Blick zu und sagte schnell: «Die Raupen in der Kiste sind von einer rätselhaften Krankheit befallen worden, Eure Majestät. Wir mussten sie vernichten, damit andere Raupen nicht angesteckt werden. Auf dem Wagen haben wir aber noch eine weitere Kiste. Bitte folgt mir, Eure Majestät! Wir werden unverzüglich damit beginnen, die Raupen in die Bäume zu setzen.»

Als der König und Gleditsch zu dem Wagen marschierten, entdeckte Siegesbeck im königlichen Gefolge die Prinzessin. Auch sie sah ihn und kam näher. Siegesbeck verbeugte sich vor ihr, und sogleich begann sein Herz heftig zu trommeln.

«Wie lange, glaubt Ihr, Gärtner, darf man eine Prinzessin warten lassen?», fragte die Prinzessin scharf.

«Der königliche Auftrag hat mich stark beansprucht, Eure Majestät», sagte Siegesbeck.

«Habt Ihr denn den Absender der Blumen inzwischen

identifizieren können? Seit fast zwei Jahren habe ich keine Blumen mehr bekommen. Das ist doch merkwürdig.»

«Sehr merkwürdig, Eure Majestät. Aber ja, ich weiß jetzt, wer der Absender ist.»

Ihre Augen blitzten auf. «Und wer ist es?»

Sie verstummte, als der König sich näherte, während er fröhlich pfeifend die Raupen auf den Maulbeerblättern verteilte.

«Ihr müsst mir denjenigen ins Schloss schicken», flüsterte die Prinzessin. «Mir läuft die Zeit davon, weil … ach, das geht Euch nichts an. Er muss so schnell wie möglich zu mir kommen. Es eilt! Und die Gelegenheit ist günstig: Morgen reist mein Bruder ab, um mal wieder irgendwelche Bündnisse mit Bayern, Franzosen und Spaniern gegen diese österreichische Stinkmorchel zu schließen. Das sind natürlich Staatsgeheimnisse, die Ihr jetzt nicht von mir gehört habt, verstanden!»

«Ich schweige wie ein Grab, Eure Majestät.»

«Das will ich Euch raten. Sonst befördere ich Euch eigenhändig in eins.»

Siegesbeck nahm ein ausgiebiges Bad. Die Katze, die ja offenbar ein Kater war, schaute zu, wie er sich wusch, sich dann rasierte und sein Haar schnitt. Anschließend zog er seine besten Kleider an, setzte eine Perücke auf und sprühte sich mit dem Parfüm ein. Während er sich im Spiegel betrachtete, sagte er den eingeübten Text auf. Und ja, er konnte durchaus zufrieden sein mit demjenigen, der ihn aus dem Spiegel anblickte. Dann stellte er einen bunten Blumenstrauß zusammen und machte sich auf den Weg zum Schloss. Dass der Kater ihm folgte, merkte er nicht.

Am Schloss erwartete ihn Rediwanoff wie verabredet am Hintereingang.

«Heute ist der Tag aller Tage – die Stunde der Wahrheit», begrüßte ihn Siegesbeck.

«Hm», murmelte Rediwanoff schüchtern und brachte ihn zum Gemach der Prinzessin, vor dem Siegesbeck die Blumen zurechtzupfte, damit alle Blüten voll zur Geltung kamen. Er holte Luft und wollte anklopfen, als er feststellte, dass die Tür nur angelehnt war.

In dem Gemach stieß jemand einen zornigen Schrei aus und rief: «Du kommst mir gerade recht, du verdammtes Miststück.»

Siegesbeck zuckte zusammen und spähte durch den Türspalt, hinter dem er das weiße Hündchen des Königs mit eingezogenem Schwanz in einer Ecke kauern sah. Vor dem Hund stand die zornige Prinzessin und drohte ihm mit einem Knüppel.

«Was glaubt der weibische Jammerlappen, der sich König nennt, eigentlich, wer er ist?», schimpfte die Prinzessin. «Siezen soll ich dich kotverschmierten Wurm? Einen Dreck werd' ich tun. Nimm dies, du verhätschelte Hirschkuh, nimm eins mit dem Knüppel.» Sie schlug nach dem Hund, der ängstlich winselte. «Waff, waff, waff», äffte die Prinzessin. «Nicht mal richtig bellen kann das Schoßhündchen. Nimm dies und noch das ...»

Und dann sagte die Prinzessin etwas, das Siegesbeck das Blut in den Adern gefrieren ließ: «Dein Herrchen will mich mit einem Schweden verheiraten. Mit einem Schweden! Aber da hat sich mein feiner Bruder geschnitten. Ich habe nämlich einen richtigen Verehrer und werde niemals auch nur einen einzigen Fuß in das schwedische Drecksland setzen. Da gibt's doch überall nur Mücken und Regen. Und zu essen haben die nur pappige Fleischkügelchen und faulen Fisch.»

Siegesbeck rang um Atem, und die Erkenntnis zerschnitt ihm das Herz: Die Prinzessin sollte mit einem Schweden verheiratet werden? Was für eine Katastrophe! Das durfte er nicht zulassen. Er musste sich ihr offenbaren und sie für sich gewinnen.

Er stieß die Tür auf und trat in das Gemach ein. Die Prinzessin hörte seine Schritte, wirbelte herum, den Knüppel zum Schlag erhoben, und erstarrte zur Eissäule, als ihr Blick auf die Blumen fiel.

Das weiße Hündchen nutzte die Gelegenheit, floh durch Siegesbecks Beine auf den Gang, wo er mit dem Kater zusammenstieß und dann schnell weiterlief.

Die Prinzessin starrte Siegesbeck an, der ihr den Blumenstrauß hinhielt und seinen eingeübten Reim aufsagte: Sie sei wie eine Blume, so hold und schön und rein; er schaue sie an, und Wehmut schleiche sich ihm ins Herz hinein.

Die Prinzessin machte drei Schritte rückwärts, stolperte über eine Teppichkante, der Knüppel fiel zu Boden und rollte klappernd davon.

Siegesbeck legte noch einen Vers nach: Was sehe sie furchtsam hin und wieder und schlage die holden Blicke nieder? Es sei kein fremder Zeuge nah. Könne er sie nicht erweichen? Doch ja, ihr Mund gebe zwar kein Zeichen, allein ihr Seufzen sage ihm: Ja!

Ihre Augen quollen aus den Höhlen, ihr Seufzen war ein Grollen aus tiefstem Untergrund.

Siegesbeck hätte sogar noch einen dritten Vers parat gehabt, in dem er sagen wollte, er wäre hurtig und frisch wie ein Fisch. Und käme sie zu angeln, er würde nicht mangeln …

Doch die Prinzessin durchkreuzte seine Dichtkunst mit einem herzzerreißenden Stöhnen: «Heilige Mutter Gottes: die Blumen!»

«Oui, les fleurs», erwiderte Siegesbeck.

«Ihr seid es gewesen, der Gärtner!»

«Botaniste, Eure Majestät.»

«Und ich dachte … nein, ich hoffte, es sei ein Herr von adligem Blute, der mich begehrt und vor dem Schweden bewahrt.»

«Ich werde nicht zulassen, dass Euch jemals ein Schwede zu nahe tritt.»

Der Gesichtsausdruck der Prinzessin wechselte zwischen wirrem Entsetzen und wütendem Verstehen, während ihr das ganze Ausmaß der Katastrophe bewusst wurde. «Habt Ihr etwa gerade mit angesehen, wie ich den Hund … Versteht mich nicht falsch. Ich meine, ich liebe den Hund, so wie ich meinen Bruder liebe, den König …»

Da kam der Kater ins Gemach getapst und strich der Prinzessin schnurrend um die Beine. Siegesbeck, der nur Augen für die Prinzessin hatte, bemerkte die Anwesenheit der Katze gar nicht, sondern lächelte galant. «Seid unbesorgt, Eure Majestät. Eure Geheimnisse sind bei mir sicher aufgehoben.»

Die Prinzessin ertrug es nicht mehr. Sie legte eine Hand an ihre Stirn, wandte sich ab und sprach leise gegen die Wand: «Ich danke Euch für die Blumen, *botaniste*, aber jetzt lasst mich bitte allein.»

Nachdem der Gärtner gegangen war, beschloss die Prinzessin, erst einmal den Kopf statt ihrer Fäuste zu benutzen. Konnte sie dem verrückten Gärtner über den Weg trauen? Würde er tatsächlich den Mund halten? Wenn der König herausfand, dass sie dem blöden Köter mit dem Knüppel eins übers Fell gezogen hatte, würde Friedrich sie in die Festung Küstrin sperren, so wie es der Vater einst mit ihm getan hatte. Für die Misshandlung seines Schoßhündchens würde die Rache des Königs gnadenlos sein. Schon sah die Prinzessin ihren Kopf auf dem Richtblock liegen und das Beil des Henkers niederfahren. So etwas hatte in der Familie ja Tradition.

Ach, wäre ihr Verehrer doch nur ein Adliger gewesen, ein Herzog oder ein Graf, reich an Geld, Gütern und Einfluss. Mit dem wäre sie fortgelaufen – fort aus diesem Kokon, der ihr die Atemluft aus den Lungen presste. Mit so einem hätte sie sich in wilder Liebe vereint. Doch nun … oje, was blieb ihr denn übrig?

Verdammter Mist, seufzte sie und kraulte beiläufig dem Kater die Ohren, der sich auf ihrem Schoß zusammenrollte und wohlig schnurrte.

Weil der König dem österreichischen Luder nicht weiter über den Weg traute, als man gegen den Wind pinkeln konnte, schloss er neue Bündnisse und rüstete ein Heer mit achtzigtausend Soldaten auf. Kurz zuvor waren die Österreicher siegreich ins Elsass vorgedrungen, und bestimmt würde Maria Theresia auch Schlesien zurückerobern wollen.

Zuvor hatte der König in Berlin noch ein paar Dinge geregelt, die seine eigene Familie betrafen, und für seine vorwitzige Schwester einen passablen Gatten ausgewählt: den schwedischen Kronprinzen Adolf Friedrich. Nachdem das geklärt war, marschierte der König in Böhmen ein, und sein zweiter Krieg begann.

Während Siegesbeck die Flucht mit seiner Geliebten plante, kam Rediwanoff ins Gewächshaus gelaufen und berichtete von seltsamen Vorgängen im Schloss. Was dort genau vor sich ging, konnte der einfältige Russe nicht sagen, nur, dass da halt etwas vor sich gehe, und zwar mit der Prinzessin.

Gleditsch war nicht in Berlin, sondern besichtigte irgendwo eine Maulbeerbaumplantage, weswegen Siegesbeck umgehend mit den Vorbereitungen für die Flucht begann. Er packte seine Sachen in eine Reisekiste, band einen Blumenstrauß, holte zwei Pferde aus dem Stall und eilte zum Schloss, vor dem sich eine Menschenmenge versammelt hatte. Obwohl es in Strömen regnete, drängten sich die Menschen vor einem Trupp Soldaten, die eine Kutsche bewachten.

Siegesbeck stellte sich auf die Zehenspitzen, reckte den Kopf und sah in der Kutsche die Prinzessin neben einem dicken Mann sitzen. Aus den Gesprächen der Schaulustigen erfuhr Siegesbeck, dass der Dicke ein schwedischer Graf namens Carl Gustaf Tessin war, der eigens nach Berlin gekommen sei, um die Prinzessin für ihre Hochzeit nach Schweden zu holen.

Das Volk winkte und jubelte. Der Kutscher ließ die Peitsche knallen, die Räder rollten an. Im Wagen drehte die Prinzessin den Kopf. Der Kater kuschelte sich auf ihren Schoß und streckte behaglich die Pfoten aus. Am Straßenrand sah die Prinzessin den Gärtner mit zwei Pferden stehen. In der einen Hand hielt er eine Reisekiste, in der anderen einen Blumenstrauß. Regen tropfte dem Gärtner aus der Perücke. Das Wasser weichte seine Kleider und Schuhe ein. Sie sah, wie er den Mund öffnete und wieder schloss.

Luise Ulrike wandte sich ab.

30.
Boerhaave

LEIDEN, 1735

An dem Tag, an dem das Schiff ohne Carl nach Schweden in See gestochen war, stand ihm das Tor von Boerhaaves Anwesen weit offen. Doch beim Hindurchtreten schwand ihm der Mut. Was erwartete er denn von dem schießwütigen Alten? Reputation? Den Ritterschlag für sein Sexualsystem? Das Lob eines der größten Gelehrten dieser Zeit? Und was würde geschehen, wenn Boerhaave ihn als denjenigen erkannte, der versucht hatte, bei ihm einzubrechen?

An der Tür des Anwesens hielt ein Diener den dunklen Hund an einer gestrafften Leine. Der Hund fixierte Carl mit stechendem Blick; die Ohren waren angelegt, der Schwanz aufgestellt, ein vibrierendes Knurren quoll aus seiner Kehle. Carl hielt gebührend Abstand, als er an dem Hund vorbei ins Gebäude huschte. Man erwartete ihn im Drachensaal, einem mit Stuck verzierten Raum. Unter der Decke glitzerten Kristallleuchter, die Wände waren mit Bücherregalen vollgestellt.

Professor Boerhaave thronte am Ende einer gedeckten Tafel. Zu seinen Seiten saßen vier festlich herausgeputzte Männer, während Boerhaave aussah wie jemand, der in einem Fass am Flussufer geschlafen hatte. Das Haar stand ihm in alle Richtungen vom Kopf ab. Auf Kinn und Wangen wucherten Bartstoppeln wie Unkraut auf einem ungepflegten Gemüseacker, und er trug denselben abgewetzten Morgenmantel wie an dem Tag, an dem er Carl beinahe erschossen hatte.

Die Gäste blickten in Carls Richtung. Boerhaave beachtete ihn nicht. Er hing mit dem Kopf über einen Teller gebeugt und löffelte Suppe. Dann legte er den Löffel beiseite, hob den Blick und musterte ohne großes Interesse Carl, der hinter seinem Rücken vor Aufregung die schweißfeuchten Finger wrang.

Es galt als große Ehre, bei Hermann Boerhaave eine Audienz zu bekommen, vielleicht vergleichbar damit, wenn der Papst jemandem die Füße wusch. Meist ließ Boerhaave seine Besucher lange warten, dabei machte er keinen Unterschied, ob jemand Student oder königlicher Gesandter war. Trotz lukrativer Angebote hatte er sich weder vom preußischen Soldatenkönig Friedrich Wilhelm I. noch von der russischen Zarin Anna Iwanowna als Archiater, wie man einen Leibarzt nannte, engagieren lassen. Es hieß, Boerhaave tue sich schwer damit, seine Heimat zu verlassen. Vielleicht hatte ihm auch die Erhöhung seines Salärs an der Universität Leiden bei der Entscheidungsfindung geholfen, als man dort von den Abwerbungsversuchen erfuhr.

Boerhaave war das Aushängeschild der holländischen Wissenschaften, und er war geschäftstüchtig. Aus aller Welt strömten die Studenten in seine Vorlesungen an der medizinischen Fakultät, und die Reichen zahlten gut, damit er ihre Krankheiten behandelte. Über die Jahre hatte Boerhaave ein beachtliches Vermögen angehäuft, spendete aber nicht selten einen guten Teil davon für Suppenküchen und notleidende Menschen.

Mit einer beiläufigen Handbewegung forderte er Carl auf, sich an den Tisch zu setzen, und bekannte, dass die anderen Gäste wohl selbst in der Lage seien, sich vorzustellen, er müsse seine Suppe auslöffeln, bevor sie kalt werde.

Einer der Männer am Tisch war Professor Gronovius, der Carl aufmunternd zulächelte. Ein anderer war Johannes Burman, ein junger Botaniker, von dem Carl schon gehört hatte. Burman beobachtete Carl aus schmalen Augen mit forschendem, abschätzendem Blick. Die anderen beiden Gäste waren ein dicker Priester, dessen Namen Carl gleich wieder vergaß, und ein Herr namens George Clifford. Mit Interesse hörte Carl, dass Clifford nicht nur der Direktor der Niederländischen Ostindien-Kompanie, der Vereenigde Oostindische Compagnie VOC, und somit sehr wohlhabend war, sondern er war auch ein Liebhaber und Sammler exotischer Tiere und Pflanzen.

Gronovius wandte sich an Boerhaave: «Unser junger Freund Carl Linnaeus aus Schweden hat eine Abhandlung über die Begattung der Pflanzen verfasst. Davon hatte ich Euch eine Abschrift geschickt und gebeten, eine Drucklegung zu prüfen. In dem Manuskript stellt Linnaeus eine interessante Methode vor, wie man Gewächse anhand ihrer Sexualorgane ordnen könnte.»

«Hab ich gelesen», murmelte Boerhaave.

«Pflanzliche Sexualorgane», höhnte der Priester. «Lasst das mal nicht die Kirche hören.»

«Kirche ist das eine, die Wissenschaft das andere», knurrte Boerhaave.

«Wobei das eine untrennbar mit dem anderen verbunden ist», warf der Priester ein. «Man denke nur an dieses widerliche, verbotene gelbe Gewächs, das in der Heiligen Schrift genannt wird, diese Paradiesfeige.» Der Priester zeichnete mit seinem Löffel einen phallusähnlichen Umriss in die Luft.

Carl bat ums Wort. Boerhaave gähnte und zuckte gleichgültig mit den Schultern.

Carl deutete dies als ein Ja und sagte zu dem Priester: «Die Paradiesfeige, im Arabischen wird sie *Musa* genannt, als ein Sexualorgan zu benennen, kann nur der Fantasie eines unwissenden Laien entspringen. Die dem männlichen Glied nicht unähnliche Frucht der *Musa* ist das Ergebnis einer Zeugung – sie ist *nicht* ihr Zeugungsorgan.»

Das Gesicht des Priesters straffte sich. Seine gelben Zähne wurden sichtbar, aber das war kein Lachen in dem fleischigen Gesicht.

Clifford hingegen prustete los, dass es ihn schüttelte. Als er wieder zu Atem kam, sagte er: «In meinem Warmhaus wachsen ein paar Musapflanzen. Sie haben noch nie geblüht. Ihr könnt sie Euch gerne anschauen, Linnaeus, und ein Buch über meine Pflanzensammlung schreiben. Natürlich werde ich Euch dafür gut bezahlen.»

«Nichts lieber als das», sagte Carl voreilig. Dann fiel ihm Sara ein. «Aber leider muss ich bald heimkehren. In Schweden wartet ein Mädchen auf mich …»

«Das er mit seinem Musadings beglücken will», schnaufte der Priester. Dieses Mal lachte er, aber sonst niemand.

«Ich würde mich über Euren Besuch freuen, Linnaeus», sagte Clifford. «Womöglich habt Ihr ein glücklicheres Händchen als mein Gärtner und bringt vielleicht die *Musa* dazu, sich begatten zu lassen.»

Vom Tischende war leises Schnarchen zu hören. Boerhaave war eingenickt und schreckte erst hoch, als die Diener einen Hasenbraten auftischten. Dazu gab es gekochte Knollen, wie jene, aus denen Carls Vater den Schnaps brannte.

«Das wurde auch Zeit», sagte der Priester. «Von der Vorsuppe kriege ich nur Blähungen.»

Sie aßen den Hasen, und als nur noch eine einzige Knolle übrig war, nahm Boerhaave sie in die Hand, hielt sie in Carls Richtung und sagte: «*Solanum tuberosum esculentum!* Wenn Ihr den Pflanzen neue Namen geben wollt und ein so großartiger Botaniker seid, wie Gronovius behauptet, dann erklärt mir mal, wie diese Knolle zu ihrem wissenschaftlichen Namen gekommen ist.»

Carl hielt Boerhaaves Blick stand. «Die Gebrüder Bauhin haben die Knolle als Nachtschatten mit knolligen Wurzeln beschrieben. Sie nannten sie *Solanum*, weil ihre Blätter denen der Tomate ähneln und ihre Blüten denen von Auberginen. Im Lateinischen bezeichnet *Solanum* ‹geruhsam am Abend›, was der bedächtig unter der Erde reifenden Knolle gerecht wird. *Tuberosum* bedeutet ‹knollig› und *esculentum* ‹essbar›. Ich würde *esculentum* bei der Beschreibung allerdings streichen. Ein wissenschaftlicher Name ist eindeutiger, wenn er sich auf einen Gattungs- und einen Artnamen beschränkt.»

«Hm, gut», murmelte der Botaniker Burman. Es war das Erste, was er von sich gab. Er war ungefähr in Carls Alter, lehrte aber bereits an der Universität Botanik und leitete den *Hortus Botanicus Amstelodamensis*, den Botanischen Garten von Amsterdam.

Kurz darauf forderte Boerhaave Carl und die anderen

auf, ihn nach draußen in den Garten zu begleiten. Es klang nicht wie eine Bitte. Carl gehorchte, und Gronovius, Clifford und Burman folgten ihnen. Einzig der botanisch desinteressierte Pfarrer blieb drinnen am Tisch sitzen. Er hatte einen Nachtisch geordert und verspeiste ein Stück Kuchen, als müsse er einen Wettbewerb gewinnen.

Boerhaave humpelte auf einen Stock gestützt durch den Garten. Er war zwar von der Gicht gekrümmt, aber so flink, wie Carl ihn bei seinem Einbruchversuch erlebt hatte. Vor einem etwa fünf Fuß hohen Bäumchen, dessen schwarzgraue Borke mit weißen Flecken gesprenkelt war, blieb Boerhaave stehen.

«Ich hörte, Ihr behauptet, alle Pflanzen bestimmen zu können», sagte er zu Carl. «Erdknollen und *Musa* mögen Euch ja bekannt sein, aber diesen Baum hat bislang kein Botanikus beschrieben. Oder kennt Ihr ihn vielleicht doch?»

Gronovius, Clifford und Burman rückten näher, bis alle im Kreis um Carl herumstanden, der die Blätter betrachtete und die glatte Rinde befühlte. Er glich das, was er sah, mit seinem angelesenen Wissen ab, überlegte, wog ab und überlegte neu. Es war wirklich knifflig. Doch schließlich kam er zu einem Ergebnis: «Es ist ein Mehlbeerbaum. Und wenn ich Euch korrigieren darf: Vaillant hat diesen Baum beschrieben.»

«Will er mich zum Narren halten?», brauste Boerhaave auf. «Ja – gut, es ist eine Mehlbeere. Aber Vaillant hat sie nicht beschrieben. Ich selbst habe Vaillants Werke herausgegeben. Da werde ich wohl wissen, was drinsteht.»

Boerhaaves heftiger Widerspruch ließ Carl einen Schritt zurückweichen. Irrte er sich etwa? Nein, er war sich sicher, bei Vaillant über die Mehlbeere gelesen zu haben. «Dann lasst uns doch einfach nachschauen», sagte er.

Boerhaave humpelte zurück in den Drachensaal, wo er gleich auf dem Tisch Platz schaffen ließ. Der Priester musste sich mit seinem zweiten, vielleicht auch schon dritten Stück Kuchen an den äußersten Tischrand zurückziehen, während Vaillants gesammelte Werke auf der Platte ausgebreitet wurden.

«Dann soll uns der Schwede mal zeigen, wo Vaillant die Mehlbeere beschrieben hat», sagte Boerhaave, wobei er mit Burman einen Blick wechselte.

Carl begann sich durch das vielbändige Werk zu blättern. Seite um Seite schlug er in den Büchern um, ohne jedoch die Stelle wiederzufinden. Allmählich kam er ins Schwitzen und sagte sich immer wieder im Geiste: Ich habe davon gelesen, ganz sicher habe ich das.

Am anderen Tischende entwich dem Priester ein gewaltiger Rülpser aus den Tiefen seiner Brust. Sein Gesicht war dunkelrot angelaufen, der Blick starr auf den Teller gesenkt, von dem er die Kuchenstücke vertilgt hatte. Ohne ersichtlichen Grund begann er zu kichern, bevor er eine Fingerspitze anleckte und damit die letzten Krümel vom Teller auftupfte.

Zugleich wurde Carl fündig und zeigte Boerhaave eine Seite im Buch *Botanicon parisiense*. Vaillant hatte an diesem Werk über die Pflanzen aus der Umgebung von Paris sechsunddreißig Jahre lang gearbeitet, mehr als sein halbes Leben, und das Werk trotzdem nicht zu Lebzeiten vollenden können. Boerhaave hatte es posthum im Jahr 1727 herausgegeben.

Die anderen Männer versammelten sich hinter Boerhaave und blickten ihm über die Schulter, während Boerhaave laut vorlas: «*Crataegus folio subrotundo laciniato et serrato.* Hm – ja, offensichtlich wuchs da irgendwo in Paris auch ein Mehlbeerbaum.»

Im Hintergrund ließ der Priester eine Mischung aus Kichern und Röcheln hören.

Boerhaave hob eine Hand und zielte mit dem Zeigefinger wie mit einer Flinte auf Carl: «Ihr, Linnaeus, bleibt bis auf Weiteres in Holland. Keine Widerrede! Ich werde umgehend veranlassen, dass Euer Manuskript hier gedruckt wird …»

Da wurden Boerhaaves Worte vom anschwellenden Keuchen des Priesters übertönt. Es klang, als steige in ihm ein vulkanartiger Druck auf. Er griff nach einem Weinglas und leerte es in einem Zug. Durch den Wein schien sich der Druck aber noch weiter zu verstärken. Er bäumte sich auf wie unter einem Knüppelschlag und schrie, er müsse sein Musadings entleeren. Aber dazu kam er nicht mehr. Alle Farbe floss ihm aus dem Gesicht. Er wurde bleich. Dann blau. Er hustete, würgte und krächzte: «Mein Hals! Mein Hals!»

«Meine Bücher! Meine Bücher!», rief Boerhaave entsetzt.

Doch zu spät: Der Priester erbrach sich, kippte vom Stuhl, fiel auf den Boden und bewegte sich nicht mehr.

Gronovius kniete bei ihm nieder und fühlte nach einem Puls, bevor er den Kopf schüttelte und leise sagte: «Wahrscheinlich das viele Essen.»

«Oder ein schwaches Herz?», überlegte Clifford.

Nachdem Boerhaave seine Bücher in Sicherheit gebracht hatte, humpelte er zu der Leiche und diagnostizierte mit kenntnisreichem Blick: «Meine Herren, Sie irren sich. Sie wurden soeben Zeuge eines denkwürdigen medizinischen Ereignisses – und zwar eines Krankheitsbildes, das ich als Erster von allen in der medizinischen Wissenschaft beschrieben habe, und das daher meinen Namen trägt: das Boerhaave-Syndrom.»

Er kratzte über seine Bartstoppeln. «Es ist bedauerlich, dass dieser gottesfürchtige Mann sein irdisches Leben beendet hat. Aber wir wollen das Beste aus der Situation machen.»

Nach seinen Anweisungen bereiteten die Diener den Saal für eine spontane Obduktion vor. Die Leiche wurde auf dem Boden entkleidet und Operationsbesteck bereitgelegt. Burman wurde zum Protokollanten bestimmt und musste jeden Arbeitsschritt dokumentieren. Boerhaave begann, mit einem scharfen Skalpell den Hals des Priesters aufzuschneiden. Dann linste er durch ein Vergrößerungsglas in den Schnitt und stieß einen kleinen Freudenschrei aus. Vergnügt zeigte er den anderen einen kleinen, aber deutlich erkennbaren Riss, eine Ruptur, in der Speiseröhre. Der Riss, erklärte Boerhaave, sei eine Folge des starken Drucks und heftigen Erbrechens.

Nach der Obduktion brachte man die Leiche fort und säuberte den Saal. Die verbliebenen Gäste nahmen wieder Platz. Im Gedenken an den Priester verspeiste jeder ein Stück Kuchen, wobei sich Burman jetzt redseliger zeigte. Er lobte Carls botanische Kenntnisse und lud ihn zu sich nach Amsterdam ein.

«Und vergesst bitte auch nicht meine Einladung nach Hartekamp», sagte Clifford.

Carl dachte an Sara und Moraeus und an den Brief,

in dem er seine baldige Rückkehr nach Falun bereits angekündigt hatte. Dann dachte er an Cliffords Garten in Hartekamp und an die *Musa*, die noch nie geblüht hatte.

Aber gleich danach werde ich heimkehren, dachte er schließlich.

Beim Abschied steckte ihm Boerhaave einen kleinen Stofffetzen zu; es war das Stück, das ihm der dunkle Hund aus der Hose gerissen hatte.

31.

Das kranke Herz

BRANDENBURG, 1744–1745

Der schwedische Kronprinz Adolf Friedrich aus dem Hause Schleswig-Holstein-Gottorf führte am 29. August 1744 die preußische Prinzessin Luise Ulrike in Stockholm vor den Traualtar. Ein tiefer Seufzer dehnte Luise Ulrikes Busen, dann ergab sie sich ihrem Schicksal. Der Kronprinz war noch hässlicher als der Gärtner, zehn Jahre älter als Luise Ulrike, außerdem rundlich und klein gewachsen. Die Augen quollen aus seinem speckigen Gesicht, in dem die Nase hervorstand wie ein pickliger Monolith. Adolf Friedrich war ein Jammerlappen. Die Aussichten, dass er irgendwann einmal Schweden regieren würde, waren gering. Aus für Luise Ulrike unerfindlichen Gründen hatten sich die Schweden für eine Regierungsform entschieden, die aus einem Reichsrat und politischen Parteien bestand, die sich die albernen Namen für Kopfbedeckungen gegeben hatten: Hüte und Mützen. Was war das nur für ein Land, in dem Könige und Königinnen nichts mehr zu sagen hatten?

Beim Festmahl nach der Trauung saß Luise Ulrike im Schloss Drottningholm an Adolf Friedrichs Seite und staunte, welche Unmengen Essen in ihren Gemahl passten. Er verspeiste Braten, Hummer und geräucherte Heringe, löffelte Kaviar und gabelte Sauerkraut. Dazu trank er literweise Champagner. Zum Nachtisch ließ er Semlor auftragen, diese mit Sahne und Mandelmasse gefüllten Hefeteigkugeln. Luise Ulrike war schon beim Anblick des Gebäcks pappsatt und fütterte unter dem Tisch den Kater damit. Ihr Prinzgemahl aß fünf Semlor. Dann lehnte er sich erschöpft zurück und verkündete, er sei nun bereit für die Hochzeitsnacht.

Als Adolf Friedrich neben ihr im Bett schnarchte, eine seiner Patschhände auf ihrer nackten Brust abgelegt, dachte sie an das Hündchen ihres Bruders. Sie ertappte sich bei dem Gedanken, dass sie hoffte, der liebestolle Gärtner erzählte ihrem Bruder von dem Zwischenfall. Dann würde Friedrich seine Truppen bestimmt Richtung Schweden marschieren lassen. Feuer, Tod und Verwüstung wären für Luise Ulrike das Elysium, verglichen damit, einen einzigen Tag länger an der Seite dieses Vielfraßes leben zu müssen.

In Berlin suchte Gleditsch überall nach Siegesbeck. Man hatte ihn jedoch weder auf den Maulbeerbaumplantagen noch im Botanischen Garten gesehen. Gleditsch suchte ihn in den Gewächshäusern und im Wohngebäude. Er schaute hinter Büschen und Hecken nach und stocherte mit einer Stange im Teich herum, in dem aber nur ein aufgeblähter Schweinekadaver an die Oberfläche kam und üblen Gestank verbreitete.

Eigentlich hatte Gleditsch den Wirrkopf nie leiden können. Der Mann hatte so eine verkniffene und anstrengende Besessenheit an sich. Stets neigte er zum Widerspruch, in den Augen dieses nervöse Flackern, und die Mundwinkel zuckten ungeduldig. Warum er so ein radikaler Gegner des linnaeischen Sexualsystems war, hatte Gleditsch nie verstanden. Aber, das musste er ihm lassen, der Mann war ein durchaus begabter Botaniker. Und deshalb brauchte Gleditsch ihn. Die Seidenraupenproduktion musste endlich ins Laufen kommen.

Der Preußenkönig wusste nichts vom Verschwinden seines Gärtners und besetzte derweil Böhmen. Mit einem gewaltigen Heer hinter sich und dem Windspiel Biche unter dem Mantel zog er bis vor die Mauern Prags, das er im Handstreich einnahm. Vor Freude küsste er Biche aufs Rehnäschen. Aber er triumphierte zu früh. Der österreichische Feldmarschall Traun kam mit seinen Truppen aus dem Elsass zurück, narrte die Preußen und wich mit geschickten Manövern jeder Schlacht aus. Stattdessen schnitt Traun den Preußen die Nachschubwege ab, sodass sie bald festsaßen. Dann kam der Herbst. Und mit dem Herbst kamen Stürme, Gewitter, Regengüsse und Kälte. Die Bauern versteckten Getreide und Vieh vor den Besatzern, und bald plagten Hunger und Krankheiten das preußische Heer. Tausende Soldaten desertierten.

Und in Berlin blieb Siegesbeck noch immer unauffindbar.

Was niemand wusste, war, dass Siegesbeck mit der Menschheit gebrochen hatte. Er litt unsäglich. Aus seinem Herzen war der Lebensmut gesickert wie Wasser aus einem durchlöcherten Eimer. Alles – ja, wirklich alles war umsonst gewesen. Er hatte im Dienst der Wissenschaft immer nur das Beste im Sinn gehabt. Wahrheit. Gottesfurcht. Dafür hatte man ihn geschmäht und verachtet. Er hatte die

Feinde der Wahrhaftigkeit nicht aufhalten können, obwohl er heldenhaft in den Kampf gegen Linnaeus gezogen war. Er, Siegesbeck, war doch der Gute gewesen, der Ritter der Tugend, der Fechter für Gottes Wahrheit. Dennoch hatte er den Teufel in Person des Schweden nicht aufhalten können, der ein Werk nach dem anderen publizierte, während Siegesbecks Widerstand im Sande verlief. Noch immer breitete sich das linnaeische System in der Welt aus wie eine Seuche. Siegesbeck stand allein gegen das Böse. In Sankt Petersburg. In Rom. In Preußen.

Er war keinem Kampf aus dem Weg gegangen. Das hatte er schon damals nicht getan, als seine Frau aus der Linde gefallen war. Er hatte nach dem schrecklichen Unglück zwar beinahe seinen Lebensmut verloren, aber er hatte gekämpft, und Gott hatte ihm den Weg aus der Finsternis zurück ins Licht gewiesen: alle Liebe und Kraft für die Wissenschaft. Bis sie in sein Leben getreten war. Luise Ulrike, seine Prinzessin. Ja, letztlich war es diese emotionale Schwäche gewesen, eine Verwirrung seiner dummen Gefühle, die ihm das Herz ein zweites Mal gebrochen hatte. Und das Genick. Mehr Enttäuschung ging nicht. Das Maß war voll. Sein Herz war leer. Ausgeflossen, ausgepresst. Verlassen, vergessen.

Der Schmerz trieb Siegesbeck fort aus Berlin, hinaus aufs Land. Irgendwohin. Nirgendwohin. Weg von allen Menschen. Tagelang irrte er wie betäubt umher, bis er auf einem vom Regen aufgeweichten Acker zwischen welkem Tartuffelkraut entkräftet zusammenbrach.

Auf dem Rücken liegend blickte er in den grauen Himmel hinauf und bat Gott um Erlösung. Und der Herr verstand ihn. Mit einem Mal spürte Siegesbeck die Kälte nicht mehr. Das Zittern ließ nach und verging. Alles löste sich auf: Hunger und Durst, die Last enttäuschter Liebe und überhaupt alle lästigen Gefühle. Seine Seele glitt davon wie eine hauchzarte Wolke.

Er dankte Gott für die Gnade. Dann schloss er die Augen und mit seinem Leben ab.

Die Geschichte des Johann Georg Siegesbeck wäre an dieser Stelle, auf einem Tartuffelacker im brandenburgischen Nirgendwo, zu Ende erzählt, wenn – ja, wenn nicht ein paar Bauern des Weges gekommen wären. Sie hatten Hacken, Schaufeln und Körbe dabei, um die Nachkommen jener Knollen zu ernten, die ihnen zwei dämliche Botaniker vor nunmehr vier Jahren dagelassen hatten.

Damals hatten die Bauern lange diskutiert, was sie mit den Knollen anfangen sollten, bis der alte einäugige Bauer, der für seine Weisheit geachtet war, ein Machtwort gesprochen hatte: «Wenn die blöden Knollen schon mal hier sind, dann buddeln wir sie halt ein.»

Und tatsächlich brachte die Ernte alle Bewohner des Bauerndorfs durch die harte Zeit nach dem Jahrtausendwinter, während überall in Europa Hunderttausende Menschen verhungerten.

Auf dem Weg zu den Knollen klatschten die Bauern nach dem herumschwirrendem Ungeziefer, das sich, seit sie alle Spatzen getötet hatten, zu einer Plage von biblischen Ausmaßen entwickelt hatte. Kurz darauf fanden sie den leblosen Siegesbeck zwischen den angehäufelten Tartuffeldämmen. Zunächst glaubten sie, er sei ein eingeschlafener Knollendieb und wollten mit ihren Hacken und Schaufeln den letzten Rest Leben aus ihm herausprügeln. Doch dann erkannte der einäugige Greis in dem halbtoten Mann den königlichen Tartuffel-Boten, dem sie letztlich ihr Leben zu verdanken hatten. Sie schleppten ihn in ihr Dorf und fütterten ihn mit Tartuffelbrei, bis er allmählich wieder zu Kräften kam. Aber sein Geist blieb in einem Zustand geistiger Abwesenheit gefangen. Nichts, aber auch gar nichts konnte ihm den Lebensmut zurückbringen.

Dabei versuchten die Bauern wirklich alles. Sie zogen vor seinen Augen lustige Grimassen und kitzelten ihn an den Füßen. Die Kinder malten ihm mit Kohle einen Schnurrbart und heidnische Zeichen auf die Stirn. Ein herangekarrter Priester wischte die Zeichen entrüstet weg und sprach tagelang Gebete. Der einäugige Bauer ließ den geistig Abwesenden sogar vor sein Bett setzen und ihn dabei zuschauen, wie er eine junge Geliebte begattete. Doch so sehr der Alte sich beim Liebesspiel auch verrenkte, um zu zeigen, zu welchen körperlichen Leistungen er dank der in Wein gekochten Tartuffeln fähig war, der Botaniker reagierte auf gar nichts.

Das Einzige, was er tat, war stumm und stur ins Nichts zu starren. So verging das erste Jahr, dann ein zweites. Dann verloren die Bauern die Geduld. Sie hatten wirklich allen guten Willen, dessen sie fähig waren, bewiesen. Aber ein Nichtsnutz, der nur Vorräte aufbrauchte, ohne etwas für die Gemeinschaft beizutragen, war auf Dauer eine zu große Last.

Als der Winter des Jahres 1745 bevorstand, legten sie ihn auf einen Handwagen und karrten ihn über Äcker und Wiesen an den Rand eines dunklen Waldstücks. Hier kippten sie ihn ab und überließen ihn seinem Schicksal. Und sollte kein Wunder geschehen, dann würde Siegesbeck nun endlich den erlösenden Tod finden.

32.

Ein plötzlicher Tod

AMSTERDAM, SEPTEMBER 1735

Ein paar Tage nach der Audienz bei Boerhaave saßen Carl und Artedi in einer Amsterdamer Schänke. Beim Zechen schilderte Carl dem Freund den medizinischen Kunstgriff des Professors in allen Einzelheiten.

«Bei der Schwanzflosse des Rotbarschs – er hat ihm den Hals aufgeschnitten», raunte Artedi.

Carl reckte das Kinn und fuhr sich mit dem Finger über die Kehle. «So hat er das gemacht, genau so. Das war spektakulär.»

«Aber der Mann war doch Priester.»

«Kirche ist das eine, die Wissenschaft das andere. Hat Boerhaave gesagt.»

Sie stießen auf die Wissenschaft an. Inzwischen war Carl bei Burman eingezogen und half ihm gegen freie Kost und Logis bei der Arbeit an einem Werk, das Burman über die Pflanzen in Ceylon schrieb. Zugleich arbeitete Carl an seinen eigenen Manuskripten. Seine erste Schrift, die *Systema Naturae*, sollte bald in Druck gehen.

In einem zweiten Brief hatte Carl um Saras Verständnis geworben: Er wolle nur noch die Drucklegung seiner ersten Veröffentlichung abwarten – und dann heimkehren. Ihre

Antwort fiel schmallippig aus: Er könne sich seine Blumen sonst wohin stecken, und wenn er nicht bald in Falun aufkreuze, werde sie mit dem ollen Reuterholm ausgehen.

Die Drohung verfehlte ihre Wirkung nicht. Eigentlich hatte Carl an diesem Tag nach dem nächsten Schiff Richtung Schweden Ausschau halten wollen, auf dem Weg zum Hafen aber seinen Freund Artedi getroffen, weswegen sie in der Schänke gelandet waren. Jetzt verdrängte der Alkohol Sara zusehends aus Carls benebeltem Kopf.

Aber Artedi hatte ja auch wirklich etwas zu feiern. Ein gewisser Albert Seba zeigte ernsthaftes Interesse an seinem Manuskript zur Fischkunde. Und dieser Seba war kein anderer als der deutsche Apotheker, der in Amsterdam lebte und das wissenschaftliche Sammelwerk *Thesaurus* herausgab, in dem auch die falsche Hamburger Hydra abgebildet worden war.

«Ich muss nur noch sechs Fischarten beschreiben, dann ist mein Manuskript fertig», erklärte Artedi heiter. Sogar Carls Erzählung von dem Aal, der dem Pferd durchs Gedärm gekrochen war, wollte Artedi in seine Fischkunde aufnehmen.

«Dein Werk wird die moderne Ichthyologie begründen», lobte Carl.

Artedis Gesicht glühte vor Stolz und Branntwein. Er musste aber einräumen, dass er immer noch nicht herausgefunden hatte, wie die Aale sich vermehrten. «Vielleicht gibt es gar keine männlichen Aale, sondern nur weibliche, die sich selbst befruchten.»

«So machen es ja auch die Regenwürmer», stimmte Carl zu.

«Genauso machen die das.»

Sie stießen wieder an und tranken, bis sie zur Sperrstunde die letzten Münzen in Bier und Branntwein umgesetzt hatten. Ihre Köpfe summten vor Glück und Alkohol, und sie hielten sich aneinander fest und stützten sich, während sie durch die dunklen Amsterdamer Gassen torkelten. Vor Burmans Haus trennten sich ihre Wege. Carl blickte Artedis Schatten nach, der in der vom Mondlicht beschienenen Gasse auseinanderfloss. Er sah noch, wie Artedi an das Geländer über einer Gracht wankte, dann ging Carl ins Haus. Kurz darauf lag er in Schuhen und Kleidern auf dem Bett und dachte über seinen Freund und sich selbst nach. Den Anfang hatten sie nun also gemacht. Bald würden sie ihre ersten Schriften veröffentlichen und somit die Grundlage für die Revolution der Naturwissenschaften legen.

Mit diesem Gedanken schlief Carl friedlich ein. An Sara dachte er nicht.

Draußen pinkelte Artedi in einem gewaltigen Strahl in den Kanal. Unten in der Gracht plätscherte es leise, und im Mondschein waren die kleinen, sich ausbreitenden Wellen zu sehen. Da tauchte mit einem Mal der Kopf eines riesigen Fischs an der Oberfläche auf. Artedi schüttelte ab, zog seine Hose hoch und kletterte nach vorn durchs Geländer. Diese rätselhafte Erscheinung musste er sich von Nahem ansehen. Mit einer Hand hielt er sich am Geländer fest und beugte sich über das Wasser. Tatsächlich – da unten war im Mondschein ein Fisch zu erkennen, der zu ihm hinaufstarrte und mit seinen großen Augen und dem grinsenden Maul irgendwie menschlich wirkte.

«Du Narr willst ein Ichthyologe sein?», höhnte der Fisch. «Was weiß denn ein Peter Artedi von meinem Leben? Nichts weiß er. Er weiß ja nicht einmal, wie Aale sich vermehren. Wie Regenwürmer? So ein Blödsinn! Komm nur schnell zu mir herunter, und ich will dich in die Geheimnisse meiner nassen Welt einweihen.»

Das ist nicht wahr, dachte Artedi und schüttelte heftig den trunkenen Kopf, um die Kontrolle über seine Sinne zurückzuerlangen. «Du bist nicht wirklich», sagte er. «Kein Fisch grinst so dämlich wie du.»

«Blödmann, ich grinse, wie es mir passt. Nun komm schon.»

In dem Moment beschloss Artedi, gleich morgen eine Pause mit dem Branntwein einzulegen. Auf jeden Fall spätestens übermorgen. Dann würde auch die Arbeit am Manuskript schneller vorangehen. Kein Wunder, dass er überall Fische sah, sogar sprechende.

Unten in der Gracht wartete der Fisch auf eine Antwort.

«Hinfort mit dir – du Trugbild», lallte Artedi und wollte sich vom Wasser abwenden. Aber als er sich am Geländer hochzog, rutschten seine Füße ab. Er verlor den Halt und stürzte in den Kanal.

Am nächsten Morgen wurde Carl in aller Frühe vom aufgebrachten Burman mit der Nachricht geweckt, man habe soeben einen Mann aus der Gracht gefischt. «Und man vermutet», sagte Burman atemlos, «dass der Verunglückte Euer Freund sein könnte, dieser schwedische Ichthyologe.»

Die Nachwirkungen des Branntweins hämmerten in Carls Schädel, als er aus dem Haus stürzte und die Straße hinunter zum Kanal rannte. Dort standen Schaulustige um einen am Boden liegenden Menschen herum. Carl erkannte Artedi sofort. Er sank neben ihm auf die Knie, tastete den nassen Körper ab, suchte nach einem Herzschlag und wollte es nicht wahrhaben, dass er keinen Puls fand. Er spürte die dunkle Leere kommen, die sich in ihm ausbreitete wie eine giftige Wolke.

Tagelang konnte er keinen klaren Gedanken fassen. Er weinte und klagte über den Verlust seines besten Freundes. Er verfluchte ihn für seinen Leichtsinn. Dann verzieh er ihm, er verzieh ihm alles. Er betete für ihn. Wollte aufgeben, wollte alles hinschmeißen. Er weinte, bis keine Tränen mehr kamen, und er erschöpft und blutleer die Kraft aufbrachte, hervorzukriechen aus der elenden Trauer.

Als es langsam wieder aufwärts ging, erinnerte sich Carl an ihren Schwur: Sollte einem von ihnen etwas zustoßen, würde der andere dessen Werk vollenden. Fische. Lurche. Kröten. Echsen. All die schleimigen Schleicher, Kriecher und Schwimmer. Es schüttelte Carl. Aber – ja, verdammt, das war er Artedi schuldig. Die Fischkunde musste vollendet werden, bevor der Apotheker Seba es sich anders überlegte.

Als Carl die Manuskripte aus Artedis Bude holen wollte, verweigerte ihm der Wirt der Absteige die Herausgabe. Er werde sie als Pfand behalten, sagte er und verschränkte die muskulösen Arme über dem Bauch. Der Suffkopf habe hohe Mietrückstände.

Carl schrieb an Direktor George Clifford und kündigte ihm an, er werde nach Hartekamp kommen und ein Buch über Cliffords Garten schreiben, oder über was auch immer. Er brauche Geld und bat um einen Vorschuss. Clifford schickte ihm postwendend mehr Geld, als Carl sich erbeten hatte, und er drückte alles dem gierigen Wirt in die dreckige Hand.

33.

Der Eremit

BRANDENBURG, 1745–1747

In Schlesien und Böhmen verschlechterte sich für die Preußen zusehends die kriegerische Lage. Dem König ging das Geld aus, die Franzosen verweigerten ihm die Bündnistreue, Tausende Soldaten desertierten. Unterdessen spielte der österreichische Feldmarschall Traun seine Spielchen mit den Preußen, bis Maria Theresia einen folgenschweren Fehler beging: Sie zog Traun nach Italien ab. Trauns Nachfolger Karl von Lothringen war in kriegerischer Taktik jedoch nur mäßig begabt, sodass der Preußenkönig zum Gegenschlag ausholte: Im dichten Morgennebel des 4. Juni 1745 fegten die Preußen beim schlesischen Hohenfriedberg die Österreicher vom Schlachtfeld. Die Österreicher flohen wie die Hasen, und in Wien bekam Maria Theresia kalte Füße. Die Regentin war erst achtundzwanzig Jahre alt und gerade zum siebten Mal schwanger. Sie gab ihren Feldherren den Befehl, die Preußen in einer entscheidenden Schlacht zu vernichten. Ende September kam es zum Aufeinandertreffen der verfeindeten Lager beim böhmischen Dorf Soor. Auf beiden Seiten fielen Tausende Männer. Dem Preußenkönig wurde das Pferd unterm Hintern totgeschossen, aber er überlebte, und sein Heer siegte. Als der König seinen Triumph feierte, ereilte ihn eine Nachricht, die ihm die Freude über den Sieg verhagelte: Biche war entführt worden, von einem ungarischen General, der in Diensten der Österreicher stand.

Vergessen war die Freude über den historischen Sieg. Dunkle Schatten überzogen die Welt des Königs. Er weinte bittere Tränen. Die Feinde, klagte er, würden sein liebstes Windspiel ganz bestimmt umbringen.

Von alledem erfuhr Siegesbeck nichts. Er kroch mit letzter Kraft in den Wald, wo er eine Höhle fand, in die er sich zum Sterben niederlegte. Doch der Tod kam nicht. Stattdessen träumte Siegesbeck von der Prinzessin. Sie war in einer Höhle gefangen und tief unter der Erde im Kelch einer großen Blüte an Staubfäden gefesselt. Siegesbeck wollte sie befreien, kam aber nicht an sie heran, denn zwischen ihnen klaffte eine unüberwindbare Schlucht, aus der zwanzig schaurige Gestalten emporschwebten. Die nackten Wesen – mit Hörnern und Schwänzen und Hufen statt Füßen – waren alle ein Abbild des Schweden. Sie knirschten mit spitzen Zähnen, besprangen die Prinzessin auf dem Blütenbett und pflanzten ihre teuflischen Samen in sie hinein.

Siegesbeck schrie und tobte vor Verzweiflung. Da erschien Gott in einem gleißend hellen Lichtschein und verkündete ihm, nur er, Johann Georg Siegesbeck, könne die Prinzessin und die ganze Welt vor dem Teufel bewahren. Also nahm Siegesbeck Anlauf und sprang. Doch im Sprung dehnte sich die Schlucht unter ihm immer weiter aus. Er verfehlte die andere Seite, stürzte ins Bodenlose und dann ins Fegefeuer.

Nach dem Sieg über Österreich jubelten die Preußen ihrem König zu und nannten ihn von nun an *Friedrich den Großen.* Groß war sein Erfolg, groß sein Ruhm, groß seine Geschichte. Groß war Preußen! Doch sein Herz war auf Erbsengröße geschrumpft.

Auch der zweite Krieg hatte Tausende Menschenleben gekostet, Unsummen an Geld verschlungen und Not und Elend über verheerte Landstriche gebracht. Noch schwerer aber wog für den König der Verlust von Biche. Die Sehnsucht nach seinem Liebling verzehrte ihn. Sein Leben war öde und sinnlos ohne ihr zartes Gebell, ohne ihr schnüffelndes und tapsiges Wesen, ohne ihre treuen Blicke, wenn er die gebratenen Hühnchen in ihren silbernen Napf gelegt hatte.

Er gäbe Schlesien der österreichischen Hure zurück, wenn er nur Biche wieder in seine Arme schließen dürfte. Dann, wenige Tage bevor der neue Frieden besiegelt werden sollte, ereilte ihn die erlösende Nachricht. Er tanzte durchs Schloss und jubilierte: «Biche lebt!»

Für den Friedensvertrag stellte er die Bedingung, dass man ihm den Hund ausliefern müsse. Allerdings hatte der ungarische General, der Biche entführt hatte, ihn seiner Ehefrau geschenkt, die ganz vernarrt in das Tier war und sich beharrlich weigerte, das Windspiel wieder herauszurücken. Es war ihr egal, ob die Preußen deswegen einen weiteren Krieg vom Zaun brachen.

Da platzte dem kriegsmüden General die Hutschnur. In einem Handgemenge entriss er seiner Frau den Hund und ließ ihn nach Preußen schaffen. Der König schrieb in seinem Arbeitszimmer gerade einen Brief, als man die Tür zu seiner Schreibstube leise öffnete. Biche tapste herein, sprang auf den Tisch und legte seinem Herrchen die Pfoten um den Hals, und der große Friedrich weinte vor Freude und Liebe.

Derweil nahm ein Mönch auf seiner Wanderschaft eine Abkürzung durch den tief verschneiten brandenburgischen Forst, als er mit einem Mal den Geruch von Feuer wahrnahm. Er sah einen flackernden Schein im Eingang einer Höhle und kroch hinein, bis er in der Höhle auf einen am Feuer sitzenden nackten Mann traf, dem das lange Haar wirr vom Kopf abstand. Sein langer Bart war ungepflegt und der magere Körper nur noch ein von Hautfetzen zusammengehaltenes Gerippe.

«Ihr scheint mir ein wenig schwach auf der Brust zu sein», stellte der Mönch besorgt fest, und weil der Mann nur stumm in die Flammen starrte, begann der Mönch, ihn mit Fragen zu löchern: Wie sein Name sei? Warum er hier mutterseelenallein hocke? Woher er komme, wohin er wolle? Sei das hier gar eine Einsiedelei? Und sei er – bei Gott! – etwa ein Eremit? Ein Mann mit Schweigegelübde auf der Suche nach göttlicher Erleuchtung?

Der Mönch fragte und fragte, bis der Mann das Geschwätz nicht mehr ertrug und es aus ihm hervorbrach: «Ich habe seit Ewigkeiten nichts gegessen außer ein paar Tartuffeln, und ich habe kein einziges Wort gesprochen. Aber da Ihr keine Ruhe gebt, sollt Ihr mir gut zuhören: Gott gab mir den Auftrag, den Teufel zu bezwingen. Doch ich bin ins Fegefeuer gefallen. Nun warte ich darauf, dass Gott mich endlich erlöst. Also – verschwindet!»

Der Mönch raufte sich den Haarkranz, warf sich zu

Boden und flehte den heiligen Eremiten an: «Segnet mich! Oh – bitte, segnet mich!»

Da zog ihm der Eremit mit einem Knüppel eins über die Tonsur, und als dem Mönch ein Blutstrom über die Stirn lief, kreischte er: «Ich danke Euch! Ich danke Euch!»

Weil der Eremit gerade in Fahrt war, verpasste er ihm noch einen Hieb und bewarf ihn mit rohen Tartuffeln. Der Mönch suchte das Weite. Wie auf wundersame Weise fand er in der stockfinsteren Nacht den Weg aus dem Wald und ging frischweg mit der frohen Kunde vom heiligen Tartuffelkönig überall hausieren.

34.

Die Musa

HARTEKAMP, 1735

Eine Kutsche brachte Carl zum Landsitz Hartekamp beim Ort Heemstede westlich von Amsterdam. Vor dem Tor des Anwesens wartete George Clifford und blickte auf eine goldene, mit Edelsteinen besetzte Taschenuhr. Als Jurist und Geschäftsmann bestand er auf absolute Pünktlichkeit, zumal er einem englischen Adelsgeschlecht entstammte, für das feste Teezeiten ein heiliges Gesetz waren. Die Kutsche traf mit einer Verspätung von siebenundvierzig Minuten in Hartekamp ein. Clifford drohte dem Kutscher, dessen Fahrgeschäft aufzukaufen und ihn auf die Straße zu setzen. Schnell gab der Kutscher den Pferden die Peitsche und sah zu, dass er weiterkam.

Clifford hatte als Direktor der Niederländischen Ostindien-Kompanie viel Geld verdient. Hartekamp war sein Sommersitz, ein von Parkanlagen umgebenes Schlösschen, das einem König zur Ehre gereicht hätte. Auf dem Anwesen leistete sich Clifford ein kostspieliges Vergnügen: Er unterhielt eine Naturaliensammlung, die in Europa ihresgleichen suchte. Allein die Pflege des Gartens und des Tierparks ließ er sich zwölftausend Gulden im Jahr kosten.

An diesem Tag nahm er sich viel Zeit für seinen Gast

und zeigte ihm die Gewächse, die die Schiffe der Kompanie aus aller Welt mitbrachten. Carl sah Pflanzen aus asiatischen Steppen und Mittelmeerlandschaften. In Warmhäusern gediehen Palmen, Dickblattarten und Kakteen. Carl bewunderte sternförmige Orchideen und Schmarotzerpflanzen, die nach verrottetem Fleisch stanken und von Fliegenheeren umwölkt waren, und Würgefeigen, die mit ihren Wurzeln den Wirtsbaum umschlangen und erdrückten. Sie wanderten durch Magnolien-Alleen und durch Labyrinthe, die aus mannshohen Thujahecken gestaltet waren. Sie standen an Teichen mit künstlichen Felsen und Grotten. In einer Menagerie drehten Tiger mit stumpfen Blicken ihre Kreise. Hyänen bellten, afrikanische Schweine grunzten, Ziegen und Hirsche blökten. Fasane und Pfaue stapften gelangweilt in Volieren umher. Auf Stangen hockten traurige Falken. Papageien plapperten sinnloses Zeug.

Über den Rundgang war es Abend geworden, als Clifford zum Geschäftlichen kam: «Wie Ihr gesehen habt, Linnaeus, bildet mein Garten die ganze Welt ab. Was dem Garten aber noch fehlt, ist die Ordnung. Daher zahle ich Euch zwei Gulden am Tag, wenn Ihr meine Naturalien katalogisiert, wissenschaftlich beschreibt und darüber ein Buch verfasst. Einen Titel habe ich mir schon ausgedacht: *Hortus Cliffortianus.*»

Carl fand, der Name sei naheliegend. Er nahm den Auftrag an und bat, noch einen Blick auf die *Musa* werfen zu dürfen.

Das Warmhaus, in das Clifford ihn führte, war von schwül-feuchter Luft erfüllt, und es roch darin nach exotischem Regenwald. Carl spürte, wie ihm das Blut in den Wangen prickelte und eine warme Strömung seinen Körper flutete. Er stellte fest, dass man tatsächlich alles versuchte, die tropischen Lebensbedingungen der großblättrigen *Musa*-Pflanzen nachzuahmen. Dennoch zeigte keine einzige *Musa* auch nur annähernd Bestrebungen, ihrer natürlichen Bestimmung zu folgen, zu blühen und Früchte auszubilden. Ein solches Kunststück war in Europa bislang nur in Wien, Karlsruhe und Leipzig mit allerdings mäßigen Erträgen gelungen, in Holland jedoch noch nie.

Von den Blättern tropfte warmes Wasser auf Carls Kopf, während er die Pflanzen eingehend begutachtete. Dann steckte er einen Finger in die Erde, zog ihn wieder heraus und roch daran. «Wie häufig werden die *Musa* gegossen?», fragte er.

Weil Clifford das nicht wusste, holte er den zuständigen Gärtner. Der Mann hieß Dietrich Nietzel, ein Deutscher, der in Niedersachsen und im englischen Southampton gearbeitet hatte, bevor Clifford ihn nach Hartekamp holte. Nietzel war Anfang dreißig, lang und elastisch wie ein junger Baum, und er hatte zupackende Hände. Zwischen den *Musa*-Stauden flitzte sein Blick emsig umher wie Bienen.

Carl wiederholte seine Frage.

«Jeden Tag mit einem kräftigen Schluck Wasser», antwortete Nietzel.

Carl überlegte, welche Witterungsbedingungen in der Heimat der *Musa* herrschten. Dann wählte er eine Staude aus und erklärte Nietzel seine Strategie: «Diese Pflanze darf vorerst kein Wasser mehr bekommen.»

«Wie – überhaupt kein Wasser?»

«Keinen einzigen Tropfen. Wir werden eine Trockenphase simulieren.»

«Und wenn die *Musa* eingeht?»

«Das wäre bedauerlich, dann aber nicht zu ändern.»

Nietzel schüttelte hilflos den Kopf. Er liebte die Pflanzen, vor allem die *Musa.* Aber Clifford ordnete an, alles ganz genau so zu machen, wie Linnaeus es vorgab.

Schon nach einigen Tagen begannen sich die Blätter der *Musa* durch den Wassermangel zu neigen. Nietzels Sorgenfalten wurden länger, je mehr Kraft aus der *Musa* wich. Er flehte, Carl möge erlauben, ihr wenigstens ein Schlückchen zu geben, nur ein winziges Schlückchen.

Doch Carl blieb hart. «Die *Musa* verträgt einiges. Viele ihrer Generationen haben härteste Bedingungen durchlitten. Im tropisch-heißen Klima Südostasiens steht auch kein mitfühlender Gärtner im Urwald bereit, um vertrocknete Stauden zu gießen.»

Darauf wusste Nietzel nichts zu erwidern. Erst als die *Musa* kurz davor stand, den Trockentod zu sterben, und Nietzel ganz grau und still geworden war, läutete Carl die zweite Phase des Experiments ein: Jetzt sollte Nietzel die Pflanze wässern. Der Gärtner war glücklich wie ein Kind an seinem Geburtstag und schleppte Kanne um Kanne herbei. Er goss die *Musa,* dass es nur so pladderte, bekam jedoch bald Angst, er könnte sie ertränken.

«Nur zu, nur zu», hielt ihn Carl zum Weitergießen an. «Immer kräftig drauf mit dem Wasser. Es soll schütten wie aus vollen Wolken – wie beim heftigsten Regenguss im Tropengewitter.»

Bald darauf hob die *Musa* wieder ihre Blätter. Sie rekelte sich, sie reckte und streckte sich – und dann zeigte sie die ersten Blüten. Nietzel tanzte durchs Warmhaus und fiel

Carl um den Hals. Clifford spendierte eine Flasche sündhaft teuren französischen Schaumwein. Carl lehnte dankend ab und entschuldigte sich; er wolle die Entwicklungsschritte der erblühenden *Musa* nüchtern dokumentieren.

«Immer arbeitsam, immer fleißig – das gefällt mir», sagte Clifford und hob das Glas. Nietzel stieß mit ihm an. Aber er war das Trinken nicht gewohnt und lallte schon nach einem Glas.

Clifford ließ es sich nicht nehmen, die Nachricht vom Wunder der *Musa* von Hartekamp überall in den Niederlanden zu verbreiten. Aus allen Ecken reisten Botaniker an, um das ungewöhnliche Phänomen mit eigenen Augen zu sehen. Sogar Boerhaave kam und humpelte durchs Warmhaus, wo ihm Carl die männlichen, röhrenförmigen Blüten mit dem weiblichen Kern in der Knospenmitte zeigte.

«Diese Art von Polygamie ist einzigartig in der Pflanzenwelt», erklärte Carl. «In den Blüten der *Musa* begatten sich verschiedene Ehepaare. Ein Weib verbindet sich mit unfruchtbaren Männern, oder sie vermischt sich mit den Männern eines anderen Weibes, deren Männer ein unfruchtbares Weib haben.»

«Hm», machte Boerhaave. «Das ging jetzt selbst mir ein bisschen zu schnell.»

«Ihr könnt alles hier drin nachlesen», sagte Carl und reichte ihm ein dünnes Manuskript mit dem Titel *Musa Cliffortiana*.

Boerhaave blätterte darin herum, und als er aufblickte, schimmerten seine Augen feucht: «Auch das, mein lieber Linnaeus, muss gedruckt werden. Es ist in der Geschichte der Botanik die erste Monografie. Nie zuvor wurde einer einzigen Pflanzengattung ein einziges Werk gewidmet – und die *Musa* ist es allemal wert.»

Carl streckte den Rücken durch. Sein Brustkorb wurde erfüllt von warmem Stolz. Doch das Gefühl war flüchtig. Gleich nachdem Boerhaave abgereist war, senkte sich die Trauer auf Carl herab. Er ging in sein Studierzimmer, zog die Vorhänge vor die Fenster und sperrte die Helligkeit aus. Dann setzte er sich in einen Sessel und blickte in die Dunkelheit. Würde er jemals wieder unbeschwert Freude empfinden und feiern können? Würde er beim Geschmack von Branntwein, Bier oder Schaumwein nicht immer an das bleiche Gesicht seines Freundes Artedi denken müssen, wie er nass und starräugig auf dem Kopfsteinpflaster lag?

Boerhaave und Burman schickten Kutschenladungen voller Studenten aus Amsterdam und Leiden nach Hartekamp. Im Warmhaus erzählte Carl von subtropischen Regengüssen und Trockenphasen. Unterdessen brachte die *Musa* grüne Gebilde hervor, die sich öffneten, und aus denen winzige, phallusförmige Früchte zum Vorschein kamen.

Die Abende verbrachte Carl in seinem Studierzimmer. Auf dem Schreibtisch stapelten sich die Manuskripte. Ganze Nächte hindurch arbeitete er parallel an mehreren Werken: an Artedis Fischkunde, am *Hortus Cliffortianus* sowie an einer Schrift mit dem Titel *Fundamenta Botanica*, in der er alle bekannten Verfahren zur Klassifizierung in der Botanik zusammenstellte; diese Verfahren ergänzte er durch die von ihm aufgestellten Grundsätze einer neuen botanischen Namensgebung.

Auch fand er endlich die Zeit, die *Systema Naturae* zu vollenden. Mit dem darin vorgestellten neuen System einer wissenschaftlichen Klassifikation wollte er als erster Naturforscher Ordnung in die Natur und die Vielfalt der Lebewesen bringen – und somit Tourneforts Herrschaft über die Botanik brechen. Carl führte in der *Systema Naturae* die Arten der drei Naturreiche – Pflanzen, Tiere, Minerale – zu Gattungen zusammen und die Gattungen zu den Klassen, die der Herr am Morgen aller Zeiten erschaffen hatte, unveränderlich nach einem durch Gott gefügten Plan.

In Gottes Naturreich werde es auf lange Sicht keine neuen Arten geben, schrieb Carl, korrigierte sich aber gleich: Es werde *niemals* neue Arten geben, denn Gleiches gebäre immer wieder Gleiches. Eine Rose bleibe immer eine Rose, niemals eine Tulpe, ein Hase werde niemals ein Hirsch, ein Igel niemals eine Giraffe.

Für sein Sexualsystem legte er die Stempel und Staubgefäße als Merkmale zur Unterscheidung der Pflanzen fest. Denn Gott hatte es so eingerichtet, dass sich jede Art durch Vermehrung selbst erhielt, wobei sich die Gewächse durch ihre Sexualorgane bei offenen Blüten in aller Öffentlichkeit fortpflanzten, oder heimlich in kaum sichtbaren Blüten.

Um deutlich zu machen, was er sagen wollte, wählte er anschauliche Vergleiche. Nicht nur elitäre Wissenschaftler sollten seine Theorien nachvollziehen können, sondern alle Menschen sollten Gefallen am Verständnis für die von Gott geschaffene Natur finden. Nur was der Mensch kennt und liebt, ist er bereit zu schützen, dachte Carl und schrieb: In Blüten gebe es einhäusige und zweihäusige Beilager, in denen sich Männer und Frauen wie in einer Brautkammer erfreuten. Man könne auch sagen: Manchmal lägen sogar zwanzig Männer oder mehr im selben Bett mit einer Frau.

Über die Arbeit hatte er wie so häufig die Zeit vergessen. Hinter dem Fenster des Studierzimmers dämmerte bereits der Morgen herauf. Dennoch fühlte sich Carl nach der durcharbeiteten Nacht frisch und munter, wobei der starke Tabak, den er fortwährend paffte, förderlich war. Der Rauch zog in dicken Schwaden durchs Studierzimmer. Das Rauchen half ihm gegen die Müdigkeit, ebenso wie der schwarze Coffee, dessen Bohnen Cliffords Kompanie-Schiffe von der Insel Java nach Europa brachten.

Carl legte die Schreibfeder zur Seite, lehnte sich im Stuhl zurück und blies den Rauch aus. Da kam ihm ein Gedanke, und er sagte leise bei sich: «Gott ist die Natur, und ich, Carl Linnaeus, bin ihr Prophet!»

Über Hartekamp ging die Sonne auf.

«Gewagt, mein lieber Linnaeus, gewagt, gewagt», sagte Clifford mit Blick auf das Manuskript der *Systema Naturae*. «Eure Vergleiche mögen poetisch sein. Aber es wird nicht wenige zartbesaitete und strenggläubige Zeitgenossen geben, die Gift und Galle spucken, wenn sie Eure Schrift lesen. Die Blütenblätter dienen nach Eurer Definition also als Hochzeitsbetten, die der Schöpfer herrlich hergerichtet und mit edlen Vorhängen und Düften versehen hat, damit das Paar darin feierlich seine Hochzeit begehen kann?»

Er hob den Blick und sah Carl an. «Könnte es sein, dass Ihr damit bewusst provozieren wollt, Linnaeus? Wollt Ihr Aufmerksamkeit erregen? Vielleicht sogar einen Skandal?»

Carl wog den Kopf, antwortete weder mit Ja noch mit Nein, sondern sagte: «Wie soll ich dem Unwissenden Gottes Schöpfung erklären, ohne ihn mit der Nase darauf zu stoßen? Der roheste Lappländer wird niemals glauben, dass sein Weib ohne den Mann empfangen und Kinder gebären kann. Das gilt ebenso für das Pflanzenreich: Die Befruchtung der Pflanzen geht vor sich, indem die Hoden, also die Staubbeutel, mit ihrem Samen das weibliche Geburtsglied, die Narbe, besprengen. Ihr wisst, Clifford: Der Mensch ist zum Sehen und Erkennen geschaffen worden. Aber zu viele Menschen sehen nur, dass die Erde grün und bunt beblümt ist; mehr sehen sie nicht. Ich bin überzeugt, dass Gott mich berufen hat, von seiner Schöpfung mehr zu sehen als jeder andere Mensch. Und deswegen muss ich den Unwissenden davon berichten – so eindrucksvoll und anschaulich wie möglich.»

«Große Worte, mein lieber Linnaeus», sagte Clifford nachdenklich. «Aber vergesst nicht, dass der Wind Euch hart ins Gesicht wehen wird. Und manch ein Genie gerät schon auf halber Höhe ins Wanken, wenn er auf Kritik zu sensibel reagiert.»

Von Zeit zu Zeit schrieb Carl einen Brief nach Falun und berichtete Sara von der blühenden *Musa* und anderen exotischen Pflanzen in Cliffords Garten. Ihm war klar, dass die Botanik sie nicht interessierte. Aber was sollte er sonst schreiben? Dass er sie vermisste, aber die Verlockungen in Hartekamp zu groß waren, als dass er sich die Gelegenheit entgehen lassen durfte? Das wäre die Wahrheit. Würde sie ihm das glauben?

Ihre Antworten fielen kurz aus. Das Leben in Falun sei langweilig, das Wetter mies, Gestank und Qualm würden nicht weniger, im Gegenteil. Sie verlor kein Wort mehr über Reuterholm.

Und Carl fragte auch nicht danach.

35.
Haller

BRANDENBURG, 1749

Aus allen Himmelsrichtungen strömten die Menschen zu dem Wald beim Bauerndorf, um sich vom heiligen Tartuffelkönig mit dem Knüppel segnen zu lassen. Gerüchte machten die Runde: Der Heilige könne alle Krankheiten heilen und die Pest eindämmen, wie einst der Erzengel Michael in Rom, sogar Tote erwecke der Heilige zum Leben.

Es dauerte nicht lange, bis die Bauern herausfanden, dass der Eremit kein anderer war als ihr geistig reduzierter Tartuffelbote. Und weil sie nicht dumm waren, begriffen sie schnell, welche Möglichkeiten ihnen eine solche Pilgerstätte bot. Sie riegelten den Wald mit Zäunen und Wachposten ab und kanalisierten den anschwellenden Pilgerstrom an den Waldrand. Unweit des Höhleneingangs errichteten sie einen Hochstand. Die Buden und Marktstände bauten sie an strategisch klug gewählten Stellen auf und verkauften Tartuffelgerichte und Knüppel. Auch die Reliquien, etwa Bart-, Brust- und Schamhaare des Heiligen sowie Finger- und Fußnägel – woher die Sachen auch immer stammen mochten – fanden viele Käufer.

Die Pilger kauften überteuerte rohe Tartuffeln. Um den Eremiten vor die Höhle zu locken, warfen sie die Knollen vom Hochstand in Richtung der Höhle. Wenn sich der Heilige tatsächlich einmal zeigte – nackt, entsetzlich mager, struppig-bärtig und totenblass, wie er war –, kam es zu heftigen Tumulten. Die Pilger rissen sich die Kleider von den Leibern, warfen alle ihre Sachen in den Wald und priesen den Eremiten als *theios aner*, als Mann Gottes.

Mehrere Jahre währte der wirtschaftliche Aufschwung der Bauern nun schon. Sie trugen schicke Kleider und wohnten in festen Steinhäusern. Die Häuser deckten sie mit Kupferschindeln, die aus Schweden importiert wurden. Seit Kurzem standen sie auch mit einem Mönchsorden in Kaufverhandlung für ein Grundstück. Die Mönche wollten dort ein Kloster errichten und es mit prophetischem Weitblick «Klause zur Erlösung durch den heiligen Tartuffelkönig» nennen.

Die Geldquelle sprudelte, und die Bauern hätten ihren Reichtum noch lange mehren können. Doch dann nahm an einem schlammgrauen Regentag der Arzt und Naturforscher Viktor Albrecht Haller einen Abstecher durchs brandenburgische Ödland. Haller, ein gebürtiger Schweizer, wollte die Heimfahrt nach Göttingen nutzen, um die preußische Vegetation zu studieren. Als er in der Kutsche von seinen Notizen aufblickte, sah er eine Menschenmenge vorbeiziehen. Er bat den Kutscher zu halten und fragte nach dem Grund für den Auflauf. Weder der Kutscher noch Hallers Begleiter, ein unglaublich großer Russe, wussten darauf eine Antwort. Daher beschloss Haller, der Sache selbst auf den Grund zu gehen.

Beim Aussteigen aus der Kutsche versank er mit den Stiefeln in einer Pfütze. Er fluchte auf das Wetter und die miserable preußische Infrastruktur. Seit er am frühen Morgen in Potsdam aufgebrochen war, regnete es ohne Unterlass. Schon der Besuch beim Preußenkönig Friedrich II. war nicht sehr erfreulich gewesen. Der König hatte Haller in sein neues Sommerschloss Sanssouci eingeladen und ihn beim Mittagessen um seine Meinung zur Seidenproduktion gebeten. Am Tisch saß auch der Botaniker Johann Gottlieb Gleditsch, von dem Haller bislang nur eine Lobrede auf das kreuzdämliche linnaeische Sexualsystem gelesen hatte.

Beim Essen erzählte Gleditsch von Maulbeerbäumen und Seidenraupenzucht. Der König ergänzte, dass sich Preußen mit einer eigenen Seidenproduktion von teuren Importen unabhängig machen wolle. Auf Hallers Nachfrage musste Gleditsch aber einräumen, dass die Seidenproduktion bislang keinerlei Rendite abwarf.

Wahrscheinlich war es von Haller nicht gerade geschickt gewesen, die Frage zu stellen, ob denn niemand bedacht habe, dass das preußische Klima für den wärmeliebenden Seidenspinner eher ungeeignet sein könnte.

Daraufhin knurrte Gleditsch verstimmt, ohne ihm eine Antwort zu geben, und der König spielte eine Weile mit einem verzogenen, dürren Hündchen, das auf den Namen Biche hörte, oder besser: nicht hörte. Der Köter sprang über Tische und Stühle, zerfetzte Kissen und kackte den bedauernswerten Dienern vor die Füße, während sie hinter dem Hund herräumen und ihn dabei siezen mussten.

Den nächsten *faux pas* leistete sich Haller beim Abendessen. Als der König ihn fragte, ob er sein Leibarzt werden wolle, antwortete Haller zu schnell mit einem kategorischen «Nein!».

Später dachte er, er hätte sich diplomatischer ausdrücken und um Bedenkzeit bitten sollen, denn der König hatte ihm ein Jahresgehalt von stolzen zweitausendfünfhundert Talern angeboten. Das war weitaus mehr, als Haller für seine Professur in Anatomie, Chirurgie und Botanik an der Georg-Albrecht-Universität in Göttingen verdiente.

Heute Morgen hatte Haller dann versucht, die Wogen zu glätten, indem er dem König mitteilte, dass er sich das Angebot doch noch einmal durch den Kopf gehen lassen wolle. Die Laune des Königs hatte sich gebessert, und er gab Haller als Geleitschutz für die Heimreise sogar einen ausgemusterten Soldaten mit: einen riesigen, schweigsamblöden Burschen, dessen russischen Namen Haller gleich wieder vergessen hatte.

Im feuchten Gras am Wegesrand wischte Haller den Schlamm von seinen Stiefeln. Dann ging er zu einem belebten Platz. Der Russe folgte ihm. Auf dem Platz ging es zu wie auf einem Jahrmarkt. Der Geruch von Essen und Feuerrauch mischte sich mit den Ausdünstungen der Latrinenlöcher am Waldrand. Überall standen Kutschen und Pferde herum. Aus Buden verkaufte man überteuerte Souvenirs: Knüppel, Haarsträhnen, sogar Fußnägel. Für unförmige Spielzeugmännchen, die aus Knollen, die man in der Schweizer Region, aus der Haller kam, Härdöpfle nannte, und Stöckchen zusammengesteckt waren, verlangte man drei Silbertaler. Drei Silbertaler, dachte Haller empört. Jedes Kind konnte ein solches Härdöpflemännchen basteln.

«Was hat das alles zu bedeuten?», fragte er den Russen.

Der Russe schüttelte ratlos den quadratischen Schädel und bahnte ihnen einen Weg durch die Menschenmenge zu einem Hochstand am Waldrand. An der Leiter, die zum Hochstand hinaufführte, verlangte ein einäugiger Greis ein Eintrittsgeld in Höhe von zwei Talern. Pro Nase. Der Greis war in schicke Kleider gewandet, die einem Adligen gut zu Gesicht gestanden hätten.

«Grüessech», grüßte Haller in seiner Heimatsprache und fragte: «Was gibt's denn da oben zu sehen? Ich choufe doch nicht d' Chatz im Sack.»

«Aus was für 'nem Hinterland kommt 'n er wech?», schnaufte der Einäugige. Die schnoddrige Rede passte so gar nicht zu seinem eleganten Aufzug.

«Will er mein Heimatland beleidigen», fuhr Haller auf. «Wir haben Messer. Außerdem haben wir Berge, überall Berge, und wir pflegen Umgangsformen und Dichtkunst: Der Hunde lauter Kampf, des Erzes tödlich Knallen, tönt durch das krumme Tal und macht den Wald erschallen. Habt Ihr's erraten? Nein? Die Schwiiz! Natürlich ist's die Schwiiz!»

«Nie gehört», knurrte der Greis.

Haller zahlte ihm vier Taler auf die manikürten Finger. Der Greis wünschte ihm viel Glück: «Möge er den heiligen Tartuffelkönig im Angesicht sehen.»

Haller und der Russe kletterten die Leiter hinauf. Oben auf der Plattform herrschte dichtes Gedränge. Haller sah keinen König, sondern nur Bäume, von denen das Regenwasser tropfte. Jemand warf Härdöpfle in den Wald. Andere folgten dem Beispiel, und Dutzende Knollen fielen ins Dickicht. Plötzlich hob lautes Kreischen an: «Segne uns! Schlage uns! Segne uns!»

Aus einer Höhle im Wald sah Haller einen spindeldürren Mann hervorkriechen.

«Was ist das für en dünne Giel?», fragte Haller.

Da öffnete der Russe den Mund und sprach zum ersten Mal zusammenhängende Sätze: «Das ist der, der in der Gruft der Garnisonkirche aus dem Sarg des Soldatenkönigs gestiegen ist. Dann hat er der Prinzessin Blumen gebracht. Was aber niemand wissen durfte.»

«Ah – ja», sagte Haller und blickte den Russen ratlos an. Was redete der für einen Mumpitz? Offenbar war er schon zu lange in Preußen. Das musste ja abfärben.

«Hat der Auferstandene auch einen Namen?», fragte Haller.

«Siegesbeck, glaube ich. Er ist Botaniker, hat er gesagt.»

«Siegesbeck?», sagte Haller. Unter diesem Namen war ihm nur ein einziger Botaniker bekannt, der konfuse Gegenschriften zum linnaeischen Sexualsystem verfasst hatte. Die Schriften waren zwar fachlich blanker Unsinn, aber es war auch etwas Gutes daran, denn alles, was gegen diesen Linnaeus aufgeboten wurde, war zu begrüßen.

Haller kratzte sich am Kinn und überlegte, ob es möglich sein konnte, dass das Härdöpfle aufsammelnde Klappergestell da unten dieser Siegesbeck war. Um das herauszufinden, musste er es auf einen Versuch ankommen lassen. Er legte die Hände zum Trichter um den Mund und rief so laut er konnte: «Doktor! Johann! Georg! Siegesbeck!»

Das Männlein zuckte zusammen, als sei es mit kochendem Wasser übergossen worden. Es richtete sich auf und kam auf unsicheren Füßen näher getapst. Auf dem Hochstand fielen die schreienden und sich die Haare raufenden

Leute reihenweise in Ohnmacht. Das Gekreische verebbte. Im Wald wurde es still.

Von unten hörte Haller das Klappergestell sagen: «So hat mich ja schon lange keiner mehr genannt.»

36.

England

HARTEKAMP UND LONDON, 1736

Carl schlug das Buch auf und las: «Früher glaubte man, dass ein Fischmännchen seinen Samen bei der Zeugung auf die Eier fallen lässt, wenn die Eier schon gelegt sind. Der Fisch würde die Eier also erst nach der Geburt befruchten. Diesen Irrtum konnte ich nun aufklären. Denn ich weiß aus zuverlässigen Observationen, dass das Weibchen den Samen gierig durch den Mund verschluckt, nachdem der männliche Fisch seinen Samen ergossen und *bevor* das Weibchen die Eier gelegt hat.»

Carl klappte das Buch zufrieden wieder zu. Die darin beschriebenen Aale, Meerwölfe, Seedrachen, Trompeten- oder Tabakpfeifenfische waren ihm zwar ein Graus, aber er liebte das Werk. Es hieß: *Historia piscium universalis* – Die Universalgeschichte der Fische –, und es war Artedis Vermächtnis, das Carl im Namen seines lieben Freundes vollendet hatte.

Er packte ein Exemplar der ersten Auflage ein und fuhr im Frühjahr 1736 von Hartekamp nach Amsterdam zum St. Anthonis Kerkhof, wo er zum Armengrab ging. Artedis Grabstätte wurde durch einen einfachen grauen Stein markiert. Es war ein kühler Regentag. Das Wasser lief Carl aus der Perücke in den Kragen. Als er niederkniete, schwammen seine Augen, und dumpfe Traurigkeit sank in ihm herunter wie ein Stein. Nachdem er sich überzeugt hatte, dass er auf dem Friedhof allein war, begann er zu graben. Er griff mit vollen Händen ins Erdreich und wühlte hinein wie ein Hund, der einen verlorenen Knochen suchte. Nach einer Weile hatte er eine kleine Mulde ausgehoben. Er hielt inne. Sein Hals war vor Trauer wie zugeschnürt.

Hinter der Kirchhofmauer klapperten Kutschenräder über feuchtes Kopfsteinpflaster.

Carl musste sich beeilen. Jemand konnte ihn beobachten und der Grabschändung bezichtigen. Er legte die Universalgeschichte der Fische in das Loch. Dann schüttete er es wieder zu, faltete die Hände und sprach leise ein Gebet. So nahm er nun endgültig Abschied von seinem Freund.

Bald darauf schrieb Carl drei Briefe. Im ersten Brief bat er den deutschen Botaniker Johann Georg Siegesbeck in Sankt Petersburg, er möge ihm Samen des seltenen Nordischen Drachenkopfs *Dracocephalum ruyschiana* schicken. Als kleines Dankeschön im Voraus erlaube er sich, dem lieben und höchstgeschätzten J. G. Siegesbeck seine bescheidene Schrift mit dem Titel *Systema Naturae* zu überreichen.

Carl hatte erfahren, dass Siegesbeck an der Russischen Akademie der Wissenschaften Botanik lehrte, auch leitete er den Botanischen Garten in Sankt Petersburg. Burmans Worten zufolge war Siegesbeck zwar ein verdrehter Querulant, die kollegiale Unterstützung des Samenversands sollte aber dennoch nur eine Formalität sein. Carl plante, in einem Bereich von Cliffords Garten Pflanzen aus der sibirischen Tundra wie den Drachenkopf anzusiedeln. Er unterzeichnete den Brief mit seinen Initialen und steckte ein Exemplar der *Systema Naturae* in den Umschlag.

Einen zweiten Brief mit demselben Inhalt schickte er ebenfalls nach Sankt Petersburg an den Botaniker Johann Amman, für den Fall, dass Siegesbeck verhindert sein sollte.

Der dritte Brief ging an Herman Boerhaave, der ihm nahegelegt hatte, eine Studienreise nach London zu machen. Er habe über den Vorschlag nachgedacht, schrieb Carl. Obwohl ihm die Arbeit in Hartekamp über den Kopf wachse, wolle er sich die Zeit für die Reise nehmen und englische Botaniker konsultieren. Er müsse hören, was berühmte Naturforscher wie Philip Miller, Johann Jakob Dillenius und natürlich Sir Hans Sloane zum neuen Sexualsystem sagten. Und ja, er werde den Rat befolgen, sich eventuelle Kritik nicht zu Herzen zu nehmen. Allerdings hielt Carl es für unwahrscheinlich, dass überhaupt irgendjemand seine *Systema Naturae* kritisieren könnte.

Den wirklichen Grund für seine Entscheidung, nach England zu reisen, verriet er Boerhaave jedoch nicht. Mittlerweile fühlte sich Carl in Hartekamp so eingeengt, dass es ihm die Luft zum Atmen raubte. Clifford lag ihm ständig mit dem *Hortus Cliffortianus* in den Ohren; schließlich habe er Carl eigens für die Katalogisierung der Naturaliensammlung engagiert. Was ja auch der Wahrheit entsprach.

Es tat Carl leid, dass er so negative Gefühle entwickelt hatte. Clifford war ein großzügiger Mäzen. Es fehlte Carl an nichts. Er schlief in einem weichen Bett, das Essen war ausgezeichnet. Er bekam so viel Tabak und Coffee, wie er wollte. Und der Garten erst – der war natürlich ein Paradies auf Erden.

Warum Carl die Bestandsaufnahme des Gartens wie Blei auf der Seele lag, wusste er selbst nicht genau. Vielleicht lag es daran, dass es eine Auftragsarbeit war und er sich damit in seiner Kreativität beschränkt fühlte. Lieber wollte er seine eigenen wissenschaftlichen Arbeiten vorantreiben. Etwa die *Critica Botanica.* In seinen jüngst veröffentlichten *Fundamenta Botanica* hatte sich Carl mit der Benennung von Gattungen, Arten, Varietäten und Synonymen auseinandergesetzt und seine Gedanken für eine Umgestaltung der Botanik dargelegt. Nun wollte er diese Gedanken in der *Critica Botanica* weiterführen und die Grundlagen für eine allgemein gültige wissenschaftliche Benennung – die Nomenklatur – legen. Sein einheitliches System zur korrekten Beschreibung aller Pflanzen sollte überall auf der Welt verstanden werden können.

Carl schickte die Briefe ab. Dann trat er den schweren Gang zu Clifford an.

«Und mein Hortus?», fuhr Clifford auf und stampfte grollend durch sein Arbeitszimmer. Er war Direktor der Niederländischen Ostindien-Kompanie und Herr über Tausende Mitarbeiter in aller Welt. Wer ihm nicht aufs Wort gehorchte, den setzte er mit einem Tritt vor die Tür oder beförderte ihn gleich in die nächste Latrine. «Ich bezahle Euch, Linnaeus, damit Ihr meine Naturalien katalogisiert.»

«Aber es wäre nur eine kurze Reise, nur für ein paar Tage», erwiderte Carl.

Clifford schickte ihn raus. In den nächsten Tagen sprach er kein Wort mit Carl. Dann bestellte er ihn zu sich. «Zwei Wochen», sagte Clifford. «Zwei Wochen – und keinen einzigen Tag länger.» Dabei blickte er auf seine goldene Taschenuhr, als wolle er auch noch die Uhrzeit für den Ablauf der Frist festlegen.

Carl ging in Rotterdam an Bord. Als das Schiff die Flussmündung passierte, stand er an Deck und atmete die salzige Seeluft ein. Die Gischt kitzelte seine Haut. Er richtete den Blick in die Ferne und spürte, wie sich in seiner Brust ein wohliges Gefühl regte, ein Gefühl von Glück, das Glück der Freiheit. Seine Laune hob sich, und ihm war, als falle etwas Schweres von ihm ab, als habe er alle Sorgen an Land zurückgelassen. Frei war er, endlich wieder frei! Frei wie die Fische im Wasser. Frei wie die Möwen, die frohen Mutes über den Masten dahinsegelten. Wenig später frischte der Wind auf der offenen See auf. Die Möwen drehten ab und glitten zum Festland zurück.

Als sich das Schiff im Wind neigte, wurde Carls Hochgefühl von einem unangenehmen Rumoren in seinem Magen verdrängt. Er schaffte es gerade noch zur Reling und übergab sein Frühstück dem wogenden Englischen Kanal. Artedi hätte seine helle Freude gehabt an dem Gedanken, dass in den auftürmenden Wellen glubschäugige Fische auf die halb verdaute Mahlzeit lauerten.

Carl schüttelte sich vor Ekel. Fürs nasse Element war er einfach nicht geschaffen.

In London führte ihn sein erster Weg in den Chelsea Physic Garden zum Botaniker und Gärtner Philip Miller, den er um einige Samen und Jungpflanzen für Cliffords Garten in Hartekamp bitten wollte. Miller war der Sohn eines Londoner Gemüsebauern und hatte ein paar Bücher geschrieben, in denen er Anweisungen zur Verbesserung von Küchen- und Blumengärten gab. Carl sah ihn mit einer Gruppe Studenten zwischen den Beeten stehen, wo er mit ihnen über Heil-, Gift- und Gewürzpflanzen für die Arzneimittelproduktion diskutierte.

Carl trat hinzu und stellte sich vor.

Als Miller den Namen Linnaeus hörte, schaute er ihn an, als hätte Carl die Beulenpest. Schnell sagte Miller etwas zu den Studenten auf Englisch, wovon Carl kein Wort verstand, nur, dass es nicht besonders freundlich klang. Miller umfasste mit einer ausholenden Geste den Apothekergarten und fragte Carl auf Latein: «Warum soll das alles hier falsch sein?»

«Wie bitte?» Carl runzelte die Stirn.

«Ich habe Euer Sexualsystem und Eure Regeln für eine neue botanische Namensgebung studiert», fuhr Miller ihn an und trat mit dem Fuß gegen ein Gewächs. «Das hier heißt *Tagetes maximum rectus, flore maximo multiplicato, sulphurei coloris* – die größte, gerade Sammetblume, mit sehr großer, gefüllter, schwefelgelber Blume. Der Name ist doch wohl eindeutig. Daran muss niemand etwas ändern.»

«Der Name ist lang und unverständlich wie ein Gedicht von Opitz», entgegnete Carl. «Was habt Ihr gegen meine Methode, die Pflanzen nur nach Gattung und Art zu benennen? Ich werde diese Pflanze *Tagetes erecta*, Aufrechte Studentenblume, nennen. Das versteht jeder, oder?»

Einige Studenten nickten und kicherten.

«Such a dead head», fluchte Miller. Dann sagte er auf Latein: «Und diese hier? Der bewundernswerte Tournefort gab ihr den Namen *Valeriana orientalis angustifolia, floribus et radice Valerianae hortensis* – schmalblättrige, orientalische Valeriana, die Blumen und eine Wurzel wie die Gartenvalerianae hat. Wollt Ihr behaupten, der Name treffe nicht den Wesen und Wuchs dieser Pflanze im Detail?»

«Durchaus. Aber ich kann ja hören, wie sich Eure Zunge verknotet. Wollt Ihr das allen Menschen zumuten, die Eure Bücher lesen?»

Die Studenten lachten laut. Carl forderte sie auf, den tournefortschen Namen zu wiederholen. Alle scheiterten auf halber Strecke zwischen *angustifolia, floribus* oder *radice*. Carl erklärte, er werde die gesamte Gattung der Baldriane auf den Namen *Valeriana* einkürzen. «Denn das größte Übel, das die Botanik beherrscht, ist ihre barbarische Sprache», erklärte er. «Diese Sprache ist nicht nur dumm, sie gleicht einem Chaos.»

Jetzt klatschten die Studenten Beifall.

Miller verzog das Gesicht. «In meinen Büchern verwende ich aber diese Namen. Sind meine Bücher also dumm und chaotisch?»

«Das habe ich nicht gesagt. Aber ich werde Werke publizieren, in denen ich für viele Pflanzen neue Bezeichnungen einführe, und ich bin überzeugt, dass sich meine Methode durchsetzen wird, und – ja: Ihr solltet Eure Bücher dann entsprechend überarbeiten.»

Auf Millers Gesicht bildeten sich hektische rote Flecken. Mit größtem Widerwillen ließ er einige Sämlinge für Cliffords Garten heraussuchen. Carl bedankte sich in Cliffords Namen. Als er fortgehen wollte, fiel ihm eine exotische Jungpflanze mit schönen roten Blüten in die Augen.

«Ich wusste gar nicht, dass dieses Gewächs schon nach Europa gelangt ist», sagte er.

«Dieses einzige Exemplar wurde gerade erst von Japan nach London verschifft», entgegnete Miller, jetzt etwas freundlicher, denn er war sichtlich stolz, Besitzer dieser einzigartigen Pflanze zu sein, und verkündete: «In der nächsten Auflage meines Gärtnerwörterbuchs werde ich das Gewächs unter dem Namen *Arbor Zuwacky* beschreiben. Somit steht der Name dann fest.»

«Vielleicht wartet Ihr damit noch eine Weile», entgegnete Carl. «Ich habe schon bei George Meister von diesem Teestrauchgewächs gelesen, weswegen ich denke, dass *Camellia japonica* der passendere Name ist. Damit sollten wir Botaniker den Jesuitenpater Georg Joseph Kamel ehren, der die Pflanze einst in Ostasien gesammelt hat.»

«Lousy Swedish botanist», knurrte Miller zum Abschied.

Auch bei anderen Botanikern, etwa Johann Jakob Dillenius, stießen Carls Neuerungen auf wenig Verständnis. Dillenius war gebürtiger Deutscher. Er lehrte in Oxford und erforschte Pilze und Moose. Er stritt mit Carl über botanische Details, bis sie schieden und Dillenius kopfschüttelnd sagte: «Ihr verwirrt die gesamte Botanik, Linnaeus.»

Bald war die von Clifford gesetzte Frist vorüber. Carl war erschüttert über die Ignoranz der englischen Botaniker. Er hatte in London kaum Befürworter seiner Methode getroffen, bislang eigentlich nur einen einzigen, und das war der Pflanzenmaler und Botaniker Georg Dionysius Ehret. Der hatte schon zuvor bei einem Besuch in Hartekamp eine Tafel für Carls Klassifizierungssystem der Pflanzen anhand der Staubfäden gezeichnet.

Jetzt stand für Carl noch ein letzter Besuch beim berühmten Sir Hans Sloane an. Ehret hatte ihm zwar ausdrücklich von dem Besuch abgeraten, aber Carl schlug die Warnung in den Wind. Er hatte viel über Sloane gehört und gelesen und vertraute auf dessen Weitsicht und Größe, nicht zuletzt, weil Sloane ein guter Bekannter von Boerhaave war. Wenn Sloane Carls System lobte, konnten ihm alle anderen Kritiker gestohlen bleiben. Sloanes Wort allein hatte mehr Gewicht als das der anderen zusammen.

Er machte sich auf den Weg zu Sloanes Herrenhaus im Stadtteil Chelsea. Ein dunkelhäutiger Diener führte ihn herein und ließ ihn vor einer Tür warten.

«Wer – zur Hölle?», schrie jemand hinter der Tür. Irgendetwas ging scheppernd zu Bruch. Unwillkürlich zog Carl den Kopf ein. Was hatte der Lärm zu bedeuten?

Die Tür öffnete sich, und der Diener bat ihn hinein. Carl kam in einen saalartigen Raum, in dem hinter einem von ägyptischen Statuen flankierten Schreibtisch aus dunklem Teak ein alter Mann thronte. Das musste der legendäre Sir Hans Sloane sein. Er war Mitte siebzig und atmete schwer. Sein starrer Blick in dem runden Gesicht richtete sich auf Carl wie eine geladene Kanone. Sloane war Mediziner und Botaniker von Weltruf. Man hatte ihn zum Baronet of Chelsea geadelt und als Nachfolger von Isaac Newton zum Präsidenten der britischen Gelehrtengesellschaft Royal Society gewählt. Und er war unermesslich reich. Den Grundstock für seinen Reichtum hatte er schon in frühen Jahren gelegt, als er eine Witwe heiratete, die ein paar jamaikanische Zuckerrohrplantagen in die Ehe einbrachte. Sloane gab viel Geld für seine berühmten Sammlungen aus. Die Wände in dem Raum waren mit kostbaren Gemälden behängt und mit Regalen vollgestellt, in denen ausgestopfte Vögel, Nagetiere, Schlangen, Fossilien und Antiquitäten standen.

Als Carl vor den Schreibtisch trat, knirschten unter seinen Schuhen die Scherben einer zersplitterten Glaskaraffe. Hinter ihm seufzte der Diener. Sloane starrte Carl mit unverminderter Härte an. In der Hand hielt er den auf die Größe einer Orange geschrumpften Kopf eines Afrikaners.

Schnell legte Carl Boerhaaves in lateinischer Sprache formuliertes Empfehlungsschreiben auf den Schreibtisch, das Sloane widerwillig las, wobei er verächtlich schnaubte und aus dem Brief zitierte: «Der Überbringer des Briefes ist es wert, von Euch, Sloane, gesehen zu werden. Denn wer beide zusammen sieht, sieht Männer, wie sie auf der Welt kein zweites Mal zu sehen sind.»

Sloane hob den Blick. «Hat Boerhaave auf seine alten Tage mit dem Saufen angefangen? Was soll das bedeuten? Wer sieht wo wen?»

«Unser gemeinsamer Freund möchte wohl zum Ausdruck bringen, dass Ihr mich nicht gleich zum Teufel jagen sollt ...»

Sloane holte aus und warf den Schrumpfkopf, der dicht an Carl vorbeiflog und gegen eine mit Edelsteinen und Münzen gefüllte Vitrine prallte.

«Dass Ihr es wagt, mich zu belästigen», fuhr Sloane auf. «Ihr, der Ihr alle Naturforscher und Botaniker wie Dummköpfe dastehen lasst und ihre Methoden über den Haufen werft. Ich habe Eure Werke gelesen, und es hat mir Brechreiz und schlaflose Nächte bereitet.»

«Ähm», räusperte sich Carl. Der Besuch entwickelte sich anders als gedacht.

Sloane stemmte sich aus dem Stuhl hoch. Sein Gesicht war rot angelaufen. Er schnappte nach Luft und sah aus wie ein schwer angeschlagener Stier vor dem letzten Angriff. Besorgt eilte ihm der Diener zu Hilfe. Doch Sloane stieß ihn barsch weg und zeigte auf Carl.

«Was Ihr in diesem Raum seht, ist mindestens fünfzigtausend Pfund Sterling wert», ächzte Sloane. «Alle Artefakte meiner Sammlung sind gerade erst geordnet und katalogisiert worden – und zwar nach dem System des ehrenwerten Naturforschers John Ray. Habt Ihr eine Vorstellung davon, was mich das gekostet hat? Und jetzt wollt Ihr der Wissenschaft ein neues System aufzwingen. Wenn sich das durchsetzt, muss ich mit allem von vorn anfangen.»

Carl wollte etwas Beschwichtigendes sagen, aber ihm fiel nichts ein. Als er hörte, wie Sloane den Diener aufforderte, die Sklavenpeitsche zu holen, die wolle er den Schweden spüren lassen, beschloss Carl, den Besuch abzubrechen.

«Ich werde Euch in die Sklaverei nach Südamerika verkaufen», rief ihm Sloane hinterher. «Dort könnt Ihr Kokospalmen botanisieren …»

An der Tür blieb Carl noch einmal stehen und drehte sich zum tobenden Sloane um. In Carl stieg die Wut heiß und bitter auf – Wut auf Sloane und alle anderen Ignoranten, die zu dumm waren, um zu erkennen, was nötig war. Er ballte die Hände zu Fäusten und sagte laut: «Auch Ihr, Sir Sloane, werdet die Erneuerung der Wissenschaft nicht aufhalten.»

Auf einmal hatte Sloane einen goldenen Kerzenständer in der Hand. Der Diener machte hektische Zeichen in Carls Richtung, der geschwind durch die Tür schlüpfte. Als er sie hinter sich schloss, krachte drinnen etwas polternd dagegen.

37.
Der Dickdarm

GÖTTINGEN, 1749

Haller stand im Hörsaal des Anatomischen Theaters der Universität Göttingen, schnitt mit einem Skalpell die Leiche eines dicken Mannes auf und sagte: «Wir müssen diesem Linnaeus das schäbige Handwerk legen.»

«Genau das müssen wir tun – ihn ein für alle Mal unschädlich machen», bestätigte Siegesbeck eifrig. Er war der einzige Zuschauer auf der kreisrunden Tribüne.

Haller beugte sich über den aufgeblähten Bauch des Leichnams und durchtrennte mit dem Skalpell Haut, Fleisch und Muskeln. Zischend entwich die Luft aus dem Bauch. Dann klappte Haller die Fleischlappen auseinander, schnitt an den Eingeweiden herum und schaufelte mit beiden Händen das Gedärm heraus.

Haller war Anatom, Chirurg und Botaniker, und außerdem war er auch noch ein Dichter, der in jungen Jahren ein monumentales Gedicht über die Alpen geschrieben hatte. Unter den Professoren in Göttingen war er der berühmteste Gelehrte – was er gerne erwähnte. Im Jahr 1736 – etwa zu der Zeit also, als Carl Linnaeus die *Systema Naturae* in Holland veröffentlicht hatte – hatte der Geheime Rat Gerlach Adolph von Münchhausen Haller an die damals noch junge Universität von Göttingen im Kurfürstentum Braunschweig-Lüneburg gelockt, die nach Georg II., dem britischen König und Kurfürsten von Braunschweig-Lüneburg, benannt worden war.

Haller war einst Schüler des Holländers Boerhaave gewesen. Als er später nach Göttingen kam, war er noch keine dreißig Jahre alt, aber als herausragender Chirurg und Anatom bereits hoch angesehen. Daher hatte man weder Kosten noch Mühen gescheut, um ihn in Göttingen zu halten, und ihm für seine Lehrveranstaltungen das *Theatrum Anatomicum* gebaut. Auch hatte man für ihn einen Botanischen Garten angelegt und ihm die Leitung der renommierten *Göttingischen Zeitung von gelehrten Sachen* übertragen. Seine Position als Herausgeber nutzte Haller eifrig, um die Schriften anderer Gelehrter zu kritisieren – vor allem die Werke des schwedischen Botanikers Carl Linnaeus. Wie es bei Wissenschaftlern, die etwas auf sich hielten, üblich war, hatte Haller zu allem eine Meinung, und die einzige Meinung, die er gelten ließ, war seine eigene.

Als Siegesbeck von Hallers Abneigung gegen das linnaeische Sexualsystem erfuhr, hatte er alle Angebote der Bauern ausgeschlagen. Sie hatten geweint und gefleht, er möge bei ihnen bleiben. Sie wollten ihm viel Geld zahlen und hatten ihm angeboten, er brauche ihnen künftig auch nur noch halbtags als heiliger Tartuffelkönig zur Verfügung zu stehen. Auch wollten sie ihm ein mit schwedischen Kupferschindeln gedecktes Steinhaus am Dorfrand mit Waldblick schenken. Sogar seine junge Geliebte wollte ihm der Einäugige abtreten. Aber Siegesbecks Entscheidung stand fest: Er musste den Kampf gegen den schwedischen Rattenfänger wieder aufnehmen. Daher hatte er Haller nach

Göttingen begleitet, der ihm etwas Geld gegeben und eine kleine Wohnung besorgt hatte.

«Zunächst war ich sehr angetan von Linnaeus' Zielstrebigkeit und seinem botanischen Sachverstand, als er seine ersten Werke veröffentlichte», fuhr Haller fort, während er den Dickdarm aus der Leiche zog und die Darmwülste durch seine Finger flutschen ließ. Am nächsten Tag wollte er seinen Studenten eine Vorlesung zu krankhaften Veränderungen des Dickdarms durch übermäßigen Fleischgenuss halten.

«Ich führte eine anregende Korrespondenz mit Linnaeus», erzählte er. «Doch er schlug meine wissenschaftlichen Anmerkungen und Korrekturen zu den Irrtümern in seinem Sexualsystem in den Wind. Ja, er wies meine gut gemeinten Ratschläge mit Hohn und Spott zurück. Verständlich, dass ich daraufhin jeglichen Kontakt zu ihm abgebrochen habe.»

Ingratus cuculus – undankbarer Kuckuck, dachte Siegesbeck.

«Dabei hatte ich Linnaeus sogar nach Göttingen eingeladen, um ihm hier die botanische Professur anzutragen. Doch was tat er? Er ließ mich einfach sitzen. Mich, Albrecht Viktor Haller, den der Preußenkönig jetzt als seinen Archiater einstellen will. Das muss man sich einmal vorstellen. Dieser Linnaeus hält sich offensichtlich für etwas Besseres. Dabei verfügt niemand über mehr Kompetenzen als ich. Wer hat Hunderte Leichen präpariert und ist in der Lage, jedes Organ zu bestimmen? Ich! Wer hat als erster Wissenschaftler den Verlauf der Arterien im menschlichen Körper dargestellt? Ich! Seht nur, Siegesbeck: Wie ich vermutet habe, ist der Dickdarm dieses Mannes durch falsche

Ernährung völlig missgebildet – eine monströse Entartung. Ist das nicht herrlich …?»

«Ja, und das linnaeische System ist Blasphemie», sagte Siegesbeck, um beim Thema zu bleiben. «Er behauptet, Blütenkelche wären Ehebetten, Staubbeutel die Hoden, Narben die weibliche Scham. So einem gehört jede wissenschaftliche Tätigkeit verboten.»

Haller warf überflüssiges Gedärm in einen Eimer neben dem Seziertisch. «Sein Sexualsystem ist völlig konstruiert, oberflächlich und unnatürlich. Es entspricht einfach nicht der Wirklichkeit …»

Spontan hielt er inne und blickte auf, sein Gesicht war ganz spitz geworden vom Grübeln. «Da kommt mir eine Idee: Sagt Euch die Bezeichnung *Peloria* etwas?»

In seinem Herbarium suchte Haller nach einer bestimmten Pflanze. Als er sie gefunden hatte, zeigte er sie Siegesbeck und sagte: «Die Berechtigung für sein Sexualsystem schöpft Linnaeus aus der Unveränderlichkeit der von Gott geschaffenen Arten: Nichts verändert sich, alles bleibt für immer so, wie Gott es zum Beginn aller Zeiten erschaffen hat. Aber diese Pflanze ist – so scheint es mir – genau das: eine veränderte Pflanze, die es nach dem künstlichen System des Linnaeus gar nicht geben dürfte.»

Vor einigen Jahren habe Linnaeus über diese seltsame Pflanze eine Abhandlung veröffentlicht, erklärte Haller weiter. Darin habe er ausgeführt, dass im Jahr 1742 ein Student auf einer Insel bei Stockholm eine solche Pflanze gefunden habe, die über Celsius bei Linnaeus gelandet sei. In der Abhandlung habe er sich beinahe überschlagen in seiner Euphorie: Er habe das Gewächs als fantastischen, missgebildeten Nachkommen einer regulären Pflanze beschrieben, die ohne Beispiel sei in der Botanik. Und er habe sie *Peloria* genannt, das altgriechische Wort für Monster.

Sie betrachteten das Gewächs mit den seltsam geformten schwefelgelben Blüten und versanken in dumpfes Brüten, wie sie diese sonderbare Blume im Kampf gegen Linnaeus einsetzen konnten. Aber es wollte ihnen einfach nichts Rechtes dazu einfallen.

Daher legten sie die Pflanze vorerst wieder weg und begannen ihren Feldzug zunächst mit verbalen Angriffen, indem sie in Hallers *Göttingische Zeitung von gelehrten Sachen* entsprechende Artikel veröffentlichten. Darin behaupteten sie, die linnaeische Nomenklatur sei eigenwillig und seine Deutung von Begriffen wie Art, Varietät und Hybriden vollkommen missverständlich. Außerdem sei der Schwede selbstgerecht und habe einen diktatorischen Charakter, denn er tausche ohne Begründung alte und vertraute Pflanzennamen gegen seine eigenen Neuschöpfungen aus.

Der so geschmähte Linnaeus zeigte sich derweil unbeeindruckt von den Attacken aus Göttingen und schrieb ein botanisches Werk nach dem anderen. Er berichtete von seinen Reisen durch die schwedischen Provinzen Västergötland und Schonen. Er beschrieb in seinem Werk *Hortus Upsaliensis* dreitausend Pflanzenarten aus dem Botanischen Garten von Uppsala und im medizinischen Handbuch *Materia medica* viele Heilpflanzen und deren Verwendung – alle klassifiziert nach seinem Sexualsystem.

Siegesbeck und Haller rauften sich in Göttingen vor Wut die Perücken.

38.

Sigesbeckia orientalis

HARTEKAMP UND FRANKREICH, 1736–1738

Wie erschlagen saß Carl an seinem Schreibtisch im Arbeitszimmer in Hartekamp. Er blickte auf die Berge von Büchern, Papieren und unvollendeten Manuskripten, aber er sah nichts davon, und er fühlte nichts. In ihm war eine dunkle Leere, in der Sloanes Worte in einem nicht enden wollenden Echo widerhallten. Nietzel brachte ein paar Briefe, die in den letzten Wochen für Carl angekommen waren. Carl legte sie ungelesen zu dem Durcheinander auf dem Schreibtisch.

«Die Engländer?», fragte Nietzel besorgt.

Carl nickte schwach. «Sie lehnen mein System ab, weil sie Angst haben, sie müssten ihre dummen Gartenbücher überarbeiten oder ihre Sammlungen neu ordnen. Sloane wollte mich auspeitschen.»

«Sloane – oha …» Nietzel ging schnell wieder.

Carl brütete noch eine Weile vor sich hin, bis er irgendwann einen der Briefe öffnete. Der Absender war Albrecht Haller aus Göttingen. Noch so ein Neider, der kein gutes Haar an Carls Sexualsystem ließ. Carl las, dass Haller ihm trotzdem eine Professur für Botanik in Göttingen anbot. Er knüllte das Schreiben zusammen und warf es weg.

Ein anderes Schreiben war aus Sankt Petersburg. Darin fand Carl ein Päckchen mit Samen des Nordischen Drachenkopfs *Dracocephalum ruyschiana*. Der Schweizer Botaniker Amman hatte sie ihm geschickt. Amman bedankte sich für die *Systema Naturae* und lobte Carls interessante Ansätze. Vielleicht könne das System die Naturwissenschaften voranbringen.

Vielleicht voranbringen? Carl schaute aus dem Fenster in den grauen Tag. Vielleicht voranbringen! Erkannte denn niemand das revolutionäre Potenzial und die Genialität seines Systems? Es war zum Aus-der-Haut-Fahren.

Er fand noch einen zweiten Brief aus Sankt Petersburg, den er zunächst gar nicht mehr lesen wollte, es dann aber doch tat. Dieser Johann Georg Siegesbeck behauptete, die Samen des Nordischen Drachenkopfs *Dracocephalum ruyschiana* würden leider nicht zur Verfügung stehen. Seltsam. Warum hatte ihm Amman dann welche schicken können? Carl las den Brief zu Ende, und sein Mund wurde trocken wie eine Handvoll Wüstensand. Dieser Siegesbeck hatte doch tatsächlich eine Gegenschrift zu Carls *Systema Naturae* geschrieben. Angeblich war die Gegenschrift in einer Auflage von zehntausend Stück gedruckt worden. Was für ein Unsinn! Niemand druckte eine wissenschaftliche Abhandlung in einer so hohen Stückzahl, nicht einmal die Russische Akademie.

Carl las die Gegenschrift. Dann stand er auf und ging steifbeinig im Zimmer auf und ab, den Atem angehalten, die Hände zu Fäusten geballt, bis seine Gedanken ihn einholten und er gegen einen Stuhl trat, der polternd umfiel.

«Genug ist genug», rief er und warf Siegesbecks Gegenschrift weg. Sie traf Clifford, der von dem Lärm angelockt in der Tür stand.

«Das ist mir ja noch nicht untergekommen», empörte sich Clifford, der gerade von einer Geschäftsreise heimgekehrt war. «Ihr missachtet unsere vereinbarte Frist, und dann bewerft Ihr mich mit wissenschaftlicher Lektüre.»

«Das ist keine Wissenschaft», rief Carl aufgebracht. «Das ist Schund ohne jede Grundlage. So wie alles andere, was man mir vorwirft. Mein Natursystem soll eine Erklärung der Welt sein. Gott offenbart sich im Werk der Natur, und ich werde alles dafür tun, um Gottes Schöpfung zu deuten und zu ordnen.»

Clifford wollte dem unpässlichen Linnaeus eigentlich die Leviten lesen, doch der ließ ihn gar nicht zu Wort kommen, sondern tobte durchs Zimmer und schäumte vor Wut. Er schimpfte und fluchte, warf die Hände in die Höhe, trat gegen einen Beistelltisch, stieß eine Vase um, schlug mit der Faust gegen die Wand.

«Nun ist aber mal gut», donnerte Clifford.

Carl starrte ihn an, als nehme er Cliffords Anwesenheit jetzt erst wahr. Dann blickte er irritiert auf den eisernen Schürhaken, den er wurfbereit in der Hand hielt. Er ließ den Schürhaken fallen, als habe er sich die Hand daran verbrannt. Dann sank er aufs Kanapee nieder, kippte um und bewegte sich nicht mehr.

Im Gang hinter Clifford fragte ein Diener, wer hier einen solchen Lärm mache.

«Hol einen Arzt – und zwar schnell», befahl Clifford.

Carl lag mit Fieber im Bett. Er schwitzte und fror, zitterte und faselte unverständliches Zeug. Ärzte kamen und gingen. Sie fühlten ihm die Stirn und tasteten nach seinem Puls. Sie kratzten sich die Köpfe, ließen Carl zur Ader und verschrieben Arzneien. Nichts davon half, um seinen Zustand zu verbessern.

Eines Tages kam Boerhaave nach Hartekamp. Er setzte sich zu Carl ans Bett und sagte: «Habe ich nicht gesagt, dass Ihr Euch die Kritik nicht zu Herzen nehmen dürft? Ihr müsst über den Dingen stehen, Linnaeus. Alles Große braucht seine Zeit.»

Boerhaaves Diagnose fiel knapp aus: Carls Körper und vor allem sein Geist seien völlig erschöpft. Zu viel Arbeit, zu wenig Schlaf. Zu viel Aufregung, zu wenig Entspannung. Boerhaave verordnete ihm strenge Bettruhe.

Doch es sollte noch eine Weile dauern, bis Carl sich erholt hatte. Kaum war er wieder auf den Beinen, stürzte er sich von Neuem in die Arbeit. Er forschte, studierte, analysierte und schrieb ein Werk nach dem anderen. Er musste seinen Kritikern beweisen, dass ihn niemand in die Knie zwingen konnte. Boerhaave und Clifford betrachteten sein Tun mit Sorge, doch Carl ließ sich nicht aufhalten. Er arbeitete ohne Pause daran, die alten Methoden der Naturforschung vom Kopf auf die Füße zu stellen.

Und er nahm Rache.

Er schickte diesem Siegesbeck einen Brief und steckte in den Umschlag nur ein leeres Samenpäckchen, das er gemäß der von ihm aufgestellten binären Nomenklatur mit einem Gattungs- und einem Artnamen, dem Epitheton, beschriftete. Sogar ein Narr wie dieser Siegesbeck würde verstehen, wen Carl damit bezeichnete.

Damit nicht genug. Carl fragte Nietzel, welche Pflanze

er für das hässlichste Unkraut auf Erden hielt. Daraufhin zeigte ihm Nietzel in der hintersten, abgelegensten Ecke eines Gewächshauses eine kleine Pflanze. Das kümmerliche Gewächs hatte winzige gelbe Blüten, der Stängel war mit Borstenhärchen besetzt. Unter der Blüte standen fünf Hüllblätter ab wie die Tentakeln eines schleimigen Meereswesens, das aus den Drüsen eine klebrige, eiterähnliche Flüssigkeit absonderte.

«Diese Pflanze war kürzlich in einer Lieferung aus Südamerika dabei», sagte Nietzel. «Bestellt hat die niemand, und einen Namen hat sie auch noch nicht.»

«Doch, den hat sie», knurrte Carl. «Sie heißt jetzt *Sigesbeckia orientalis.*»

Vom grimmigen Eifer getrieben arbeitete Carl an einem Werk mit dem Titel *Genera Plantarum.* Darin kennzeichnete er die Gattungen der Pflanzen nach Anzahl, Lage und Verhältnis der Befruchtungsteile. Denn Klarheit und Allgemeingültigkeit waren die Grundprinzipien der Wissenschaft, und ein Artname ohne Gattungsnamen war wie eine Glocke ohne Klöppel. Er analysierte und beschrieb Hunderte Gattungen nach ihren Kelchen, Kronen, Staubblättern, Stempeln, Fruchtwänden und Samen, wobei er vielen Pflanzen neue und einfachere Namen gab. Genüsslich stellte er sich vor, wie der englische Botaniker Miller vor Wut in seine Gartenbüchlein biss.

Mit seinem Werk *Critica Botanica* legte Carl schließlich neue Regeln für die Benennung von Pflanzen, Tieren und Mineralien fest. «Denn kennt man ihren Namen nicht, so ist die Kenntnis von allen Dingen wertlos», sagte er zu Nietzel. «Mein System mit zwei lateinischen Namen, je einen für die Gattung und einen für die Art, kann von jedem verstanden werden, egal ob er Englisch, Französisch, Schwedisch oder Deutsch spricht. Jeder wird dann wissen, was zum Beispiel *Viola tricolor* für eine Pflanze ist, egal ob sie in der Landessprache Field pansy, Violettes des champs, Fältfioler oder Ackerveilchen genannt wird. Mit Hilfe meines Systems können Wissenschaftler, Naturforscher, Gärtner und Fisch- oder Vogelfreunde auf aller Welt miteinander kommunizieren, ohne die Namen in der jeweiligen Landessprache zu kennen.»

Nietzel war beeindruckt. «Und woher nehmt Ihr die lateinischen Namen?»

«Dazu ist Fantasie gefragt», sagte Carl. «Das klebrige Unkraut *Sigesbeckia orientalis* habe ich nach einem hirnlosen Holzkopf benannt, der in der Welt nichts anderes als eine widerliche Schleimspur hinterlässt und dessen Lebenszweck es ist, andere Wissenschaftler in ihrer Arbeit zu behindern. Eine Gattung südafrikanischer Rosengewächse habe ich hingegen nach unserem Gönner Clifford als *Cliffortia* benannt, und eine Gattung der Wunderblumengewächse als *Boerhavia* nach … na, Ihr werdet es erraten, Nietzel.»

Selbstverständlich wollte sich Carl auch selbst im Namen eines Gewächses verewigen. Allerdings hatte er die Regel aufgestellt, dass niemand, der eine neue Pflanze beschreibt, dieser den eigenen Namen geben dürfe. Eine solche Ehrung müsse ein anderer Botaniker übernehmen. Deshalb lud er seinen Freund Jan Frederik Gronovius, dem er die Promotion zu verdanken hatte, zum Umtrunk ein. Zur vorgerückten Stunde bat er Gronovius, er möge Carls liebster Pflanze, dem Moosglöckchen, seinen Namen geben: *Linnaea borealis.* Mit einiger grammatikalischer Freiheit übersetzt, bedeutete dies in etwa: Linnaeus, der aus dem Norden kommt.

Im Gegenzug übernahm Carl den Gattungsnamen *Gronovia*, mit dem Professor Gronovius schon zuvor von einem anderen Botaniker geehrt worden war, ohne Änderung in sein neues System. In der Begründung schrieb Carl, die *Gronovia* sei eine Rankpflanze, die um andere Pflanzen greife, wie es Gronovius als Erfasser und Sammler von Pflanzen mache.

Gronovius runzelte die Stirn, als er das las und war nur mäßig begeistert. Lieber hätte er es gehabt, wenn Carl ihm zu Ehren eine schöne Blume benannt hätte. Die *Gronovia* war eine südamerikanische Pflanzengattung mit stechenden Nesselhaaren, die bei Berührung schmerzhaft brennende Pusteln verursachten.

Wochen, Monate und Jahre zogen ins Land, bis Sara in Falun die Nase gestrichen voll hatte, noch länger auf Carl zu warten. Sie erklärte ihrem Vater, dass sie jetzt den blöden Reuterholm heiraten werde, wenigstens den, bevor sie als alte Jungfer sterben müsse. Immerhin sei sie schon über zwanzig und Reuterholm steinalt, also jenseits von Gut und Böse, weswegen es zumindest bald einiges zu erben gäbe.

Moraeus dachte ernsthaft über Saras Entscheidung nach. Doch der Gedanke, einen Mann, der mindestens so alt war wie er selbst, zum Schwiegersohn zu bekommen, behagte ihm ebenso wenig wie die Vorstellung, seine künftigen Enkelkinder würden von einem unförmigen Asthmatiker gezeugt. Daher entschied er, Sara solle noch ein bisschen auf Linnaeus warten, wenigstens ein paar Monate. Sie stampfte wütend mit dem Fuß auf und zerriss den Brief, den Carl ihr gerade geschickt hatte. Darin stand ja doch wieder nichts anderes als die Namen irgendwelcher Pflanzenbücher mit unaussprechlichen Titeln.

Unterdessen regte sich bei Carl in Hartekamp tatsächlich der Wunsch, nach Schweden heimzukehren.

Als Clifford und Boerhaave von seinen Abreiseplänen erfuhren, steckten sie die Köpfe zusammen und überlegten, wie sie ihn in Holland halten konnten. Ein solches Genie dürfe man doch nicht im fernen Schweden versauern lassen, meinten beide. Lieber sollte man Linnaeus im fernen Osten oder fernen Westen in den Dienst der guten niederländischen Sache stellen.

Boerhaave hatte erfahren, dass die Niederländische Westindien-Kompanie WIC einen gut dotierten Posten für einen Arzt zu vergeben hatte. Während Cliffords Ostindien-Kompanie VOC für den Handel mit Ländern im Osten wie Indonesien, Japan oder Indien zuständig war, besaß die WIC in den Niederlanden das exklusive Patent für den Handel mit Westafrika und Amerika. Die Kompanien hatten Tausende Schiffe unter Segel, und die WIC hatte sich in den letzten Jahren zunehmend auf den lukrativen Sklavenhandel verlegt. Bei dem sogenannten Dreieckshandel segelten die Schiffe von den Niederlanden zunächst mit Waren wie Textilien und Eisengütern zu den niederländischen Festungen an der afrikanischen Westküste. Dort nahmen sie Sklaven an Bord und verschifften sie nach Amerika, wo billige Arbeitskräfte gebraucht wurden. Auf der Rückreise in die Niederlande nahmen die Schiffe dann

Zucker, Tabak, Baumwolle und Kaffeebohnen mit. Eine Dreiecksfahrt dauerte gut eineinhalb Jahre. Etwa jeder dritte Mitreisende überlebte sie nicht, weil viele an Skorbut oder tropischen Krankheiten starben.

«Warum ist denn die Arztstelle überhaupt neu zu besetzen?», fragte Carl skeptisch.

Boerhaave druckste herum, dann sagte er vage: «Der vorherige Arzt kam in Suriname unter dubiosen Umständen ums Leben.»

«Und welche dubiosen Umstände waren das?», bohrte Carl nach. «Ich habe von einem Mann gelesen, der in jener Gegend Schiffbruch erlitten hat und achtundzwanzig Jahre auf einer einsamen Insel lebte, ständig von Kannibalen bedroht. Dubiose Todesumstände bedeuten in Südamerika offenbar nicht selten, dass man von Kannibalen gefressen wird.»

«Das sind Märchen, mein lieber Linnaeus – Romane sind das, verdrehte Wirklichkeiten», beruhigte ihn Boerhaave. «Viel wichtiger ist doch, dass der Arzt in Suriname in wenigen Jahren mehr als eine Tonne Gold verdient hat. Ihr bräuchtet dort nur die gesundheitliche Verfassung der Sklaven zu überwachen, und nebenher könntet Ihr Dschungelpflanzen botanisieren.»

Der Gedanke an die Urwälder mit exotischen Pflanzen war verlockend. Doch dann dachte Carl ans kochende Wasser in den Töpfen der Kannibalen. «Ich bin im kühlen Schweden aufgewachsen», sagte er. «Daher befürchte ich, das tropische Klima würde mir auf Geist und Magen schlagen. Aber ich wüsste jemanden, der einem solchen Abenteuer nicht abgeneigt ist.»

Vor einiger Zeit hatte er sich mit dem jungen Mediziner Johann Bartsch angefreundet. Bartsch stammte aus Königsberg und hatte an der Universität von Leiden gerade sein Medizinstudium mit einer Abhandlung über die menschliche Körpertemperatur abgeschlossen. Carl erzählte Bartsch von dem vakanten Posten. Bartsch rieb sich die Hände und dankte Carl aufs Herzlichste für die Vermittlung. Im Sommer 1737 ging er an Bord eines WIC-Schiffes und starb im darauffolgenden Jahr einsam im Dschungel von Niederländisch-Guayana. Da war er noch nicht einmal dreißig Jahre alt. Offiziell hieß es, er sei ein Opfer des schwül-heißen Tropenklimas geworden.

Und inoffiziell? Nun ja.

Als Carl von Bartschs Tod erfuhr, verweigerte er tagelang jede Nahrung. Vor allem der Anblick von gekochtem Fleisch löste heftige Übelkeit in ihm aus. Und sein Entschluss, Holland zu verlassen, stand fest. Er schaffte es sogar, endlich den *Hortus Cliffortianus* zu vollenden, in dem er alle Pflanzen aus Cliffords Garten beschrieb, natürlich auch das schleimabsondernde Unkraut *Sigesbeckia orientalis.* Und seinen in Suriname auf welche Weise auch immer verendeten Freund Bartsch ehrte er in dem Werk und gab einer Pflanzengattung den Namen *Bartsia.*

Zur Präsentation des *Hortus Cliffortianus* lud Clifford eine große Gesellschaft nach Hartekamp. Es gab ein rauschendes Fest, Musiker spielten fröhliche Lieder, Menschen schwatzten und tanzten. Man tischte reichlich zu essen und zu trinken auf. Clifford zeigte allen Gästen die Schrift, und jeder tat ihm seine Bewunderung für das Werk kund. Der Pflanzenmaler Georg Dionysius Ehret hatte es kunstvoll illustriert und Carl darin die Pflanzen aus Cliffords Garten und Herbarium beschrieben: Blumen aus Spanien, Frankreich, Italien, Sizilien, Griechenland, außerdem Gewächse aus Asien, Afrika und Amerika.

Sich selbst hatte Carl von Ehret auf der Zeichnung des Frontispizes als jungen Gott Apollon darstellen lassen – als Gott, der Licht in die Dunkelheit der Botanik brachte. Auch waren auf der Zeichnung ein Topf mit einer *Cliffortia*, ein Plan des Gartens und eine *Musa* abgebildet. Sogar eines der von Anders Celsius entwickelten Thermometer wurde gezeigt; allerdings hatte Carl den Zeichner angewiesen, die Skala des Thermometers umzudrehen.

Als der Schaumwein Carl den nötigen Mut verlieh, teilte er Clifford und Boerhaave mit, sein Entschluss, die Heimreise anzutreten, stehe nun endgültig fest. Die Promotion, der eigentliche Grund seiner Reise nach Holland, sei ja schon vor langer Zeit bestanden worden, außerdem sei die *Musa* zum Blühen gebracht und der *Hortus Cliffortianus* gedruckt worden. Und er sei stolz, die Bekanntschaft mit großartigen Männern wie Clifford und Boerhaave gemacht zu haben. Nun dürfe er sein Mädchen aber nicht länger warten lassen. Clifford und Boerhaave nickten traurig, die beiden alten Männer hatten sogar Tränen in den Augen.

Carl schrieb an Sara, er wolle jetzt nur noch einen klitzekleinen Abstecher nach Frankreich machen und dann schnell nach Schweden heimkehren. Auf ein paar Monate mehr oder weniger komme es ja nun auch nicht mehr an. Darauf könne sie sich verlassen.

Eine Antwort schickte sie ihm nicht.

In Paris wurde Carl mit allen Ehren empfangen. Man ernannte ihn umgehend zum korrespondierenden Mitglied der Pariser Akademie der Wissenschaften. Auf der feierlichen Zeremonie verstand Carl kein Wort von der Rede, die ihm zu Ehren gehalten wurde. Die französischen Gelehrten weigerten sich bis auf wenige Ausnahmen, auf Latein zu kommunizieren. Sie hielten ihre eigene Sprache für die vortrefflichste *langue* der Welt. Warum also eine andere lernen? Natürlich sprach in Paris auch niemand Schwedisch – denn: *où diable est la suède*? Wo zum Teufel liegt Schweden?

Carl besuchte die Pariser Museen und Bibliotheken. Er ließ sich die Herbarien von Tournefort und Vaillant zeigen, die – Gott sei Dank! – auch auf Latein publiziert hatten. Beim Lustwandeln in den Gärten von Versailles verlief er sich in einem Eibenheckenlabyrinth. Im *Jardin du roi* pflanzte man in seinem Beisein eine aus Asien importierte Zeder, und natürlich bat man ihn, noch ein Weilchen länger in Frankreich zu bleiben.

«Ach ja, gerne doch», sagte Carl, dann dachte er an Sara und an das Versprechen, das er ihr in seinem letzten Brief gegeben hatte. Wie lange ließ er sie eigentlich schon warten? Irgendwie war ihm jedes Zeitgefühl abhandengekommen. Schweren Herzens sagte er den Franzosen ab.

In der französischen Hafenstadt Rouen nahm er ein Schiff und fuhr die Seine hinunter in den Englischen Kanal. Beim Durchsegeln des Kattegats geriet das Schiff in einen heftigen Sturm, die Wellen bäumten sich haushoch auf. Beim Speien wurde Carl beinahe über die Reling gespült. Als er in Helsingborg breitbeinig von Bord wankte, stellte er mit Erschrecken fest, dass er, wenn er richtig rechnete, das letzte Mal vor dreieinhalb Jahren schwedischen Boden unter den Füßen gehabt hatte. Er fuhr nach Stenbrohult und trank mit seinem Vater Tartuffelschnaps, aber nur einen kleinen Becher. Sein Vater war ein Greis geworden. Er vertrug nicht mehr viel Schnaps und verkleckerte die Hälfte. Immerhin aß er regelmäßig. Samuel, der mit seiner Familie ins Pfarrhaus gezogen war, achtete darauf.

Dann fuhr Carl nach Falun. Bei der Begrüßung war Saras Mund wie zugenäht und ihr Blick frostig wie ein grönländischer Eisberg.

39.

Rausch

GÖTTINGEN, 1749–1753

Albrecht Haller reiste zusammen mit Siegesbeck von Göttingen nach Braunschweig. Eingeladen hatte sie der Freiherr Gerlach Adolph von Münchhausen, weil er erfahren hatte, dass Haller noch immer vom Preußenkönig umworben wurde. Was Münchhausen nicht wusste, war, dass Haller selbst dieses Gerücht lancierte, um seine Verhandlungsposition zu stärken: Er wollte ein höheres Honorar für seine Lehrtätigkeit heraushandeln. Dabei spielte ihm das politische Hin und Her in die Hände. Das Kurfürstentum Braunschweig-Lüneburg wurde vom englischen König Georg II. regiert, der im Krieg zunächst an der Seite von Österreich gegen die Preußen gekämpft hatte. Als sich Österreich jedoch mit Frankreich verbündete, wechselte auch Georg II. die Seiten, und nun war das Kurfürstentum Braunschweig-Lüneburg also ein Bündnispartner von Preußen.

Münchhausen war ein älterer, sehniger Herr. Er empfing Haller und Siegesbeck im Braunschweiger Schloss, das derzeit noch eine Baustelle war. Nach Fertigstellung der Bauarbeiten sollte die Residenz, die bislang noch im Nachbarstädtchen Hannover beheimatet war, in das Schloss verlegt werden.

Haller bekam einen Platz an der kurfürstlichen Tafel neben dem Freiherrn Münchhausen zugewiesen, der gleich damit begann, ihm die Leibarztstelle beim Preußenkönig auszureden.

Siegesbeck musste an einem kleineren Nebentisch einem schwatzhaften Burschen gegenübersitzen. Der junge Mann war ein entfernter Neffe des Freiherrn. Er hieß mit Vornamen Hieronymus und hatte in Sankt Petersburg gedient, kurz nachdem Siegesbeck damals nach Rom aufgebrochen war. Als Fähnrich der russischen Braunschweig-Kürassiere hatte der Neffe dann von 1741 bis 1743 am Krieg der Russen gegen Schweden teilgenommen.

Wie Siegesbeck mit Bedauern feststellte, hatte er diesen Krieg völlig verpasst. Statt mit Pauken und Trompeten, mit Säbel und Flinte gegen die Schweden zu ziehen, hatte er in Preußen Maulbeerbäume gepflanzt und war seiner unerwiderten Liebe zum Opfer gefallen. Und dann hatte seine geliebte Prinzessin nach dem Krieg auch noch ausgerechnet den schwedischen Thronfolger geheiratet, den die russische Zarin Elisabeth I. auf den schwedischen Thron gepflanzt hatte. Siegesbeck schwirrte der Kopf vom personellen und territorialen Durcheinander seiner Zeitgeschichte. Da verlor man ja nicht nur den Glauben an die Liebe, sondern auch noch den Überblick.

«Langweile ich Euch?», fragte ihn der Neffe des Freiherrn.

Siegesbeck schreckte aus seinen Gedanken hoch. «Ich … nein, was sagtet Ihr gerade?»

Der Neffe kratzte sich pikiert am Hals, bevor er mit einer Anekdote aus dem russisch-schwedischen Krieg fortfuhr. Einmal sei er auf einer Kanonenkugel sitzend über eine belagerte Stadt geflogen, um die feindlichen Stellungen auszukundschaften. In der Luft sei er dann auf eine entgegenkommende Kanonenkugel umgestiegen und zu seinen Truppen zurückgeflogen. Dank seiner Heldentat habe man die Stadt mit gezieltem Beschuss auf die Stellungen einnehmen können.

«Es reitet doch wohl niemand auf einer Kanonenkugel», sagte Siegesbeck ungläubig.

«Seid nicht so kleinlich», schimpfte eine Dame mit turmhoch toupierter Frisur, die den Neffen anhimmelte wie einen Messias: «Oh, bitte, erzählt nur weiter – mein Held.»

Der Neffe ließ die verschränkten Finger knacken und blickte sich beifallsfreudig um. Dann holte er Luft und erzählte in einem Atemzug, er habe bei einer Hasenjagd mit seinem Pferd über einen Sumpf springen wollen, als er mitten im Sprung festgestellt habe, dass der Sumpf zu breit sei, sodass er das Pferd in der Luft schwebend gewendet habe und dann auf dem festem Boden neuen Anlauf genommen, es aber wieder nicht über den Sumpf geschafft habe, sondern er sei bis zum Hals darin versunken und habe sich an seinem starken Arm mitsamt dem Pferd am eigenen Haarschopf aus dem Sumpf ziehen müssen.

Ja! – Oho! – Aha!, raunten die Zuhörer. Die toupierte Dame bat, seine Armmuskeln anfassen zu dürfen, was er ihr lächelnd gestattete. «Was seid Ihr nur für ein starker Held», sagte sie entzückt.

«Er ist kein Held – er ist ein Lügner», fuhr Siegesbeck dazwischen. «Ich bin zufällig auch Physiker und habe in Helmstedt unter dem berühmten Professor Heister gelehrt. Sie wissen schon: der Heister, der den praktischen

Mundsperrer erfunden hat. Als Wissenschaftler kann ich Euch diese Missachtung physikalischer Gesetze nicht durchgehen lassen. Gott erschuf die Schwerkraft, damit alles am Erdboden bleibt. Daher reitet niemand auf einer Kanonenkugel durch die Luft. Und niemand zieht sich am eigenen Schopf aus dem Sumpf. Das ist so grotesk wie die Vorstellung, in einem Blütenbett würden zwanzig nackte Männer eine nackte Frau penetrieren.»

«Oho – zwanzig Männer», rief die Dame spitz und fächelte sich Luft zu.

«Hm», machte der Neffe interessiert. «Mögt Ihr dieses denkwürdige Bild nicht mit einer kleinen Geschichte ausschmücken? Es mit ein bisschen Drama, Krieg und weiten Reisen würzen? Gut gegen Böse, das alte Spiel, und Ihr seid natürlich der Gute. Mischt auch ruhig ein paar seltsame Zufälle hinzu. Liebe sollte natürlich auch dabei sein, und dann lasst Ihr alles mit einem dramatischen Finale enden …»

Siegesbeck schlug die Faust auf den Tisch. «Macht Euch ruhig lustig über mich.»

Im Saal verebbten die Gespräche. Alle Anwesenden schauten Siegesbeck an.

«Jetzt hättet Ihr Eure Bühne», sagte der Neffe und lehnte sich gelassen abwartend zurück.

«Eine Lüge wird durch noch mehr Lügen nicht zur Wahrheit», rief Siegesbeck.

«Und was ist bitte schön die Wahrheit, mein Herr?», fragte ihn Münchhausens Neffe. «Das, was Ihr mit Euren eigenen Augen sehen und bezeugen könnt? Oder das, was andere beschrieben haben? Oder das, was Gott Euch sagt, das Ihr sehen und glauben sollt? Egal ob es eine Lüge oder die Wahrheit ist, durch eine Geschichte wird es erst erzählenswert, oder etwa nicht?»

Auf der Heimfahrt in der Kutsche schrieb Haller unentwegt in sein Notizbuch, bis er aufschaute und zu Siegesbeck sagte: «Ich werde in Göttingen bleiben und das Angebot des Preußenkönigs endgültig ausschlagen. Der Freiherr von Münchhausen wird mein Gehalt verdoppeln, und …»

Er reichte Siegesbeck das aufgeschlagene Notizbuch: «Und wie hört sich das an?»

Siegesbeck blickte in das Buch, das Haller auf mehreren Seiten mit demselben Namen vollgeschrieben hatte: Albrecht von Haller, stand da, das «von» war jedes Mal dick unterstrichen.

«Sprecht den Namen ruhig einmal aus», bat Haller.

«Albrecht von Haller», las Siegesbeck.

«Albrecht *von* Haller», korrigierte Haller die Betonung. «Man wird mich in den Adelsstand erheben.»

«Schön», murmelte Siegesbeck. «Eine schöne Geschichte.»

Er schaute aus der Kutsche. Draußen zogen kahle Bäume und Büsche vor kahlen Winterlandschaften vorbei. Siegesbeck überlegte, ob man Linnaeus für seine Lügen eines Tages ebenfalls adeln würde. Carl *von* Linnaeus, oder so.

Bei dem Gedanken spürte er es in seinem Magen rumoren, und er schloss die Augen vor der kalten, kahlen, öden Wirklichkeit.

Somit wurde aus dem berühmten Albrecht Haller der noch berühmtere Albrecht *von* Haller. Auch für den Freiherrn von Münchhausen zahlte sich die Investition in von

Haller aus. Vor vollbesetzten Hörsälen standen die Studenten in langen Schlangen an und zahlten viel Geld für ein Studium in Göttingen beim geadelten von Haller. Der arbeitete sich in jenen Jahren auf den Höhepunkt seines wissenschaftlichen Ruhms. Er hielt Vorlesungen, verfasste anatomische Lehrbücher, experimentierte mit Tieren und präparierte Menschenleichen. Er wies die Sensibilität der Nerven und die Reizbarkeit der Muskeln nach. Er machte Studien zu Strömungen des Blutes und der Entwicklung von Embryonen. Er arbeitete Tag und Nacht, als müsse er das universelle Wissen der Welt in einem einzigen Leben erforschen.

Siegesbeck las in den Zeitungen, dass auch Linnaeus seinen Ruhm mehrte. Die Kritiken aus Göttingen prallten an ihm ab wie Schneebälle an einer Hauswand. Von Haller hatte sogar seinen eigenen Sohn eine Streitschrift gegen das linnaeische System schreiben lassen. Und in Schweden hatten sie einen gewissen Professor Nils Rosén als Verbündeten im Kampf gegen Linnaeus gewonnen. Dennoch schien Linnaeus durch nichts aufzuhalten sein.

«*Philosophia Botanica, Skånska Resa, Materia Medica, Flora Zeylanica*», zählte Siegesbeck zerknirscht einige Namen der Werke auf, die der Schwede in kurzer Zeit publiziert hatte.

«Habe ich alle gelesen», sagte von Haller abwesend. Er stand am Stehpult und beugte sich über seine Notizen. Hinter ihm wartete ein Schuster und bat zum wiederholten Male, der Herr Professor *von* Haller möge seine Arbeit bitte kurz unterbrechen, damit er an seinen Füßen für die bestellten Stiefel Maß nehmen könne.

Haller streckte einen Fuß nach hinten aus, ohne von den Notizen aufzublicken.

Da packte der Schuster seine Sachen, stampfte aus dem Raum und schimpfte, er sei ein Schuster und kein Schmied.

Eines Tages forderte das arbeitsreiche Leben seinen Tribut. In von Hallers Körper breiteten sich böse Schmerzen aus. Selbstverständlich zog er keinen Arzt zu Rate – er war ja selbst der beste Arzt. Nachdem er sich eine entsprechende Diagnose gestellt hatte, verschrieb er sich eine Opiumtherapie.

Siegesbeck fand Haller zur Mittagszeit im Tiefschlaf im Bett liegend. Für gewöhnlich stand Haller in aller Herrgottsfrühe auf, weil er den Schlaf als lästiges Übel empfand, das ihn von der Arbeit abhielt.

Siegesbeck stieß ihn vorsichtig an der Schulter an, dann schüttelte er ihn. Haller blinzelte aus verquollenen Augen und seufzte schwer. «Ach», sagte er, «das ist meine beglückendste Nacht seit Langem gewesen. Endlich bin ich einmal schmerzfrei eingeschlafen. Doch nun lässt die Wirkung nach, und Schmerzen und Trübsinn kehren im Laufschritt zurück. Schwarze Melancholie umwölkt mich.»

Er setzte sich im Bett auf, bereitete die Pfeife vor und zündete das Opium an. Der Rauch strömte in seine Lunge, und er entspannte sich.

«Hmmm», brummte er und hielt Siegesbeck die Pfeife hin.

Siegesbeck zögerte. Es war bald zwanzig Jahre her, dass er das letzte Mal *Papaver somniferum* geraucht hatte. Bei der Gelegenheit hatte er in Sankt Petersburg unter dem Einfluss der Droge den Plan gefasst, zum Papst nach Rom zu reisen. Und wozu hatte das alles geführt? Zu gar nichts.

Dennoch nahm er einen tiefen Zug und saß kurz darauf

mit ausgestreckten Beinen neben von Haller auf dem Bett. «Du, Haller?», fragte er matt.

«*Von* Haller.»

«Du, *von* Haller, ich glaube, ich bin alt geworden, schon bald an die siebzig Jahre. Meine Knochen knirschen, mein Magen drückt, Haare und Zähne fallen mir aus, meine Muskeln schwinden.»

«Na und?», fragte von Haller und gähnte glücklich.

Siegesbeck zog an der Pfeife und ließ seine Gedanken mäandern. «Alles in mir droht zu erlöschen – die Glut, die mein Verlangen nach Gerechtigkeit am Brennen hielt, das Feuer, das mir den Weg durch die Dunkelheit der Lügen geleuchtet hat, alles vergeht ...»

Von Haller grunzte mit halb geschlossenen Augen und sagte: «Der Jahre Lust und Müh ruhn stets auf gleicher Waage. Des Lebens Staffeln sind nichts als Geburt und Tod. Nur hat die Fröhlichkeit bisweilen wenig Stunden dem unverdrossnen Volk nicht ohne Müh entwunden.»

«Opitz?», fragte Siegesbeck.

«Nein, ich und die Alpen. Meine Heimat. Meine Alpenheimat. Ich selbst habe das Gedicht geschrieben. Hört doch nur: Hat nun die müde Welt sich in den Frost begraben, der Berge Täler Eis, die Spitzen Schnee bedeckt, ruht das erschöpfte Feld nun aus für neue Gaben, weil ein kristallner Damm der Flüsse Lauf bedeckt ...»

«Ach so», murmelte Siegesbeck.

Dann schliefen sie ein, doch das Bett war zu schmal für zwei. Im Schlaf drängte von Haller Siegesbeck über den Rand des Betts hinaus. Den harten Aufprall auf dem Boden merkte er gar nicht.

Im Frühjahr 1753 packte von Haller Kleidung, Bücher, Manuskripte und medizinische Geräte in ein paar Reisekisten. Als die Kutsche vorfuhr, erklärte er, er wolle für eine Weile nach Bern fahren, um seine älteste Tochter zu verheiraten.

Siegesbeck stand am Straßenrand und blickte der Kutsche nach. Warum er wusste, dass von Haller gelogen hatte, wusste er selbst nicht. Tatsächlich kehrte von Haller nie wieder nach Göttingen zurück.

Siegesbeck wandelte durch von Hallers mit drückender Stille erfülltes Haus. Vor einem Spiegel blieb er stehen und sah darin einen Mann mit grauem, schütterem Haar und stechend blauen Augen; von der Nase zogen sich beidseitig tiefe Falten hinunter bis an die Mundwinkel.

Bin ich das?, fragte er sich. Bin ich der Mann, der mich aus Augen anstarrt, in denen die letzten zornigen Funken überlagert werden vom trüben Nebelschleier eines sich nähernden Lebensendes?

Er wartete nicht, dass er sich selbst eine Antwort gab, sondern durchsuchte von Hallers Haus, bis er etwas fand, das seine Aufmerksamkeit fesselte. Im Studierzimmer lag auf dem Schreibpult eine Pflanze aus von Hallers Herbarium. War sie ihm beim Packen herausgefallen? Oder hatte er sie dort mit Absicht für Siegesbeck liegen gelassen?

Er betrachtete die getrocknete Pflanze mit den schwefelgelben Blüten auf dem Herbarbogen, erinnerte sich, dass von Haller sie ihm vor ein paar Jahren gezeigt hatte, und las ihren Namen: *Linaria vulgaris peloria.* Siegesbeck besah sich die seltsam geformten Blüten genauer. Was hatte von Haller damals dazu gesagt, als er ihm dieses Gewächs zum ersten Mal gezeigt hatte? Dass Linnaeus diese veränderte

Pflanze beschrieben hatte, die es nach seinem künstlichen System gar nicht geben dürfe.

Linaria vulgaris peloria. Ja, das war sie – das war *Peloria* – die Monsterblume.

Und in diesem Augenblick begriff Siegesbeck, dass von Haller diese Pflanze tatsächlich für ihn hier deponiert haben musste, und dass er nun eine Waffe in der Hand hielt, mit der er zum finalen Schlag gegen Linnaeus würde ausholen können.

40.

Der Arzt

FALUN UND STOCKHOLM, 1738–1739

Sara behandelte Carl wie Luft. Wenn er in ihre Nähe kam, kehrte sie ihm den Rücken zu. Wenn er versuchte, das Wort an sie zu richten, stolzierte sie davon wie ein beleidigter Pfau. Seine Entschuldigungen wollte sie nicht hören. Für sie war er gestorben. War nicht existent, seine Anwesenheit eine Halluzination, ein lästiger Schatten, ein spitzer Stein im Schuh. An eine Hochzeit verschwendete sie keinen Gedanken, bis ihr Vater ein Machtwort sprach.

«Es ist immer noch der Vater, der entscheidet, ob und wen seine Tochter heiratet», sagte Moraeus. «Und wenn der Vater etwas entschieden hat, hat seine Tochter sich seinem Willen zu fügen. So war es schon immer, und so wird es immer sein. Ich bin auch nicht einverstanden, dass Linnaeus aus den verabredeten drei Wochen eine Abwesenheit von mehr als drei Jahren gemacht hat. Aber er gelobt Besserung. Außerdem hat er promoviert. Stell dich also nicht so störrisch an, Kind.»

Saras Miene war hart wie eine Faust.

Moraeus wandte sich an Carl. «Genau ein Jahr gebe ich Euch Zeit – und dieses Mal keinen einzigen Tag länger! –, damit Ihr Euch als Arzt in Stockholm ein Auskommen schafft, mit dem Ihr eine Familie ernähren könnt. Erst dann werde ich Euch die Hand meiner Tochter geben. Und natürlich die versprochene Mitgift.»

Carl nickte. Sara schwieg.

Bevor Carl nach Stockholm abreiste, nahm er seinen ganzen Mut zusammen und klopfte an Saras Tür. Sie rief von drinnen, er könne sie mal kreuzweise und solle sich bloß zu seinem Unkraut verziehen.

Carl hängte das Seidenkleid, das er von seinem letzten Geld in Paris gekauft hatte, außen an den Türgriff. Dann trat er den Rückzug an.

Am nächsten Morgen war das Kleid weg. Saras Blick, den er beim Abschied suchte, wirkte ein wenig milder. Moraeus steckte ihm ein paar Münzen zu, damit er in den ersten Wochen über die Runden kam. Dann stieg Carl in die Kutsche.

Kaum war er in Stockholm angekommen, musste er erfahren, wie viel Wahrheit im Ausspruch des Apostels Matthäus steckte, der Prophet gelte nichts im eigenen Lande. Carl klopfte an die Türen der Bürgerhäuser und bot seine ärztlichen Dienste an: Gegen ein kleines Honorar könne er Gebrechen heilen, Fieber lindern und Gliedmaßen einrenken. Sobald er jedoch seinen Namen nannte, jagte man ihn zum Teufel. Nicht einmal ihre Dienstboten gaben ihm die Herrschaften zum Kurieren.

«Carl Linnaeus?», riefen die Leute. «Etwa *der* Linnaeus, der durch seine gottlose Wissenschaft unser geliebtes Schweden zum Gespött in der ganzen Welt macht? Der sich der Förderung der Hurerei schuldig gemacht hat? Der ein schlechter Botaniker und ein noch schlechterer Arzt ist?»

Wer denn einen solchen Unfug behaupte, wollte Carl wissen.

«Das sagt der ehrenwerte Professor Nils Rosén», bekam er zur Antwort. «Rosén weiß Bescheid. Schließlich leitet er den Lehrstuhl für Anatomie und Botanik in Uppsala. Er ist sogar zum Archiater des schwedischen Königs ernannt worden.»

Carl holte tief Luft und hielt sie zurück, bis ihm der Brustkorb schmerzte. Hätte er Rosén damals doch nur mit dem Degen durchbohrt! Die von Rosén gesäte üble Nachrede ließ die Gerüchte in der Stockholmer Gesellschaft wie Unkraut wuchern.

Carl biss die Zähne zusammen, dass es knackte. Er hatte sich in Holland Respekt verdient und einen Namen gemacht. Seine Werke wurden überall gelesen und sein System diskutiert, zwar nicht immer mit Begeisterung, aber er hatte einen Stein ins Rollen gebracht, und dieser Stein drohte nun ihn selbst zu überrollen. Er war zum Aussätzigen geworden – ausgerechnet in Schweden, in seiner Heimat.

Es dauerte nicht lange, bis er Moraeus' Geld ausgegeben hatte. Schwermut überkam ihn, und er erinnerte sich an Boerhaaves Angebot. Ob die Stelle des Sklavenarztes in Suriname nach Bartschs Tod noch vakant war? Lieber wollte Carl auf Zuckerrohrplantagen unter glühender Sonne Sklaven verarzten, als noch ein einziges Mal bei Moraeus zu Kreuze zu kriechen. Und welche Zukunft erwartete ihn in Schweden überhaupt, wenn er Sara zur Frau nahm? Dann würde Rosén doch dafür sorgen, dass Carl in Uppsala keinen Fuß auf den Boden bekam. Stattdessen müsste er bis an sein Lebensende in Stockholm als Arzt praktizieren. Er würde ein Haus kaufen und ein paar Kinder zeugen. Die Kinder würden im Kindbett sterben, das Haus würde verfallen, die Frau krank werden. In seinem elenden Jammer erschien ihm das Leben wie ein einziger trüber Fluss, der am Ende in ein dunkles Grab floss.

Von diesen Gedanken niedergedrückt, schlich er durch Stockholms Gassen, als ihm sein erster Patient buchstäblich vor die Füße fiel.

Der Mann ging auf der Straße vor ihm her und kippte plötzlich um. Sofort eilte Carl zu ihm und sah, dass der Mann röchelte und Blut hustete.

«Seid Ihr ein Medikus?», fragte der Mann flehend, der wohlgenährt und wie ein wohlhabender Herr gekleidet war.

Carl bejahte, verriet ihm aber seinen Namen nicht.

«Ich habe leider kein Geld bei mir», sagte der Kranke. «Aber ich werde Euch später bezahlen ... bitte helft mir. Ich fühle mich hundeelend.»

Weil die Bude, in der Carl zur Miete wohnte, nicht weit entfernt war, schleppte er den schweren Mann dorthin und legte ihn in sein Bett. Er zog ihm die Kleider aus, tastete hier und da den aufgedunsenen Leib ab, stellte ein paar Fragen und dann eine Diagnose.

«Ihr leidet an Brustschwäche, auch Lungenschwindsucht genannt», erklärte Carl und drückte dem Kranken einen mit kaltem Wasser getränkten Schwamm auf den Hodensack. Dann öffnete er eine Ader am Fuß und ließ Blut auslaufen.

Der Mann verzog vor Schmerzen das Gesicht. «Warum tut Ihr das?»

«Ich muss die Blutung in Eurer Lunge stillen.»

«Gekühlte Hoden und ein blutender Fuß? Wie kann das bei Brustschwäche helfen?»

«Wer ist denn hier der Medikus?», entgegnete Carl genervt. Wie er den Arztberuf liebte. Er verabreichte dem Mann einen hustenstillenden Trank und fragte: «Esst Ihr viel Fleisch?»

Der Mann nickte ergeben.

«Ihr habt – mit Verlaub, mein Herr – einen recht voluminösen Bauch.» Zur Demonstration kniff Carl ihm in eine Bauchfalte. «Da ist viel überflüssiges Fett. Das Gewicht drückt auf Eure Gelenke und macht Euch das Atmen schwer. Sitzt Ihr häufig? Habt Ihr wenig körperliche Bewegung? Missbraucht Ihr alkoholische Getränke?»

Der Mann starrte stumm zur Zimmerdecke hinauf.

Carl deutete das Schweigen als ein umfängliches Ja und erklärte: «Eure Krankheit wird durch fettreiche und bequeme Lebensweise begünstigt. Die eigentliche Ursache sind aber die feinen Partikel in der Luft: Sand, Haare, Staub, Pollen, Fliegen und Flaumfedern dringen beim Einatmen in Eure Lunge und werden mit Schleim zu einem klumpigen Brei verklebt.»

«Ist ja widerlich», röchelte der Mann, dann verlor er das Bewusstsein.

In den nächsten Nächten schlief Carl auf dem Fußboden neben dem Bett. Als sich der Zustand des Kranken nach einigen Tagen besserte, entließ Carl ihn als geheilt. Er gab ihm aber noch den Rat mit auf den Weg, künftig häufiger durch die Nase statt durch den Mund zu atmen, um Staub und Fliegen auszufiltern. Auch solle er Spaziergänge an der frischen Luft unternehmen, Federbetten meiden, weniger Wein trinken und weniger Fleisch essen.

Schon am nächsten Tag stand der Mann wieder vor Carls Tür. Er zahlte ihm ein fürstliches Honorar in die Hand und sagte: «Ihr solltet alle Eure anderen Termine absagen, falls Ihr welche habt. Eure Majestät Königin Ulrika Eleonore erbittet Eure ärztliche Hilfe.»

Carl glaubte, nicht richtig gehört zu haben. «Die Königin?»

«Ich habe mir erlaubt, ihr von Euch zu berichten», sagte der Mann und stellte sich mit dem Namen Carl Gustav Tessin vor.

Carls Augen wurden noch größer. Der Mann, dessen Hoden er gekühlt hatte, war kein Geringerer als der mächtige Reichsrat und Vorsitzende des schwedischen Ständereichstags. Doch dann stellte Tessin die unvermeidliche Frage nach Carls Namen, denn er müsse ja wissen, wen er der Königin anzukündigen habe.

Carl straffte den Rücken. So oder so, dann würde er eben erhobenen Hauptes untergehen. Er schaute Tessin fest in die Augen und sagte: «Mein Name ist Carl Linnaeus. Ja, *der* Linnaeus, über den ein ganz bestimmter Mann, der Euch bekannt sein dürfte, behauptet, ich würde durch meine Wissenschaft Schweden in Verruf bringen. Der behauptet, ich fördere die Hurerei und sei ein Quacksalber. Das könnt Ihr der Königin ruhig erzählen. Ich trage mich ohnehin mit dem Gedanken, meine ärztliche Tätigkeit nach Suriname zu verlegen. Da soll es auch nicht so häufig regnen.»

«Suriname?» Tessin schien irritiert. Er kratzte sich am

Kinn und sagte: «Packt Eure Sachen, aber den Schwamm lasst lieber hier.»

Königin Ulrika Eleonore war die Gemahlin des schwedischen Königs Friedrich aus dem Hause Hessen. Ihre familiären Wurzeln lagen im Geschlecht der deutschen Wittelsbacher und in Dänemark. Sie war fünfzig Jahre alt. Ihr langes Gesicht wurde von einer hervorspringenden Nase dominiert, die wie ein Dach über der Oberlippe hing. Als Carl sich vor ihr verbeugte, erlitt sie einen heftigen Hustenanfall, der gar nicht mehr aufhören wollte.

Man brachte die Königin zu Bett, wo Carl sie untersuchte und an ihrem Hals eine kaum sichtbare Schwellung ertastete. Daraufhin braute er aus Kräutern einen Trank, den er ihr verabreichte. Tatsächlich besserte sich ihr Husten, und weil Carl keinen blutigen Auswurf sah, schlussfolgerte er, dass die Königin unter einem Husten litt, der zwar unangenehm, aber eigentlich ganz gewöhnlich war. Bei der Untersuchung ihres Schlafgemachs entdeckte er einen undichten Fensterrahmen. Er empfahl, die Stelle gleich abzudichten, und erklärte: «Husten und Halsschmerzen entstehen, wenn der Hals einer vornehmen Frau kalter Zugluft ausgesetzt wird.»

Die Königin tätschelte ihm dankbar die Wange und ließ den königlichen Leibarzt rufen.

Der herbeizitierte Archiater Nils Rosén kam wutschnaubend ins Gemach gelaufen. Gerade hatte er erfahren, wer die Königin behandelte, und heftete seinen grimmigen Blick auf Carl. Der hatte es sich – mit ausdrücklicher Erlaubnis der Königin – auf dem Kanapee bei einer Tasse Tee gemütlich gemacht. Niemand bot Rosén einen Platz an.

«Tagelang habt Ihr an mir herumgedoktert, ohne etwas zu finden», sagte Ulrika Eleonore zu Rosén. «Und nun hat mich der liebe Herr Linnaeus in wenigen Augenblicken von meinem Leiden befreit.»

Roséns Lippen waren zu einem harten Strich zusammengepresst. In seinem Gesicht ploppten rote Flecken wie giftige Blasen auf. Carl hob lächelnd die Tasse in Roséns Richtung und trank ein Schlückchen von dem Tee, wobei er den kleinen Finger formvollendet abspreizte.

Nachdem er die Königin geheilt hatte, bot ihm Tessin eine Wohnung in seinem Palast an und ernannte ihn zum obersten Arzt der Flotte. Die Reichsstände zahlten ihm ein so üppiges Gehalt, dass er Moraeus schrieb, der Hochzeit stehe nun nichts mehr im Wege. Die Antwort aus Falun kam prompt, und man einigte sich auf einen Termin im Juni des Jahres 1739.

Die Zwischenzeit nutzte Carl, um Tessins Naturalienkabinett zu katalogisieren. Die Sammlung war zwar nicht mit der von Sir Sloane zu vergleichen, umfasste aber dennoch eine beachtliche Anzahl ausgestopfter Vögel, Fische, Amphibien und Insekten. Carl beschriftete alle Tiere nach seinem binären System – zum Beispiel die Spanische Fliege *Lytta vesicatoria*, den Kranich *Grus grus* und die Erdkröte *Rana bufo*; die Erdkröte würde er allerdings einige Jahre später in *Bufo bufo* umbenennen, denn Kröten gehörten nicht zur Gattung der Frösche, wie er fälschlich angenommen hatte, sondern stellten eine eigene Gattung dar. Und es sollte ja alles seine Ordnung haben.

Während er sich damit beschäftigte, falsch beschriftete Herbarbögen in Tessins Sammlung zu korrigieren, begann es ihm unter der Haut zu kribbeln. Endlich konnte er sich wieder seiner großen Leidenschaft widmen. Mit den Fingern fuhr er die Formen der Blätter, Stiele und Blüten nach. Er atmete den muffigen Geruch der getrockneten Pflanzenteile und fühlte sich in die Zeit versetzt, in der er sein Leben der Botanik widmen durfte.

Er schloss die Augen und ließ die Stationen seines Lebens an sich vorbeiziehen: Råshult, Stenbrohult, Växjö, Lund, Uppsala, Lappland, Hamburg, Falun, Hartekamp, Paris, Stockholm. Er sah die *Musa* erblühen und sich selbst, wie er auf schneebedeckten Bergen Flechten sammelte. Er sah sich in Rothmanns Garten Kräuter ausbuddeln und Unkraut in Vaters Beete pflanzen.

Dann tauchte unversehens sie vor seinem inneren Auge auf: die Norwegerin. Ihr Haar umfloss sie und ihn wie goldenes Wasser; sie bewegte sich auf ihm, und er lag rücklings unter ihr auf dem Bett aus der Rosmarinheide *Andromeda polifolia*. War er jemals glücklicher gewesen als in diesem flüchtigen Moment? Als die Natur leibhaftig wurde und ihn mit einer Kraft durchströmte, wie er sie niemals wieder erlebt hatte? Aber hatte sich die Begegnung wirklich so zugetragen? Oder war sie ein Trugbild seiner verirrten Sinne gewesen? Er wusste es nicht mehr.

Je tiefer er sich in Tessins Naturalienkabinett hineinarbeitete, desto schwerer fiel es ihm, den ärztlichen Dienst bei der Flotte zu verrichten. Umgeben von Herbarbögen dachte er daran, was der Herr ihm einst auferlegt hatte: Gott hat die Welt erschaffen, und er, Linnaeus, musste alles, was in der Welt war, ordnen.

War es denn nicht seine heilige Pflicht, Gottes Auftrag zu erfüllen? Beging er denn keinen Verrat an Gott, wenn er stattdessen ausgekugelte Schultergelenke einrenkte und Rotznasen kurierte, wenn er Arzneien verschrieb und Verbände anlegte?

Er heiratete Sara im Sommer des Jahres 1739. Sie war angespannt wie ein Bogen und sagte nur das Nötigste. Aus jeder ihrer hölzernen Gesten sprach der Zorn, der in ihr brodelte wie kochendes Wasser unter dem Deckel eines fest verschlossenen Topfes.

Für die Trauung hatte Carl seinen greisen Vater aus Stenbrohult mit dem Versprechen nach Falun gelockt, er könne so viel Branntwein trinken, wie er wolle, wenn er nur bei der Hochzeitspredigt die Sätze einigermaßen klar formuliere. Während Priester Nils Linnaeus nun in der Kirche von Falun mit erstaunlich fester Stimme die Predigt las, blickte Carl Sara von der Seite an und fragte sich, ob sich ihre Wut jemals legen würde.

In der Kutsche, die sie nach Stockholm brachte, trug Sara das Kleid, das Carl ihr aus Paris mitgebracht hatte. Sie sah schön darin aus, wie sie ihm so stocksteif gegenübersaß und angestrengt aus dem Fenster schaute. Erst als die dunklen Rauchsäulen der Faluner Gruben am Horizont kleiner wurden und dann ganz verschwanden, als das Gras grüner und die Vegetation üppiger wurde, sanken ihre Schultern herunter, und ihr mahlender Kiefer hielt still.

Sie drehte Carl ihr Gesicht zu und sagte etwas, das er nicht verstand, weil die Kutsche in dem Moment durch ein Schlagloch rumpelte. Aber er sah sie lächeln, und es war ihr erstes Lächeln, seit er aus Holland heimgekehrt war.

Epilog

UPPSALA, 23. MAI 1753

Vierzehn Jahre ist es her, dass Sara und ich in der Kutsche saßen, und als wir uns damals Stockholm näherten, wurde Sara Meile um Meile gelöster, ja fröhlicher. In dem Moment war sie überzeugt, dass sie ihrem großen Traum entgegenfuhr. Endlich kam sie aus Falun fort! Endlich war sie der Langeweile entflohen und dem dreckigen Staub, der in jede Faser und jede Pore hineinkroch! Stattdessen würde ihr ein leichtes Leben bevorstehen, mit all dem Luxus, den ihr die große Stadt bieten konnte: Geschäfte, elegante Kleider, Feste, Gesellschaften, in denen man Café aus Porzellantassen trank und sich mit kichernden Freundinnen über den neuesten Klatsch und Tratsch austauschte.

Ich hätte es ihr gewünscht. Doch es kam anders für sie. Und für mich auch.

Im Frühjahr des Jahres 1740 starb mein alter Mentor Olof Rudbeck der Jüngere in Uppsala, und der greise Lars Roberg zog sich von allen Ämtern zurück. Da ergriff ich die einmalige Gelegenheit. Der Lehrstuhl für Botanik ging zwar zunächst an Rosén. Aber ich bekam zumindest Robergs Medizinprofessur und konnte endlich den Arztberuf an den Nagel hängen und damit all die eitrigen Wunden, die zitternden Hände und die nach Fisch stinkenden

Schweißabsonderungen. Endlich konnte ich wieder forschen und lehren.

Graf Tessin wirkte auf meine Bitte hin auf den Kanzler Gyllenborg ein, der dafür sorgte, dass ich bald den Lehrstuhl mit Rosén tauschen konnte. Das war Rosén, glaube ich, gar nicht so unrecht. Was er natürlich niemals zugegeben hätte. Ich übernahm die Leitung des Botanischen Gartens und machte Forschungsreisen in die schwedischen Provinzen. Ich publizierte wissenschaftliche Werke und widmete mich voll und ganz den drei Naturreichen, vor allem meiner großen Leidenschaft: der Botanik.

So geschah es, dass ich mir meinen Lebenstraum erfüllte, während Sara den ihren aufgeben musste. Wir zogen von Stockholm nach Uppsala. Über solche Dinge wie Gefühle, Ängste, Sorgen oder Freuden haben wir nie groß gesprochen. Der Alltag bestimmt unser Leben. Ihr Leben wurde der Haushalt, wurden die Kinder. Mein Leben sind die Pflanzen, ist die Wissenschaft.

Ich frage mich, ob es mir leidtut, dass Sara meinetwegen ihre Träume begraben hat. Ja, das tat es, und das tut es noch immer. Gott hat mir den Weg gezeigt, den ich gehen muss. Liebe vergeht, Menschenleben vergehen, was bleibt, ist das, was man geschaffen hat.

Und ich muss noch sehr viel schaffen.

Als ich heute, am Tag meines sechsundvierzigsten Geburtstags, von der Exkursion in den Botanischen Garten zurückkehre, sehe ich Sara hinter dem Küchenfenster stehen. Mit der Botanisiertrommel des Fremden in der Hand laufe ich am Wohnhaus vorbei. Sara blickt mir nach und schüttelt den Kopf.

Ich finde meinen Gärtner Dietrich Nietzel im Gewächshaus. Nietzel habe ich schon vor Jahren aus Hartekamp nachkommen lassen. Gerade ist er dabei, den Lorbeerbaum umzutopfen, den ich hier vor langer Zeit vor dem Trockentod bewahrt habe. Nietzel trägt nur ein dünnes Hemd in dem von der Frühlingssonne aufgewärmtem Glashaus. Das Thermometer an der Wand zeigt vierundsiebzig Grad. Mein Freund Anders Celsius – er ist wie Peter Artedi viel zu früh verstorben – hat es entwickelt und eine universelle Skala geschaffen, so wie ich mich bemühe, die einheitliche Nomenklatur durchzusetzen. Neben Anders Celsius' Thermometer habe ich ein zweites Thermometer gehängt. Es zeigt eine Temperatur von sechsundzwanzig Grad. Ich habe mir erlaubt, nach Anders' Tod die Fixpunkte der Skala zu vertauschen, weil ich es für nachvollziehbarer halte, die Werte mit zunehmender Wärme ansteigen zu lassen.

Als Nietzel mich kommen sieht, macht er ein besorgtes Gesicht. Er sieht mir an, wie aufgewühlt ich bin. Ich öffne die Trommel, drehe sie um und lasse das Monster auf den Tisch fallen. Auf Nietzels botanische Kenntnisse halte ich große Stücke. Er wirft einen Blick auf das getrocknete Kraut und begreift augenblicklich: «Es ist lange her, dass uns ein solches Gewächs untergekommen ist.»

Ich muss mich setzen, so niedergeschlagen bin ich, und berichte von dem seltsamen Fremden, der mir, wie ich zugebe, ganz schön Angst gemacht hat. «Wenn es seine Absicht war», sage ich, «in mir Zweifel an meiner Arbeit zu säen, dann ist ihm das gelungen. Allein die Existenz dieser monströsen Art kann mein Natursystem bis ins Mark erschüttern. Mein System fußt auf der Tatsache, dass es keine anderen Arten gibt als jene, die Gott erschaffen hat.

Und *das* ist eine Tatsache! Jeder weiß doch, dass die Erde im Morgengrauen ihrer Erschaffung von einem Ozean bedeckt war – mit Ausnahme einer einzigen Insel. Auf dieser Insel fanden alle Tiere Zuflucht, und alle Pflanzen gediehen vortrefflich. Auf der ganzen Erde gab es zu dem Zeitpunkt nur diese einzige, lebendige Naturalienkammer mit allen Pflanzen und Tieren. Nichts hat von all dem gefehlt, was heute noch auf der Erde existiert. Diese Arten sind für alle Zeit gegeben. Sie sind so unveränderlich, wie der Schöpfer sie erschaffen hat.»

«Dennoch ist diese Pflanze, wie sie hier vor uns liegt, keine Sinnestäuschung», wendet Nietzel ein. «Ich kann daran nichts erkennen, das sie als Fälschung entlarvt.»

Ich presse die Daumenballen hart gegen meine Schläfen. «Dieses monströse Kraut hat die gleichen Blätter und Wurzeln, und es hat den gleichen Wuchs wie das Echte Leinkraut *Linaria vulgaris* – nur ihre Blüten sind völlig aus der Art geschlagen. Was bedeutet das in Gottes Namen? Ist dieses Wesen aus einer scherzhaften Laune der Natur entstanden? Oder etwa aus der Befruchtung einer normalen *Linaria* mit einer noch unbekannten Art?» Ich gebe mir die Antwort auf meine Frage selbst: «Das würde doch nichts anderes sein, als wenn eine Kuh ein Kalb mit einem Wolfskopf zur Welt bringt. Oder man stelle sich ein Schaf vor, dessen Lamm ein Gesicht wie Rosén hat.» Ich lache ohne Freude über den Vergleich.

Nietzel lacht nicht. Vorsichtig berührt er eine der Blüten, als habe er Angst, sie könne ihn beißen. «Müssen wir denn nicht trotzdem mit entarteten Formen rechnen? Mit Mutationen, die neben den natürlichen Arten eine Scheinexistenz führen?»

Ich werfe ihm einen wütenden Blick zu. Begreift er denn nicht, dass solche Argumente Wasser auf die Mühlen meiner Kritiker sind? Wie von diesem Haller, der mein System als starr und künstlich verteufelt?

«Und wenn ein Kaninchen ein Huhn befruchtet, schlüpfen aus dem Ei dann Küken, die einem Hühnervogel gleichen?», halte ich dagegen. «Sind diese Küken dann womöglich nicht mit Federn, sondern mit Fell bedeckt? Und was würde das für den Ursprung des Menschen bedeuten? Sind dann nicht Adam und Eva unsere Urahnen, sondern irgendwelche – Tiere? Nein, nein, so etwas darf man nicht zu Ende denken.»

Als ich in unser Wohnhaus komme, bestürmt mich mein ältester Sohn. Er heißt wie ich Carl und will wissen, wo ich so lange gewesen sei. Die Kinder hätten doch so ein schönes Geschenk für mich gebastelt.

Ich spüre einen dicken Kloß im Hals.

Die anderen Kinder kommen angelaufen und werfen sich mir an die Beine. Sie klammern sich an mich, sie herzen und drücken mich. Wärme und Liebe durchfließen mich, und es treibt mir die verdammten Tränen in die Augen. Die Kinder haben mir zum Geburtstag einen Blumenkranz geflochten. Ihr Geschenk rührt mich bis ins Mark. Daher verkneife ich mir sogar einen Kommentar, weil sie für ihr Kunstwerk ein Beet mit Frühblühern verheert und wie Gartenvandalen den Asiatischen Hahnenfuß *Ranunculus asiaticus* und die Hyazinthen *Hyacinthus orientalis* aus der Erde gerissen haben.

Die Kinder fordern, ich solle mich hinknien. Ich gehorche brav, und sie krönen mein Haupt mit dem Kranz. «Der

Blumenkönig», zwitschern sie glücklich. «Der Blumenkönig!»

Erst jetzt bemerke ich Sara, die mit verschränkten Armen im Rahmen der Küchentür lehnt. Ihr Blick ist eine einzige Anklage, und sie wendet sich ab und geht, ohne ein Wort zu sagen.

Für einen Moment bin ich versucht, ihr nachzueilen, um mich zu entschuldigen: für meine Abwesenheit, für meine Besessenheit, für alles. Soll ich es wagen, sie in den Arm zu nehmen? Und dann? Was wäre dann?

Sie würde mich doch nie verstehen.

Später am Abend sitze ich wieder in meinem Arbeitszimmer am Schreibtisch. Die Nacht dämmert herauf. Unter dem Fenster steigt der Nebel aus dem Hortus. Vor mir auf dem Tisch liegt mein neues Buch mit dem Titel *Species Plantarum*. Die Pflanzenarten. Auf eintausendzweihundert Seiten habe ich den gesamten Pflanzenbestand beschrieben, mehr als siebentausenddreihundert Arten habe ich nach meinem System mit lateinischen Namen geordnet.

Gott hat sie erschaffen, ich habe sie geordnet.

In dem Werk stecken zwanzig Jahre Arbeit, von der ersten Idee, als ich ein junger Student war, bis zum heutigen Tage. Oft war ich kurz davor, alles hinzuwerfen, zu gewaltig türmte sich die Aufgabe über mir auf.

Ich denke an die Entbehrungen, die ich dafür in Kauf genommen habe. Ich denke an Sara und die Kinder. Ist es das wert gewesen?

Jetzt sitze ich hier, und mein Kopf ist erfüllt mit Selbstzweifeln. Wieder und wieder lese ich in den *Species Plantarum* die Seite, auf der ich die *Linaria* beschrieben habe.

Soll ich den Eintrag für die nächste Ausgabe überarbeiten? Aber was könnte ich schreiben über die monströse Abart des Leinkrauts? Dass die von Gott geschaffene Konstanz der Arten ein Irrtum wäre?

Ich schüttele heftig den Kopf. Gott hat die Pflanzen und Bäume von jeder Art sprießen lassen, und er hat das wimmelnde Leben ins Wasser gesetzt und die Vögel in die Luft. Er hat alle Arten von Wassertieren geschaffen, alle Vögel und geflügelten Tiere, alle Arten von Vieh und wilden Tieren, ja, alles was auf der Erde kriecht. Und nach seinem Ebenbild hat er die Menschen geschaffen: Mann und Frau. Und er setzte die Menschen über alle anderen Lebewesen: über die Fische im Meer, die Vögel in der Luft und alle Tiere, die auf der Erde leben.

So ist es geschehen, und so ist es gut.

Der Mensch. Homo. So habe ich unsere Gattung bereits in der ersten Auflage meiner *Systema Naturae* genannt. Auf eine Beschreibung habe ich bislang verzichtet. Warum auch? Wir wissen ja, was ein Mensch ist. *Nosce te ipsum* – erkenne dich selbst. Schon bei Heraklit heißt es, allen Menschen sei zuteil, sich selbst zu erkennen und verständig zu denken. Was ist mit mir? Erkenne ich mich denn selbst? Im Moment bin ich voller Zweifel ob meiner eigenen Gedanken, die, wie ich jetzt merke, ins Uferlose zerfließen.

Auf einem leeren Blatt notiere ich zwei Wörter: *Homo*, der Mensch, und *sapiens*, lateinisch für «weise». Bin ich, ist der Mensch weise genug, sich selbst zu erkennen?

Homo sapiens, der weise Mensch?

Ich spüre die Müdigkeit kommen, die sich wie eine schwere Decke auf mich herabsenkt. Ich reibe mir die Augen und blinzele in den Garten. Plötzlich glaube ich, draußen bei den Büschen eine Bewegung zu sehen. Ein huschender Schatten beim Roten Hornstrauch *Cornus sanguinea*, der dieser Tage seine weißen Blüten angesetzt hat.

Schleicht da unten etwa jemand durch meinen Hortus? Nietzel ist längst im Bett, auch Sara und die Kinder schlafen. Angestrengt starre ich ins Halbdunkel. Ja, da ist es wieder. Als würde jemand seinen Kopf über den Busch heben und in mein vom Kerzenlicht erhelltes Fenster schauen. Dann ist nichts mehr zu erkennen; ich sehe in der Fensterscheibe nur noch mich selbst, mein Spiegelbild.

Ich zerreiße das Blatt, zerreiße den *Homo sapiens*, den weisen Menschen, und lege mich schlafen. *Erkenne dich selbst.* Das ist mein letzter Gedanke, bevor ich zur Ruhe komme.

Nachwort

«Wenn unschuldige Seelen, um durch eigenes Studium weiterzukommen, botanische Lehrbücher in die Hand nehmen, können sie nicht verbergen, dass ihr sittliches Gefühl beleidigt sei; die ewigen Hochzeiten, die man nicht los wird, wobei die Monogamie, auf welche Sitte, Gesetz und Religion gegründet sind, ganz in vage Lüsternheit sich auflöst, bleibt dem Menschensinn unerträglich.»

Diese Sätze stammen weder von Johann Georg Siegesbeck oder Albrecht von Haller noch von irgendeinem anderen der zahlreichen zeitgenössischen Kritiker des Botanikers Carl Linnaeus. Es war Johann Wolfgang von Goethe, der sich zu Beginn des 19. Jahrhunderts in seiner Schrift «Die Metamorphose der Pflanzen» über das linnaeische Sexualsystem beklagte. Dennoch hatte der deutsche Dichterfürst, der sich mit großer Leidenschaft auch auf botanischem Gebiet betätigte, zugleich bekannt, nach Shakespeare und Spinoza sei auf ihn «die größte Wirkung von Linné ausgegangen, und zwar gerade durch den Widerstreit, zu welchem er mich aufforderte».

Als Goethe am 28. August 1749 geboren wird, ist Carl Linnaeus – wie er zu dem Zeitpunkt noch heißt – gerade von seiner letzten großen Expedition zurückgekehrt, die ihn durch die schwedische Provinz Schonen geführt hat. Als Ergebnis dieser Reise veröffentlicht er 1751 seine

Schrift *Skånska resa.* Zwei Jahre später erscheint dann sein Werk *Species Plantarum*, das zu Beginn und zum Ende dieses Romans erwähnt wird.

Die Bedeutung des zweibändigen Werks liegt aus heutiger wissenschaftlicher Sicht darin begründet, dass Linnaeus nicht nur alle ihm bekannten Pflanzen beschrieb, sondern dies erstmals für jede Art in dem von ihm begründeten Klassifikationssystem, der binären Nomenklatur, durchführte. Gut 150 Jahre nach Veröffentlichung der *Species Plantarum* im Jahr 1753 legten die Botaniker auf einem internationalen Kongress in Wien im Jahr 1905 das Werk als Beginn der modernen Nomenklatur für Pflanzen offiziell fest.

Linnaeus' nachhaltiger Einfluss illustriert die Bedeutung, die der Pfarrerssohn aus Stenbrohult am Möckeln für die heutige Wissenschaft noch immer hat. Und vielleicht sind auch Sie, liebe Leserin und lieber Leser, schon einmal bei der Lektüre eines Pflanzenfachbuchs oder beim Besuch eines Botanischen Gartens über die lateinischen Namen, die man sich nur schwer merken kann, gestolpert. Etwa *Camellia japonica*, zu deutsch: Kamelie, *Cichorium intybus*: die Gemeine Wegwarte, *Andromeda polifolia*: Rosmarinheide, oder auch die Gattung *Musa*: Bananen. Bei den Namen wird häufig auch das sogenannte Autorenkürzel des Botanikers angegeben, der diese Art beschrieben hat. Es verwundert also nicht, dass hinter Tausenden Pflanzennamen das Kürzel «L.» für Linnaeus steht – oder für Linné, wie er sich später nannte.

Bevor ich den weiteren Werdegang des Linnaeus skizziere, möchte ich vorausschicken, dass es sich bei der Geschichte, die Sie gerade gelesen haben, weder um ein Sachbuch oder eine Biografie noch um einen streng an Fakten orientierten historischen Roman handelt. In diesem Roman habe ich aus den Biografien und Lebensumständen des handelnden Personals einiges weggelassen und hinzugedichtet, anderes zugespitzt und verdichtet. Das gilt für Carl Linnaeus ebenso wie für andere historische Persönlichkeiten von Artedi bis Rudbeck (siehe Pflanzenregister), und es gilt in besonderem Maße für Carls Kontrahenten, seinen fanatischen Kritiker Johann Georg Siegesbeck.

Man darf auch dem historischen Linnaeus unterstellen, mit Wirklichkeiten operiert und das eine oder andere manipuliert oder zumindest in seinem Sinne beschönigt oder dramatisiert zu haben. Etwa was einige der abenteuerlichen Ereignisse seiner Lapplandreise betrifft oder auch sein Selbstverständnis: «Gott schuf, Linnaeus ordnete». Mit genialer Besessenheit sei er über Gebiete hinweggestürmt, die er nicht gründlich zu durchdringen vermochte, schreibt der schwedische Schriftsteller Knut Hagberg in der Biografie *Carl Linnaeus. Ein grosses Leben aus dem Barock* (1940). Auch habe Linnaeus das Bedürfnis eines Dichters empfunden zu übertreiben: «Beobachtungen zu vergrößern, die Bedeutung beobachteter Gedankenzusammenhänge zu vergrößern, eigene Regungen zu vergrößern, die Tugenden und Laster von Freund und Feind zu vergrößern.» Im vorliegenden Roman habe ich einige dieser Vergrößerungen noch ein bisschen weiter auf die Spitze getrieben.

Doch wie ging es weiter mit Carl Linnaeus, nachdem er aus Holland heimkehrte, Sara heiratete und einen Lehrstuhl in Uppsala bekam? Zunächst kletterte er die Karriereleiter steil hinauf. Er wurde zum Professor ernannt, publizierte weitere Schriften, darunter die erwähnte *Species Plantarum.* In Uppsala gestaltete er den Botanischen Garten um, unternahm Expeditionen durch schwedische Provinzen und schickte seine Schüler zum Botanisieren in alle Welt; bezeichnenderweise nannte er diese Schüler seine «Apostel». Er wurde Rektor der Universität, ordnete das königliche Naturalienkabinett, wurde Archiater, wie man einen königlichen Leibarzt nannte. Einige seiner Werke erlebten vielfache Auflagen: Allein die *Systema Naturae*, deren erste Auflage 1735 erschienen war, wuchs von einem dünnen Folioband bis zur zwölften Auflage Mitte der 1770er Jahre auf ein mehrbändiges Werk mit insgesamt rund 2000 Seiten an.

Außerhalb von Schweden kennt man Carl Linnaeus meist unter seinem adligen Namen Carl von Linné. Diesen Namen nahm er bei seiner Erhebung in den Adelsstand an, was im Jahr 1762 (einige Quellen nennen 1761) durch den schwedischen König Adolf Friedrich geschah und rückwirkend ab 1757 galt. Bis heute konnte der Ursprung der Namen Linnaeus und Linné jedoch nicht hinreichend geklärt werden.

Sein Vater hieß ursprünglich Nils Ingemarsson. Als er sich an der Universität Lund einschrieb, wählte er aber den Namen Linnaeus. Hier herrscht unter Forschern die Meinung vor, er habe sich nach einem alten Lindenbaum bei seinem Geburtshaus benannt, da *Linn* das småländische Wort für Linde sei. Andere argumentieren, der Name Linnaeus wurde wohl aus griechisch *limnaios* «am See wohnend» abgeleitet, weil die Pfarre Stenbrohult am See Möckeln liegt. Aber warum nahm sein Sohn Carl später den französisch-deutschen Mischnamen von Linné an?

Die Antwort darauf könnte wahrscheinlich nur Carl von Linné selbst geben.

Als er in den Adelsstand erhoben wurde, hatte er den Zenit seines Lebens und Schaffens längst überschritten. Die unablässige Arbeit forderte ihren Tribut. Bereits ab Mitte seines vierten Lebensjahrzehnts hatten sich düstere Gedanken eingestellt: «Unjung und nicht mehr ganz gesund», diagnostizierte er für sich selbst. Die Munterkeit und der fröhliche Trotz seien an ihm nicht mehr zu entdecken, heißt es bei Hagberg: «Er nörgelte viel und wurde unduldsam.» In einem Brief schrieb Linné dann im Jahr 1758 an einen Freund: «Hätte ich ein Seil und englische Courage, so hätte ich mich schon längst aufgehängt.» Und 1765 notiert er: «Was ich früher mit Vergnügen tat, fürchte ich in der Zukunft mit mehr Zwang tun zu müssen.»

In jener Zeit fertigte er auch eine Reinschrift seiner über die Jahre im Geheimen entstandenen Notizen an: Es waren düstere Mördergeschichten, absonderliche Anekdoten und schwermütige Gedanken, die er zu der Sammlung *Nemesis Divina* – was so viel wie «Göttliche Vergeltung» bedeutet – zusammenführte. Die Sammlung widmete er seinem Sohn Carl, der ebenfalls Botaniker wurde, und bat ihn inständig, die Notizen niemandem zu zeigen.

In den 1770er-Jahren nahmen dann auch Linnés körperliche Krankheiten zu. Seine Organe streikten, der Körper schmerzte. 1774 erlitt er einen Schlaganfall. Er konnte kaum noch schreiben, büßte sein Gedächtnis ein, sprach und dachte ungeordnet. Bisweilen lasse sich Linnaeus noch in den Garten führen und erfreue sich an den Pflanzen, von denen er jedoch keine mehr erkenne, notierte einer seiner Schüler betrübt. Am 10. Januar 1778 starb Carl von Linné auf seinem Gut Hammarby südöstlich von Uppsala.

Und sein Intimfeind Johann Georg Siegesbeck? Der lebte zu diesem Zeitpunkt schon seit mehr als zwanzig Jahren nicht mehr. Nur wenige Details sind aus dem Leben des deutschen Botanikers bekannt, weswegen ich mir die Freiheit erlaubt habe, sein vermutlich eher unspektakuläres Leben mit einigen Abenteuern zu würzen. Siegesbecks überlieferte Lebensdaten sind schnell erzählt: Er wurde 1686 in Merseburg geboren, studierte in Wittenberg, praktizierte anschließend als Arzt in Seehausen und ging dann nach Helmstedt, wo er sich unter Professor Lorenz Heister zunehmend mit Botanik beschäftigte. Heister empfahl ihn nach Sankt Petersburg. Ab 1735 arbeitete Siegesbeck, der von Zeitgenossen als schwieriger Charakter bezeichnet wurde, im dortigen Seehospital und leitete zugleich den Botanischen Garten.

Ab dem Zeitpunkt driften Überlieferung und Romanwirklichkeit auseinander. Siegesbeck schrieb zwar tatsächlich eine gepfefferte Gegenschrift zu Linnaeus' *Systema Naturae* («abscheuliche Hurerei!»). Aber die Ablehnung des von ihm geschmähten, unkeuschen Natursystems führte nicht so weit, dass er mit Sack und Pack und Katze nach Rom aufbrach, um den Papst zu überzeugen, die *Systema Naturae* auf den Index zu setzen; ein späterer Papst soll dies einige Jahre später allerdings tatsächlich getan haben.

Auch saß Siegesbeck weder am Sterbebett des Soldatenkönigs oder pflanzte in Preußen Maulbeerbäume, noch experimentierte er mit Zichorienwurzeln. Der historische Siegesbeck bekämpfte das Sexualsystem mit Gegenschriften, die Linnaeus zwar schlaflose Nächte bereiteten, ihn aber nicht aufhielten. Randnotiz: Siegesbecks erste Gegenschrift erschien 1737 und nicht wie im Roman aus dramaturgischen Gründen schon im Jahr 1736. Er blieb in Sankt Petersburg, auch nachdem Linnaeus ihm die *Systema Naturae* geschickt und ihn später – dies entspricht wohl der Historie – durch ein Samenpäckchen mit der Aufschrift *Ingratus cuculus* verspottet hatte. Nach Streitereien, unter anderem mit dem Sibirienforscher Gmelin, wurde Siegesbeck entlassen und kehrte nach Deutschland zurück. Hier praktizierte er wieder als Arzt in Seehausen, wo er am 3. Januar 1755 im Alter von 68 Jahren starb. Sein umfangreiches Herbarium wird heute noch in der Herzog August Bibliothek in Wolfenbüttel aufbewahrt.

Abschließend noch einige Worte zur *Peloria*, die damals einer von Linnaeus' Studenten gefunden haben soll. Die Pflanze entsprach mit ihren Blättern, Trieben und Wurzeln exakt dem verbreiteten Gemeinen Leinkraut (lat. *Linaria vulgaris*), ihre Blüten jedoch hatten eine ganz andere Form. Linnaeus war ratlos. Diese ungeheuerliche Pflanze war in der Botanik ohne Parallele und brachte sein Natursystem völlig durcheinander. Entsprechend nannte er sie *Peloria* (altgriechisch für Monster oder Ungeheuer). Auch andere große Geister rätselten über das merkwürdige Gewächs. Goethe soll es bewundert und die Blüten in Zeichnungen festgehalten haben. Charles Darwin führte damit in seinem Garten Experimente durch. Eine Antwort auf die Frage, warum dieses Kraut so seltsame Blüten ausbildet, fanden jedoch auch sie nicht.

Das Rätsel konnte erst Ende der 1990er-Jahre gelöst werden. Nach der Entdeckung der Gene war man lange davon ausgegangen, dass die *Peloria* eine Mutante mit einer zufälligen Veränderung der Erbanlagen sei, heißt es dazu beim Max-Planck-Institut für Immunbiologie und Epigenetik. Mit Hilfe der Epigenetik fand man dann heraus, dass die DNA eines bestimmten Gens der *Peloria* mit vielen Methylgruppen versehen ist, sodass dieses Gen außer Betrieb gesetzt wird, was zu der außergewöhnlichen Blütenform führt.

All das hat Linnaeus nicht mehr erfahren. Er saß staunend und mit Schweiß auf der Stirn vor der rätselhaften *Peloria* und notierte: «Es ist sicher nicht weniger bemerkenswert, als wenn eine Kuh ein Kalb mit einem Wolfskopf gebären würde.»

Seinem Ruhm hat diese Entdeckung nicht geschadet. Und kaum einer bringt heute noch die *Peloria* mit Linnaeus in Verbindung. Nun ja, allenfalls in einem Roman.

Einige Pflanzen und ihre Namenspatrone

Linnaeus wählte die Namen für die von ihm beschriebenen Pflanzen nicht willkürlich, sondern verteilte damit Ehre und Schande für die Nachwelt, schreibt sein Biograf Dietrich Heinrich Stöver bereits im Jahr 1792 im *Leben des Ritters Carl von Linné.* Schöne Pflanzen habe er nach den Namen seiner Freunde benannt, hässliche und niedrige nach den Namen seiner Gegner. So erklärt sich, dass er einen gewissen Siegesbeck nicht mit einer schönen Blume ehrte, sondern ein Unkraut nach ihm benannte. Eine entzückende Mischung aus Humor und Ironie, aus Subtilität und Liebenswürdigkeit, erkennt Knut Hagberg in den von Linnaeus verteilten Namen und zitiert Linnaeus: «Was können sich Sterbliche in dieser wesenlosen und flüchtigen Welt wohl mehr wünschen, als dass ein ehrendes Andenken an ihre Namen die Nachwelt erreichen und noch einige Tage weiterleben möge.»

Im Folgenden sind einige Pflanzengattungen aufgelistet, die Linnaeus nach Persönlichkeiten, die in diesem Roman auftreten, benannt hat. Zur weiterführenden Lektüre über Pflanzennamen empfehle ich Wilhelm Müllers *Dahlia, Fuchsia, Gerbera. Ein unterhaltsames Handbuch über Pflanzengattungen und ihre Namenspatrone* sowie das *Etymologische Wörterbuch der botanischen Pflanzennamen* von Helmut Genaust.

ARTEDIA: Den Studenten Peter Artedi (1705–1735) lernte Linnaeus 1728 in Uppsala kennen. «Bei meinem Besuche finde ich ihn blass, niedergeschlagen und weinend, denn sein Vater war gestorben», notierte er. Dennoch kamen die beiden ins Gespräch und plauderten über Pflanzen, Steine und Tiere, und Linnaeus staunte über Artedis naturgeschichtliches Wissen. Genau so einen Freund hatte er gesucht, auch wenn ihre Charaktere recht unterschiedlich waren: «Sein Temperament war ernsthafter. Er beobachtete langsamer, aber desto gründlicher und sorgfältiger. Er übertraf mich in der Chemie und ich ihn in der Kenntnis der Vögel und Insekten und in der Botanik.»

Artedis Hauptfach war das Reich Neptuns, die Fischkunde, wie die Ichthyologie genannt wird, von griechisch *ichthys* «Fisch», als deren Vater und Begründer er heute gilt. Einigen Quellen zufolge war Artedi derjenige, der für seine Beschreibungen eine neue Klassifikationsmethode anwendete, die Linnaeus zu seiner eigenen Nomenklatur mit Gattungs- und Artnamen inspirierte.

Artedi ertrank aus nie geklärten Gründen in der Nacht des 27. September 1735 in einer Gracht in Amsterdam. Es wird vermutet, er sei nach einem Besuch beim Apotheker Albert Seba wie andere Gäste auch nicht ganz nüchtern gewesen.

Zu Ehren seines guten Freundes benannte Linnaeus posthum die Gattung *Artedia. Artedia squamata* ist eine Pflanzenart der Familie *Apiaceae*, dem einzigen Mitglied der Gattung *Artedia*. Sie wird bis zu 60 Zentimeter groß, hat weiße Blüten und ist vor allem in Zypern und Südwestasien beheimatet. Der französische Arzt und Zoologe Charles Frédéric Girard (1822–1895) benannte nach Artedi im Jahr

1856 zudem die Fischgattung Artedius aus der Familie der Dickkopf-Groppen.

BARTSIA: Als Linnaeus die Stelle eines Arztes in Suriname (Südamerika) angeboten wurde, lehnte er ab. Stattdessen schlug er seinen Freund, den in Königsberg geborenen Arzt Johann Bartsch (1709–1738) vor: «Ein junger Mann von liebenswürdigem Charme und von großen Talenten», heißt es bei Stöver. Bartsch stach im Sommer 1737 in See und wurde ein halbes Jahr nach seiner Ankunft in Suriname «Opfer des Klimas und der unwürdigen, schlechten Behandlung».

Linnaeus benannte ihm zu Ehren die Gattung *Bartsia*. Sie wird im Deutschen «Bartschie» oder «Alpenhelm» genannt und gehört zur Familie der Sommerwurzgewächse. Linnaeus erwähnt die *Bartsia* zum ersten Mal im 1738 veröffentlichten *Hortus Cliffortianus*.

BAUHINIA: Die Brüder Johann (1541–1613) und Caspar (1560–1624) Bauhin wurden in Basel (Schweiz) geboren. Der ältere Bruder Johann – auch Jean genannt – wurde zunächst Arzt, dann Botaniker. Er verfasste unter anderem die botanische Enzyklopädie *Historia plantarum universalis* mit rund 5000 Pflanzenarten. Das dreibändige Werk erschien posthum im Jahr 1650. Sein jüngerer Bruder Caspar, auch Gaspard genannt, ein Professor für Anatomie und Botanik, verfasste ebenfalls zahlreiche botanische Schriften und Bücher. 1596 erschien sein Katalog *Phytopinax* mit 2460 Pflanzen; darin beschrieb er erstmals die Kartoffel als *Solanum tuberosum esculentum*. Caspar Bauhin versuchte zudem, die umständlichen Beschreibungen der Pflanzen auf wenige treffende Bezeichnungen zu reduzieren.

Der französische Botaniker Charles Plumier (1646–1704) benannte den Bauhinbrüdern zu Ehren die Gattung *Bauhinia* aus der Familie der Hülsenfrüchtler. Linnaeus übernahm später ohne Änderung diesen Namen. *Bauhinia* (deutsch: Bauhinien) sind in tropischen und subtropischen Zonen verbreitet. Wegen ihrer duftenden Blüten werden einige Arten als Zierpflanzen verwendet.

BOERHAVIA: Der niederländische Mediziner, Chemiker und Botaniker Herman Boerhaave (1668–1738) war ein großes Vorbild für Linnaeus. Boerhaave erlangte enorme Verdienste um die Arzneiwissenschaften und war dafür in ganz Europa berühmt. Bei einem Gelage, so heißt es, sei einmal einem Freund die Speiseröhre gerissen, woraufhin der Mann starb. Boerhaave obduzierte die Leiche und diagnostizierte eine Ruptur in der Speiseröhre als Todesursache, der er den Namen Boerhaave-Syndrom gab.

Linnaeus benannte ihm zu Ehren die Pflanzengattung *Boerhavia* aus der Familie der Wunderblumengewächse. Boerhavia-Arten kommen in den Tropen und Subtropen vor. Warum Linnaeus die Schreibung nicht mit Doppel-a festlegte, ist nicht bekannt. Versuche anderer Botaniker, dies zu korrigieren, haben sich nicht durchgesetzt.

BURMANNIA: Johannes Burman (1706–1779) wurde in Amsterdam geboren und studierte bei Boerhaave in Leiden Medizin. 1738 wurde er Professor für Botanik in Amsterdam und Leiter des Botanischen Gartens. Er veröffentlichte unter anderem eine Darstellung der Pflanzenwelt Ceylons und eine Beschreibung seltener afrikanischer Pflanzen. Während seines Aufenthalts in Holland wohnte Linnaeus vorübergehend bei Burman, der als einer der ersten Botaniker konsequent das linnaeische Klassifizierungssystem anwendete. Später schickte Burman seinen Sohn nach Uppsala zum Studium bei Linnaeus.

Linnaeus benannte Burman zu Ehren die Gattung *Burmannia* aus der Pflanzenfamilie der *Burmanniaceae*. *Burmannia*-Arten sind weltweit in den tropischen Zonen vertreten, vor allem in Australasien, eine Region unter anderem um Australien, Neuseeland und Neuguinea. Die bereits vor Linnaeus bekannte Gattung wurde von ihm übernommen. Er kannte mit der *Burmannia disticha* und der *Burmannia biflora* zwei Arten der Gattung. Heute werden in der Gattung rund sechzig Arten unterschieden.

CELSIA: Olof Celsius der Ältere (1670–1756) war ein schwedischer Theologe, der die in der Bibel erwähnte Pflanzenwelt erforschte. Das Werk erschien 1745 unter dem Titel *Hierobotanicon*. Celsius erkannte Linnaeus' Talent und nahm den mittellosen Studenten 1729 in seinem Haus auf, wo er ihn beköstigte und ihm seine Bibliothek zur Verfügung stellte.

Olof Celsius' Neffe Anders Celsius (1701–1744) definierte im Jahr 1742 die später nach ihm benannte Temperatureinteilung Grad Celsius. Allerdings legte Anders Celsius den Siedepunkt von Wasser noch bei 0 Grad und den Gefrierpunkt bei 100 Grad fest. Einige Forscher sprechen es heute Linnaeus zu, die Fixpunkte der Skala vertauscht zu haben, andere bezweifeln dies.

Linnaeus benannte Olof Celsius zu Ehren die Gattung

Celsia aus der Pflanzenfamilie der Braunwurzgewächse. *Celsia* wird in der Botanik als sogenanntes Synonym für die Gattung *Verbascum* (Königskerzen) geführt. Die Farben der Kronblätter der Königskerzen sind meist gelb, manchmal auch weiß oder purpurfarben. Schon im Altertum wurden diese Pflanzen für Wundbehandlungen empfohlen.

CLIFFORTIA: Den reichen Bankier und Direktor der Niederländischen Ostindien-Kompanie Georg Clifford III. (1685–1760) besuchte Linnaeus im Jahr 1735 auf dessen Anwesen in Hartekamp. Clifford entstammte einem englischen Geschlecht, das sich im 17. Jahrhundert in Amsterdam niedergelassen hatte. Er beauftragte Linnaeus, seine umfangreiche Pflanzensammlung in Hartekamp zu katalogisieren. Das entsprechende Werk *Hortus Cliffortianus* erschien 1738.

Linnaeus benannte ihm zu Ehren die Gattung *Cliffortia* aus der Pflanzenfamilie der Rosengewächse. Die Arten kommen im südlichen Afrika vor, meist als Sträucher, einige entwickeln sich auch zu kleinen Bäumen von bis zu fünf Metern Höhe.

DILLENIA: Johann Jakob Dillen (1684–1747; lat.: Dillenius) stammte aus Darmstadt. Er studierte an der Universität Gießen und veröffentlichte eine Abhandlung über die Flora der Umgebung von Gießen. Später wurde Dillenius an der Universität Oxford als Professor auf den ersten Lehrstuhl für Botanik berufen. 1741 veröffentlichte er eine Darstellung über Laubmoose. Linnaeus besuchte Dillenius in Oxford. Über den Besuch schrieb Linnaeus: Der gelehrte Botanist sei ihm anfangs höhnisch begegnet, da er

Linnaeus' Werk *Genera Plantarum*, «die er halb gedruckt aus Holland erhalten hatte, als gegen sich geschrieben ansah». Dennoch habe Dillenius darauf bestanden, dass Linneaus einen ganzen Monat bei ihm wohnen bleibe, ihn nicht eine Stunde des Tages in Ruhe gelassen und ihn schließlich «mit Tränen und Küssen» entlassen.

Linnaeus benannte ihm zu Ehren die Gattung *Dillenia* aus der Pflanzenfamilie *Dilleniaceae*. Die Bäume und Sträucher der Gattung *Dillenia* – zu deutsch: Rosenapfelbäume – sind in tropischen Gebieten Asiens verbreitet. Einige *Dillenia*-Arten haben große weiße Blüten und werden als Zierbäume kultiviert. Der Indische Rosenapfel *Dillenia indica* ist wegen seiner essbaren Früchte beliebt. Die Gattung *Dillenia* habe «von allen Kräutern die prachtvollste Blüte und Frucht, ganz wie Dillenius eine prachtvolle Erscheinung unter den Botanikern» sei, schrieb Linnaeus.

EHRETIA: Der in Heidelberg geborene Pflanzenmaler und Botaniker Georg Dionysius Ehret (1708–1770) absolvierte eine Ausbildung zum Gärtner. Als er nach diversen Stationen 1735 nach England kam, blieb er dort zunächst für ein Jahr. Inzwischen hatte er sich als Pflanzenmaler einen Namen gemacht. Bei einem Aufenthalt in Holland lernte er 1736 Linnaeus kennen und illustrierte für ihn mehrere Werke. Gleich zu Beginn ihrer langjährigen Zusammenarbeit entstand die bekannte Tafel für Linnaeus' Klassifizierung der Pflanzen anhand der Staubfäden. Ehret wurde zu einem der bedeutendsten Pflanzenmaler des 18. Jahrhunderts und fertigte insgesamt rund 3000 Zeichnungen an. Die vornehme Londoner Gesellschaft soll darum gebuhlt haben, bei ihm Zeichenunterricht nehmen zu dürfen.

Ehrets Gönner und Freund, der Arzt und Botaniker Christoph Jacob Trew (1695–1769) aus Nürnberg, der schon früh Ehrets künstlerisches Talent erkannt hatte, benannte ihm zu Ehren die Gattung *Ehretia* aus der Familie der Rauhblatt- oder Borretschgewächse. Linnaeus übernahm diesen Namen. Zu der Familie gehören rund 150 Gattungen mit 2740 Arten, die weltweit vertreten sind, etwa *Ehretia dicksonii*, ein bis zu 15 Meter hoher, frostempfindlicher, unter anderem in China beheimateter Baum mit gelblich-weißen Blütenständen.

GLEDITSIA: Im Jahr 1740 veröffentlichte der deutsche Botaniker und Arzt Johann Gottlieb Gleditsch (1714–1786) eine Gegenschrift zu Siegesbecks Gegenschrift gegen Linnaeus' *Systema Naturae*. Gleditsch hatte frühzeitig dessen Bedeutung erkannt und sein System verteidigt. Zuvor hatte er in Leipzig Philosophie und Medizin studiert, war ab 1737 am Collegium medico-chirurgicum (Charité) Berlin angestellt und ab 1740 Kreisphysikus in Lebus, bis er die Leitung des Botanischen Gartens in Berlin übernahm. Die Angaben darüber, wann er dieses Amt antrat, weichen voneinander ab; mal wird das Jahr 1744, mal das Jahr 1746 genannt. Für den Roman habe ich Gleditsch die Leitung bereits ab 1744 übertragen. Als Spezialist für Gartenbau und Forstwissenschaften veröffentlichte er unter anderem das Werk «Gründliche Anleitung zum Seidenbau und der darzu gehörigen Zucht auch Anlegung der weissen Maulbeerbäume und Stauden» (Jena, 1770).

Linnaeus benannte ihm zu Ehren die Gattung *Gleditsia* aus der Unterfamilie der Johannisbrotgewächse. Als Namensgeber wird hierfür allerdings auch der englische Botaniker John Clayton (1694–1773) angegeben. Gleditschien (*Gleditsia*) werden auch Lederhülsenbäume genannt. Ihre Arten sind in gemäßigten und subtropischen Regionen Nord- und Südamerikas sowie Asiens und im tropischen Afrika beheimatet. Die sommergrünen Bäume ähneln den Robinien, sind aber nicht mit ihnen verwandt. Auffallend sind ihre großen hängenden Hülsenfrüchte.

GMELINA: Johann Georg Gmelin (1709–1755), geboren in Tübingen, wurde vor allem als Forschungsreisender in Sibirien bekannt und verfasste das botanische Werk *Flora Sibirica* über die sibirische Pflanzenwelt. Bereits im Alter von 13 Jahren begann er in Tübingen ein Studium der Medizin und Naturwissenschaften und promovierte mit 18 Jahren. Die Russische Akademie der Wissenschaften in Sankt Petersburg verlieh ihm ein Stipendium. 1731 erhielt er dort den Professorentitel und nahm ab 1733 an der «Großen Nordischen Expedition» teil, von der er 1743 nach Sankt Petersburg zurückkehrte. Im Roman darf er sich allerdings schon im Jahr 1736 einen Kurzurlaub in Sankt Petersburg gönnen. Linnaeus, der sehr an Gmelins *Flora Sibirica* interessiert war, soll Gmelin in einem Brief gebeten haben, für ihn gegen Siegesbeck Partei zu ergreifen, auch habe Linnaeus gegenüber Gmelin bekannt, dass er Siegesbeck verachte.

Linnaeus benannte Gmelin zu Ehren die Gattung *Gmelina* aus der Pflanzenfamilie der Lippenblüter. Die 31 Arten der Gattung sind in den tropischen und subtropischen Gebieten von Afrika, Indien und Südostasien beheimatet und wachsen meist als Bäume oder Sträucher.

GRONOVIA: Über Jan Frederik Gronovius (1686–1762) schrieb Linnaeus, dass er der wissbegierigste Mensch sei, den er in Holland gefunden habe. Gronovius wurde im niederländischen Leiden geboren. Er studierte dort Jurisprudenz, befasste sich aber auch mit Naturwissenschaften, vor allem der Botanik. Bekannt wurde er durch sein Werk *Flora Virginica* über die Pflanzenwelt des nordamerikanischen Bundesstaates Virginia. Gronovius war Förderer und Freund von Linnaeus, den er bei sich wohnen ließ. Ich habe mir erlaubt, Gronovius zum Beisitzer von Professor Johannes de Gorter bei Linnaeus' Promotion zu machen. Außerdem war es wohl Gronovius, der Linnaeus mit Clifford bekannt machte. Ein Treffen zwischen Boerhaave, Gronovius, Linnaeus, Burman und Clifford hat in der Form wie im Roman geschildert vermutlich nicht stattgefunden, ebenso wenig kam bei einer solchen Gelegenheit ein dicker Priester ums Leben.

Der schottische Botaniker William Houstoun (1695–1733) benannte Gronovius zu Ehren die Gattung *Gronovia* aus der Pflanzenfamilie der Blumennesselgewächse. Linnaeus übernahm diesen Namen, unter anderem in seiner *Critica Botanica* (1737). Die zwei Gronovia-Arten sind kletternde Pflanzen, die mit Nesselhaaren sowie mit stechenden Haaren besetzt und in Süd- und Mittelamerika beheimatet sind. Linnaeus beschrieb die Gattung *Gronovia* als «eine Rankpflanze, welche um alle anderen Pflanzen greift, genannt nach einem Manne, der wenige seinesgleichen hat als Erfasser und Sammler von Pflanzen».

HALLERIA: Linnaeus ist dem berühmten Schweizer Universalgelehrten Albrecht Viktor Haller (1708–1777) nie persönlich begegnet. Haller, der 1749 in den Adelsstand erhoben wurde, war eine Institution: Er war Arzt und bedeutender Dichter (*Die Alpen,* 1729), und er war Professor für Anatomie, Medizin, Chirurgie und Botanik, von 1736 bis 1753 in Göttingen, anschließend in der Schweiz. Linnaeus und Haller begannen um das Jahr 1736 einen intensiven Briefwechsel, über den sie später auch ihre Differenzen austrugen. Ihr Verhältnis war gekennzeichnet durch den Wechsel zwischen jahrelanger Freundschaft und feindseligem Streit bis hin zum völligen Abbruch der Beziehungen. Haller galt als einer von Linnaeus' größten Kritikern, der dessen binäre Nomenklatur und das Sexualsystem strikt ablehnte, weil es zu künstlich und schematisch sei. Eine Ursache für Hallers Verhalten sah man später in seinem persönlichen Ehrgeiz und auch in Neid.

Linnaeus benannte nach Haller die Gattung *Halleria* aus der Pflanzenfamilie der *Stilbaceae*, die zur Ordnung der Lippenblütenartigen gehört. Die Gattung *Halleria* umfasst vier Arten, von denen zwei im tropischen Afrika und zwei auf Madagaskar vorkommen.

HEISTERIA: Der Chirurg, Botaniker und Anatom Lorenz Heister (1683–1758) vermittelte Johann Georg Siegesbeck eine Anstellung beim russischen Medizinalwesen. Heister stammte aus Frankfurt/Main, studierte in Gießen und promovierte im niederländischen Harderwijk. Als er 1719 als Professor für Anatomie an die Universität Helmstedt ging, genoss er bereits einen Ruf als hervorragender Chirurg. Zudem gilt er als Begründer der wissenschaftlichen Chirurgie in Deutschland. 1730 übernahm er den Lehrstuhl für Botanik und baute in Helmstedt einen Botanischen Garten auf.

Linnaeus benannte ihm zu Ehren die Gattung *Heisteria* aus der Pflanzenfamilie der Kreuzblumengewächse. Diese Zuordnung wurde jedoch geändert. Heute wird der Name *Heisteria* für eine Gattung aus der Pflanzenfamilie der Sandelholzartigen verwendet. Die Pflanzenart *Heisteria pallida* beispielsweise, beschrieben vom deutschen Botaniker Adolf Engler (1844–1930), ist ein in Südamerika beheimateter kleinwüchsiger Baum, dessen Rinde Bestandteile enthält, die entzündungshemmend und schmerzlindernd wirken.

LINNAEA: Die Hauptfigur dieses Romans, der Botaniker Carl Linnaeus (1707–1778), war nicht für Bescheidenheit und mangelnde Eitelkeit bekannt: «Gott hat ihm vergönnt, mehr seiner geschaffenen Werke zu sehen als irgendeinem Sterblichen vor ihm», lautete eine Aussage in seiner Autobiografie. Auch sei keiner vor ihm ein größerer Botanikus oder Zoologe gewesen, keiner vor ihm habe eine ganze Wissenschaft so umfassend reformiert und eine neue Epoche begründet – und: «Keiner vor ihm ist über die ganze Welt berühmter geworden.» Sein Biograf Hagberg schreibt dazu, dass Linnaeus nicht zu denen gehörte, die an sich selbst oder an der Bedeutung ihrer Taten zweifelten.

Man darf daher eine ordentliche Portion Ironie voraussetzen, wenn er die Namensgebung seiner Lieblingspflanze wie folgt beschrieb: «*Linnaea* erhielt ihre Namensbestimmung von dem berühmten Gronovius und ist eine Pflanze in Lappland, niedrig an Wuchs, unbedeutend, unansehnlich, nur eine ganz kurze Zeit blühend. Die Pflanze ist nach Linnaeus benannt, der ihr gleicht.» Obwohl, was Linnaeus' Äußeres betrifft, mag es durchaus zutreffen. Seine Biografen – und übrigens auch er selbst – beschrieben ihn als Mann von kleiner Statur, die oft noch kleiner zu sein schien, weil er gebückt ging.

Sein Freund Jan Frederik Gronovius benannte ihm zu Ehren die Gattung *Linnaea*. *Linnaea borealis* wird in Deutschland Moosglöckchen oder Erdglöckchen genannt. Sie ist die einzige Pflanzenart dieser Gattung aus der Familie der Geißblattgewächse. *Borealis* bedeutet: «aus dem Norden kommend».

Auf einigen Gemälden hat Linnaeus sich mit der *Linnaea borealis* malen lassen – etwa als junger Lapplandreisender, der die Pflanze in der Hand hält, oder in späteren Jahren mit einer dekorativen *Linnaea borealis* im Knopfloch.

RUDBECKIA: Der schwedische Anatom und Botaniker Olof Rudbeck der Jüngere (1660–1740) war der Sohn des Universalgelehrten Olof Rudbeck des Älteren (1630–1702). Der Ältere ließ in Uppsala ein anatomisches Theater errichten und gründete dort den ersten Botanischen Garten in Schweden. Außerdem erfand er unter anderem Windmühlen, eine Fischreuse und eine Hebebrücke; er untersuchte Tausende Grabhügel und baute ein Aquädukt für die Wasserversorgung Uppsalas. Bis zu seinem Tode arbeitete er am mehrbändigen Werk *Atlantica*, in dem er nachweisen wollte, dass Schweden die Heimat der europäischen Völker sei.

Sein Sohn Rudbeck der Jüngere folgte ihm im Jahr 1692 in Uppsala auf den Lehrstuhl für Anatomie und Botanik. 1695 reiste er nach Lappland. Seine Pflanzensammlung wurde jedoch beim großen Stadtbrand in Uppsala im Jahr 1702 vernichtet.

Linnaeus benannte zu Ehren der beiden Rudbecks die Gattung *Rudbeckia* aus der Pflanzenfamilie der Korbblüter. Die *Rudbeckia*-Arten sind in Nordamerika beheimatet, einige werden in Gärten und Parks angepflanzt. Dazu gehören etwa der Gewöhnliche Sonnenhut (*Rudbeckia fulgida*) mit seinem goldgelben Blütenstand oder die Schwarzäugige Rudbeckie (*Rudbeckia hirta*). Linnaeus, der Rudbeck den Jüngeren verehrte, bemerkte zu der Namensgebung: «Die Blüten sind ausgezeichnet mit Strahlen, sintemal du durch diese Wissenschaft strahlest, wie die Sonne unter den Gestirnen, nicht allein vor uns Schweden, sondern auch vor allen gelehrten Männern Europas.»

SIGESBECKIA: Linnaeus benannte seinem Gegner Johann Georg Siegesbeck (1686–1755) zu «Ehren» die Gattung *Sigesbeckia* (auch: *Siegesbeckia*) aus der Familie der Korbblütler (*Asteraceae*), zu der so prächtige Gewächse wie die Sonnenblume (*Helianthus annuus*) oder die leuchtend blaue Kornblume (*Centaurea cyanus*) gehören. Die *Sigesbeckia orientalis* wird hingegen vorwiegend als hässliches Unkraut beschrieben: Ein stinkendes Kraut sei sie, die *Sigesbeckia*, auch St. Paulswurzel genannt, mit winzigen Widerhaken, Drüsen, klebrigen Hüllblättern und kleinen, unscheinbaren gelben Blüten. Die Pflanze, die in tropischen Gebieten, vor allem in Asien, vorkommt, wird aber als Arzneipflanze bei Gicht und Hautleiden genutzt.

Abschließend eine kleine Anekdote: Von der Geschichte mit dem Samenpäckchen, das Linnaeus als Rache für die Gegenschrift an Siegesbeck nach Sankt Petersburg schickte, gibt es zwei Versionen. Laut der einen, die auch im Roman herangezogen wird, ließ Linnaeus ihm ein leeres Päckchen mit der Aufschrift *Ingratus cuculus* (undankbarer Kuckuck) zukommen. Einer anderen Version zufolge steckte Linnaeus die Samen des von ihm nach Siegesbeck benannten Krauts *Sigesbeckia orientalis* in das Päckchen und beschriftete es als *Ingratus cuculus*; der geschmähte Siegesbeck bekam dieses Samenpäckchen zufällig in die Hände, zog die richtigen Schlüsse zwischen sich und dem Kuckuck und war schwer beleidigt.

Danksagung

Bei der Realisierung des Romans haben mich viele Menschen unterstützt. Daher möchte ich mich herzlich bedanken bei Birgit Stöckel, Dörte Rahming, Saeta Godetide, Monika Gołaska und Thomas Reinecke, die das Manuskript gelesen und es mit ihren Anmerkungen bereichert haben. Für die professionellen Hinweise und Korrekturen danke ich der Lektorin beim Rowohlt und Kindler Verlag, Friederike Ney, sowie der Redakteurin Katharina Rottenbacher für ihren unbestechlichen Blick auf die Details. Die Schweizer Journalistin Rita Kohn hat einige Wörter, die ich dem Universalgelehrten Albrecht von Haller in den Mund gelegt habe, in den Schweizer – oder korrekter: Berner – Dialekt übertragen. Und die Pädagogin und Schriftstellerin Heike Wolf hat die ausufernden lateinischen Titel der wissenschaftlichen Schriften in eine griffige deutsche Übersetzung übertragen, sofern dies möglich war.

Mein Dank gilt meinem Agenten Peter Molden für die hervorragende Betreuung und schnelle Reaktion auf alle meine Fragen. Und ich möchte dem unbekannten schwedischen Herrn danken, der mich bei meinem Besuch in Råshult freundlich darauf hinwies, dass das alte Haus, in dem Carl im Jahr 1707 das Licht der Welt erblickt hat, einige Jahre nach seiner Geburt abgebrannt ist. Das Gebäude, das nun an der Stelle besichtigt werden kann, wurde noch im 18. Jahrhundert in der derselben Bauweise errichtet. Carls Vater Nils Linnaeus und sein Bruder Samuel wurden im Nachbarort Stenbrohult begraben, wo neben der Kirche ein großer Grabstein steht. Das Grab von Carl Linnaeus befindet sich im Dom von Uppsala.